探偵《たんてい》チームKカッズZ事件《じけん》ノート

本格《ほんかく》ハロウィンは知《し》っている

藤本《ふじもと》ひとみ／原作《げんさく》
住滝《すみたき》 良《りょう》／文《ぶん》　駒形《こまがた》／絵《え》

講談社 青い鳥文庫

もくじ

おもな 登場人物《とうじょうじんぶつ》

立花《たちばな》 彩《あや》

この物語《ものがたり》の主人公《しゅじんこう》。中学《ちゅうがく》1年生《ねんせい》。高校《こうこう》3年生《ねんせい》の兄《あに》と小学《しょうがく》2年生《ねんせい》の妹《いもうと》がいる。「国語《こくご》のエキスパート」。

黒木《くろき》 貴和《たかかず》

背《せ》が高《たか》くて、大人《おとな》っぽい。女《おんな》の子《こ》に優《やさ》しい王子様《おうじさま》だが、ミステリアスな一面《いちめん》も。「対人関係《たいじんかんけい》のエキスパート」。

上杉《うえすぎ》 和典《かずのり》

知的《ちてき》でクール、ときには厳《きび》しい理論派《りろんは》。数学《すうがく》が得意《とくい》で「数《かず》の上杉《うえすぎ》」とよばれている。

小塚《こづか》 和彦《かずひこ》

おっとりした感《かん》じで優《やさ》しい。社会《しゃかい》と理科《りか》が得意《とくい》で「シャリ(社理《しゃり》)の小塚《こづか》」とよばれている。

若武《わかたけ》 和臣《かずおみ》

サッカーチームKZ《カッズ》のエースストライカーであり、探偵《たんてい》チームKZ《カッズ》のリーダー。目立《めだ》つのが大好《だいす》き。

七鬼《ななき》 忍《しのぶ》

彩《あや》の中学《ちゅうがく》の同級生《どうきゅうせい》。妖怪《ようかい》の血《ち》をひく一族《いちぞく》の末裔《まつえい》。IT《アイティ》の天才《てんさい》で、人工知能《じんこうちのう》の開発《かいはつ》を手《て》がける。

美門《みかど》 翼《たすく》

彩《あや》のクラスにやってきた美貌《びぼう》の転校生《てんこうせい》。鋭《するど》い嗅覚《きゅうかく》の持《も》ち主《ぬし》で、KZ《カッズ》のメンバーに加《くわ》わった。

「ハロウィン人《にん》形《ぎょう》事《じ》件《けん》」

住《すみ》滝《たき》良《りょう》／作《さく》

その土曜日《どようび》、若武《わかたけ》の招集《しょうしゅう》を受《う》けて私《わたし》たちは、秀明《しゅうめい》のカフェテリアに集《あつ》まった。

そこで、若武《わかたけ》は特大級《とくだいきゅう》のニコニコ顔《がお》で話《はな》し始《はじ》める。

「俺《おれ》の学校《がっこう》で、今度《こんど》の土曜《どよう》に文化祭《ぶんかさい》代わりにハロウィン祭《さい》をやるんだ。ぜひ遊《あそ》びに来《こ》ないか？学食《がくしょく》はハロウィン用《よう》に特別《とくべつ》メニューになるし、普段《ふだん》から美味《うま》いから期待《きたい》してもいいぜ。」

黒木君《くろきくん》は口笛《くちぶえ》を吹《ふ》く。

「昨今《さっこん》のハロウィンブームに乗《の》ってのことかな。市立《いちりつ》の中学校《ちゅうがっこう》にしては、柔軟《じゅうなん》な対応《たいおう》だね。」

「だろ。うちの生徒会長《せいとかいちょう》が、校長先生《こうちょうせんせい》に提案《ていあん》したんだ。グローバル化《か》にそって今《いま》までの風習《ふうしゅう》も変《か》える必要《ひつよう》があるとか何《なん》とかって。反対派《はんたいは》の先生《せんせい》たちへの説得《せっとく》は、時間《じかん》がかかったらしいけど、最《さい》終的《しゅうてき》には採用《さいよう》されたからスゲエよな。」

私《わたし》はただただ感心《かんしん》。

翼《たすく》も楽《たの》しそうに尋《たず》ねた。

「ついに日本《にほん》でも、ハロウィンをやる学校《がっこう》が出《で》てきたってことだね。ハロウィンと言《い》ったら仮装《かそう》でしょ。着替《きが》えスペースはあるの？」

若武《わかたけ》は、腕《うで》で大《おお》きくバッテンを作《つく》る。

「仮装《かそう》は禁止《きんし》なんだよ。不審者《ふしんしゃ》が入《はい》ってきてもわからないからだって。顔《かお》がわかるくらいのペイントはオーケイ。」

そうなんだ。

若武《わかたけ》のことだから、派手《はで》な仮装《かそう》を考《かんが》えているかと思《おも》っていたのに。

「でも、ハロウィン人形《にんぎょう》コンテストがある。」

人形《にんぎょう》コンテストって？

「クラスで1体《たい》、ハロウィンをテーマにした人形《にんぎょう》を作《つく》るんだ。優勝《ゆうしょう》したら、生徒会製作《せいとかいせいさく》の優勝《ゆうしょう》ジャック・オ・ランタンが、担任《たんにん》の先生《せんせい》に授与《じゅよ》される。」

優勝《ゆうしょう》、ジャック・オ・ランタン？

私《わたし》は若武《わかたけ》に聞《き》いてみる。

「何《なに》それ？」

「ジャック・オ・ランタンっていうのは、カボチャをくり抜《ぬ》いて作《つく》る、ハロウィン用《よう》の提灯《ちょうちん》だ。優勝《ゆうしょう》したら普通《ふつう》はトロフィーとかカップなんだろうけど、ハロウィンにちなんで、デコレーションしたジャック・オ・ランタンをトロフィー代《が》わりにするって話《はなし》。」

そうなんだ、結構凝《けっこうこ》っているんだね。

若武《わかたけ》は続《つづ》けた。

「やっぱり狙《ねら》うのだったら、優勝《ゆうしょう》しかないだろ。それで、うちのクラスでも気合《きあい》入《い》れて人形《にんぎょう》作《つく》ったんだ！」

そう言《い》いながら、若武《わかたけ》はスマホを起動《きどう》させて、私《わたし》たちに写真《しゃしん》を見《み》せてくれた。

そこには、ジャック・オ・ランタンを頭《あたま》にした人形《にんぎょう》を抱《かか》えてピースした若武《わかたけ》たちが写《うつ》っている。

「スゴイだろ、これがうちのハロウィン人形《にんぎょう》、通称《つうしょう》ジャック人形《にんぎょう》。ちょっとバランス悪《わる》くて、椅子《いす》に座《すわ》れないんだけど、デザインは他《ほか》のクラスには負《ま》けない自信《じしん》がある。」

確《たし》かに目《め》と口《くち》はキレイだし、頰《ほお》には黒猫《くろねこ》が描《か》いてあって面白《おもしろ》い。

衣装《いしょう》は魔法使《まほうつか》いのイメージみたいで、黒《くろ》い帽子《ぼうし》にローブを着《き》ていたけど、星《ほし》をちりばめたように白《しろ》い絵《え》の具《ぐ》が散《ち》らされていた。

唯一《ゆいいつ》おかしいところといえば、人形《にんぎょう》がサッカーボールを小脇《こわき》に抱《かか》えていることだけど、きっと遊《あそ》び心《ごころ》だよね。

「ハロウィンらしさが出《で》ていて、かわいいね。」

若武《わかたけ》は頷《うなず》く。

「他《ほか》のクラスも個性的《こせいてき》だ。中《なか》でも、隣《となり》の1－B《ビー》の人形《にんぎょう》は、優勝候補《ゆうしょうこうほ》って言《い》われているんだ。けど、絶対俺《ぜったいおれ》たち1－A《エー》が優勝《ゆうしょう》をもらう!!」

小塚君《こづかくん》は楽《たの》しそうに目《め》を細《ほそ》める。

「普通《ふつう》の文化祭《ぶんかさい》と違《ちが》って、面白《おもしろ》そうだね。楽《たの》しみだなぁ。」

若武《わかたけ》は大《おお》きく頷《うなず》いて、ドンと胸《むね》をたたいた。

「おう、校内《こうない》の案内《あんない》は任《まか》せろ。教室《きょうしつ》に入《はい》る時《とき》に〝トリック・オア・トリート〟って言《い》ったらお菓《か》子《し》をもらえるんだ。片《かた》っ端《ぱし》からもらいに行《い》こう!!」

すると上杉君《うえすぎくん》はゲンナリ肩《かた》を落《お》とす。

「ガキくさ。」

小塚君《こづかくん》や黒木君《くろきくん》がそんな上杉君《うえすぎくん》をなだめるのを見《み》ながら、私《わたし》はワクワクしてきた。

若武《わかたけ》は手《て》を打《う》って、私《わたし》たちの注目《ちゅうもく》を集《あつ》める。

「んじゃ、当日《とうじつ》は9時《じ》30分《ぷん》に俺《おれ》の中学校《ちゅうがっこう》の正門前《せいもんまえ》に集合《しゅうごう》な。諸君《しょくん》、遅《おく》れるなよ！」


そして待《ま》ちに待《ま》った、ハロウィン祭当日《さいとうじつ》。

私《わたし》は、事件《じけん》ノートを入《い》れたバッグを持《も》って家《いえ》を出《で》た。

KZ《カッズ》で行動《こうどう》する時《とき》は、必《かなら》ず事件《じけん》ノートを持《も》つようにしてるんだ。

半分《はんぶん》は癖《くせ》だけど、残《のこ》りの半分《はんぶん》は、いつでも自分《じぶん》の役目《やくめ》を果《は》たせるようにしたいっていう気持《きも》ちから。

私《わたし》はKZ《カッズ》の記録係《きろくがかり》だし、それを誇《ほこ》りに思《おも》ってるんだ。

正門《せいもん》の前《まえ》まで行《い》くと、翼《たすく》がもう来《き》ていた。

こちらに向《む》かって手《て》を振《ふ》っていたので、私《わたし》はバッグをつかみ直《なお》して駆《か》け寄《よ》った。

「皆《みんな》は？」

すると、翼《たすく》は校内《こうない》を指差《ゆびさ》す。

正面《しょうめん》から見《み》て左《ひだり》に体育館《たいいくかん》と、そこから渡《わた》り廊下《ろうか》を通《つう》じて校舎《こうしゃ》がある。

体育館《たいいくかん》の前《まえ》に、白《しろ》いテントが屋台《やたい》のようにいくつか並《なら》んでいたんだ。

そのうちの1つには〝ハロウィンのペイント承《うけたまわ》ります〟という看板《かんばん》が立《た》っている。

「演劇部《えんげきぶ》と美術部《びじゅつぶ》の合同出店《ごうどうしゅってん》だって。若武《わかたけ》が〝全員《ぜんいん》でペイントしようぜ〟って言《い》い出《だ》したんだ。俺《おれ》は、絵《え》の具《ぐ》の臭《にお》いがキツイから棄権《きけん》させてもらったけど。」

どんなペイントをしてくるのか、楽《たの》しみ！

そんな時《とき》っ！
ペイント小屋《ごや》の入《い》り口《ぐち》から、若武《わかたけ》が飛《と》び出《だ》してきたんだ。
片手《かたて》にはスマホを持《も》っている。
学校《がっこう》の中《なか》でそんなに堂々《どうどう》とスマホを使《つか》ってたら、マズイって！
私《わたし》と翼《たすく》は、若武《わかたけ》に駆《か》け寄《よ》った。
2人《ふたり》で若武《わかたけ》を取《と》り囲《かこ》むようにして、スマホを隠《かく》す。
若武《わかたけ》に引《ひ》き続《つづ》いて、小塚君《こづかくん》たちもあわててテントから出《で》てきた。
翼《たすく》は3人《にん》に目《め》を向《む》ける。
「中《なか》で何《なに》かあったの？」
でも、黒木君《くろきくん》は首《くび》を横《よこ》に振《ふ》る。
「急《きゅう》に若武《わかたけ》のスマホに着信《ちゃくしん》が入《はい》って、血相《けっそう》を変《か》えて外《そと》に出《で》ていったんだ。」
若武《わかたけ》は、目《め》を見開《みひら》いてスマホの画面《がめん》を見《み》つめている。
テレビ電話《でんわ》になっているみたいで、画面《がめん》には女《おんな》の子《こ》が映《うつ》っていた。
その子《こ》は涙目《なみだめ》だ。
次《つぎ》の瞬間《しゅんかん》、若武《わかたけ》が叫《さけ》んだ。

「何《なん》だよ、コレ。誰《だれ》が、こんなことをしたんだ！」

え？

私《わたし》は思《おも》わず、その画面《がめん》を見《み》た。

そこには、昨日《きのう》完成形《かんせいけい》を見《み》たジャック人形《にんぎょう》が、真《ま》っ二《ぷた》つになって横《よこ》たわっていたんだ。


大急《おおいそ》ぎで教室《きょうしつ》へ向《む》かう若武《わかたけ》の後《あと》を、私《わたし》たちは追《お》いかけた。

若武《わかたけ》の教室《きょうしつ》は校舎《こうしゃ》の一番端《いちばんはし》で、すぐ隣《となり》は非常口《ひじょうぐち》になっていて外《そと》から入《はい》れるんだ。

その非常口《ひじょうぐち》から、若武《わかたけ》は靴《くつ》を脱《ぬ》いで入《はい》り込《こ》み、私《わたし》たちも上履《うわば》きに履《は》き替《か》えて続《つづ》いた。

教室《きょうしつ》の前《まえ》には人《ひと》だかりができていて、若武《わかたけ》はそれをかき分《わ》けて輪《わ》の中《なか》に入《はい》っていく。

私《わたし》たちは、後《うし》ろからつま先立《さきだ》ちになって覗《のぞ》き見《み》た。

床《ゆか》には、ジャック人形《にんぎょう》が転《ころ》がっている。

さっきテレビ電話《でんわ》で見《み》たままの姿《すがた》だった。

私《わたし》の隣《となり》で、翼《たすく》がつぶやく。

「ひどいね。」

私《わたし》も頷《うなず》いた。

若武《わかたけ》の気持《きも》ちを考《かんが》えると、胸《むね》が痛《いた》くなる。

昨日《きのう》、若武《わかたけ》はうれしそうに語《かた》っていた。

『ちょっとバランス悪《わる》くて、椅子《いす》に座《すわ》れないんだけど、デザインは他《ほか》のクラスには負《ま》けない自信《じしん》がある。』

それが、一瞬《いっしゅん》にして壊《こわ》れてしまったんだ。

若武《わかたけ》だけじゃない。

ジャック人形《にんぎょう》を作《つく》っていた若武《わかたけ》のクラスメートたちだって、かわいそう。

若武《わかたけ》がそのジャック人形《にんぎょう》を拾《ひろ》い上《あ》げ、人《ひと》だかりを見《み》まわした。

「もう片《かた》づけるから。散《ち》れよ。」

生徒《せいと》たちはハッとした表情《ひょうじょう》になり、あわてて引《ひ》き上《あ》げていく。

後《あと》に残《のこ》ったのは私《わたし》たちと、不安《ふあん》げに若武《わかたけ》を見《み》つめるクラスメートだけだった。

若武《わかたけ》は、その子《こ》たちに顔《かお》を向《む》ける。

瞳《ひとみ》には、強《つよ》い光《ひかり》がきらめいていた。

「このクラスのハロウィン係《がかり》は、俺《おれ》だ。必《かなら》ず何《なん》とかする。皆《みんな》は心配《しんぱい》しないで、それぞれの部活《ぶかつ》に戻《もど》ってくれ。」

その宣言《せんげん》で、残《のこ》っていた子《こ》たちは、頷《うなず》いて、他《ほか》の教室《きょうしつ》へ移動《いどう》を開始《かいし》した。

人《ひと》だかりがなくなったのを確認《かくにん》して、若武《わかたけ》は私《わたし》たちに声《こえ》をかける。

「諸君《しょくん》、これから、ジャック真《ま》っ二《ぷた》つ事件《じけん》の調査《ちょうさ》を開始《かいし》する。」

私《わたし》はあわてて事件《じけん》ノートを取《と》り出《だ》しながら言《い》った。

「記録係《きろくがかり》として異議《いぎ》あり。ジャック人形破壊事件《にんぎょうはかいじけん》にします。」

若武《わかたけ》は不満《ふまん》そうだったけど、すぐに賛成《さんせい》の手《て》が4つ上《あ》がったから諦《あきら》めた。

「しかたないな。まず、小塚《こづか》。このジャック人形《にんぎょう》を調《しら》べてくれ。何《なに》か、犯人《はんにん》につながる証拠《しょうこ》がないか、徹底的《てっていてき》に頼《たの》む。」

小塚君《こづかくん》に、真《ま》っ二《ぷた》つのジャック人形《にんぎょう》が渡《わた》され、黒木君《くろきくん》が右手《みぎて》を上《あ》げる。

「若武《わかたけ》、ジャック人形発見《にんぎょうはっけん》までの経緯《けいい》を聞《き》きたいんだけど。」

若武《わかたけ》は頷《うなず》いた。

「事件《じけん》の発覚《はっかく》は9時《じ》20分《ぷん》すぎ。全校集会《ぜんこうしゅうかい》から帰《かえ》ってきてジャック人形《にんぎょう》を撮影《さつえい》しようとしたんだ。ところが、体《からだ》が切《き》れて落《お》ちたんだって。俺《おれ》は、集会《しゅうかい》の後《あと》、お前《まえ》らを迎《むか》えに行《い》っていたからいなかったんだけど。」

上杉君《うえすぎくん》は眉《まゆ》をひそめる。

「登校《とうこう》から今《いま》まで誰《だれ》も気《き》づかなかったのか？」

若武《わかたけ》は、くやしそうに髪《かみ》をくしゃっと掻《か》きあげた。

「気《き》づかなかったんだよ。皆《みんな》、忙《いそが》しくてさ」

私《わたし》は若武《わかたけ》の話《はなし》をメモしながら、校舎《こうしゃ》の簡単《かんたん》な見取《みと》り図《ず》を描《か》こうとして、一歩《ぽ》進《すす》んだ。

すると、コツンと上履《うわば》きに何《なに》か当《あ》たったんだ。

ん？

下《した》を向《む》くと、そこにあったのはビー玉《だま》だった。

普通《ふつう》のより、ちょっと大《おお》きめ。

何《なん》でこんな所《ところ》にあるのかな。

上杉君《うえすぎくん》も気《き》がついて、ハンカチでビー玉《だま》を拾《ひろ》い上《あ》げる。

「小塚《こづか》、これ何《なん》だと思《おも》う？　というより、ここにあったのは何《なん》でだ？　ジャック人形《にんぎょう》の製作《せいさく》に使《つか》ったとか？」

若武《わかたけ》は、一蹴《いっしゅう》する。

「いや。ビー玉《だま》なんて使《つか》わなかった。」

じゃ、何《なん》でこんな所《ところ》に落《お》ちてるんだろ。

これ、謎《なぞ》かも！

小塚君《こづかくん》はジャック人形《にんぎょう》を調《しら》べる手《て》を止《と》め、上杉君《うえすぎくん》からビー玉《だま》をもらう。

ビニール手袋《てぶくろ》をつけた掌《てのひら》で、コロコロ転《ころ》がしていたけど、やがて溜《た》め息《いき》をついた。

「見《み》た目《め》はただのビー玉《だま》だね。でも成分《せいぶん》を分析《ぶんせき》してみないとハッキリは言《い》えない。あ、ここに傷《きず》があるから、ちょっと削《けず》れないかな。でも、慎重《しんちょう》にやらないと割《わ》ってしまいそうだし、どうしよう。」

ああ、だんだん小塚君《こづかくん》が縮《ちぢ》こまっていく。

そんなに深《ふか》く悩《なや》まないでも、大丈夫《だいじょうぶ》だよ。

私《わたし》は、小塚君《こづかくん》の肩《かた》を叩《たた》いた。

「わかるところから調《しら》べていこ。皆《みんな》の調査《ちょうさ》を併《あわ》せて考《かんが》えたら、何《なに》かわかるかもしれないし。」

小塚君《こづかくん》はほっとしたような表情《ひょうじょう》を浮《う》かべ、ビニール袋《ぶくろ》にビー玉《だま》を入《い》れた。

私《わたし》は事件《じけん》ノートに、ビー玉《だま》を見《み》つけた位置《いち》を記録《きろく》する。

大体《だいたい》の図《ず》を描《か》いて顔《かお》を上《あ》げると、通《とお》りすがりの男《おとこ》の子《こ》が黒木君《くろきくん》に声《こえ》をかけるところだった。

「よう、黒木《くろき》、今日《きょう》はどうしたんだ？」

「ちょっとハロウィン祭《さい》を見《み》にね。」

「そっか、また今度《こんど》な。」

その子《こ》が去《さ》ってしばらくして、今度《こんど》は女《おんな》の子《こ》数名《すうめい》が通《とお》りかかったんだけど、彼女《かのじょ》たちも黒木君《くろきくん》に手《て》を振《ふ》っていった。

黒木君《くろきくん》ってこの学校《がっこう》にも知《し》り合《あ》いがいるんだ、すごいかも。

「あ、そうだ」

黒木君《くろきくん》がそう言《い》いながら、女《おんな》の子《こ》たちを呼《よ》び止《と》めた。

「皆《みんな》、ハロウィン人形《にんぎょう》の写《しゃ》メ撮《と》った？」

女《おんな》の子《こ》たちは、それぞれにスマートフォンを出《だ》して黒木君《くろきくん》に見《み》せた。

「撮《と》ったよー」

「見《み》て見《み》て、これなんか超《ちょう》カワイーの！」

黒木君《くろきくん》はその中《なか》の一《ひと》つを受《う》け取《と》って、画面《がめん》に指《ゆび》を滑《すべ》らせる。

そのうちに、ふと動《うご》きを止《と》め、じっと見《み》つめた。

「ありがとう、よく撮《と》れてるね。この写《しゃ》メ、もらっていい？」

「いいよ！」

黒木君《くろきくん》はスマートフォンにデータを送《おく》ると、彼女《かのじょ》たちに返《かえ》して手《て》を振《ふ》った。

そして、私《わたし》たちに声《こえ》をかける。

「ちょっと見《み》てくれ。これが今《いま》、彼女《かのじょ》たちからもらった写《しゃ》メだ。撮《と》ったのは、今日《きょう》の8時《じ》。」

そう言《い》いながら、画面《がめん》の下端《したはし》にある時刻《じこく》を指《ゆび》さした。

若武《わかたけ》が首《くび》を捻《ひね》りながら画像《がぞう》を覗《のぞ》く。

「特《とく》に変《か》わっているところはないけど。これがどうかしたのか？」

画面《がめん》の中《なか》では、ジャック人形《にんぎょう》が椅子《いす》の背《せ》に背中《せなか》を凭《もた》せかけていた。

昨日若武《きのうわかたけ》が見《み》せてくれた写《しゃ》メとそんなに変《か》わっていない。

強《し》いて言《い》えば、昨日《きのう》よりもあまり斜《なな》めになっていないような気《き》がするけど・・・。

その時《とき》、上杉君《うえすぎくん》がハッと息《いき》をのんだんだ。

「この人形《にんぎょう》、切《き》れ目《め》が入《はい》ってる」

え⁉

若武《わかたけ》が目《め》を見開《みひら》き、黒木君《くろきくん》からスマートフォンを取《と》り上《あ》げた。

「ど、どこだ⁉」

上杉君《うえすぎくん》は画像《がぞう》を指《ゆび》さす。

「このあたり。実際《じっさい》のジャック人形《にんぎょう》の切《き》れ目《め》と同《おな》じ場所《ばしょ》じゃね？」

私《わたし》も目《め》を凝《こ》らして、若武《わかたけ》の肩越《かたご》しに画像《がぞう》を見《み》つめた。

ホントだ！

翼《たすく》が呟《つぶや》く。

「この写真《しゃしん》を撮《と》ったのが、8時《じ》でしょ。つまり、犯人《はんにん》は遅《おそ》くとも8時《じ》には犯行《はんこう》を完了《かんりょう》していた、ということだね。」

上杉君《うえすぎくん》が続《つづ》ける。

「さらに言《い》うと、人目《ひとめ》の問題《もんだい》がある。見《み》つからないためには、皆《みんな》が登校《とうこう》するより前《まえ》でないとヤバいだろ。夜《よる》か早朝《そうちょう》だ。裏門《うらもん》から入《はい》ったのかもな。」

若武《わかたけ》が首《くび》を横《よこ》に振《ふ》った。

「いや、裏門《うらもん》はいつも閉《し》まってる。夜間《やかん》は、警備員《けいびいん》が正門脇《せいもんわき》の事務所《じむしょ》に詰《つ》めているし、夜《よる》に侵入《しんにゅう》するのは難《むずか》しいな。」

翼《たすく》が要点《ようてん》をまとめた。

「つまり犯行時間《はんこうじかん》は、今朝《けさ》6時《じ》の正門《せいもん》の開門《かいもん》から朝《あさ》8時《じ》より前《まえ》。犯人《はんにん》は、その時間《じかん》に校内《こうない》にいた、ということだね。」

私《わたし》は、記録《きろく》をとるシャープペンに思《おも》わず力《ちから》をこめる。

だんだん、犯人像《はんにんぞう》が絞《しぼ》り込《こ》まれてきて、胸《むね》がドキドキした。

「よし、２手《ふたて》に分《わ》かれよう。」

若武《わかたけ》が、勢《いきお》いよく言《い》った。

「黒木《くろき》と上杉《うえすぎ》で、ジャック人形《にんぎょう》を壊《こわ》す動機《どうき》がある人間《にんげん》、それに朝早《あさはや》く学校《がっこう》に来《き》た人間《にんげん》を当《あ》たってくれ。俺《おれ》たちは、教室《きょうしつ》を調《しら》べる。」

黒木君《くろきくん》と上杉君《うえすぎくん》を見送《みおく》って、翼《たすく》は若武《わかたけ》に尋《たず》ねた。

「別《べつ》の視点《してん》でも考《かんが》えてみようか。今日《きょう》、校内《こうない》に変《か》わったことって、なかったの？」

若武《わかたけ》は、天井《てんじょう》を仰《あお》いだ。

「うーん、俺《おれ》は今日《きょう》、ギリギリの登校《とうこう》だったからな。いつも朝一番《あさいちばん》に来《き》ている奴《やつ》、連《つ》れてくるよ。」

若武《わかたけ》が連《つ》れてきたのは、小柄《こがら》な男子《だんし》だった。

あ、若武《わかたけ》と一緒《いっしょ》に写真《しゃしん》に写《うつ》っていた子《こ》だ。

「こいつ、前原《まえはら》っていうんだ。前原《まえはら》、こっちは俺《おれ》のジュク友《とも》だち。俺《おれ》たち、ジャック人形《にんぎょう》が壊《こわ》れた経緯《けいい》を調《しら》べてるんだ。」

前原君《まえはらくん》は目《め》を真《ま》ん丸《まる》にする。

「あの、他校《たこう》の生徒《せいと》さんがどうして・・・」

私《わたし》たちは、顔《かお》を見合《みあ》わせた。

確《たし》かに、私《わたし》たちはこの学校《がっこう》の生徒《せいと》じゃない。

な、なんて答《こた》えたらいいのかな。

すると、翼《たすく》はアッサリと答《こた》える。

「若武《わかたけ》の友《とも》だちだから。」

あ、そ、そっか。

前原君《まえはらくん》は、申《もう》し訳《わけ》なさそうな顔《かお》をする。

「そ、そうですよね。すみません。せっかく遊《あそ》びに来《き》てくれたのに。」

深々《ふかぶか》と頭《あたま》を下《さ》げる前原君《まえはらくん》の背《せ》を、若武《わかたけ》はポンと軽《かる》く叩《たた》いた。

「お前《まえ》が謝《あやま》ることじゃないよ。朝《あさ》はどうだった？　うちのクラスだと、お前《まえ》がいつも一番乗《いちばんの》りしているだろ。不審《ふしん》な人間《にんげん》を見《み》かけなかったか？」

前原君《まえはらくん》は、ちょっと視線《しせん》を伏《ふ》せて頷《うなず》く。

「最初《さいしょ》に教室《きょうしつ》に来《き》たのは僕《ぼく》だけど、特《とく》に変《か》わったことはなかったよ。」

「時間《じかん》は？」

ちょっと考《かんが》えてから、前原君《まえはらくん》は答《こた》える。

「7時《じ》だったかな。」

今度《こんど》は翼《たすく》が前原君《まえはらくん》に尋《たず》ねる。

「その時《とき》、ジャック人形《にんぎょう》はどうだった？　この写《しゃ》メと同《おな》じだった？」

翼《たすく》に写《しゃ》メを見《み》せられて、前原君《まえはらくん》はじっと見《み》つめたけど首《くび》を縦《たて》に振《ふ》った。

「・・・こんな感《かん》じだった。」

ふむ、メモメモ。

犯人《はんにん》は7時《じ》よりも前《まえ》に学校《がっこう》に来《き》たってことだね。

若武《わかたけ》は頷《うなず》いた。

「ありがと、前原《まえはら》。引《ひ》き留《と》めて悪《わる》かったな。」

「う、ううん。もし協力《きょうりょく》できることがあったら、教《おし》えてね。」

そう言《い》って、前原君《まえはらくん》は教室《きょうしつ》から出《で》ていった。

それを見送《みおく》って若武《わかたけ》は小塚君《こづかくん》に目《め》をやる。

「どうだ、何《なに》かわかったか？」

小塚君《こづかくん》は、ジャック人形《にんぎょう》を虫眼鏡《むしめがね》で観察《かんさつ》している。

「繊維《せんい》が切《き》られている。指《ゆび》の跡《あと》から考《かん》がえると、背中側《せなかがわ》をギュッと握《にぎ》っていたみたいだね。断面《だんめん》は・・・キレイだから、たぶんハサミみたいなもので切《き》ったと思《おも》う。あれ、何《なに》か付《つ》いてる。」

小塚君《こづかくん》はカバンのポケットから出《だ》したピンセットで、布《ぬの》の割《わ》れ目《め》から赤《あか》い綿《わた》を取《と》り上《あ》げる。

翼《たすく》はその綿《わた》に顔《かお》を近《ちか》づけ、すぐに眉《まゆ》をひそめて離《はな》れた。

「小塚《こづか》、これは血《ち》だよ。」

え!?

どうしてジャック人形《にんぎょう》に血《ち》が付《つ》いているの？

「たぶん、犯人《はんにん》はジャック人形《にんぎょう》を握《にぎ》っていた指《ゆび》に怪我《けが》をしたんだ。ギュッと握《にぎ》りしめたから、布《ぬの》を通《とお》して綿《わた》にまで血《ち》が浸透《しんとう》したんだね。これは重要《じゅうよう》な証拠《しょうこ》だよ！」

小塚君《こづかくん》はカバンの中《なか》から、霧吹《きりふ》きのようなボトルを取《と》り出《だ》す。

「美門《みかど》、他《ほか》に血《ち》の臭《にお》いがする所《ところ》はない？　この試薬《しやく》を使《つか》って、血《ち》が落《お》ちた所《ところ》を浮《う》かび上《あ》がらせれば、犯人《はんにん》の移動《いどう》ルートが割《わ》り出《だ》せるかも。」

でも翼《たすく》は首《くび》を振《ふ》った。

「いや、そこにしか付《つ》いていない。」

小塚君《こづかくん》は残念《ざんねん》そうに、小《ちい》さいファスナー付《つ》きビニール袋《ぶくろ》にその綿《わた》を入《い》れる。

ふむ。

教室《きょうしつ》の中《なか》で翼《たすく》は、アチコチを見渡《みわた》し始《はじ》めた。

「どうしたの？」

翼《たすく》は、あたりを嗅《か》ぎながら歩《ある》き始《はじ》める。

「この教室内《きょうしつない》からジャック人形《にんぎょう》の臭《にお》いがするんだ。どこから臭《にお》うんだろ。」

私《わたし》は首《くび》を傾《かし》げた。

「作《つく》った時《とき》に付《つ》いた臭《にお》いじゃないの。」

翼《たすく》は首《くび》をひねる。

「昨日《きのう》の臭《にお》いだったら、もっと薄《うす》れていると思《おも》うんだけど、まだ新《あたら》しい感《かん》じなんだ。」

そう言《い》って黙《だま》りこみ、集中《しゅうちゅう》しながら、脇《わき》に片《かた》づけられている机《つくえ》の1つに近《ちか》づいていった。

「この机《つくえ》からだ。どうもここの上《うえ》に人形《にんぎょう》を置《お》いたみたい。」

私《わたし》は、教室全体《きょうしつぜんたい》の図《ず》を描《か》きながら、近《ちか》づいた。

でも描《か》くことに気《き》を取《と》られていたものだから、躓《つまず》いて、その机《つくえ》にぶつかってしまったんだ。

すると、机《つくえ》の中《なか》から、裁縫箱《さいほうばこ》がドカッと落《お》ちて、その蓋《ふた》が開《ひら》き、中身《なかみ》が飛《と》び出《だ》してきた。

わ、どうしよう⁉

瞬間《しゅんかん》、翼《たすく》の鋭《するど》い声《こえ》が上《あ》がる。

「アーヤ、これ。ジャック人形《にんぎょう》の臭《にお》いがする！」

え⁉

翼《たすく》が取《と》り上《あ》げたのは、裁《た》ちバサミだった。

「ジャック人形《にんぎょう》の臭《にお》いの他《ほか》に、ちょっとだけど血《ち》の臭《にお》いがする。さっき見《み》つけた綿《わた》にも血《ち》が付《つ》いてたし、犯人《はんにん》は壊《こわ》している最中《さいちゅう》に怪我《けが》をしたのかもしれないね。それから、えっと・・・」

そこで急《きゅう》に声《こえ》を途切《とぎ》れさせ、翼《たすく》は表情《ひょうじょう》を険《けわ》しくした。

「どうしたの？」

私《わたし》が聞《き》いても、返事《へんじ》はなかった。

翼《たすく》は、じっとハサミを見《み》つめている。

若武《わかたけ》も眉《まゆ》を寄《よ》せた。

「どうしたんだ、美門《みかど》。何《なに》か臭《にお》ったのか？」

翼《たすく》は目《め》を伏《ふ》せ、大《おお》きく息《いき》を吸《す》うと、私《わたし》たちを見《み》つめた。

「このハサミ、前原《まえはら》の臭《にお》いがするんだ。」

私《わたし》は息《いき》を呑《の》む。

じゃあ、あの大人《おとな》しそうな前原君《まえはらくん》が、ジャック人形《にんぎょう》を壊《こわ》したってこと？

若武《わかたけ》は、顔《かお》をひきつらせた。

「俺《おれ》、入学《にゅうがく》してからずっと前原《まえはら》とつるんできたけど、そんなことする奴《やつ》じゃないよ。間違《まちが》いだろ。」

翼《たすく》はゆっくり首《くび》を横《よこ》に振《ふ》る。

「裁《た》ちバサミからは、前原《まえはら》の臭《にお》いがしている。」

そう言《い》って翼《たすく》は、正面《しょうめん》から若武《わかたけ》を見据《みす》えた。

「俺《おれ》が臭《にお》いを間違《まちが》えたことは、今《いま》までないでしょ。」

若武《わかたけ》は大《おお》きな息《いき》をつく。

「確《たし》かに、今《いま》までお前《まえ》は、事件解決《じけんかいけつ》に大《おお》いに力《ちから》を貸《か》してくれた。その鼻《はな》は称賛《しょうさん》に値《あたい》する。」

そう言《い》いながら、翼《たすく》をにらみつけた。

「だけど、今度《こんど》は間違《まちが》ってるぜ。前原《まえはら》は絶対《ぜったい》にそんなことしない。お前《まえ》の鼻《はな》、ダメになったんじゃないのか。」

翼《たすく》も、スッと表情《ひょうじょう》を険《けわ》しくする。

2人《ふたり》はにらみ合《あ》い、私《わたし》はハラハラした。

小塚君《こづかくん》が止《と》めようとして、若武《わかたけ》の肩《かた》を押《お》さえたんだけど、若武《わかたけ》はその手《て》を払《はら》う。

お互《たが》いに一歩《いっぽ》も引《ひ》こうとしなかった。

ああ、どうしようっ⁉

私《わたし》が困《こま》っていたその時《とき》、2人《ふたり》の間《あいだ》に、強引《ごういん》に小塚君《こづかくん》が割《わ》って入《はい》ったんだ。

「とにかく、いったん黒木《くろき》たちと合流《ごうりゅう》しよう。動機《どうき》の線《せん》で何《なに》かつかんでいるかもしれないよ。」

私《わたし》もあわてて、小塚君《こづかくん》に賛成《さんせい》した。

「そ、そうだよ。情報《じょうほう》を交換《こうかん》してから皆《みんな》で考《かんが》えよう。それに、ここだと話《はな》しづらいから、移動《いどう》しようよ。黒木君《くろきくん》に、連絡《れんらく》を取《と》ってくれない？」

若武《わかたけ》は、納得《なっとく》がいかないような顔《かお》をしながらも、渋々《しぶしぶ》スマホを出《だ》す。


LINE《ライン》で黒木君《くろきくん》へメッセージを送《おく》ってもらい、私《わたし》たちは食堂《しょくどう》で合流《ごうりゅう》することにした。

ところが、食堂《しょくどう》に入《はい》ってみると、上杉君《うえすぎくん》しかいなかったんだ。

上杉君《うえすぎくん》は、スマホから顔《かお》を上《あ》げて私《わたし》たちを見《み》まわした。

「黒木《くろき》は、調査中《ちょうさちゅう》だ。遅《おく》れる。教室《きょうしつ》の方《ほう》は、どうだった？」

私《わたし》は事件《じけん》ノートをめくり、教室《きょうしつ》でのことを簡単《かんたん》に説明《せつめい》した。

頷《うなず》きながら聞《き》いていた上杉君《うえすぎくん》は、腕《うで》を組《く》む。

「俺《おれ》の方《ほう》は、黒木《くろき》に紹介《しょうかい》してもらって、警備員《けいびいん》に話《はなし》を聞《き》いた。朝《あさ》の6時《じ》、正門《せいもん》の鍵《かぎ》を校務員《こうむいん》が開《あ》けたと同時《どうじ》に、入《はい》ってきた生徒《せいと》がいたそうだ。」

若武《わかたけ》は、どうってことないといったように眉《まゆ》を上《あ》げた。

「部活《ぶかつ》の朝練《あされん》の参加者《さんかしゃ》だろ、よくいるって。別《べつ》に珍《めずら》しくない。」

上杉君《うえすぎくん》は、皮肉《ひにく》な笑《え》みを漏《も》らす。

「その生徒《せいと》が、前原《まえはら》でも？」

私《わたし》は、思《おも》わずシャープペンを止《と》めてしまった。

信《しん》じられなくて、若武《わかたけ》に聞《き》いてみる。

「前原君《まえはらくん》、朝練《あされん》とか、してるの？」

「いや、アイツは化学部《かがくぶ》だ。朝練《あされん》なんてない。」

私《わたし》は、自分《じぶん》の記録《きろく》を確認《かくにん》した。

前原君《まえはらくん》はさっき、7時《じ》に登校《とうこう》したと言《い》っていたのだった。

実際《じっさい》は、その1時間《じかん》も前《まえ》に登校《とうこう》していたのに！

上杉君《うえすぎくん》は、右手《みぎて》の中指《なかゆび》で眼鏡《めがね》を押《お》し上《あ》げる。

「警備員《けいびいん》にも、校務員《こうむいん》にも、前原《まえはら》が6時《じ》に来《き》たことを確認《かくにん》した。この1時間《じかん》は、大《おお》きいぜ。」

若武《わかたけ》は、勢《いきお》いよく立《た》ち上《あ》がった。

「皆《みんな》で前原《まえはら》を疑《うたが》うのかっ!?」

その時《とき》だった。

「あの。」

顔《かお》を上《あ》げると、そこに、前原君《まえはらくん》が来《き》ていた。

私《わたし》たち全員《ぜんいん》を見《み》まわしてから、申《もう》し訳《わけ》なさそうに目《め》を伏《ふ》せる。

「ごめんなさい。」

え？

「・・・僕《ぼく》、嘘《うそ》をついていたんだ。」


その場《ば》に沈黙《ちんもく》が広《ひろ》がり、私《わたし》たちは、ただただ前原君《まえはらくん》を見《み》つめた。

若武《わかたけ》が、ようやく気《き》を取《と》り直《なお》して叫《さけ》ぶ。

「嘘《うそ》って、どういうことだよ。」

前原君《まえはらくん》は小《ちい》さくつぶやいた。

「本当《ほんとう》は僕《ぼく》、6時《じ》に登校《とうこう》したんだ。」

え？

「あのジャック人形《にんぎょう》、傾《かたむ》いててうまく座《すわ》れなかったよね。だから直《なお》そうと思《おも》って、裁縫箱《さいほうばこ》を持《も》って早《はや》めに来《き》たんだ。」

上杉君《うえすぎくん》が、呆気《あっけ》にとられたようにつぶやく。

「だったら、初《はじ》めっから6時《じ》に登校《とうこう》したって言《い》えばいいだけだろ。」

前原君《まえはらくん》は、ますます声《こえ》を小《ちい》さくした。

「・・・ジャック人形《にんぎょう》を直《なお》せるって言《い》えなかったからだよ。」

え？

「昨日《きのう》はクラスの皆《みんな》が遅《おそ》くまで残《のこ》って、ちゃんと座《すわ》れるように直《なお》してたろ。でもうまくいかなかった。それ見《み》てて、僕《ぼく》、いい方法《ほうほう》を思《おも》いついたんだけど、自信《じしん》がなかったから口《くち》に出《だ》せなかったんだ。それで今日《きょう》、早《はや》く来《き》て、こっそり試《ため》してみようと思《おも》って・・・」

そうだったのか。

確《たし》かに直《なお》すって言《い》って、もし直《なお》せなかったら、ちょっと引《ひ》っこみがつかないものね。

ジャック人形《にんぎょう》を壊《こわ》したのは、前原君《まえはらくん》じゃなかったんだ。

前原君《まえはらくん》が犯人《はんにん》じゃないという若武《わかたけ》の主張《しゅちょう》と、裁縫箱《さいほうばこ》は前原君《まえはらくん》のものだという翼《たすく》の主張《しゅちょう》は、どちらも正《ただ》しかったのだった。

その2人《ふたり》は、視線《しせん》を空中《くうちゅう》に泳《およ》がせて、チラチラとお互《たが》いを見《み》ている。

素直《すなお》に謝《あやま》ればいいのに。

私《わたし》がそう思《おも》っていると、やがて同時《どうじ》に言《い》った。

「悪《わる》かったよ。」

「俺《おれ》も、むきになって、ごめん。」

私《わたし》は、小塚君《こづかくん》と顔《かお》を見合《みあ》わせてちょっと笑《わら》った。

若武《わかたけ》と翼《たすく》の間《あいだ》の空気《くうき》が、ようやく和《やわ》らいだ気《き》がして、ほっとしたんだ。

上杉君《うえすぎくん》の咳払《せきばら》いが響《ひび》く。

「で、犯人《はんにん》がいなくなっちまったんだけど、どうすんだ。」

あ。

「前原《まえはら》が犯人《はんにん》でなかったら、犯人《はんにん》は前原《まえはら》の裁縫箱《さいほうばこ》を使《つか》った誰《だれ》かだ。でも、その誰《だれ》かを示《しめ》す証拠《しょうこ》は、今《いま》のところ何《なに》も出《で》ていない。」

確《たし》かに、その通《とお》りだった。

裁《た》ちバサミに付《つ》いていた血《ち》が誰《だれ》のものかも、わかってないし。

若武《わかたけ》は悔《くや》しそうに髪《かみ》をかき上《あ》げる。

「黒木《くろき》が戻《もど》るまで、別《べつ》の線《せん》から考《かんが》えてみるしかないか。アーヤ、他《ほか》に検討《けんとう》すべき点《てん》は？」

私《わたし》は事件《じけん》ノートを見直《みなお》し、まだ検討《けんとう》していない謎《なぞ》を探《さが》してみる。

残《のこ》りは、現場《げんば》に落《お》ちていたビー玉《だま》だけだった。

「えっと、現場《げんば》に、用途不明《ようとふめい》のビー玉《だま》が落《お》ちていたことです。」

すると、前原君《まえはらくん》がハッと息《いき》を呑《の》んだ。

それを見逃《みのが》さなかった若武《わかたけ》が、すかさず突《つ》っ込《こ》みを入《い》れる。

「前原《まえはら》、お前何《まえなに》か知《し》っているのか？」

私《わたし》は、前原君《まえはらくん》の言葉《ことば》を待《ま》った。

犯人《はんにん》に関《かん》する情報《じょうほう》が出《で》てくるのかもしれない、そう思《おも》っていたんだ。

「ごめん、そのビー玉《だま》、僕《ぼく》が使《つか》ったんだ。」

え？

小塚君《こづかくん》が、ファスナー付《つ》きビニール袋《ぶくろ》に入《はい》っているビー玉《だま》を取《と》り出《だ》す。

「これを何《なに》に使《つか》ったの？」

前原君《まえはらくん》はそれを受《う》け取《と》った。

「ジャック人形《にんぎょう》のバランスを取《と》るための錘《おもり》に使《つか》ったんだ。ちょうどいい錘《おもり》が家《いえ》になくて、代用品《だいようひん》だったんだけど、体《からだ》の傾《かたむ》きが取《と》れて、ちゃんと座《すわ》れるようになったから。」

そう言《い》いながら何《なに》かを思《おも》い出《だ》したみたいだった。

「あ、ジャック人形《にんぎょう》の最終《さいしゅう》チェックをしていた時《とき》、何《なん》となく視線《しせん》を感《かん》じたんだ。で、見《み》たら、窓《まど》に人影《ひとかげ》が映《うつ》ってた。」

人影《ひとかげ》!?

若武《わかたけ》が身《み》を乗《の》り出《だ》す。

「そいつの顔《かお》、見《み》たのか？　何時《なんじ》くらいの話《はなし》だ？」

前原君《まえはらくん》は、首《くび》を横《よこ》に振《ふ》った。

「ご、ごめん。一瞬《いっしゅん》で見《み》えなくなってしまったから、気《き》のせいかもって思《おも》って、今《いま》まで気《き》にしてなかったんだ。時間《じかん》は6時《じ》30分《ぷん》すぎ、くらいだったけど。」

ううむ、行《ゆ》き詰《づ》まった感《かん》じ。

若武《わかたけ》がパチンと指《ゆび》を鳴《な》らす。

「しかたがない、証拠《しょうこ》をもう一度《いちど》洗《あら》い直《なお》してみよう。小塚《こづか》、ジャック人形《にんぎょう》の胴体《どうたい》から何《なに》かわからないか？」

小塚君《こづかくん》は、カバンの中《なか》からビニール袋《ぶくろ》を取《と》り出《だ》した。

一《ひと》つには、血《ち》の付《つ》いた綿《わた》、もう一《ひと》つには、切《き》られたジャック人形《にんぎょう》が入《はい》っている。

「僕《ぼく》の線《せん》では、血《ち》の付《つ》いた綿《わた》だけだよ。ここから犯人《はんにん》を特定《とくてい》するには、この学校内《がっこうない》の全員《ぜんいん》の血液《けつえき》サンプルが必要《ひつよう》になるし、それ、実際無理《じっさいむり》だと思《おも》う。」

う〜ん。

その時《とき》、上杉君《うえすぎくん》がジャック人形《にんぎょう》の頭《あたま》に手《て》を伸《の》ばしたんだ。

「どうしたの？」

じっと見《み》つめていて上杉君《うえすぎくん》は、小《ちい》さくつぶやく。

「やっぱりそうだ。見《み》てみろ、爪《つめ》の跡《あと》だ。」

爪跡《つめあと》？

私《わたし》たちが顔《かお》を寄《よ》せ合《あ》って、上杉君《うえすぎくん》の指《さ》す所《ところ》を見《み》ると、黒《くろ》い《ノ》の字《じ》のような跡《あと》が、うっすらと残《のこ》っている。

「きっと犯人《はんにん》の手《て》の爪《つめ》の間《あいだ》には、何《なに》か入《はい》ってたんだ。そして、その手《て》でジャック人形《にんぎょう》をつかんだ。ここに付《つ》いている物《もの》が何《なん》なのか、分析《ぶんせき》できればすごい手《て》がかりになるぞ。」

小塚君《こづかくん》は、残念《ざんねん》そうに首《くび》を横《よこ》に振《ふ》る。

「それは、僕《ぼく》も気付《きづ》いてたけど、量《りょう》が少《すく》なすぎて分析《ぶんせき》は無理《むり》だから、言《い》ってもしかたないと思《おも》ってたんだ。」

すると、翼《たすく》が右手《みぎて》を上《あ》げた。

「俺《おれ》がやる。」

あ、そうか！

小塚君《こづかくん》が分析《ぶんせき》できない微物《びぶつ》でも、臭《にお》いはあるよね。

若武《わかたけ》がゴーサインを出《だ》す。

「美門《みかど》、頼《たの》む。」

翼《たすく》は、小塚君《こづかくん》からジャック人形《にんぎょう》が入《はい》ったビニール袋《ぶくろ》をもらうと、深呼吸《しんこきゅう》をしてから鼻《はな》を近《ちか》づけた。

私《わたし》はコクンと息《いき》を呑《の》む。

あの《ノ》の字《じ》からは、いったいどんな臭《にお》いがするんだろう。

「何《なん》だ、これ。嗅《か》いだことがない臭《にお》いだ。」

え⁉

若武《わかたけ》が立《た》ち上《あ》がった。

「どういうことだよ、嗅《か》いだことないって。」

「いや、土《つち》の臭《にお》いなんだけどさ、それがなんか変《へん》なものが混《ま》じってるんだ。」

「だったら調《しら》べてみればいいだろ。アーヤ、美門《みかど》が嗅《か》ぎ取《と》った臭《にお》いを記録《きろく》。」

私《わたし》はあわてて新《あたら》しいメモを用意《ようい》する。

翼《たすく》は目《め》をつぶり、一心《いっしん》に嗅《か》ぎながら言《い》った。

「主《おも》に土《つち》。水苔《みずごけ》と石《いし》の臭《にお》い、花崗岩《かこうがん》かな。」

はっ⁉

土《つち》と、水苔《みずごけ》に石《いし》って・・・何《なん》だろ。

首《くび》をひねる私《わたし》の隣《となり》で、若武《わかたけ》が声《こえ》を上《あ》げる。

「あ、黒木《くろき》だ。」

見《み》れば、黒木君《くろきくん》が食堂《しょくどう》の入《い》り口《ぐち》を入《はい》ってくるところだった。

「黒木《くろき》、こっち、こっち！」

若武《わかたけ》に呼《よ》ばれて、黒木君《くろきくん》は急《いそ》ぎ足《あし》で歩《あゆ》み寄《よ》ってくると、空《あ》いていた椅子《いす》に座《すわ》り、前原君《まえはらくん》を見《み》た。

「彼《かれ》は？」

「ああ、コイツ前原《まえはら》っていって俺《おれ》のクラスメート。ジャック人形《にんぎょう》破壊《はかい》事件《じけん》に関《かか》わっているんだ。」

そう言《い》いながら今《いま》までのことを説明《せつめい》する。

「で、お前《まえ》の方《ほう》はどうだった、何《なん》かつかめたか？」

黒木君《くろきくん》は笑《え》みを浮《う》かべた。

「個人《こじん》レベルでは何《なに》も出《で》なかった。ただ、面白《おもしろ》い話《はなし》が聞《き》けたよ。」

私《わたし》は、握《にぎ》っていたシャープペンに力《ちから》をこめた。

いったいどんな話《はなし》？

「今回《こんかい》のハロウィン人形《にんぎょう》コンテスト、各《かく》クラスで作品《さくひん》を作《つく》ってるよね。その中《なか》で、優勝《ゆうしょう》にすっごくこだわってるって噂《うわさ》のクラスがあったんだ。」

上杉君《うえすぎくん》が、眉《まゆ》をひそめて若武《わかたけ》をにらむ。

「お前《まえ》んところだろ。」

若武《わかたけ》がブンブンと首《くび》を横《よこ》に振《ふ》るのを見《み》て、黒木君《くろきくん》はちょっと笑《わら》った。

「いや。1－A《エー》もなかなかだったけど、それ以上《いじょう》に1－B《ビー》が熱《あつ》かった。」

え、1－B《ビー》って、若武《わかたけ》の隣《となり》のクラスだったよね。

確《たし》か、ハロウィン人形《にんぎょう》コンテストの優勝候補《ゆうしょうこうほ》って言《い》ってたっけ。

「文字通《もじどお》りクラス一丸《いちがん》となって、毎日遅《まいにちおそ》くまで残《のこ》ってたらしい。運動部系《うんどうぶけい》の部活《ぶかつ》に所属《しょぞく》していた生徒《せいと》まで、放課後《ほうかご》の練習《れんしゅう》に出《で》ずに、人形《にんぎょう》を作成《さくせい》していたって話《はなし》だ。」

え、そうなんだ。

「あと、関係《かんけい》があるかどうか不明《ふめい》だけど、職員室《しょくいんしつ》で今朝《けさ》ちょっとした事件《じけん》があった。」

事件《じけん》？

「鉢植《はちう》えが、風《かぜ》にあおられて割《わ》れたんだって。その片《かた》づけと植《う》え替《か》えを、園芸部員《えんげいぶいん》がやったらしい。これが、その鉢《はち》の破片《はへん》。誰《だれ》かが騒《さわ》ぎを起《お》こして、その隙《すき》に何《なに》かしようとした可能性《かのうせい》もあると思《おも》ってさ、手《て》がかりになるかもしれないからもらってきたんだ。」

黒木君《くろきくん》はポケットから、ハンカチに包《つつ》まれた破片《はへん》を取《と》り出《だ》す。

瞬間《しゅんかん》、翼《たすく》が顔色《かおいろ》を変《か》えた。

「黒木《くろき》、それ、ジャック人形《にんぎょう》に付《つ》いていた爪痕《つめあと》と同《おな》じ臭《にお》いがする！」

じゃこの植《う》え替《か》えをした生徒《せいと》が、その手《て》でジャック人形《にんぎょう》をつかんだんだ！

黒木君《くろきくん》はすぐスマホを取《と》り出《だ》し、電話《でんわ》をかける。

「ああ俺《おれ》だけど。聞《き》きたいことがあるんだ。今朝《けさ》、職員室《しょくいんしつ》で植木鉢《うえきばち》が割《わ》れた時《とき》さ。」

私《わたし》たちは固唾《かたず》を呑《の》み、電話相手《でんわあいて》と話《はな》している黒木君《くろきくん》を見《み》つめた。

「ああそう。ありがと。じゃね。」

電話《でんわ》を終《お》えた黒木君《くろきくん》は、意味《いみ》ありげな笑《え》みを浮《う》かべて私《わたし》たちを見《み》まわす。

「片《かた》づけに来《き》た園芸部員《えんげいぶいん》は、山内《やまうち》という生徒《せいと》だ。」

それを聞《き》いた前原君《まえはらくん》が、ハッとしたような顔《かお》になった。

「山内君《やまうちくん》って、1－B《ビー》だよ。」

その瞬間《しゅんかん》、動機《どうき》と証拠《しょうこ》が1つにつながったのだった。

私《わたし》は、胸《むね》がドキドキした。

若武《わかたけ》が咳払《せきばら》いをし、もったいぶって立《た》ち上《あ》がる。

「ジャック人形破壊事件《にんぎょうはかいじけん》の最有力容疑者《さいゆうりょくようぎしゃ》は、山内《やまうち》だ。」

大《おお》きく息《いき》を吸《す》いこみ、力《ちから》をこめて私《わたし》たちを見《み》まわした。

「諸君《しょくん》、山内《やまうち》に会《あ》いに行《い》くぞ。」

私《わたし》たちは食堂《しょくどう》を出《で》て、1－B《ビー》の教室《きょうしつ》に向《む》かった。

廊下《ろうか》から覗《のぞ》いた若武《わかたけ》が指差《ゆびさ》す。

「あいつが山内《やまうち》だ。」

その子《こ》は、クラス内展示《ないてんじ》の案内《あんない》をしているところだった。

左《ひだり》の中指《なかゆび》に、カットバンが貼《は》られている。

怪我《けが》してるんだ！

若武《わかたけ》がニヤリと笑《わら》う。

「証拠《しょうこ》見《み》つけ。」

私《わたし》たちは、頷《うなず》き合《あ》った。

それはもうダメ押《お》しみたいなもので、これだけ証拠《しょうこ》がそろえば、決定的《けっていてき》だった。

「よし。山内《やまうち》を廊下《ろうか》に呼《よ》び出《だ》す。」

そう言《い》って若武《わかたけ》は教室《きょうしつ》の中《なか》に入《はい》っていき、しばらくして一緒《いっしょ》に出《で》てきた。

「用事《ようじ》って、何《なに》？」

山内君《やまうちくん》は、怪訝《けげん》そうな顔《かお》をしている。

でも若武《わかたけ》がスマホを出《だ》し、壊《こわ》されたジャック人形《にんぎょう》の写真《しゃしん》を見《み》せると、表情《ひょうじょう》が強張《こわば》った。

「知《し》らないって言《い》わせないぜ。お前《まえ》だろ？」

山内君《やまうちくん》は、視線《しせん》を逸《そ》らす。

「人形《にんぎょう》が壊《こわ》れたことは、気《き》の毒《どく》だとは思《おも》うけど、俺《おれ》には関係《かんけい》ないだろ。」

若武《わかたけ》は小塚君《こづかくん》から血《ち》の付《つ》いた綿《わた》を出《だ》してもらい、それを山内君《やまうちくん》に突《つ》きつけた。

「これはジャック人形《にんぎょう》の綿《わた》だ、ここに犯人《はんにん》の血《ち》が染《し》み込《こ》んでる。この血《ち》とお前《まえ》の血《ち》、DNA鑑定《ディーエヌエーかんてい》してもいいんだぜ。左手《ひだりて》の指《ゆび》、怪我《けが》しているよな。」

山内君《やまうちくん》は目《め》を見開《みひら》く。

「俺《おれ》は、ただ謝《あやま》ってほしいだけだ。お前《まえ》のクラスもそうだけど、俺《おれ》たちも一生懸命《いっしょうけんめい》、ハロウィン人形《にんぎょう》を作《つく》ってたんだから。」

山内君《やまうちくん》はうつむく。

しばらく黙《だま》っていて、やがてしかたなさそうに言《い》った。

「俺《おれ》だよ。俺《おれ》1人《ひとり》でやったんだ。」

私《わたし》は、シャープペンを握《にぎ》る手《て》に力《ちから》をこめ、その言葉《ことば》を書《か》き取《と》った。

「今朝《けさ》、外《そと》の花壇《かだん》の土《つち》を入《い》れ替《か》えている時《とき》に、お前《まえ》たちのクラスのジャック人形《にんぎょう》が見《み》えたんだ。

昨日《きのう》まで傾《かたむ》いていたのに、机《つくえ》の上《うえ》でしっかり座《すわ》っていたからビックリした。」

若武《わかたけ》がハッとしたように言葉《ことば》を挟《はさ》む。

「じゃ今朝《けさ》、前原《まえはら》が見《み》た人影《ひとかげ》って、お前《まえ》なのか？」

山内君《やまうちくん》は、頷《うなず》いた。

「たぶん、そう。俺《おれ》、すごくあせったんだ。これじゃ俺《おれ》のクラスの優勝《ゆうしょう》は、危《あや》ういって思《おも》って。

教室《きょうしつ》に帰《かえ》った後《あと》も、そのことが頭《あたま》から離《はな》れなくて、それで決心《けっしん》した。1－A《エー》の人形《にんぎょう》を壊《こわ》せばいいって。あわてたからハサミで手《て》を切《き》ったんだけど、綿《わた》に血《ち》が染《し》みついていたなんて、気付《きづ》かなかった。」

そう言《い》いながら悲《かな》しげにうつむく。

「俺《おれ》らの担任《たんにん》の先生《せんせい》、今月《こんげつ》で退職《たいしょく》なんだよ。最後《さいご》に、いい思《おも》い出《で》を作《つく》って送《おく》り出《だ》したくて、皆《みんな》でコンテストの優勝《ゆうしょう》を目指《めざ》してたんだ。優勝《ゆうしょう》クラスには、優勝《ゆうしょう》ジャック・オ・ランタンが贈《おく》られる。退職《たいしょく》する先生《せんせい》に、それを渡《わた》したかったんだ。」

そうだったのか。

きっとクラス中《じゅう》が、すごく先生《せんせい》のことを好《す》きだったんだね。

若武《わかたけ》が、その目《め》を凜《りん》と輝《かがや》かせる。

「お前《まえ》の気持《きも》ちは、わからないじゃない。だけど、こんなことダメだろ。先生《せんせい》だってきっと喜《よろこ》ばないぜ。お前《まえ》には、償《つぐな》いをしてもらう。」

私《わたし》は、何《なん》とも言《い》えない気持《きも》ちで、若武《わかたけ》を見《み》つめた。

いったい何《なに》をさせるつもりなんだろう。

「小塚《こづか》、ジャック人形《にんぎょう》と裁縫箱《さいほうばこ》、袋《ふくろ》から出《だ》せよ。」

若武《わかたけ》は、小塚君《こづかくん》が差《さ》し出《だ》したジャック人形《にんぎょう》と裁縫箱《さいほうばこ》を、前原君《まえはらくん》に渡《わた》す。

「これから、前原《まえはら》がジャック人形《にんぎょう》を直《なお》す。山内《やまうち》は、その手伝《てつだ》いをするんだ。きちんとやれよ。人《にん》形《ぎょう》が直《なお》ったら、お前《まえ》らのクラスの人形《にんぎょう》とコンテストで勝負《しょうぶ》だ。」

私《わたし》は、ほっと息《いき》をついた。

若武《わかたけ》が思《おも》いついたにしては穏《おだ》やかな結論《けつろん》で、よかったと思《おも》った。

でも、そうは思《おも》わなかった人《ひと》が、約《やく》1名《めい》いたみたいで・・・それは前原君《まえはらくん》だった。

「・・・ぼ、僕《ぼく》が!?　そ、そんなのムリ、自信《じしん》ないよ。」

降参《こうさん》というように両手《りょうて》を上《あ》げる前原君《まえはらくん》に、若武《わかたけ》は詰《つ》め寄《よ》った。

「俺《おれ》たちのクラスメートに、真《ま》っ二《ぷた》つになった人形《にんぎょう》を直《なお》せる技術《ぎじゅつ》はない。新《あたら》しい人形《にんぎょう》を作《つく》る時間《じかん》もない。頼《たよ》りになるのは、傾《かたむ》いた人形《にんぎょう》を直《なお》すことができたお前《まえ》だけだ。お前《まえ》の力《ちから》を信《しん》じてるよ！」

そう言《い》われた前原君《まえはらくん》は、ジッと裁縫箱《さいほうばこ》を見《み》つめた。

山内君《やまうちくん》が深《ふか》く頷《うなず》く。

「わかった。俺《おれ》、一生懸命直《いっしょうけんめいなお》すよ。」

やがて前原君《まえはらくん》も小《ちい》さく頷《うなず》いた。

「う、うん。やってみる。」


その後《ご》、私《わたし》たちはジャック人形《にんぎょう》を直《なお》すために、家庭科室《かていかしつ》に移動《いどう》した。

前原君《まえはらくん》は頑張《がんば》って、コンテストの時間《じかん》までに、ジャック人形《にんぎょう》を縫《ぬ》い合《あ》わせた。

山内君《やまうちくん》に手伝《てつだ》ってもらい、胴体《どうたい》を直《なお》して服《ふく》のデザインをちょっと変《か》えて、壊《こわ》れたことがわからないようにしたんだ。

「直《なお》ったんだ！」

前原君《まえはらくん》の手先《てさき》の器用《きよう》さに、私《わたし》たちは圧倒《あっとう》された。

完成《かんせい》したその人形《にんぎょう》を、若武《わかたけ》と前原君《まえはらくん》が教室《きょうしつ》に持《も》っていくと、大歓声《だいかんせい》が上《あ》がった。

「スッゲーじゃん!!」

「壊《こわ》れてたなんて、全然《ぜんぜん》わかんないよ。前《まえ》のよりかわいいかも。」

「誰《だれ》がやったの？　え、前原《まえはら》？　マジかよ。」

「こんな特技《とくぎ》があるなんて、知《し》らなかったよ。」

「尊敬《そんけい》するかも！」

よかったね、前原君《まえはらくん》。

皆《みんな》に称賛《しょうさん》されている前原君《まえはらくん》を見《み》て、私《わたし》たちは顔《かお》を見合《みあ》わせ、微笑《ほほえ》み合《あ》った。

こうして、うまく直《なお》ったジャック人形《にんぎょう》は、体育館《たいいくかん》のステージに運《はこ》ばれたんだ。

私《わたし》たちは、一般客用《いっぱんきゃくよう》のブースで、若武《わかたけ》と前原君《まえはらくん》は生徒用《せいとよう》のブースで、結果発表《けっかはっぴょう》を待《ま》つ。

小塚君《こづかくん》が、ここに来《く》る途中《とちゅう》のクラスでもらってきた、クッキーの袋《ふくろ》を握《にぎ》りしめながらつぶやいた。

「いよいよだね。ドキドキしちゃうよ。」

うん、私《わたし》も。

「さあ、いよいよ結果発表《けっかはっぴょう》です。生徒会長《せいとかいちょう》、よろしくお願《ねが》いします！」

演台《えんだい》の前《まえ》に、生徒会長《せいとかいちょう》と優勝《ゆうしょう》ジャック・オ・ランタンを持《も》った副会長《ふくかいちょう》が並《なら》んだ。

生徒会長《せいとかいちょう》は、手《て》に持《も》っていた冊子《さっし》を開《ひら》き、次々《つぎつぎ》と賞《しょう》を発表《はっぴょう》していく。

呼《よ》ばれたクラスから歓声《かんせい》が上《あ》がり、残《のこ》りのクラスは拍手《はくしゅ》を送《おく》った。

黒木君《くろきくん》が小《ちい》さな声《こえ》でささやく。

「残《のこ》るは、優勝《ゆうしょう》と次点《じてん》のグッドデザイン賞《しょう》だよ。」

私《わたし》は、息《いき》を呑《の》んだ。

「次《つぎ》に、グッドデザイン賞《しょう》を発表《はっぴょう》します。グッドデザイン賞《しょう》に輝《かがや》いたクラスは、1－A《エー》！」

若武《わかたけ》のクラスだ！

体育館《たいいくかん》の一角《いっかく》で、ワッと声《こえ》が上《あ》がった。

小塚君《こづかくん》が拍手《はくしゅ》をする。

「前原君《まえはらくん》が頑張《がんば》ったおかげだよね！」

うん！

優勝《ゆうしょう》ではなかったけど、前原君《まえはらくん》が諦《あきら》めなかったから、勝《か》ち取《と》れた賞《しょう》だった。

会場《かいじょう》の盛《も》り上《あ》がりが収《おさ》まるのを待《ま》って、生徒会長《せいとかいちょう》が発表《はっぴょう》した。

「では、いよいよ優勝《ゆうしょう》クラスの発表《はっぴょう》です。栄《は》えある優勝《ゆうしょう》クラスは、1－B《ビー》！」

あ、山内君《やまうちくん》のクラスだ！

「担任《たんにん》の先生《せんせい》は、壇上《だんじょう》へどうぞ。」

割《わ》れんばかりの拍手《はくしゅ》を受《う》けて、山内君《やまうちくん》の担任《たんにん》の先生《せんせい》が上《あ》がってきた。

優勝《ゆうしょう》ジャック・オ・ランタンを受《う》け取《と》り、うれしそうに微笑《ほほえ》んだ。

山内君《やまうちくん》も、クラスの皆《みんな》も、きっと喜《よろこ》んでるだろうな。

「これで、ハロウィン人形《にんぎょう》コンテストを終《お》わります。引《ひ》き続《つづ》き、ハロウィン祭《さい》をお楽《たの》しみください。」

アナウンスが終《お》わると、私《わたし》たちのブースに若武《わかたけ》と前原君《まえはらくん》がやってきた。

若武《わかたけ》はちょっと悔《くや》しそうな顔《かお》で言《い》う。

「チックショー、優勝狙《ゆうしょうねら》えると思《おも》ったんだけどな！」

前原君《まえはらくん》は、うれしそうに笑《わら》っていた。

「1－B《ビー》の先生《せんせい》、スッゴク喜《よろこ》んでたよ。ほんとによかった。」

そう言《い》いながら私《わたし》たちに向《む》かって、深《ふか》く頭《あたま》を下《さ》げる。

「皆《みな》さんのおかげです、ありがとう。」

そして、私《わたし》たちに、こんな提案《ていあん》をしてくれたんだ。

「よかったら、僕《ぼく》に校内《こうない》を案内《あんない》させてください。部《ぶ》の出《だ》し物《もの》とか、クラスの展示《てんじ》も面白《おもしろ》いものがたくさんあるし、食堂《しょくどう》のメニューもハロウィン仕様《しよう》だから。美味《おい》しいお菓子《かし》を配《くば》っている所《ところ》もあるし。」

小塚君《こづかくん》が顔《かお》を輝《かがや》かせる。

「僕《ぼく》、お腹空《なかす》いたよ、早《はや》く行《い》こう！」

上杉君《うえすぎくん》が、正門《せいもん》で配《くば》られた「ハロウィンのしおり」を見《み》ながら、つぶやいた。

「この《ルネッサンス期《き》の数学《すうがく》》の展示《てんじ》を見《み》に行《い》きたいんだけど、どこ？」

若武《わかたけ》は、ウンザリとした顔《かお》をする。

「ハロウィンと関係《かんけい》ないじゃん！」

ゲンナリする若武《わかたけ》の左右《さゆう》から、黒木君《くろきくん》と翼《たすく》が肩《かた》を叩《たた》いてなだめた。

私《わたし》は、前原君《まえはらくん》に向《む》き直《なお》る。

「ぜひ案内《あんない》をお願《ねが》い！　前原君《まえはらくん》の見《み》たい所《ところ》も教《おし》えて。それ、皆《みんな》で見《み》てみたいから。」

せっかく知《し》り合《あ》えたんだから、もっと親《した》しくなりたいもん。

「よぉし、ハロウィン祭《さい》、楽《たの》しもうぜ。レッツゴー。」

若武《わかたけ》の号令《ごうれい》で、私《わたし》たちは歩《ある》き出《だ》した。

校内《こうない》は、もうハロウィン一色《いっしょく》。

う～ん、楽《たの》しい一日《いちにち》になりそう！

「本格《ほんかく》ハロウィンは知《し》っている」

藤本《ふじもと》ひとみ／原作《げんさく》
住滝《すみたき》　良《りょう》／文《ぶん》

1　爆弾《ばくだん》を抱《かか》えたトップ下《した》

「アーヤ、元気《げんき》？」

小塚君《こづかくん》から電話《でんわ》があったのは、私《わたし》の学校《がっこう》が夏休《なつやす》みに入《はい》って間《ま》もなくだった。

首都圏《しゅとけん》の中《なか》には、もっと早《はや》く、7月半《がつなか》ばくらいから休《やす》む学校《がっこう》もあるんだけれど、浜田《はまだ》は遅《おそ》い方《ほう》なんだ。

夏休《なつやす》みって・・・学校《がっこう》では夏《なつ》の課題《かだい》を出《だ》すし、秀明《しゅうめい》では夏季特別講習《かきとくべつこうしゅう》が始《はじ》まって、いつも以上《いじょう》にきついスケジュールになる、暑《あつ》いのに・・・。

「久《ひさ》しぶりだね。」

小塚君《こづかくん》の声《こえ》を聞《き》いたとたんに、私《わたし》は気持《きも》ちが明《あか》るくなった。

きっと若武《わかたけ》が、KZ《カッズ》の会議《かいぎ》を招集《しょうしゅう》したのに違《ちが》いない！

連絡《れんらく》は、たいてい小塚君《こづかくん》から来《く》るから。

KZ《カッズ》の活動《かつどう》は、私《わたし》の人生《じんせい》の原動力《げんどうりょく》。

メンバーと顔《かお》を合《あ》わせて、ワイワイ騒《さわ》ぎながら事件《じけん》の状況《じょうきょう》を整理《せいり》し、いろんな方面《ほうめん》から調査《ちょうさ》して絞《しぼ》りこんでいくのはすごく楽《たの》しいし、謎《なぞ》が解《と》けていく時《とき》の気持《きも》ちよさや、すべてが解決《かいけつ》した時《とき》の達成感《たっせいかん》と満足感《まんぞくかん》といったら、もう最高《さいこう》！

それに、皆《みんな》と接《せっ》していると、いろいろなことが見《み》えてくるんだ。

1人《ひとり》では絶対《ぜったい》、考《かんが》えつかなかったようなことも心《こころ》に浮《う》かんでくるし、自分《じぶん》の幅《はば》が広《ひろ》がって豊《ゆた》かになっていく感《かん》じがする。

ああ今度《こんど》は、どんな事件《じけん》が起《お》こったんだろ、すっごく楽《たの》しみ！

「僕《ぼく》、今《いま》、伊勢志摩《いせしま》にいるんだ。海《うみ》がきれいだよ。若武《わかたけ》と上杉《うえすぎ》も一緒《いっしょ》。」

明《あか》るくなっていた私《わたし》の気持《きも》ちは、一気《いっき》に暗転《あんてん》、メランコリー。

だって3人《にん》がそんな遠《とお》くにいるんだったら、KZ《カッズ》の会議《かいぎ》なんて絶対《ぜったい》、開《ひら》けっこないもの。

お願《ねが》い、1日《にち》でも早《はや》く帰《かえ》ってきてね。

「電話《でんわ》したのは、知《し》らせておいた方《ほう》がいいと思《おも》ったからなんだ、当分《とうぶん》、KZ《カッズ》は活動休止《かつどうきゅうし》になりそうだってこと。」

私《わたし》の気持《きも》ちは、奈落《ならく》の底《そこ》に急降下《きゅうこうか》っ！

ひどいよ、そんなの・・・何《なん》でっ、どーしてっ⁉

「あのね、若武《わかたけ》が、ついに膝《ひざ》の手術《しゅじゅつ》をする決心《けっしん》をしたんだ。」

ドキリとした。

若武《わかたけ》が膝《ひざ》の靱帯《じんたい》を切《き》ったのは、「黄金《おうごん》の雨《あめ》は知《し》っている」の中《なか》でのこと。

これが切《き》れると二度《にど》と元《もと》に戻《もど》らないらしく、プロのサッカー選手《せんしゅ》になろうとしていた若武《わかたけ》の夢《ゆめ》は潰《つい》えてしまった。

でも若武《わかたけ》は、懸命《けんめい》な努力《どりょく》をして、KZ《カッズ》のトップ下《した》に復帰《ふっき》したんだ。

その後《ご》、膝《ひざ》がどうなっているのか話《はなし》を聞《き》いたことはなかったけれど、私《わたし》はずっと気《き》にしていた。

だから小塚君《こづかくん》にそう言《い》われて、やっぱり大変《たいへん》なことになっていたんだってわかって、青《あお》ざめる思《おも》いだった。

大丈夫《だいじょうぶ》なんだろうか⁉

「実《じつ》は、こっちで大《おお》きな事件《じけん》が起《お》こってね。僕《ぼく》たちそれに関《かか》わって、今《いま》は全員《ぜんいん》、病院《びょういん》に入院中《にゅういんちゅう》なんだ。」

はっ？

「あ、命《いのち》に関《かか》わる怪我《けが》じゃないから心配《しんぱい》はいらないよ。」

はぁ・・・。

「でも若武《わかたけ》は、膝《ひざ》に故障《こしょう》を抱《かか》えてたせいで、大《だい》ピンチに陥《おちい》ったんだ。それで、このままじゃダメだって思《おも》ったみたい。今《いま》の俺《おれ》は膝《ひざ》に爆弾《ばくだん》を付《つ》けてるのと同《おな》じだから、トップ下《した》のポジションも今《こん》後《ご》どうなるかわからないって。その状態《じょうたい》を解消《かいしょう》するために、手術《しゅじゅつ》を決心《けっしん》したんだ。」

えっと、・・・とにかく決心《けっしん》したってことはわかった。

「若武《わかたけ》の家族《かぞく》って、今《いま》、アメリカにいるだろ。で、お父《とう》さんが、いい病院《びょういん》を探《さが》したらしくて、あっちで手術《しゅじゅつ》するんだって。」

そうなんだ。

じゃ若武《わかたけ》も、久《ひさ》しぶりで家族《かぞく》と会《あ》えるね。

手術《しゅじゅつ》は大変《たいへん》そうだけど、家族《かぞく》のサポートを受《う》けられるなら、きっと心強《こころづよ》いだろうな。

「その後《ご》は、当然《とうぜん》リハビリが必要《ひつよう》で、それには時間《じかん》がかかるだろ。つまり、いつ日本《にほん》に帰《かえ》ってこられるかわからないってこと。だから探偵《たんてい》チームKZ《カッズ》は、当分《とうぶん》、活動休止《かつどうきゅうし》にならざるをえないんだ。」

そっか。

そういう事情《じじょう》なら、しかたない。

ここは、若武《わかたけ》を応援《おうえん》しなくちゃ！

「若武《わかたけ》がアメリカに出発《しゅっぱつ》する時《とき》、皆《みんな》で見送《みおく》りに行《い》かない？」

手術《しゅじゅつ》に旅立《たびだ》つ若武《わかたけ》に、頑張《がんば》れメッセージを送《おく》りたかった。

「若武《わかたけ》は目立《めだ》つことが好《す》きだから、思《おも》いっきり派手《はで》にして、激励《げきれい》のプラカード作《つく》って、国旗《こっき》なんか振《ふ》って見送《みおく》ると、喜《よろこ》ぶんじゃないかな。」

小塚君《こづかくん》は、溜《た》め息《いき》をついた。

「それがね、若武《わかたけ》は、来《く》るなって言《い》ってるんだ。」

え？

「膝《ひざ》の手術《しゅじゅつ》するだけだから、いちいち見送《みおく》らなくていいって。若武《わかたけ》の感覚《かんかく》としては、男《おとこ》が怪我《けが》したとか手術《しゅじゅつ》するとかは、どうも恥《は》ずかしいことの1つに入《はい》るらしい。」

きっとカッコ悪《わる》いって思《おも》ってるんだろうな。

いつでもあざやかに、スマートにやらないと自分《じぶん》じゃないっていう、根拠《こんきょ》のない思《おも》いこみをすごく強《つよ》く持《も》ってるもんね。

「見送《みおく》りも出迎《でむか》えもいらん、電話《でんわ》も手紙《てがみ》もFAX《ファックス》もメールもよこすなよ、帰《かえ》ってきて普通《ふつう》に連絡《れんらく》するまで、おとなしくしてろって言《い》われた。本気《ほんき》みたい。」

私《わたし》だったら、皆《みんな》が見送《みおく》ってくれたり、励《はげ》ましてくれたりしたらうれしいけどな。

でもまぁ若武《わかたけ》の手術《しゅじゅつ》だから、本人《ほんにん》の気持《きも》ちを尊重《そんちょう》すべきかも。
成功《せいこう》を祈《いの》りつつ、健康《けんこう》になって帰《かえ》ってきてくれるのを待《ま》とう！

2　黒《くろ》いスマートフォン

そう思《おも》いながら7月《がつ》を過《す》ごし、8月《がつ》を過《す》ごし、9月《がつ》も過《す》ごした。

その間《あいだ》の私《わたし》の毎日《まいにち》の、何《なん》と無味乾燥《むみかんそう》だったことっ！

今《いま》の自分《じぶん》にとって、KZ《カッズ》の活動《かつどう》がいかに重大《じゅうだい》なものであるかを、再認識《さいにんしき》した感《かん》じだった。

若武《わかたけ》は、いつになったら復帰《ふっき》するんだろう。

まさか手術《しゅじゅつ》がうまくいかなかったなんてこと・・・ないよねっ!?

神様《かみさま》、若武《わかたけ》を見守《みまも》っててね、見放《みはな》したら、怒《おこ》るから。

そして早《はや》く、私《わたし》たちのところに帰《かえ》してください！

毎日《まいにち》そう祈《いの》っていたのに、何《なん》の音沙汰《おとさた》もなく、月日《つきひ》は流《なが》れて、ついに10月《がつ》っ！

苛立《いらだ》ちと不安《ふあん》を募《つの》らせていた私《わたし》は、その日《ひ》、不審《ふしん》な出来事《できごと》に遭遇《そうぐう》した。

それは、学校《がっこう》から帰《かえ》る途中《とちゅう》のこと。

公園《こうえん》の中《なか》を突《つ》っ切《き》って階段《かいだん》を上《のぼ》ると近道《ちかみち》だから、私《わたし》は道路《どうろ》からそれて公園《こうえん》に踏《ふ》みこみ、階段《かいだん》の下《した》まで行《い》ったんだ。

すると、そこに、黒《くろ》いスマートフォンが落《お》ちていた。

あたりを見回《みまわ》したけれど、誰《だれ》もいなかったので、拾《ひろ》ってみた。

ストラップはついておらず、表裏《おもてうら》ともにシールもデコレーションも貼《は》ってなくて、店《みせ》で売《う》っているのと同《おな》じ状態《じょうたい》。

持《も》ち主《ぬし》の手《て》がかりは、ゼロだった。

えっと、やっぱり警察《けいさつ》に届《とど》けるべきだよね。

電車《でんしゃ》に乗《の》る前《まえ》に、駅前《えきまえ》の交番《こうばん》に寄《よ》ろう。

そう思《おも》った時《とき》、頭《あたま》の上《うえ》の方《ほう》から声《こえ》がしたんだ。

「おい、それ、俺《おれ》んだ。」

顔《かお》を上《あ》げると、階段《かいだん》の上《うえ》に男《おとこ》の子《こ》が立《た》っていた。

ちょうど背中《せなか》の方《ほう》から陽《ひ》が当《あ》たっていたので、逆光《ぎゃっこう》になってしまって顔《かお》はほとんど真《ま》っ黒《くろ》だったけれど、近《ちか》くの公立高校《こうりつこうこう》の制服《せいふく》だった。

「返《かえ》しな。」

そう言《い》いながら、猫背《ねこぜ》の背中《せなか》を揺《ゆ》するようにして降《お》りてきて私《わたし》の前《まえ》に立《た》つ。

それで、ようやく顔《かお》が見《み》えた。

びっくりするほどきつくて、抜《ぬ》け目《め》のなさそうな目付《めつ》きをしていた。

その目《め》で、じいっと私《わたし》の様子《ようす》をうかがう。

私《わたし》は気味《きみ》が悪《わる》くて、背筋《せすじ》がゾクゾクしてしまった。

「おら、さっさと返《かえ》せ。」

私《わたし》の方《ほう》に、片手《かたて》を突《つ》き出《だ》す。

私《わたし》は、手《て》に持《も》っていたスマートフォンを渡《わた》しかけた。

その時《とき》、ふっと思《おも》ったんだ。

これ、ほんとに、この人《ひと》の？

違《ちが》うかもしれない。

拾《ひろ》った私《わたし》には、本当《ほんとう》の落《お》とし主《ぬし》に返《かえ》す義務《ぎむ》がある。

この人《ひと》がほんとに落《お》としたのかどうかを、確《たし》かめないと。

「これがあなたのスマホだっていう証拠《しょうこ》は、ありますか？」

高校生《こうこうせい》は、ムッとしたように目《め》に力《ちから》をこめた。

「このくそガキ、さっさとよこしゃいいんだよ。よこせや。」

にらみすえられて、私《わたし》は息《いき》が詰《つ》まった。

でも同時《どうじ》に、こんなに一方的《いっぽうてき》に取《と》り上《あ》げようとするのは、おかしいと思《おも》ったんだ。

私《わたし》だったら、ちゃんと自分《じぶん》の物《もの》だってことを証明《しょうめい》してから、返《かえ》してもらうもの。

絶対《ぜったい》、怪《あや》しい。

私《わたし》は、ちょっと考《かんが》えてから言《い》った。

「これ、交番《こうばん》に届《とど》けます。」

いったん警察《けいさつ》に預《あず》ければ、とにかく本当《ほんとう》の持《も》ち主《ぬし》の手《て》に渡《わた》るに違《ちが》いなかったから。

「あなたが落《お》とし主《ぬし》なら、交番《こうばん》から受《う》け取《と》ってください。」

瞬間《しゅんかん》、高校生《こうこうせい》が叫《さけ》んだ。

「てめえっ！」

スマートフォンを持《も》っていた私《わたし》の手首《てくび》をつかみ上《あ》げ、無理矢理《むりやり》もぎとろうとする。

「怪我《けが》したくなかったら、おとなしく渡《わた》せ。」

私《わたし》は恐《こわ》かったけれど、ここで負《ま》けたくないっていう気持《きも》ちの方《ほう》が大《おお》きかったから、全力《ぜんりょく》でスマートフォンを握《にぎ》りしめた。

「放《はな》すもんかっ！

渡《わた》せって、おらぁ！」

もみ合《あ》っていると、私《わたし》の後方《こうほう》で声《こえ》が上《あ》がった。

「あれ、河本先輩《こうもとせんぱい》、何《なに》やってんスか？」

足音《あしおと》が階段《かいだん》を降《お》りてくる。

高校生《こうこうせい》は忌々《いまいま》しげな息《いき》をつき、私《わたし》の手首《てくび》をつかんでいた手《て》を放《はな》した。

反動《はんどう》で、私《わたし》はその場《ば》に投《な》げ出《だ》される。

しっかりとスマートフォンをつかみ直《なお》しながら顔《かお》を上《あ》げれば、そばに来《き》ていたのは、若武《わかたけ》と同《おな》じ中学《ちゅうがく》の制服《せいふく》を着《き》た男子《だんし》だった。

スクールバッグの取《と》っ手《て》をまとめて片方《かたほう》の肩《かた》に引《ひ》っかけ、両手《りょうて》をズボンのポケットに突《つ》っこんでいる。

茶《ちゃ》っぽい髪《かみ》で、彫《ほ》りの浅《あさ》い顔立《かおだ》ちをしていたけれど、どことなくすっきりした感《かん》じで勘《かん》が鋭《するど》そうだった。

高校生《こうこうせい》は、私《わたし》をにらみながらつぶやく。

「このくそガキが、俺《おれ》のスマホ、パチろうとしやがってよ。」

違《ちが》うっ！

私《わたし》は、あわてて立《た》ち上《あ》がり、訳《わけ》を説明《せつめい》した。

その子《こ》は黙《だま》って聞《き》いていて、やがて意味《いみ》ありげな笑《え》みを浮《う》かべる。

「河本先輩《こうもとせんぱい》、この子《こ》の言《い》う通《とお》りにしたら、どうっスか。交番《こうばん》に取《と》りに行《い》けばいいだけっスよ。」

高校生《こうこうせい》は、チカッとその目《め》を光《ひか》らせた。

「てめぇ、誰《だれ》に向《む》かってもの言《い》ってんだよ。1発《ぱつ》食《く》らいたいのか。」

中学生《ちゅうがくせい》は、ブルッと首《くび》を横《よこ》に振《ふ》る。

「チョー恐《こ》ぇ。」

そう言《い》いながら私《わたし》に目《め》を向《む》けた。

「この人《ひと》、恐《こわ》いからさ、おまえ、硬《かた》いこと言《い》ってないで、さっさと返《かえ》した方《ほう》がいいぜ。」

私《わたし》は、きっぱり拒否《きょひ》。

「交番《こうばん》に届《とど》けます。」

そう言《い》って駅《えき》に向《む》かった。

「おい、待《ま》てよ。」

中学生《ちゅうがくせい》が追《お》いかけてきて、私《わたし》の肩《かた》をつかむ。

「じゃぁさ、こういうんで、どう？　俺《おれ》が今《いま》、自分《じぶん》のスマホから先輩《せんぱい》のスマホにかける。そんでおまえの手《て》にあるスマホが鳴《な》ったら、それが先輩《せんぱい》のだっていう証明《しょうめい》になるだろ。」

確《たし》かに、その通《とお》りだった。

この子《こ》、機転《きてん》がきくかも。

「あ、その顔《かお》は、わかったって顔《かお》だよな。了解《りょうかい》？」

私《わたし》が頷《うなず》くと、中学生《ちゅうがくせい》は満足《まんぞく》そうに微笑《ほほえ》んだ。

「俺《おれ》って、天才《てんさい》。」

でも、かなり軽《かる》い・・・なんか若武《わかたけ》みたいな軽《かる》さ。

「じゃ、かけっからな。」

ポケットから出《だ》したスマートフォンを操作《そうさ》し、タップしてからこちらに顔《かお》を上《あ》げた。

「よし、行《い》ったぞ。」

直後《ちょくご》、私《わたし》の手《て》にあった黒《くろ》いスマートフォンが鳴《な》り出《だ》す。

見《み》れば、電話番号《でんわばんごう》と、名波《ななみ》という文字《もじ》が出《で》ていた。

「名波《ななみ》って、俺《おれ》だから。で、番号《ばんごう》は、」

そう言《い》いながら自分《じぶん》のスマートフォンをさらっと撫《な》で、電話番号《でんわばんごう》を浮《う》かび上《あ》がらせる。

「ほら、これ。」

私《わたし》は、差《さ》し出《だ》された画面《がめん》に浮《う》かんでいる番号《ばんごう》と、自分《じぶん》の手元《てもと》にあるスマートフォンの着信番号《ちゃくしんばんごう》が同《おな》じであることを確認《かくにん》し、ほっと息《いき》をついた。

そっか、私《わたし》の考《かんが》えすぎだったんだ。

「わかりました、これはお返《かえ》しします。」

中学生《ちゅうがくせい》にスマートフォンを渡《わた》しながら、こっちに近《ちか》づいてくる高校生《こうこうせい》に頭《あたま》を下《さ》げた。

「疑《うたが》って、すみませんでした。」

高校生《こうこうせい》は苦《にが》りきった顔《かお》で、黙《だま》ったままスマートフォンを受《う》け取《と》り、ポケットに入《い》れた。

「おい、行《い》くぞ。」

中学生《ちゅうがくせい》に声《こえ》をかけ、さっさと階段《かいだん》を上《のぼ》っていく。

中学生《ちゅうがくせい》もその後《あと》を追《お》っていき、私《わたし》は、しばらく時間《じかん》をおいて2人《ふたり》の姿《すがた》がすっかり消《き》えてから階《かい》段《だん》を上《のぼ》った。

心《こころ》に残《のこ》ったのは、何《なん》とない不審感《ふしんかん》。

落《お》ちていたスマートフォンが、あの高校生《こうこうせい》の物《もの》だったことは間違《まちが》いないと思《おも》う。

私《わたし》の方《ほう》が、違《ちが》ってたんだ。

でも自分《じぶん》の物《もの》なら、あんなふうに暴力的《ぼうりょくてき》に取《と》り上《あ》げなくてもよかったんじゃない？

最終的《さいしゅうてき》には、交番《こうばん》に行《い》けば取《と》り戻《もど》せるんだし。

そう考《かんが》えながら、あの中学生《ちゅうがくせい》が浮《う》かべていた意味《いみ》ありげな微笑《びしょう》を思《おも》い出《だ》した。
交番《こうばん》に取《と》りに行《い》けば、と言《い》われて、あの高校生《こうこうせい》は、すごい目《め》をしたんだ。
もしかして交番《こうばん》に行《い》きたくなかった、とか？
そうだとすれば、あの場《ば》で強引《ごういん》に取《と》り上《あ》げようとした訳《わけ》もわかる。
でも、なんで？
う〜ん、なんか怪《あや》しい！
ああ、こんな時《とき》、KZ《カッズ》が活動中《かつどうちゅう》だったらな。
すぐ会議《かいぎ》にかけて調査《ちょうさ》を始《はじ》められるのに。
ああ、もう若武《わかたけ》、早《はや》く帰《かえ》ってきて！

3　危《あぶ》ねー奴《やつ》

その夜《よる》、私《わたし》は、ふっと思《おも》った。

もしかして若武《わかたけ》は、アメリカが気《き》に入《い》って、もう帰《かえ》ってこないんじゃないだろうか、って。

家族《かぞく》だってあっちにいるんだし、このまま居《い》ついてしまうってことも充分《じゅうぶん》ありうる。

そしたら探偵《たんてい》チームKZ《カッズ》は、どうなるの？

解散《かいさん》!?

嫌《や》だよ、そんなの、絶対《ぜったい》！

私《わたし》が苛立《いらだ》ちと不安《ふあん》をいっそう大《おお》きくしていたその翌朝《よくあさ》、小塚君《こづかくん》から電話《でんわ》があった。

「若武《わかたけ》から、招集《しょうしゅう》かかったよ。」

ああ、やったっ！

KZ《カッズ》復活《ふっかつ》だ!!

「いつ帰《かえ》ってきたの？」

そう聞《き》くと、小塚君《こづかくん》はちょっと笑《わら》った。

「新学期《しんがっき》に間《ま》に合《あ》うように帰《かえ》ってきてたみたい。」

え・・・じゃ9月《がつ》には、もう戻《もど》ってたんだ。

「若武《わかたけ》んとこは公立《こうりつ》だから、その辺《へん》、厳《きび》しいらしい。」

なんですぐ連絡《れんらく》くれなかったんだろ。

「アメリカでのリハビリがうまくいかなくて、中断《ちゅうだん》して帰《かえ》ってきてリハビリのやり直《なお》ししてたんだって。完璧《かんぺき》に歩《ある》けるようになるまで、姿《すがた》を見《み》られたくなかったらしい。」

そこまで気合《きあい》入《い》れてカッコつけるんだ。

ある意味《いみ》すごいかも。

私《わたし》は半《なか》ば感心《かんしん》、半《なか》ばあきれながら、それでも若武《わかたけ》の復帰《ふっき》を心《こころ》からうれしく思《おも》った。

「サッカーKZ《カッズ》の方《ほう》は、下《した》のグループに落《お》とされたみたいだけど、先週《せんしゅう》から練習《れんしゅう》に出《で》てるって。で、探偵KZ《たんていカッズ》の方《ほう》も、今日《きょう》から活動開始《かつどうかいし》。」

よし、昨日《きのう》起《お》こったことを報告《ほうこく》して、議題《ぎだい》に載《の》せよう。

そう考《かんが》えて、私《わたし》は勇《いさ》んだ気分《きぶん》になったんだけれど、すぐ思《おも》い留《とど》まった。

だって、あれ、正確《せいかく》には事件《じけん》じゃない。

スマートフォンは、本当《ほんとう》にあの高校生《こうこうせい》の所有物《しょゆうぶつ》だったんだし、それを落《お》としたってだけの話《はなし》なんだもの。

何《なん》となく怪《あや》しい感《かん》じがするけれど、その証拠《しょうこ》も、根拠《こんきょ》もない。

それより若武《わかたけ》に、あの名波《ななみ》って子《こ》のことを聞《き》いてみよう。

同《おな》じ学校《がっこう》だから知《し》ってるかもしれないし、あの子《こ》のことがわかれば、河本《こうもと》って言《い》っていたあの高校生《こうこうせい》のこともわかる可能性《かのうせい》がある。

私《わたし》としては、自分《じぶん》の胸《むね》に残《のこ》っている何《なん》ともいえない不審感《ふしんかん》をすっきりさせたかったんだ。

「集合時間《しゅうごうじかん》だけど、秀明《しゅうめい》の授業《じゅぎょう》が始《はじ》まる前《まえ》だって。夜《よる》にサッカーKZ《カッズ》の練習試合《れんしゅうじあい》が入《はい》ってるみたい。美門《みかど》は、オッケって言《い》ってる。僕《ぼく》もだよ。アーヤは？」

私《わたし》は、自分《じぶん》の受講時間《じゅこうじかん》を調《しら》べ、学校《がっこう》から早《はや》く帰《かえ》ってくれば何《なん》とかなると思《おも》った。

久《ひさ》しぶりだったから、どうしても会《あ》いたかったし。

「ん、行《い》けるから。」

小塚君《こづかくん》は、ほっと息《いき》をついた。

「よかった。あ、若武《わかたけ》に会《あ》っても、本人《ほんにん》が言《い》い出《だ》すまで、手術《しゅじゅつ》の話《はなし》はしない方《ほう》がいいよ。」

ん、今《いま》までの話《はなし》聞《き》いてると、すごく嫌《いや》がりそうだもんね。

「じゃ、カフェテリアでね。」

電話《でんわ》を切《き》ろうとした小塚君《こづかくん》に、私《わたし》はあわてて言《い》った。

「若武《わかたけ》に聞《き》きたいことがあるんだけど、今《いま》、家《いえ》にいるみたい？」

小塚君《こづかくん》は、軽《かる》く答《こた》える。

「僕《ぼく》んとこにかかってきたのが数分前《すうふんまえ》だから、きっとまだいると思《おも》う。早《はや》くかけてごらんよ。」

私《わたし》は大急《おおいそ》ぎでお礼《れい》を言《い》って、片手《かたて》で受話器《じゅわき》を持《も》ったまま、もう一方《いっぽう》の手《て》で電話機《でんわき》のオフボタンを押《お》し、内蔵《ないぞう》されている電話帳《でんわちょう》で若武《わかたけ》の家電《いえでん》を探《さが》してかけた。

呼《よ》び出《だ》し音《おん》が響《ひび》き、何《なん》となく胸《むね》がドキドキしてしまった。

「はい。」

耳《みみ》のすぐそばで、若武《わかたけ》の声《こえ》がする。

私《わたし》は、ちょっとだけ、ジ〜ンとした。

ああ本当《ほんとう》に帰《かえ》ってきたんだぁって思《おも》って。

「あ、もしかして、アーヤ？」

きっと若武《わかたけ》んちの電話機《でんわき》にも、うちの番号《ばんごう》が入《はい》っているんだ。

「ん。お帰《かえ》り、若武《わかたけ》。私《わたし》、待《ま》ってたんだ。」

電話《でんわ》の向《む》こうで、若武《わかたけ》は黙《だま》りこむ。

あれ？

私《わたし》が不思議《ふしぎ》に思《おも》っていると、しばらくしてかすれた声《こえ》がした。

「それ、も1回《かい》、リピート！」

はぁ・・・。

「俺《おれ》、おまえに待《ま》たれてるなんて思《おも》わなかった。すげぇ感動《かんどう》。も1回《かい》、エコーかけて言《い》ってくれ。」

何《なん》か、こういうの、苦手《にがて》だな。

「あのね、若武《わかたけ》の中学《ちゅうがく》に名波《ななみ》って子《こ》、いるでしょ。」

私《わたし》は、若武《わかたけ》の頼《たの》みを無視《むし》。

「それ、知《し》ってる子《こ》？」

しばしの沈黙《ちんもく》の後《あと》、疲《つか》れ切《き》ったような声《こえ》がした。

「俺《おれ》の隣《となり》のクラス。」

わぁ、意外《いがい》に近《ちか》いとこにいる。

でも、同《おな》い年《どし》だと思《おも》わなかったな。

背《せ》も高《たか》かったし。

「私《わたし》、昨日《きのう》、公園《こうえん》でその子《こ》に会《あ》ったんだけど、」

瞬間《しゅんかん》、若武《わかたけ》の叫《さけ》びが耳《みみ》に飛《と》びこんだ。

「あいつに、何《なに》かされたのかっ⁉」

すごく勢《いきお》いのいい声《こえ》で、さっきのゲンナリした感《かん》じが嘘《うそ》のよう。

「全部《ぜんぶ》、話《はな》せっ！」

それで私《わたし》は、昨日起《きのうお》こったことの一部始終《いちぶしじゅう》を話《はな》したんだ。

若武《わかたけ》は、気《き》の抜《ぬ》けたような声《こえ》になる。

「そんだけ？」

そうだよ。

「あ、そ。」

そう言《い》ってから大《おお》きな息《いき》をついた。

「よかった。あいつ、危《あぶ》ねー奴《やつ》だって話《はなし》だからさ。」

危《あぶ》ない？

「クラスでも、ちょっとしたことですぐキレて、よくケンカしてるらしい。」

へぇ、昨日《きのう》は、そんな感《かん》じじゃなかったけどな。

「駅《えき》の北側《きたがわ》を縄張《シ ョ バ》りにしてる不良《ふりょう》グループに入《はい》ってるって噂《うわさ》もある。」

じゃ、あの高校生《こうこうせい》、そのグループの一員《いちいん》かもしれないな。

「昔《むかし》を知《し》ってる奴《やつ》の話《はなし》じゃ、小学校《しょうがっこう》までは普通《ふつう》だったらしい。卒業《そつぎょう》の年《とし》に父親《ちちおや》が事件《じけん》起《お》こして、姿《すがた》くらましたんだって。それ以降《いこう》、性格《せいかく》、変《か》わったらしいぜ。」

そっか。

お父《とう》さんの行方《ゆくえ》が知《し》れなくて、辛《つら》いこともいっぱいあったんだろうなぁ。

名波君《ななみくん》、かわいそうかも。

「とにかく、もう関《かか》わるなよ。わかったか。」

私《わたし》は、ちょっとムッとした。

だって、そんなこと命令《めいれい》されたくない。

家庭《かてい》の事情《じじょう》で辛《つら》い思《おも》いをしてる子《こ》は気《き》の毒《どく》だし、私《わたし》たちは力《ちから》になってあげなくちゃいけないと思《おも》う。

「話《はなし》、変《か》わるけどさ、」

そう言《い》って若武《わかたけ》は、急《きゅう》に声《こえ》を優《やさ》しくした。

「あの、俺《おれ》、アメリカでね、」

私《わたし》は、耳《みみ》を澄《す》ませる。

若武《わかたけ》のアメリカ話《ばなし》に興味《きょうみ》を引《ひ》かれたんだ。

どこでどんなことがあって、若武《わかたけ》はそれをどんなふうに感《かん》じたのか、いろいろ知《し》りたかった。

「手術《しゅじゅつ》したんだけど、その前《まえ》の日《ひ》にABC《エービーシー》ストアに入《はい》って、おまえに、」

その時《とき》、私《わたし》は気《き》がついた、電話機《でんわき》の端《はし》にあるキャッチフォンのボタンが点滅《てんめつ》していることに。

誰《だれ》かが、電話《でんわ》をかけてきてる。

パパの会社《かいしゃ》か、ママの友《とも》だちからの緊急《きんきゅう》の用事《ようじ》だったら、大変《たいへん》！

「ごめん、若武《わかたけ》。その話《はなし》は、また聞《き》くね。」

そう言《い》って私《わたし》は電話《でんわ》を切《き》り、あわててキャッチフォンのボタンを押《お》した。

「お待《ま》たせしました。」

電話《でんわ》の向《む》こうから、のんびりした声《こえ》がする。

「僕《ぼく》だよ。」

小塚君《こづかくん》だった。

「さっき言《い》い忘《わす》れたことがあったから、かけたんだ。」

そう言《い》ってから、声《こえ》をひそめる。

「あの、砂原《すなはら》のこと、聞《き》いてる？」

砂原《すなはら》っ!?

4 不審《ふしん》な帰国《きこく》

突然《とつぜん》だったので、びっくりした。

「砂原《すなはら》が、どうかしたの？」

砂原《すなはら》は、元《もと》クラスメート。

恵《めぐ》まれない家庭環境《かていかんきょう》だったから、私《わたし》はすごく心配《しんぱい》していた、このままやる気《き》を失《うしな》って、社会《しゃかい》の底《そこ》に沈《しず》んでいってしまうんじゃないかって。

でも砂原《すなはら》は自分《じぶん》の力《ちから》で立《た》ち上《あ》がり、同《おな》い年《どし》の私《わたし》たちが到達《とうたつ》できないようなところまで上《のぼ》っていった。

そりゃぁ見事《みごと》なやり方《かた》で。

私《わたし》は感嘆《かんたん》、とてもカッコいいと思《おも》ったんだ、その生《い》き方《かた》がね。

もちろん外見《がいけん》もだよ。

ちょっとした仕草《しぐさ》まで、砂原《すなはら》はカッコいい。

今《いま》はイギリスに渡《わた》り、MASQUE《マスク》 ROUGE《ルージュ》の幹部候補生《かんぶこうほせい》としてロンドンで研修《けんしゅう》を受《う》けているところ。

不遇《ふぐう》に呑《の》みこまれないで、自分《じぶん》の道《みち》を自分《じぶん》で切《き》り開《ひら》いた砂原《すなはら》は、私《わたし》の誇《ほこ》り。

砂原《すなはら》を知《し》っているってことが、私《わたし》の自慢《じまん》なんだ。

「それが・・・どうも、イギリスから戻《もど》ってきてるみたいなんだ。」

え・・・。

「黒木《くろき》の知《し》り合《あ》いが最近《さいきん》、砂原《すなはら》を見《み》かけたんだって。それで黒木《くろき》が僕《ぼく》に言《い》ってきたんだ、もし本《ほん》当《とう》に帰《かえ》ってきているとしたら、真《ま》っ先《さき》にアーヤにコンタクトするはずだから、聞《き》いといてって。砂原《すなはら》から連絡《れんらく》あった？」

私《わたし》は、首《くび》を横《よこ》に振《ふ》る。

「そんな話《はなし》、今初《いまはじ》めて聞《き》いた。」

小塚君《こづかくん》は、困惑《こんわく》したような声《こえ》になった。

「じゃ、やっぱ帰《かえ》ってきてないのかなぁ。本当《ほんとう》に帰《かえ》ってきてるんだったら、アーヤに連絡《れんらく》しないはずないものね。もちろん僕《ぼく》たちにも、全然《ぜんぜん》してこないし。」

私《わたし》は、「七夕姫《たなばたひめ》は知《し》っている」の中《なか》で起《お》こったことを思《おも》い出《だ》し、ちょっと赤《あか》くなった。

あの時《とき》、私《わたし》と砂原《すなはら》の間《あいだ》には、いろいろなことがあったから。

それは、この先《さき》ずっと自分《じぶん》が背負《せお》っていかなきゃならないものだと、私《わたし》は思《おも》っている。

「だけどさ、黒木《くろき》の情報《じょうほう》って、今《いま》まで間違《まちが》ったことなかったよね。」

ん、なかった。

黒木君《くろきくん》は対人関係《たいじんかんけい》のエキスパートで、あらゆる方面《ほうめん》に伸《の》びている知《し》り合《あ》いコネクションを使《つか》って完璧《かんぺき》な情報《じょうほう》を取《と》ってくる人《ひと》なんだ。

「じゃ、やっぱり帰《かえ》ってきてるのかな。」

私《わたし》は口《くち》をつぐみ、よく考《かんが》えてから答《こた》えた。

「黒木君《くろきくん》の情報《じょうほう》は、たぶん正《ただ》しいよ。だから砂原《すなはら》は、帰《かえ》ってる可能性《かのうせい》が高《たか》いと思《おも》う、ただ連絡《れんらく》をしてこないだけで。」

イギリスに行《い》く前《まえ》の日《ひ》、砂原《すなはら》は、1年《ねん》に1度《ど》は帰《かえ》ってきて会《あ》うと言《い》ったけれど、その後《ご》、事情《じじょう》が変《か》わったとか、気持《きも》ちが変《か》わったとか、いろいろあるのかもしれない。

その時《とき》はするつもりでいても、後《あと》でできなくなることって、私《わたし》もあるもの。

「このまま、そっとしておけばいいんじゃない？　きっと何《なに》か理由《りゆう》があるんだよ。」

小塚君《こづかくん》の溜《た》め息《いき》が聞《き》こえた。

「僕《ぼく》が気《き》にしてるのは、黒木《くろき》が気《き》にしてるからなんだ。」

え？

「黒木《くろき》は、ものすごく真剣《しんけん》に、砂原《すなはら》が帰《かえ》ってきているかどうかを確《たし》かめようとしてるんだよ。でも、それって妙《みょう》じゃない？　特別《とくべつ》、仲《なか》がよかったってわけでもないのに。」

仲《なか》がいいどころか、2人《ふたり》の間《あいだ》には、暗雲《あんうん》がたちこめることもあった。

黒木君《くろきくん》と砂原《すなはら》の関係《かんけい》は、ちょうど若武《わかたけ》と上杉君《うえすぎくん》みたいなんだ。

武《たけ》・杉《すぎ》より、もうちょっとワイルドだけどね。

「もしかして黒木《くろき》は、」

小塚君《こづかくん》が、いつになく重《おも》い声《こえ》を出《だ》す。

「砂原《すなはら》に関《かん》して、何《なに》か僕《ぼく》たちの知《し》らない情報《じょうほう》をつかんでるのかもしれない。」

私《わたし》は、急《きゅう》に不安《ふあん》になった。

「それ、どういうこと？」

今《いま》までの砂原《すなはら》の運命《うんめい》を考《かんが》えると、いつ、どんな不幸《ふこう》が襲《おそ》ってきても不思議《ふしぎ》じゃないような気《き》がして、居《い》たたまれない気持《きも》ちだったんだ。

「研修中《けんしゅうちゅう》の砂原《すなはら》に、何《なに》かが起《お》こったとかっ⁉」

小塚君《こづかくん》はしばらく黙《だま》っていて、やがて言《い》った。

「僕《ぼく》には、てんでわからないよ。今日《きょう》、集合《しゅうごう》した時《とき》に、黒木《くろき》に聞《き》いてみよう。」
うん、そうしよっ！

5 落《お》ちこぼれ？

研修中《けんしゅうちゅう》に起《お》こることって・・・やっぱり成績《せいせき》が伸《の》びないとか、自分《じぶん》に適性《てきせい》がないと気《き》がついたとか、そういうことだよね。

もしかして砂原《すなはら》は、幹部候補生《かんぶこうほせい》のグループから落《お》ちこぼれかけているとか？

根性《こんじょう》はあるはずだけど、MASQUE ROUGE《マスクルージュ》の研修《けんしゅう》って教養《きょうよう》だけじゃなくてバトルとかもやらされそうだから、きっとハードなんだ。

砂原《すなはら》は結構《けっこう》、優《やさ》しいから、心《こころ》が折《お》れてしまったのかもしれない。

もしそうだったら、何《なん》とかしてやらなくっちゃ！

私《わたし》は、砂原《すなはら》のことで頭《あたま》をいっぱいにしながら、その日《ひ》、学校《がっこう》が終《お》わると急《いそ》いで家《いえ》に帰《かえ》った。

家《いえ》の玄関《げんかん》には、ハイカットの白《しろ》いバッシュが脱《ぬ》ぎ捨《す》てられていて、すぐお兄《にい》ちゃんがいることがわかった。

へえ、珍《めずら》しいな。

と、思《おも》ったとたんに、ダイニングからお兄《にい》ちゃんの低《ひく》い声《こえ》。

「さっきから聞《き》いてると、あんたが、いかにつまんない人生送《じんせいおく》ってきたかがよくわかるよ。」

直後《ちょくご》に、ママの大声《おおごえ》。

「裕樹《ゆうき》、親《おや》に向《む》かって、あんたって言《い》い方《かた》はないでしょ。何様《なにさま》のつもりっ！」

私《わたし》は、頭《あたま》から血《ち》が引《ひ》く思《おも》いだった。

まずいとこに帰《かえ》ってきちゃった！

「だってそうだろ。大学《だいがく》の話《はなし》になれば、官公庁《かんこうちょう》や大手企業《おおてきぎょう》に学閥《がくばつ》ができてる大学《だいがく》の方《ほう》が就職《しゅうしょく》に有利《ゆうり》だとか、就職《しゅうしょく》の話《はなし》になれば、給料《きゅうりょう》が高《たか》くて休暇《きゅうか》が多《おお》くて福利厚生《ふくりこうせい》が充実《じゅうじつ》してるとこがいいとか、そんなことばっか言《い》ってるじゃないか。つまりあんたの人生観《じんせいかん》によれば、楽《らく》して金《かね》を手《て》に入《い》れて自分《じぶん》が安泰《あんたい》に暮《く》らせばそれが最高《さいこう》ってわけなんだろ。欲得《よくとく》ずくかよ。小《ち》せぇ考《かんが》え方《かた》だよな。質《しつ》が悪《わる》いって言《い》ってもいいけど。人間《にんげん》が生《い》きるって、そういうことかよ。大人《おとな》がきれいな行動《こうどう》や考《かんが》え方《かた》を見《み》せてくれなかったら、俺《おれ》たちは迷《まよ》うよ。周《まわ》りにあんたみたいな大人《おとな》しかいない環境《かんきょう》のことを、劣悪《れつあく》な環境《かんきょう》って言《い》うんだぜ。」

いつもなら、いったん家《いえ》を出《で》て、どこかで時間《じかん》をつぶすってこともできたけれど、何《なに》しろその日《ひ》は急《いそ》いでいた。

「あんたさぁ、社会貢献《しゃかいこうけん》って言葉《ことば》、知《し》らないんじゃないの。人間《にんげん》は自分《じぶん》が生《い》きている社会《しゃかい》やその未来《みらい》のために、何《なに》かしなくちゃいけないって考《かんが》えたこと、ないだろ。」

私《わたし》は、こっそりと玄関《げんかん》を入《はい》り、足音《あしおと》を忍《しの》ばせて廊下《ろうか》を歩《ある》いた。

「おまえみたいな子供《こども》、生《う》むんじゃなかったわね。」

「あ、俺《おれ》、好《す》きで生《う》まれてきたんじゃねーから。」

廊下《ろうか》から階段《かいだん》へと足《あし》をかける。

瞬間《しゅんかん》、背後《はいご》でバタンとドアの音《おと》がした。

背中《せなか》を刺《さ》された気分《きぶん》で立《た》ちすくむ。

そのまま固《かた》まっていると、足音《あしおと》がして、やがて玄関《げんかん》に腰《こし》を下《お》ろす気配《けはい》、その後《ご》、今度《こんど》は玄関《げんかん》ドアが開《あ》く音《おと》がして、同時《どうじ》にお兄《にい》ちゃんの声《こえ》が響《ひび》いた。

「彩《あや》、おまえ、つまんない女《おんな》になるなよ。きれいな女《おんな》になれ。」

振《ふ》り向《む》くと、もうドアが閉《し》まるところで、お兄《にい》ちゃんの姿《すがた》はなかった。

私《わたし》は少《すこ》し立《た》ち止《ど》まっていたけれど、そのまま階段《かいだん》を上《あ》がり、自分《じぶん》の部屋《へや》に入《はい》った。

塾《じゅく》の支度《したく》をしながら考《かんが》える。

うちのママは確《たし》かに、公徳心《こうとくしん》に問題《もんだい》がある。

どんな時《とき》にも自分《じぶん》の利益《りえき》を優先《ゆうせん》したり、人《ひと》のことはあまり考《かんが》えなかったり、つまり利己的《りこてき》なところがあって、それは家族《かぞく》の皆《みんな》が知《し》っていることだった。

きっとお兄《にい》ちゃんは、それが嫌《いや》でたまらないんだ。

自分《じぶん》の母親《ははおや》がそういう人《ひと》だってことが、許《ゆる》せないんだと思《おも》う。

だって私《わたし》たち子供《こども》は皆《みんな》、理想《りそう》の親《おや》のイメージを持《も》っているんだもの。

親《おや》が、そこから離《はな》れていればいるほど、子供《こども》にとっては辛《つら》い。

親《おや》も、理想《りそう》の子供《こども》を思《おも》い描《えが》いているのかもしれない。

でも、親《おや》と子《こ》のそれぞれが理想《りそう》から外《はず》れているから、お互《たが》い様《さま》だってことにはならないと思《おも》う。

だって親《おや》は、子供《こども》の人格《じんかく》に責任《せきにん》を持《も》たなけりゃいけないんだ。

でも子供《こども》は、親《おや》の人格《じんかく》に責任《せきにん》を持《も》たなくてもいいんだもの。

私《わたし》は塾《じゅく》の支度《したく》を終《お》え、部屋《へや》を出《で》て階段《かいだん》を降《お》り、ダイニングのドアの前《まえ》に立《た》った。

そこには怒《いか》り狂《くる》ったママがいるに違《ちが》いないと思《おも》ったから、かなり恐《こわ》かったけれど、でもお弁当《べんとう》を持《も》たないと秀明《しゅうめい》に行《い》けない。

それで大《おお》きく息《いき》を吸《す》いこみ、自分《じぶん》を励《はげ》ましてドアを開《あ》けたんだ。

その向《む》こうにママがいた、組《く》んだ両腕《りょううで》をテーブルに置《お》き、その上《うえ》に俯《うつぶ》せて、まるで塩《しお》をかけられたナメクジみたいに縮《ちぢ》こまっていた。

私《わたし》は胸《むね》を突《つ》かれ、足《あし》が止《と》まってしまった。

ママが打《う》ち拉《ひし》がれ、絶望《ぜつぼう》しているように見《み》えたから。

そんなママを見《み》るのは初《はじ》めてだったし、予想外《よそうがい》のことで、どうしていいのかわからなかった。

そのまま突《つ》っ立《た》っていると、やがてママが顔《かお》を上《あ》げ、ワンレンの髪《かみ》をかき上《あ》げた。

「あら、いつ帰《かえ》ってたの。」

私《わたし》は、あわてて答《こた》える。

「たった今《いま》。今日《きょう》は早《はや》く行《い》かないといけないから、急《いそ》いで帰《かえ》ってきたんだ。」

ママは、キッチンの方《ほう》を振《ふ》り返《かえ》った。

「だったらさっさと行《い》きなさい。お弁当持《べんとうも》って。」

そう言《い》いながら立《た》ち上《あ》がり、ダイニングから出《で》ていった。

私《わたし》は、ほっとしてキッチンのカウンターに近寄《ちかよ》り、お弁当《べんとう》を秀明《しゅうめい》バッグに入《い》れる。

怒《いか》り狂《くる》っているに違《ちが》いないと思《おも》っていたママが、挫《くじ》けたように俯《うつぶ》せていたのは、とてもショックだった。

お兄《にい》ちゃんの話《はな》していたことは、ちっとも間違《まちが》いじゃないし、真《ま》っ当《とう》な意見《いけん》だったと思《おも》う。

それに対《たい》してママは、生《う》むんじゃなかったとまで言《い》うほど怒《おこ》っていたけれど、同時《どうじ》に深《ふか》いダメージを受《う》けていたんだ。

正《ただ》しい意見《いけん》でも、人《ひと》を傷《きず》つけることってあるんだね。

そうだとしたら、どういう基準《きじゅん》で発言《はつげん》をしていけばいいんだろう。

あれこれと考《かんが》えながら、私《わたし》はキッチンを出《で》て、玄関《げんかん》から門《もん》へと歩《ある》き、門扉《もんぴ》を開《あ》けた。

瞬間《しゅんかん》、足《あし》が止《と》まってしまった。

「や、久《ひさ》しぶり。」

そこに、砂原《すなはら》が立《た》っていたから。

やっぱり帰《かえ》ってきてたんだ！

6　早《はや》く忘《わす》れなよ

久《ひさ》しぶりに見《み》る砂原《すなはら》は、日《ひ》に焼《や》けていて、前《まえ》よりずっと背《せ》も高《たか》く、たくましくなっていた。

カッコよさは、さらにアップ！

私《わたし》は言葉《ことば》もなく、ただ見惚《みほ》れていた。

「ちょっとだけ、時間《じかん》、いい？」

そう言《い》われて、あわてて頷《うなず》く。

砂原《すなはら》は、わずかに息《いき》をつき、私《わたし》に正面《しょうめん》を向《む》けた。

「謝《あやま》りに来《き》たんだ。」

え？

「おまえに約束《やくそく》しただろ、七夕《たなばた》の夜《よる》に。」

私《わたし》は、その時《とき》のことを思《おも》い浮《う》かべた。

砂原《すなはら》は藍色《あいいろ》の着物《きもの》を着《き》て、高歯《たかば》の桐《きり》の下駄《げた》を履《は》いていて、それがとてもよく似合《にあ》っていた。

「離《はな》れても、星《ほし》みたいにおまえのこと見《み》てるし、年《ねん》に1度《ど》は帰《かえ》ってくる、って。」

私《わたし》たちは肩《かた》を並《なら》べ、星《ほし》のきらめく夜空《よぞら》を見《み》つめていたんだ。

「それ、できなくなったから。」

砂原《すなはら》は、真面目《まじめ》な顔《かお》で両手《りょうて》を膝《ひざ》に当《あ》て、深々《ふかぶか》と頭《あたま》を下《さ》げる。

「ごめん。俺《おれ》に約束《やくそく》、破《やぶ》らせてくれ。」

癖《くせ》のない髪《かみ》がサラサラと零《こぼ》れ落《お》ち、砂原《すなはら》の顔《かお》を隠《かく》した。

そのまま動《うご》かない。

私《わたし》は、あわてて両手《りょうて》を横《よこ》に振《ふ》った。

「気《き》にしないで。そんなこと、別《べつ》に構《かま》わないから。」

今朝《けさ》の、小塚君《こづかくん》の電話《でんわ》を思《おも》い出《だ》す。

もしかして砂原《すなはら》は、本当《ほんとう》に落《お》ちこぼれてしまったのかもしれない。

約束《やくそく》を守《まも》れなくなったっていうのも、そのためかも。

「あの・・・理由《りゆう》を聞《き》いてもいい？」

砂原《すなはら》の力《ちから》になりたかった。

「よかったら、話《はな》して。」

砂原《すなはら》は体《からだ》を起《お》こす。

「実《じつ》は、俺《おれ》、」

そこまで言《い》って言葉《ことば》を呑《の》み、食《く》い入《い》るように私《わたし》を見《み》た。

涼《すず》しげな2つの目《め》が、まるでシャッターチャンスをとらえようとしているレンズみたいに、じいっとこちらを見《み》つめる。

私《わたし》は、しだいに緊張《きんちょう》した。

砂原《すなはら》は、私《わたし》の目《め》を見《み》つめたまま、ゆっくりと口《くち》を開《ひら》く。

「俺《おれ》、好《す》きな子《こ》ができたんだ。」

びっくりした。

「おまえが許《ゆる》してくれたら、申《もう》しこんで付《つ》き合《あ》おうと思《おも》ってるとこ。できれば結婚《けっこん》もしたい。俺《おれ》、家庭願望《かていがんぼう》、強《つよ》いから。」

真剣《しんけん》な光《ひかり》のまたたくその目《め》は、胸《むね》が痛《いた》くなるほどきれいだった。

それを見《み》ながら、私《わたし》はぼんやりと思《おも》ったんだ、ああ自分《じぶん》は見守《みまも》ってくれていた人《ひと》を失《うしな》ったんだなあって、まるで他人事《ひとごと》みたいに。

「おまえ、許《ゆる》す？」

そう聞《き》かれて、ようやく我《われ》に返《かえ》る。

「日本《にほん》に帰《かえ》ってきたのは、それを聞《き》くためだよ。」

じゃ、落《お》ちこぼれたわけじゃなかったんだ。

私《わたし》はほっとし、そのためにわざわざ来《き》てくれた砂原《すなはら》の優《やさ》しさと真面目《まじめ》さに、胸《むね》が熱《あつ》くなった。

同時《どうじ》に、自分《じぶん》は何《なん》であの時《とき》、勇気《ゆうき》を出《だ》せなかったのだろうと哀《かな》しい気持《きも》ちにもなった。

こんなに優《やさ》しくてカッコいい砂原《すなはら》から、付《つ》き合《あ》おうって言《い》われたのに。

私《わたし》、自分《じぶん》の世界《せかい》を壊《こわ》したくなかったんだ。

そのせいで砂原《すなはら》を傷《きず》つけて、ずっと責任《せきにん》を感《かん》じてきた。

「許《ゆる》せよな。で、俺《おれ》のこと祝福《しゅくふく》してよ。」

砂原《すなはら》は、新《あたら》しいスタートを切《き》るんだね。

幸《しあわ》せになるために、自分《じぶん》が選《えら》んだ新《あら》たな道《みち》を歩《あゆ》み始《はじ》めるんだ。

そう考《かんが》えると、すうっと気持《きも》ちが楽《らく》になった。

砂原《すなはら》とのことは、すごく私《わたし》の心《こころ》を縛《しば》っていたから。

私《わたし》は、自分《じぶん》がまだ砂原《すなはら》と出会《であ》っていなかった頃《ころ》に戻《もど》ったような気《き》がした。

ちょっとは寂《さび》しかったけれど、でも、とても自由《じゆう》になった感《かん》じだった。

「イギリスの人《ひと》？」

そう聞《き》くと、砂原《すなはら》はうつむくように頷《うなず》いた。

「ん。」

じゃ、ずっとそばにいてくれるよね。

きっと砂原《すなはら》のこと、支《ささ》えてくれるんだ。

「うまくいくといいね。私《わたし》、応援《おうえん》してる。」

砂原《すなはら》には、幸《しあわ》せになってほしい！

「頑張《がんば》ってね。」

砂原《すなはら》は唇《くちびる》をとがらせ、そこから大《おお》きな息《いき》を吐《は》いた。

「よかった、怒《おこ》られなくって。俺《おれ》、マジ心配《しんぱい》してたもん。裏切《うらぎ》ったって言《い》われるんじゃないかって。」

そんなこと言《い》う資格《しかく》なんて、私《わたし》にはない。

私《わたし》は臆病《おくびょう》で、砂原《すなはら》と自分《じぶん》の世界《せかい》を1つにする決意《けつい》ができなかったんだもの。

そのことを考《かんが》えると、今《いま》でも気持《きも》ちが乱《みだ》れる。

あれでよかったとも感《かん》じるし、ほんの少《すこ》しだけ後悔《こうかい》もしてるし。

あれこれと考《かんが》えながら、私《わたし》はシュンさんに思《おも》いをはせた。

「そのこと、シュンさんにも話《はな》した？」

シュンさんというのは、MASQUE ROUGE《マスクルージュ》の幹部《かんぶ》で、以前《いぜん》は日本《にほん》やアジア地区《ちく》のリーダーをしていた人《ひと》。

誰《だれ》よりも砂原《すなはら》をかわいがって面倒《めんどう》を見《み》てくれていて、だから私《わたし》と砂原《すなはら》の関係《かんけい》を心配《しんぱい》してもいた。

私《わたし》にとっては、初恋《はつこい》の人《ひと》でもある。

すごく淡《あわ》い、ほのかな気持《きも》ちだけで終《お》わってしまったんだけどね。

「ん、メールで送《おく》った。」

そう言《い》って砂原《すなはら》は、やるせなさそうな溜《た》め息《いき》をついた。

「返事《へんじ》は、まだないけど・・・」

話《はなし》が途切《とぎ》れ、沈黙《ちんもく》が広《ひろ》がる。

私《わたし》は、黙《だま》って向《む》き合《あ》っているのが何《なん》となく恥《は》ずかしくなり、あわてて言葉《ことば》を探《さが》した。

「彼女《かのじょ》と、幸《しあわ》せになってね。」

砂原《すなはら》は、片手《かたて》の親指《おやゆび》を立《た》てる。

「もち。超《ちょう》、超《ちょう》ベリーハッピィになる予定《よてい》。」

そう言《い》いながらその目《め》に悪戯《いたずら》っぽい光《ひかり》を浮《う》かべ、踏《ふ》みこむようにこちらを見《み》た。

「おまえ・・・俺《おれ》のこと、早《はや》く忘《わす》れなよ。」

私《わたし》がドギマギしていると、クスッと笑《わら》う。

「あ、俺《おれ》って、そういう立場《たちば》じゃなかったっけ。フラれたんだもんな。ま、最後《さいご》だから甘《あま》く見《み》てよ。もうこれで、日本《にほん》に帰《かえ》ってくることもないと思《おも》うからさ。」

私《わたし》は胸《むね》を突《つ》かれ、言葉《ことば》が出《で》なかった。

これが砂原《すなはら》との、永遠《えいえん》のお別《わか》れになるんだと思《おも》うと、なんだか大事《だいじ》なものをなくしてしまうような気《き》がしたんだ。

「元気《げんき》でな。」

私《わたし》は息《いき》を呑《の》み、ようやくのことで言《い》った。

「砂原《すなはら》も、ね。」

砂原《すなはら》は、私《わたし》を見《み》つめる目《め》の片方《かたほう》を、わずかに細《ほそ》める。

「俺《おれ》、さ・・・」

そこまで言《い》って唇《くちびる》を閉《と》じ、しばらく黙《だま》っていて片手《かたて》を上《あ》げた。

「じゃ、な。」

勢《いきお》いよく身《み》をひるがえし、大《おお》きなストライドで遠《とお》ざかっていく。
その後《うし》ろ姿《すがた》を、私《わたし》は見《み》つめていた。
もうこれで会《あ》うこともないんだと思《おも》いながら。
砂原《すなはら》の姿《すがた》が道《みち》の角《かど》に消《き》えてしまうまで、じいっと。

7　1日《にち》600万円《まんえん》の活動費《かつどうひ》

私《わたし》は、それから急《いそ》いで秀明《しゅうめい》に向《む》かい、事件《じけん》ノートを抱《だ》きしめてカフェテリアへの階段《かいだん》を駆《か》け上《あ》がった。

皆《みんな》に、砂原《すなはら》には何《なん》のトラブルも起《お》こっていなかったってことを話《はな》さなくっちゃ。

カフェテリアのシースルー・ドアを開《あ》けると、目立《めだ》たない隅《すみ》の方《ほう》のテーブルに、皆《みんな》が集《あつ》まっているのが見《み》えた。

私《わたし》は思《おも》わず足《あし》を止《と》め、しみじみとその様子《ようす》を眺《なが》める。

若武《わかたけ》がいて、上杉君《うえすぎくん》がいて、翼《たすく》がいて、小塚君《こづかくん》がいて、黒木君《くろきくん》がいる。

皆《みな》が顔《かお》をそろえているその光景《こうけい》は、とても安心《あんしん》できるものだった。

まるで食卓《しょくたく》の周《まわ》りに集《つど》う家族《かぞく》を見《み》るような気分《きぶん》。

ああ皆《みんな》がそろっているのは、なんてうれしいことなんだろう！

このままでいたいな、いつまでもずうっと。

そう思《おも》いながら近寄《ちかよ》っていった。

「アーヤが来《き》たぜ。」

若武《わかたけ》が片手《かたて》を上《あ》げ、指先《ゆびさき》で私《わたし》を招《まね》きつつ、もう一方《いっぽう》の手《て》で、なんとっ、自分《じぶん》の隣《となり》の椅子《いす》を私《わたし》のために引《ひ》いてくれた。

若武《わかたけ》と並《なら》んでいた上杉君《うえすぎくん》が、溜《た》め息《いき》をつく。

「おまえ、超《ちょう》ウザっ！　アメリカ帰《がえ》りってこと、強調《きょうちょう》すんじゃねぇよ。」

あ、レディファーストの習慣《しゅうかん》に馴染《なじ》んだのかぁ。

「ここで妙《みょう》なアメリカン・ジョークでも使《つか》ってみろ。殺《ころ》す。」

私《わたし》は小塚君《こづかくん》と顔《かお》を見合《みあ》わせ、笑《わら》いながら席《せき》に着《つ》いた。

「今日《きょう》の議題《ぎだい》は、七鬼忍《ななきしのぶ》のKZ《カッズ》入団《にゅうだん》だって。」

そっか。

「そこっ！」

若武《わかたけ》が、私《わたし》と小塚君《こづかくん》を指差《ゆびさ》す。

「リーダーを無視《むし》して話《はなし》を進《すす》めるな。議題《ぎだい》は、リーダーの俺《おれ》に提案権《ていあんけん》がある。」

え・・・そうだっけ？

私《わたし》は、持《も》ってきた事件《じけん》ノートをめくって見《み》た。

けれど、どこにもそんなことは書《か》いてなかった。

若武《わかたけ》は気分次第《きぶんしだい》で、すぐ新《あたら》しい規則《きそく》を作《つく》るからなぁ。

ま、いいや、どうせ「KZ大憲章《カッズだいけんしょう》」もまだ2条《じょう》までしかできてなくて、これから整備《せいび》していかなくちゃならないんだし、その時《とき》に、これについても一緒《いっしょ》に検討《けんとう》しよう。

そう思《おも》いながら私《わたし》は、議題提案権《ぎだいていあんけん》は誰《だれ》のものか、とノートに書《か》き留《と》めた。

「では、リーダーの俺《おれ》から正式《せいしき》に提案《ていあん》する。」

若武《わかたけ》は立《た》ち上《あ》がり、カッコをつけて私《わたし》たちを見回《みまわ》す。

「七鬼忍《ななきしのぶ》をKZ《カッズ》に入団《にゅうだん》させたい。これが今日《きょう》の議題《ぎだい》だ。諸君《しょくん》、自由《じゆう》に意見《いけん》を出《だ》してくれ。」

忍《しのぶ》は、平安時代《へいあんじだい》から続《つづ》く名門七鬼家《めいもんななきけ》のプリンス。

で、IT《アイティー》の天才《てんさい》。

10歳《さい》の時《とき》に、IT《アイティー》試験《しけん》の最難関《さいなんかん》と言《い》われる国家試験《こっかしけん》《情報《じょうほう》セキュリティスペシャリスト試験《しけん》》を最年少《さいねんしょう》で突破《とっぱ》して、驚異《きょうい》の小学生《しょうがくせい》と呼《よ》ばれたらしい。

妖怪《ようかい》の血《ち》が混《ま》じっているっていう噂《うわさ》もある。

菫色《すみれいろ》の瞳《ひとみ》を持《も》つ、不思議《ふしぎ》な魅力《みりょく》の男《おとこ》の子《こ》だよ。

でも、ずっと不登校《ふとうこう》だったから、学校《がっこう》の常識《じょうしき》には疎《うと》くて、空気《くうき》は読《よ》めない。

私《わたし》と同《おな》じクラスなんだけれど、時々《ときどき》、妙《みょう》なことをしでかしたりするんだ。

ＩＴ《アイティー》知識《ちしき》が豊富《ほうふ》だから、男子《だんし》のアイドルだけどね。

「ちなみに、本人《ほんにん》からは入団希望《にゅうだんきぼう》が出《で》ていない。ここで受《う》け入《い》れが決《き》まれば、こちらから入団《にゅうだん》の勧誘《かんゆう》をすることになる。どんな答《こた》えが返《かえ》ってくるかは、不明《ふめい》。」

忍《しのぶ》がＫＺ《カッズ》に入《はい》ってくれるといいな。

そのためにはまずここで、忍《しのぶ》の入団《にゅうだん》を可決《かけつ》することだよね。

よし、頑張《がんば》ろう！

「もう入団《にゅうだん》させるの？」

翼《たすく》が、かけていたマスクを持《も》ち上《あ》げ、白《しろ》いその頬《ほお》を不満《ふまん》げに膨《ふく》らませる。

そんな表情《ひょうじょう》をすると、美《うつく》しい顔《かお》のバランスが崩《くず》れ、かなり幼《おさな》く見《み》えた。

でも、それはそれで、とてもかわいらしいんだ。

美人《びじん》って、どんな時《とき》でも美人《びじん》なんだね。

「この間《あいだ》知《し》り合《あ》ったばっかでしょ。俺《おれ》なんか、かなり時間《じかん》かかって、しかも若武《わかたけ》にとって必要《ひつよう》って事態《じたい》が生《しょう》じて、やっと入団《にゅうだん》させてもらった気《き》がするけど。」

私《わたし》は、またも小塚君《こづかくん》と顔《かお》を見合《みあ》わせ、クスッと笑《わら》った。

翼《たすく》は、ずっとKZ《カッズ》に入《はい》りたがっていたんだけれど、なかなかオーケイしてもらえなかったんだ。

そのわけは、翼《たすく》の美貌《びぼう》に若武《わかたけ》が嫉妬《しっと》していたから、というのが私《わたし》たちの中《なか》での定説《ていせつ》。

若武《わかたけ》は、自分《じぶん》より目立《めだ》つ子《こ》をメンバーにしたくなかったんだ、と皆《みな》が思《おも》っている。

真実《しんじつ》は、不明《ふめい》だけれどね。

「美門《みかど》、ボヤくな。今回《こんかい》も、さして変《か》わらん。」

上杉君《うえすぎくん》が、射《さ》すような視線《しせん》を若武《わかたけ》に向《む》けた。

「七鬼《ななき》の入団《にゅうだん》は、KZ《カッズ》の活動資金《かつどうしきん》を調達《ちょうたつ》できんマヌケな若武《わかたけ》が、金《かね》を確保《かくほ》するために考《かんが》え出《だ》した苦肉《くにく》の策《さく》だ。」

若武《わかたけ》が両手《りょうて》でテーブルを叩《たた》いて突《つ》っ立《た》つ。

「なにおっ！」

たちまち戦闘《せんとう》モードに突入《とつにゅう》する2人《ふたり》に、私《わたし》たちは溜《た》め息《いき》をついた。

「夏休《なつやす》みすんで秋《あき》になって、久《ひさ》しぶりの再会《さいかい》だっていうのに、さっそくこれね。」

「まぁ相変《あいか》わらずで、いいんじゃない。そういうキャラでしょ。」

「でもこれのせいで、いつも脱線《だっせん》すんだよね、話《はなし》。」

私《わたし》たち探偵《たんてい》チームKZ《カッズ》は、発足当初《ほっそくとうしょ》、依頼《いらい》された事件《じけん》を解決《かいけつ》し、解決料《かいけつりょう》やリサーチ料《りょう》を取《と》る予《よ》定《てい》だった。

ところが今《いま》までに事件《じけん》の依頼《いらい》は、たった2件《けん》。

しかも、そこからお金《かね》を取《と》ることはできなかった。

その後《ご》、依頼《いらい》は皆無《かいむ》。

それで、その時々《ときどき》に必要《ひつよう》な経費《けいひ》、つまり調査《ちょうさ》をするために現場《げんば》に行《い》く電車賃《でんしゃちん》とか、調査《ちょうさ》の経過《けいか》を書《か》いて会議《かいぎ》で説明《せつめい》する時《とき》の紙《かみ》やコピー代《だい》なんかは、皆《みんな》が自分《じぶん》のお小遣《こづか》いから出《だ》しているんだ。

個人《こじん》の負担《ふたん》が大《おお》きくて、正直《しょうじき》、私《わたし》も大変《たいへん》。

対人関係《たいじんかんけい》のエキスパートを務《つと》める黒木君《くろきくん》なんか、私《わたし》よりもっと出費《しゅっぴ》が多《おお》いと思《おも》う、何《なに》も言《い》わないけど。

メンバーの間《あいだ》で、

「活動費用《かつどうひよう》を工面《くめん》できない探偵《たんてい》チームなんて、クソだぜ。」

「ん、本格的《ほんかくてき》じゃない気《き》がする。」

「小遣《こづか》いを出《だ》し合《あ》って運営《うんえい》してるって、どう考《かんが》えても子供《こども》の遊《あそ》びでしょ。」

という意見《いけん》が出始《ではじ》めて、財源《ざいげん》を確保《かくほ》しなくちゃならないって流《なが》れになったんだ。

私《わたし》たち中学生《ちゅうがくせい》が、手《て》っ取《と》り早《ばや》くお金《かね》を手《て》にする方法《ほうほう》は、何《なん》といってもIT関係《アイティーかんけい》、つまりアプリを作《つく》って配信《はいしん》すること。

それで皆《みんな》でアプリ制作《せいさく》を進《すす》めていたんだけれど、「妖怪《ようかい》パソコンは知《し》っている」で出会《であ》った七鬼忍《ななきしのぶ》が、すでにアプリを作《つく》って売《う》っていることがわかったものだから、若武《わかたけ》が色《いろ》めき立《た》ったわけ。

そのアプリ制作能力《せいさくのうりょく》をKZ《カッズ》の財源《ざいげん》とするために、若武《わかたけ》は、忍《しのぶ》をメンバーにしたがっている。

「きさま、俺《おれ》のやり方《かた》に文句《もんく》でもあるのか。」

「ないとでも思《おも》うほど、おまえはバカか。」

にらみ合《あ》う若武《わかたけ》と上杉君《うえすぎくん》にチラッと目《め》をやって、黒木君《くろきくん》が言《い》った。

「あの2人《ふたり》は放《ほう》っておいて、俺《おれ》たち4人《にん》で進行《しんこう》しよう。」

私《わたし》たちは頷《うなず》く。

「KZ大憲章《カッズだいけんしょう》」第《だい》2条《じょう》によれば、チーム内《ない》の決定《けってい》は多数決《たすうけつ》による、ということになっている。

今《いま》、KZ《カッズ》メンバーは全員《ぜんいん》で6名《めい》だから、4票《ひょう》が集《あつ》まれば全体《ぜんたい》の半分《はんぶん》を超《こ》える、つまり何《なん》でも決《き》められるんだ。

「七鬼《ななき》をメンバーにするかどうかだけど、俺《おれ》はいいと思《おも》うな。あの才能《さいのう》は捨《す》てがたいよ。KZ《カッズ》のチーム力《りょく》が飛躍的《ひやくてき》に伸《の》びる。」

皆《みな》が同意《どうい》した。

私《わたし》も賛成《さんせい》だったけれど、考《かんが》えていたことは、皆《みんな》と逆《ぎゃく》。

KZ《カッズ》にとって忍《しのぶ》が必要《ひつよう》かどうかより、忍《しのぶ》にとってKZ《カッズ》が必要《ひつよう》だと思《おも》ったから。

忍《しのぶ》はずっと不登校《ふとうこう》で、心《こころ》の幅《はば》の狭《せま》い子《こ》だったんだ。

それを広《ひろ》げてあげたい。

私《わたし》も似《に》たところがあって、KZ《カッズ》の活動《かつどう》を通《とお》して自分《じぶん》が変《か》わってきて、すごくよかったなって思《おも》っているから、今度《こんど》は私《わたし》が忍《しのぶ》の役《やく》に立《た》ちたかった。

「じゃ皆《みんな》、賛成《さんせい》ね。」

そう言《い》って黒木君《くろきくん》は、胸元《むなもと》をつかみ合《あ》っている若武《わかたけ》と上杉君《うえすぎくん》に向《む》き直《なお》った。

「お取《と》りこみ中《ちゅう》、悪《わる》いけど、KZ大憲章《カッズだいけんしょう》の第《だい》2条《じょう》により、七鬼《ななき》の入団《にゅうだん》、決《き》まったから。」

上杉君《うえすぎくん》と若武《わかたけ》は、ピタリと動《うご》きを止《と》め、こちらを見《み》る。

「不意打《ふいう》ちか、卑怯者《ひきょうもの》！」

「リーダーの俺《おれ》のメンツは、どーなるっ！」

私《わたし》たちは、どっと笑《わら》い転《ころ》げた。

「七鬼《ななき》の入団《にゅうだん》に関《かん》しては、若武《わかたけ》も上杉《うえすぎ》も反対《はんたい》じゃないんだろ。じゃ、いいってことで。」

黒木君《くろきくん》がそう言《い》って、話《はなし》を収《おさ》める。

「若武《わかたけ》、七鬼《ななき》に連絡《れんらく》しろよ。」

若武《わかたけ》は、無念《むねん》そうにうなった。

「やむをえん。たとえ無視《むし》されようと、俺《おれ》はリーダーだ。KZ大憲章《カッズだいけんしょう》は遵守《じゅんしゅ》する。」

オーバーな言《い》い方《かた》に、上杉君《うえすぎくん》がウエッという顔《かお》をし、黒木君《くろきくん》がクスッと笑《わら》った。

「うまく口説《くど》けよ。ここで七鬼《ななき》に拒否《きょひ》されたら、リーダーの名折《なお》れだぜ。」

若武《わかたけ》は奮起《ふんき》したらしく、鼻《はな》から大《おお》きな息《いき》を吐《は》いた。

「必《かなら》ず入団《にゅうだん》させてみせるさ。そしたらKZ《カッズ》の活動費《かつどうひ》はバッチリだ。人気《にんき》アプリになると、1日《にち》600万近《まんちか》くを稼《かせ》げるんだ。1日《にち》に、だぜ。」

上杉君《うえすぎくん》が素早《すばや》くつぶやく。

「1か月《げつ》で1億《おく》8000万《まん》、1年《ねん》で21億《おく》6000万《まん》だ。」

皆《みんな》が、うっとりしたような顔《かお》になった。

「活動費《かつどうひ》としては、充分《じゅうぶん》だ。」

「充分《じゅうぶん》すぎるでしょ。」

「巨万《きょまん》の富《とみ》だよ。すごいなぁ・・・」

若武《わかたけ》は、まるで自分《じぶん》の手柄《てがら》ででもあるかのような得意《とくい》げな微笑《びしょう》を浮《う》かべる。

「だろ？　七鬼《ななき》の入団式《にゅうだんしき》をするから、皆《みんな》、手伝《てつだ》えよ。」

翼《たすく》が、あっと声《こえ》を上《あ》げた。

「それ、俺《おれ》、やってもらってないよ。」

そう言《い》えば、そうだね。

「やっぱ、なんか贔屓《ひいき》を感《かん》じるのは、俺《おれ》だけ？」

スネた目《め》をした翼《たすく》の頭《あたま》を、上杉君《うえすぎくん》が撫《な》でる。

「七鬼《ななき》と一緒《いっしょ》にやってやるよ。いいだろ？」

ガタッと椅子《いす》の音《おと》をさせて、黒木君《くろきくん》が立《た》ち上《あ》がった。

「じゃ俺《おれ》、今日《きょう》、授業《じゅぎょう》フケるから。」

椅子《いす》を戻《もど》し、テーブルから離《はな》れていく。

その姿《すがた》を目《め》で追《お》いながら、翼《たすく》がつぶやいた。

「また砂原《すなはら》の情報収集《じょうほうしゅうしゅう》かな。」

上杉君《うえすぎくん》が頷《うなず》く。

「だろ。」

私《わたし》はあわてて黒木君《くろきくん》の背中《せなか》に声《こえ》をかけた。

「砂原君《すなはらくん》、さっき私《わたし》の家《いえ》に来《き》たよ。」

黒木君《くろきくん》は足《あし》を止《と》め、自分《じぶん》の肩越《かたご》しにこちらを振《ふ》り返《かえ》る。

長《なが》い前髪《まえがみ》の影《かげ》を受《う》けた艶《あで》やかな目《め》が、笑《え》みを含《ふく》んで、ゆらっと揺《ゆ》れた。

「やっぱりね。」

8　そんな男《おとこ》か？

黒木君《くろきくん》は素早《すばや》く引《ひ》き返《かえ》してきて、音《おと》を立《た》てて椅子《いす》に座《すわ》る。

両腕《りょううで》をテーブルに載《の》せ、10本《ぽん》の指《ゆび》を組《く》んで静《しず》かに私《わたし》を見《み》た。

「それで？」

皆《みんな》も、興味津々《きょうみしんしん》の顔《かお》で私《わたし》の方《ほう》に身《み》を乗《の》り出《だ》す。

私《わたし》は、緊張《きんちょう》しながら報告《ほうこく》した。

「砂原君《すなはらくん》が帰国《きこく》した目的《もくてき》は、自分《じぶん》に新《あたら》しい彼女《かのじょ》ができたってことを話《はな》すためだったみたい。」

上杉君《うえすぎくん》が、素《す》っ頓狂《とんきょう》な声《こえ》を上《あ》げる。

「は？」

小塚君《こづかくん》も首《くび》をひねった。

「わざわざ、それ、言《い》いに来《き》たわけ？」

若武《わかたけ》が、きれいなその目《め》を光《ひか》らせる。

「自慢《じまん》しに来《き》たんだろ。嫌《いや》な奴《やつ》だ。」

私《わたし》は、首《くび》を横《よこ》に振《ふ》った。

「イギリスに行《い》く前《まえ》、毎年帰《まいとしかえ》ってくるって約束《やくそく》したからだよ。彼女《かのじょ》ができたから約束《やくそく》を守《まも》れなくなったって、謝《あやま》りに来《き》たの。もう日本《にほん》には帰《かえ》らないからって。」

自分《じぶん》のプライベート部分《ぶぶん》は、ちょっとカット。

でも砂原《すなはら》の帰国《きこく》の主旨《しゅし》は充分《じゅうぶん》、伝《つた》わるし、それでいいと思《おも》ったんだ。

「お、あいつ、もう帰《かえ》ってこないのか。そりゃ幸《さいわ》いだ、よかったよかった。」

若武《わかたけ》はあっさり言《い》ったけれど、黒木君《くろきくん》は考《かんが》え深《ぶか》げな表情《ひょうじょう》だった。

翼《たすく》が、私《わたし》を見《み》る。

「それ言《い》われて、アーヤ、寂《さび》しくなかった？」

私《わたし》は、ドキッとした。

翼《たすく》は、きっと私《わたし》が隠《かく》している部分《ぶぶん》に気《き》づいたんだと思《おも》う。

鋭《するど》いからなぁ。

私《わたし》は、正直《しょうじき》に言《い》うしかなかった。

「いろんな感情《かんじょう》が入《い》り交《ま》じって複雑《ふくざつ》な気分《きぶん》だったけれど、一番大《いちばんおお》きいのは、ほっとしたって気持《きも》ちかな。砂原《すなはら》を傷《きず》つけたって思《おも》っていたから。でも、これで砂原《すなはら》も幸《しあわ》せになれるだろうし、私《わたし》も砂原《すなはら》と会《あ》う前《まえ》の自分《じぶん》に戻《もど》れたような気《き》がするんだ。」

黒木君《くろきくん》が、パチンと指《ゆび》を鳴《な》らした。

「それだ。」

は？

「砂原《すなはら》は、」

そう言《い》いながら腕《うで》を組《く》んで椅子《いす》の背《せ》にもたれかかり、天井《てんじょう》を仰《あお》ぐ。

「アーヤの心《こころ》から自分《じぶん》を消《け》すために、日本《にほん》に帰《かえ》ってきたんだ。そして、それに成功《せいこう》した。」

え？

黒木君《くろきくん》の言葉《ことば》の意味《いみ》が全然《ぜんぜん》わからず、私《わたし》は啞然《あぜん》としていた。

「あいつは、棘《とげ》でも抜《ぬ》くみたいに、アーヤの心《こころ》から自分《じぶん》を引《ひ》き抜《ぬ》いたんだよ。」

黒木君《くろきくん》は笑《え》みを漏《も》らしてうつむき、サラサラと零《こぼ》れ落《お》ちる髪《かみ》を両手《りょうて》でかき上《あ》げてそのまま頭《あたま》を抱《かか》える。

「まいったな。そこまで本気《マジ》かよ。」

曲《ま》げた腕《うで》の間《あいだ》からのぞく横顔《よこがお》には、驚《おどろ》きと敬服《けいふく》と、そして激《はげ》しい羨望《せんぼう》の気持《きも》ちが表《あらわ》れていた。

黒木君《くろきくん》がそんなふうに感情《かんじょう》を露《あらわ》にしたり、自分《じぶん》にしかわからない世界《せかい》に閉《と》じこもったりしたことは今《いま》まで1度《ど》もなかったから、私《わたし》たちは戸惑《とまど》った。

「この状況《じょうきょう》、わかる？」

「ほぼ無理《むり》でしょ。」

「同感《どうかん》。」

「説明《せつめい》させろよ。」

そう言《い》った若武《わかたけ》の言葉《ことば》に皆《みな》が同意《どうい》し、いっせいに私《わたし》の方《ほう》を見《み》た。

私《わたし》はびっくりし、オズオズと人差《ひとさ》し指《ゆび》を上《あ》げて、自分《じぶん》を指《さ》す。

「私《わたし》が？」

皆《みな》は、当《あ》たり前《まえ》だと言《い》わんばかりに頷《うなず》いた。

私《わたし》はやむなく、黒木君《くろきくん》に声《こえ》をかける。

「あの、私《わたし》や皆《みんな》がよくわかるように話《はな》してほしいんだけれど。」

黒木君《くろきくん》は、私《わたし》を見《み》た。

その眼差《まなざし》は、恐《おそ》ろしいほど静《しず》まり返《かえ》っていた。

「砂原《すなはら》は、たとえ相手《あいて》がどんなにいい女《おんな》だったとしても、簡単《かんたん》に心《こころ》を奪《うば》われるような奴《やつ》じゃないよ。」

上杉君《うえすぎくん》が頷《うなず》く。

「そうだ。若武《わかたけ》なら、一瞬《いっしゅん》で転《ころ》ぶけど。」

若武《わかたけ》が憤然《ふんぜん》と突《つ》っ立《た》ち、何《なに》か叫《さけ》ぼうとしたけれど、黒木君《くろきくん》に冷《つめ》たい目《め》を向《む》けられて、ひと言《こと》も発《はっ》することができないまま、再《ふたた》び座《すわ》りこんだ。

ああ撃沈《げきちん》・・・。

「理由《りゆう》は、もう1つある。MASQUE《マスク》 ROUGE《ルージュ》は、男《おとこ》だけの集団《しゅうだん》だ。全員《ぜんいん》、いつでも死《し》ぬ覚悟《かくご》をしていて、だから独身《どくしん》でいる。そういう組織内《そしきない》で研修《けんしゅう》を受《う》けている砂原《すなはら》に、女《おんな》と知《し》り合《あ》う機会《きかい》なんかあると思《おも》うか？」

ない！

私《わたし》が言《い》うより先《さき》に、若武《わかたけ》が口《くち》を開《ひら》いた。

「確《たし》かに、女《おんな》の線《せん》はなさそうだよな。」

皆《みな》が同意《どうい》する。

黒木君《くろきくん》は、ようやくわかったのかといったような表情《ひょうじょう》だった。

「彼女《かのじょ》ができたっていうのは、アーヤに、自分《じぶん》を忘《わす》れさせるための口実《こうじつ》だ。そういうふうに言《い》えば、アーヤがほっとすると計算《けいさん》したんだ。事実《じじつ》、そうなってるし。」

笑《え》みを含《ふく》んだ目《め》で見《み》つめられて、私《わたし》はちょっと赤《あか》くなった。

うっかり乗《の》せられた自分《じぶん》が、恥《は》ずかしかったんだ。

「でも、別《べつ》にいいんじゃない？」

翼《たすく》が、マスクをかけ直《なお》しながら皆《みんな》を見回《みまわ》す。

「砂原《すなはら》は、アーヤを自由《じゆう》にしてやりたかったんだと思《おも》うよ。アーヤの心《こころ》の負担《ふたん》をゼロにしたかったんだ。」

私《わたし》は、じっとこっちを見《み》つめていた砂原《すなはら》の目《め》を思《おも》い出《だ》した。

悪戯《いたずら》っぽい光《ひかり》を浮《う》かべていたあの目《め》を、もっとしっかり見《み》すえていたら、その奥《おく》にあった真実《しんじつ》が見《み》えたのかもしれない。

「アーヤは、砂原《すなはら》のその気持《きも》ちを無駄《むだ》にしないようにすべきだよ。砂原《すなはら》とのことは、もう思《おも》い出《で》にしてしまうべきだ。そのためにあいつは、わざわざ日本《にほん》までやってきたんだからさ。」

若武《わかたけ》が、珍《めずら》しくシミジミとした顔《かお》になる。

「好《す》きな子《こ》には、幸《しあわ》せになってもらいたいって思《おも》うもんだよ、男《おとこ》としてはさ。」

皆《みな》が、深《ふか》く頷《うなず》く。

それを見《み》ながら私《わたし》は思《おも》ったんだ。

私《わたし》がいつまでも昔《むかし》の傷《きず》を抱《かか》えていることは、何《なん》となく砂原《すなはら》にも伝《つた》わって、心《こころ》の負担《ふたん》になっていたのかもしれないって。

わざわざ帰《かえ》ってきて、それを消《け》そうとしてくれたんだから、その砂原《すなはら》の気持《きも》ちを大切《たいせつ》にしないといけないかも。

「わかった、努力《どりょく》するよ。」

私《わたし》がそう言《い》うと、その場《ば》の雰囲気《ふんいき》がふっと和《なご》んだ。

若武《わかたけ》が私《わたし》の方《ほう》を向《む》き、ニッコリ笑《わら》って自分《じぶん》を指差《ゆびさ》す。

「じゃ砂原《すなはら》のためにも、ここは新《あたら》しい男《おとこ》と付《つ》き合《あ》ってみない？　たとえば、この、」

その次《つぎ》を、若武《わかたけ》は言《い》うことができなかった。

上杉君《うえすぎくん》に、パコンと頭《あたま》を叩《たた》かれたから。

「てめーっ、どさくさに紛《まぎ》れるんじゃねーっ！」

若武《わかたけ》はすっくと立《た》ち上《あ》がり、上杉君《うえすぎくん》の肩《かた》を鷲摑《わしづか》みにした。

「きっさま、表《おもて》に出《で》ろっ！」

「おお、出《で》てやらぁ！」

摑《つか》み合《あ》った2人《ふたり》が外《そと》に出《で》ていこうとした時《とき》、黒木君《くろきくん》が静《しず》かに言《い》った。

「砂原《すなはら》の目的《もくてき》って、何《なん》だろ。」

皆《みな》が一瞬《いっしゅん》、動《うご》きを止《と》める。

若武《わかたけ》が上杉君《うえすぎくん》の手《て》を振《ふ》り払《はら》い、黒木君《くろきくん》のそばまで戻《もど》ってきた。

「黒木先生《くろきせんせい》、頭《あたま》、大丈夫《だいじょうぶ》か。今《いま》、話《はな》してたばっかだろ。おまえが言《い》い出《だ》したんじゃないか。砂原《すなはら》は、アーヤのために戻《もど》ってきたんだって。」

黒木君《くろきくん》は組《く》んだ腕《うで》をテーブルに載《の》せ、自分《じぶん》の目《め》の前《まえ》の空間《くうかん》を見《み》つめたまま、若武《わかたけ》の方《ほう》を振《ふ》り返《かえ》りもしなかった。

「それは帰国《きこく》の動機《どうき》だろ。俺《おれ》が疑問《ぎもん》なのは、砂原《すなはら》がアーヤに自分《じぶん》を忘《わす》れさせようと思《おも》いついたのは、なぜかってこと。」

上杉君《うえすぎくん》が、すねるように横《よこ》を向《む》く。

「そりゃ、好《す》きだからだろ。」

瞬間《しゅんかん》、黒木君《くろきくん》が突《つ》っこんだ。

「だったら、もっと前《まえ》だってよかった。何《なん》で今《いま》なんだ!?」

苛立《いらだ》ちのこもった激《はげ》しい言《い》い方《かた》で、いつもの黒木君《くろきくん》とは全然違《ぜんぜんちが》っていた。

びっくりしたのは、上杉君《うえすぎくん》ばかりじゃない。

私《わたし》たちは黙《だま》りこみ、黒木君《くろきくん》はそれに気《き》づいて、気《き》まずそうに目《め》をそむけた。

沈黙《ちんもく》が広《ひろ》がり、翼《たすく》が首《くび》を傾《かし》げる。

「あのさぁ、黒木《くろき》、何《なん》でそんなことに疑問持《ぎもんも》つの？」

若武《わかたけ》も同感《どうかん》だったらしく、すぐ言葉《ことば》を継《つ》いだ。

「そうだよ。別《べつ》にいいだろ、砂原先生《すなはらせんせい》が何《なに》を考《かんが》えて、いつ何《なに》をしたってさ。俺《おれ》たちは奴《やつ》の親《おや》でも、監督《かんとく》でもないんだ。放《ほ》っとこうぜ。」

小塚君《こづかくん》が、はっとした顔《かお》になる。

「黒木《くろき》、もしかして僕《ぼく》たちに話《はな》してない情報《じょうほう》、つかんでるんだろ。だからずっと砂原《すなはら》のことを気《き》にしてたんだね。」

私《わたし》は、コクンと息《いき》を呑《の》む。

やっぱり砂原《すなはら》の身《み》に、何《なに》かが起《お》こっているの？

「何《なん》だ、それっ⁉」

皆《みんな》がざわついた。

「隠《かく》すな、さっさと話《はな》せっ！」

「砂原《すなはら》に何《なに》があったんだ⁉」

「その情報《じょうほう》、確《たし》かなの？」

黒木君《くろきくん》は、わずかに首《くび》を横《よこ》に振《ふ》る。

きれいな2つの瞳《ひとみ》の中《なか》で、きつい光《ひかり》がきらめいた。

「まだはっきりしてない。」

端正《たんせい》なその横顔《よこがお》に、深《ふか》い影《かげ》が広《ひろ》がっていく。

まるで恐《おそ》ろしいものでも見《み》つめているかのような顔付《かおつ》きで、私《わたし》は息《いき》が詰《つ》まりそうになった。

皆《みな》にもそれが伝《つた》わったらしく、あたりの空気《くうき》が緊張《きんちょう》する。

「相手《あいて》がMASQUE ROUGE《マスク ルージュ》じゃ、俺《おれ》だってそう簡単《かんたん》にはいかないよ。」

それはそうかもしれなかった。

MASQUE ROUGE《マスク ルージュ》は、フランスとアメリカから国際手配《こくさいてはい》されている大《おお》きな組織《そしき》だもの。

「今《いま》の段階《だんかい》で話《はな》して、皆《みんな》を混乱《こんらん》させたくない。」

やっぱり砂原《すなはら》に、何《なに》かがあったんだ！

それは、いったい何《なに》？

もしかして、本当《ほんとう》に幹部候補生《かんぶこうほせい》から落《お》ちこぼれかけてるのっ⁉

「一番確実《いちばんかくじつ》なのは、砂原本人《すなはらほんにん》に聞《き》いてみることだ。そうすりゃ、一発《いっぱつ》でわかる。」

あ、それがいい！

「幸《さいわ》いなことに、奴《やつ》は、まだ日本《にほん》にいるんだし。」

辛《つら》い思《おも》いをしているのなら、今《いま》すぐ助《たす》けてあげたい！

私《わたし》の気持《きも》ちを楽《らく》にしに来《き》てくれた砂原《すなはら》を、今度《こんど》は私《わたし》が楽《らく》にしてあげたい!!

「あ、アーヤが泣《な》きそ・・・」

小塚君《こづかくん》の声《こえ》に、若武《わかたけ》の嚙《か》みつくような叫《さけ》びが重《かさ》なった。

「アーヤ、おまえ、やっぱり砂原《すなはら》が好《す》きだったのかっ!?」

上杉君《うえすぎくん》が叫《さけ》ぶ。

「黙《だま》れ、バカ武《たけ》。話《はなし》をそっちに飛《と》ばすんじゃねーっ！」

再《ふたた》び摑《つか》み合《あ》う2人《ふたり》の間《あいだ》に、テーブルの向《む》こうから翼《たすく》が、割《わ》って入《はい》るように身《み》を乗《の》り出《だ》した。

「若武《わかたけ》、砂原《すなはら》に電話《でんわ》して聞《き》いてみたらどう？　もし何《なに》かがあって砂原《すなはら》が困《こま》ってたり、苦《くる》しんでたりするんなら、助《たす》けてあげなきゃいけないでしょ。砂原《すなはら》はKZ《カッズ》メンバーじゃないけれど。苦境《くきょう》に立《た》つ他人《たにん》を見過《みす》ごしにしない、これ、人間《にんげん》らしく生《い》きるための大原則《だいげんそく》だから。」

その意見《いけん》に、皆《みんな》が胸《むね》を打《う》たれた。

もちろん、私《わたし》も。

翼《たすく》の主張《しゅちょう》は、いつも美《うつく》しい。

私《わたし》は、ふっとお兄《にい》ちゃんの言葉《ことば》を思《おも》い出《だ》した。

倫理的《りんりてき》なんだ。

「きれいな女《おんな》になれ。」

きれいな女《おんな》というのは、自分《じぶん》の中《なか》に倫理観《りんりかん》を持《も》っている女性《じょせい》のことなのかもしれない。

「砂原《すなはら》って、もう大人《おとな》だぜ。」

上杉君《うえすぎくん》が、くやしそうな息《いき》をついた。

「本音《ほんね》なんか、絶対《ぜったい》、吐《は》きっこねーよ。」

若武《わかたけ》が、キッパリと口《くち》を開《ひら》く。

「じゃ、罠《わな》をかけよう。」

私《わたし》たちは顔《かお》を見合《みあ》わせた。

若武《わかたけ》は、目的《もくてき》を達成《たっせい》するためなら、いつも手段《しゅだん》を選《えら》ばないんだ。

だから私《わたし》たちは時々《ときどき》、探偵《たんてい》チームKZ《カッズ》じゃなくて、犯罪《はんざい》チームKZ《カッズ》になってしまう。

「何《なに》か口実《こうじつ》を作《つく》って連《つ》れ出《だ》してさ、油断《ゆだん》させて吐《は》かせるんだ。」

ああ若武《わかたけ》って、やっぱり詐欺師《さぎし》だぁ・・・。

「誕生日《たんじょうび》を祝《いわ》ってやるってのは、どうだ？」

翼《たすく》がスマートフォンを取《と》り出《だ》し、画面《がめん》の上《うえ》できれいな指《ゆび》をサラッと滑《すべ》らせる。

「砂原《すなはら》のは、先月《せんげつ》すんでる。あ、小塚《こづか》が10月《がつ》だけど、昨日《きのう》だ。」

ガッカリする空気《くうき》が立《た》ちこめる中《なか》で、上杉君《うえすぎくん》が小塚君《こづかくん》に目《め》を向《む》けた。

「おめでとう。」

その頭《あたま》を、若武《わかたけ》がこづく。

「しれっと祝《いわ》ってんじゃねーっ！　砂原《すなはら》を誘《おび》き出《だ》す口実《こうじつ》、ないじゃんよ。どうすんだ。」

翼《たすく》はスマートフォンに視線《しせん》を落《お》としたまま、操作《そうさ》しながら答《こた》えた。

「記念日《きねんび》としては、今月末《こんげつまつ》にハロウィンがある。それハズすと、後《あと》はキティの誕生日《たんじょうび》か、七五《しちご》三《さん》、年末《ねんまつ》にクリスマスだね。」

若武《わかたけ》が、呆然《ぼうぜん》とした顔《かお》でつぶやく。

「俺《おれ》たち、砂原《すなはら》と一緒《いっしょ》にキティの誕生日《たんじょうび》を祝《いわ》うのか？」

小塚君《こづかくん》が眉《まゆ》をひそめた。

「僕《ぼく》、前《まえ》から変《へん》だと思《おも》ってるんだけど、キティって、猫《ねこ》なのに口《くち》ないよ。バースディケーキの蠟《ろう》燭《そく》、吹《ふ》き消《け》せないけど、どうすんの。若武《わかたけ》が着《き》ぐるみ着《き》るとか？」

上杉君《うえすぎくん》が、大《おお》きく頷《うなず》く。

「それでいい。」

若武《わかたけ》が叫《さけ》んだ。

「俺《おれ》は、嫌《ヤ》だっ！」

その胸元《むなもと》を上杉君《うえすぎくん》が掴《つか》み上《あ》げ、切《き》れ上《あ》がった目《め》でにらみすえる。

「やれよ。この年《とし》で七五三《しちごさん》を祝《いわ》うよりましだろ。」

それで私《わたし》は、キティちゃんの着《き》ぐるみを着《き》た若武《わかたけ》がケーキの蠟燭《ろうそく》を吹《ふ》き消《け》しているところとか、子供用《こどもよう》の羽織袴《はおりはかま》をつけた上杉君《うえすぎくん》が、千歳飴《ちとせあめ》を持《も》っているところとかを想像《そうぞう》し、大笑《おおわら》いしてしまった。

「アーヤ、笑《わら》うなっ！」

怒《おこ》られて首《くび》をすくめた直後《ちょくご》、ふっと、いいことを思《おも》いつく。

それは、ほとんどひらめきと言《い》ってもいいくらい突然《とつぜん》に、私《わたし》の頭《あたま》をかすめたのだった。

「あの、ハロウィンって、元々《もともと》イギリスで始《はじ》まってアメリカに広《ひろ》がったんでしょ？」

私《わたし》の言葉《ことば》に、翼《たすく》が同意《どうい》する。

「そうだよ。フランスなんかじゃ、ほとんどやってない。あれは霊《れい》の祭《まつ》りなんだ。フランス人《じん》は、すべての霊《れい》をドーバーの向《む》こうの湿《しめ》っぽい国《くに》に追《お》いやったって思《おも》ってるからさ。だからフランスには幽霊《ゆうれい》も出《で》ない。」

じゃ、恐《こわ》がりな人《ひと》にはフランスが合《あ》ってるね。

そう思《おも》いながら私《わたし》は続《つづ》けた。

「砂原《すなはら》は今《いま》、ロンドン在住《ざいじゅう》だから、きっとハロウィンに詳《くわ》しいと思《おも》うんだ。KZ《カッズ》でハロウィン・パーティをするから、いろいろ教《おし》えてほしいって言《い》ったら、どうかな？　そして、そのお礼《れい》にパーティに誘《さそ》うの。そうすれば、一緒《いっしょ》にすごす時間《じかん》がたくさんできるから、きっと聞《き》き出《だ》せるよ。」

「Good《グッド》！」

皆《みんな》がいっせいに頷《うなず》いた。

「よし、それでいこう！」

「アーヤって、意外《いがい》と策略家《さくりゃくか》なんだね。」

黒木君《くろきくん》が微笑《ほほえ》む。

「ギリシャ神話《しんわ》の昔《むかし》から、企《たくら》みは、女《おんな》の得意技《とくいわざ》だ。」

私《わたし》、そんなんじゃないもん、ふん。

9　ハロウィンの謎《なぞ》

「じゃ砂原《すなはら》にかけるぞ。」

若武《わかたけ》がそう言《い》い、皆《みんな》で砂原《すなはら》の声《こえ》を聞《き》けるように自分《じぶん》のスマートフォンを調整《ちょうせい》した。

「砂原《すなはら》、出《で》てくれよ。」

テーブルの上《うえ》に置《お》かれたスマートフォンの画面《がめん》に発信中《はっしんちゅう》という表示《ひょうじ》が出《で》て、私《わたし》たちは息《いき》を呑《の》んでそれを見《み》つめる。

やがて文字《もじ》がピタリと静止《せいし》し、砂原《すなはら》の声《こえ》が響《ひび》いた。

「若武《わかたけ》か？　何《なん》だよ。」

よかった、通《つう》じた！

「あのさ、アーヤから聞《き》いたんだけど、日本《にほん》に帰《かえ》ってるんだって？　これが最後《さいご》の帰国《きこく》らしいけど、残念《ざんねん》だよ。」

砂原《すなはら》は、かすかな笑《わら》い声《ごえ》を立《た》てる。

「うれしいよ、の間違《まちが》いだろ。」

本音《ほんね》を突《つ》かれて若武《わかたけ》は、ぐっと言葉《ことば》に詰《つ》まった。

隣《となり》にいた上杉君《うえすぎくん》が、急《いそ》いで口《くち》を開《ひら》く。

「上杉《うえすぎ》だ。おまえのお別《わか》れパーティをやってやるよ。」

砂原《すなはら》は、またも軽《かる》く笑《わら》った。

「いらね。じゃな。」

わ、切《き》るっ！

「あの、」

小塚君《こづかくん》が、テーブルに置《お》かれたスマートフォンにすがりついた。

「小塚《こづか》だよ。頼《たの》みがあるんだけれど。KZ《カッズ》でハロウィン・パーティを計画《けいかく》してるんだ。ハロウィンのこと、教《おし》えてくれない？」

私《わたし》は、ハラハラしながら耳《みみ》を澄《す》ませる。

しばらくして、つまらなそうな声《こえ》が返《かえ》ってきた。

「おまえら、何《なに》、企《たくら》んでんだよ。」

ああ、バレた！

ガックリする私《わたし》の前《まえ》で、上杉君《うえすぎくん》が忌々《いまいま》しげに若武《わかたけ》に腕《うで》を伸《の》ばし、ヘッドロックする。

「おまえの初動《しょどう》がヘタッピィだからだ。」

翼《たすく》が無言《むごん》で2人《ふたり》に飛《と》びつき、引《ひ》き離《はな》した。

私《わたし》は、砂原《すなはら》に聞《き》こえるんじゃないかと思《おも》って、ドキドキ、ドキドキ、ドッキドキ！

「勘《かん》ぐるなって。」

若武《わかたけ》がようやく気《き》を取《と》り直《なお》し、話《はなし》を再開《さいかい》した。

「ただのパーティだよ。でも、ちょっと気取《きど》りたいのさ。おまえ、イギリスにいんだから、本場《ほんば》のハロウィンを知《し》ってるだろ。アメリカンになってないやつをさ。」

若武《わかたけ》は、調子《ちょうし》にさえ乗《の》れば、詐欺師《さぎし》の本領《ほんりょう》を発揮《はっき》し、とても上手《じょうず》に誘《さそ》いかける。

でも《ウエーブの若武《わかたけ》》と言《い》われるだけあって、調子《ちょうし》に乗《の》れないことも多《おお》いんだ。

「それ、教《おし》えてよ。日本《にほん》じゃハロウィンっていうと、カボチャと仮装《かそう》だけなんだ。俺《おれ》たちはＫＺ《カッズ》だからさ、カッコよくいきたいんだよ。これこそがハロウィンっていう、キメキメのやつを知《し》りたい。教《おし》えてよ、いいだろ？」

砂原《すなはら》は、ふっと息《いき》をついた。

あ、もしかしてオーケイかもっ！

そう思《おも》った私《わたし》の耳《みみ》に、冷《さ》めた声《こえ》が忍《しの》びこむ。

「黒木《くろき》、出《だ》せよ。いるんだろ。」

私《わたし》たちは、いっせいに黒木君《くろきくん》を見《み》た。

黒木君《くろきくん》は、しかたなさそうに口《くち》を開《ひら》く。

「俺《おれ》だ。」

砂原《すなはら》は、ちょっと笑《わら》った。

「おまえが、俺《おれ》について嗅《か》ぎ回《まわ》ってるって話《はなし》は、耳《みみ》に入《はい》ってるぜ。俺《おれ》に、気《き》でもあんのかよ。」

冗談《じょうだん》めかした声《こえ》の底《そこ》に、棘《とげ》のような鋭《するど》さが潜《ひそ》んでいた。

「いい子《こ》ちゃんだから、やめときな。俺《おれ》のことは、おまえに関係《かんけい》ねーだろ。放《ほ》っとくんだな。」

黒木君《くろきくん》の艶《あで》やかな目《め》に、きつい光《ひかり》が走《はし》る。

「吠《ほ》えるなよ、砂原《すなはら》。痛《いた》いとこに触《さわ》られてるってのが、丸見《まるみ》えだぜ。」

火花《ひばな》が散《ち》りそうなそのやり取《と》りに、私《わたし》たちは息《いき》を呑《の》んで聞《き》き入《い》った。

2人《ふたり》が、心《こころ》を削《けず》り合《あ》うような攻防《こうぼう》をしているのがよくわかって、ハラハラした。

「好《す》きに言《い》ってろよ。」

砂原《すなはら》の声《こえ》が、空中《くうちゅう》に放《ほう》り投《な》げられたかのようにフワッと浮《う》き上《あ》がる。

「俺《おれ》は明日《あした》、ロンドンに発《た》って、二度《にど》と日本《にほん》には来《こ》ねーからさ。じゃな。」

切《き》られるっ！

「アーヤ、出《で》て！」

翼《たすく》が素早《すばや》く私《わたし》のそばに寄《よ》り、耳《みみ》にささやいた。

「この場《ば》を救《すく》えるのは、アーヤだけだ。」

私《わたし》は、あわてて口《くち》を開《ひら》く。

「砂原《すなはら》、さっきはわざわざありがと。」

砂原《すなはら》は沈黙《ちんもく》、私《わたし》の隣《となり》で若武《わかたけ》がつぶやいた。

「女神《めがみ》の降臨《こうりん》だ。果《は》たして事態《じたい》は、好転《こうてん》するのか？」

ものすごく他人事《ひとごと》みたいな言《い》い方《かた》だったから、癪《しゃく》に障《さわ》ったけれど、とにかく砂原《すなはら》にオーケイさせなければならない。

私《わたし》は必死《ひっし》だった。

「KZ《カッズ》でハロウィン・パーティをするのは、初《はじ》めてなんだ。すっごく楽《たの》しみ。本物《ほんもの》のハロウィンにしたいから、いろいろ教《おし》えてよ。一緒《いっしょ》にパーティができたら、もっとうれしいけど。でもさっき、明日帰《あしたかえ》るって言《い》ってたよね。それ、もう決《き》まってるの？　何《なん》とかならない？」

私《わたし》の目《め》の前《まえ》に、黒木君《くろきくん》が自分《じぶん》のスマートフォンを差《さ》し出《だ》す。

その画面《がめん》には、《パーティではソウリングをする、と言《い》ってみて。》と書《か》かれていた。
ソウリングって、何《なに》？
私《わたし》には、まるで意味《いみ》がわからなかった。
でも、これ、黒木君《くろきくん》の作戦《さくせん》なんだよね？
「パーティでは、ソウリングもする予定《よてい》なんだ。」
私《わたし》がそう言《い》った瞬間《しゅんかん》、スマートフォンの向《む》こうで、ふっと砂原《すなはら》の気配《けはい》が変《か》わった。
身構《みがま》えたような、張《は》り詰《つ》めた空気《くうき》が伝《つた》わってきたんだ。
え・・・これ、何《なに》？
驚《おどろ》きながら私《わたし》は、黒木君《くろきくん》を見《み》た。
黒木君《くろきくん》は、のめりこむような目《め》でスマートフォンを見《み》すえたまま微動《びどう》もしない。
そこから砂原《すなはら》に向《む》かって、呪文《じゅもん》でもかけているかのようだった。
私《わたし》は、コクンと息《いき》を呑《の》む。
この先《さき》、どうなるんだろう。
やがて砂原《すなはら》の声《こえ》がした。
「わかった。」

何《なに》かに気持《きも》ちを奪《うば》われているみたいな、宙《ちゅう》に浮《う》いた感《かん》じの声《こえ》だった。

「参加《さんか》するよ。」

ノった！

若武《わかたけ》と上杉君《うえすぎくん》が、手《て》を取《と》り合《あ》って踊《おど》り出《だ》す。

まるでネコとネズミがダンスを始《はじ》めたような感《かん》じだったけれど、成功《せいこう》したうれしさのあまり、いつもの関係《かんけい》が吹《ふ》き飛《と》んでしまったのに違《ちが》いない。

私《わたし》も、喜《よろこ》びをかみしめながら言《い》った。

「じゃ打《う》ち合《あ》わせしようね。時間《じかん》については、また連絡《れんらく》する。よろしく！」

そう言《い》って電話《でんわ》を切《き》る。

大役《たいやく》を果《は》たした気分《きぶん》で大《おお》きな息《いき》をついていると小塚君《こづかくん》が微笑《ほほえ》んだ。

「やったね。」

翼《たすく》も頷《うなず》く。

若武《わかたけ》と上杉君《うえすぎくん》は浮《う》かれて、まだ踊《おど》っていた。

ただ黒木君《くろきくん》だけが、いっそう暗《くら》い顔《かお》で黙《だま》りこんでいる。

「アドバイス、ありがと。」

私《わたし》は、スマートフォンを黒木君《くろきくん》に返《かえ》した。

「ソウリングって、何《なに》？」

黒木君《くろきくん》は、何《なん》でもないといったように眉《まゆ》を上《あ》げる。

「ハロウィンの夜《よる》、子供《こども》が近所《きんじょ》の家《いえ》を訪《たず》ねて、お菓子《かし》をもらって歩《ある》くだろ。あれだよ。」

だったら、私《わたし》も知《し》っている。

でもそれで、砂原《すなはら》が急《きゅう》に態度《たいど》を変《か》えたのは、なぜ？

そのことを、黒木君《くろきくん》は予想《よそう》していたんだよね。

どうして⁉

聞《き》いてみたかったけれど、黒木君《くろきくん》の顔《かお》があまりにも深刻《しんこく》で、私《わたし》は言葉《ことば》が出《で》なかった。

10 意外《いがい》な出会《であ》い

その後《ご》、私《わたし》たちは解散《かいさん》し、いつも通《どお》りに授業《じゅぎょう》を受《う》けた。

秀明《しゅうめい》が終《お》わって、私《わたし》は家《いえ》に帰《かえ》り、忍《しのぶ》の入団《にゅうだん》が多数決《たすうけつ》で可決《かけつ》されたことを事件《じけん》ノートに記録《きろく》する。

今頃《いまごろ》、忍《しのぶ》のところには、若武《わかたけ》から連絡《れんらく》がいっているはずだった。

喜《よろこ》んで、KZ《カッズ》に入《はい》ってくれるといいなぁ。

KZ《カッズ》のためにも、忍本人《しのぶほんにん》のためにも、それがベストだと思《おも》っていた。

神様《かみさま》、よろしくお願《ねが》いします！

そう願《ねが》いながら眠《ねむ》った翌朝《よくあさ》、小塚君《こづかくん》から連絡《れんらく》が来《き》た。

「今日《きょう》、不動産屋《ふどうさんや》に行《い》くって。」

え？

「若武《わかたけ》のとこに砂原《すなはら》が連絡《れんらく》してきたんだって。ハロウィン・パーティを本格的《ほんかくてき》にやるなら、広《ひろ》い空間《くうかん》がいるって。」

そうなんだ。

「屋外《おくがい》でもいいけど、当日《とうじつ》、雨《あめ》が降《ふ》るかもしれないから、どこかを借《か》りようってことになったらしい。不動産屋《ふどうさんや》に行《い》って、貸《か》しスペースを探《さが》すって。飾《かざ》り付《つ》けもしなくちゃならないから、早《はや》く借《か》りといた方《ほう》がいいみたい。」

わぁ、本格的《ほんかくてき》になっていくね、楽《たの》しみ。

うっかりそう思《おも》ってしまって、私《わたし》は反省《はんせい》した。

パーティをする目的《もくてき》は、砂原《すなはら》の身《み》に何《なに》が起《お》こっているのかを探《さぐ》り出《だ》し、助《たす》けることなんだ。

楽《たの》しむことじゃない！

「借《か》りる費用《ひよう》は、砂原《すなはら》が出《だ》してくれるみたい。あいつ、社長《CEO》で金持《かねも》ちだからさ。」

私《わたし》はちょっと眉《まゆ》をひそめた。

「だからって、それに甘《あま》えていいの？」

小塚君《こづかくん》は、困《こま》ったような声《こえ》になる。

「でもKZ《カッズ》には、そんな金《かね》ないよ。僕《ぼく》ら、貧乏《びんぼう》だもん。」

そうだねぇ。

「皆《みんな》が何《なに》かを出《だ》し合《あ》うってことで、どう？」

え？

「パーティをするとなったら、必要《ひつよう》なのは金《かね》だけじゃないだろ。飾《かざ》り付《つ》けをするのに時間《じかん》もかかるし、アイディアもいる。砂原《すなはら》は金《かね》を出《だ》し、僕《ぼく》らは労働力《ろうどうりょく》やアイディアを出《だ》す。で、平等《びょうどう》。」

ん、いいね！

「でも今日《きょう》は、僕《ぼく》のクラス、特別講義《とくべつこうぎ》があるんだ。ちょっと抜《ぬ》けられない感《かん》じ。で、サッカーKZ《カッズ》の方《ほう》も、HS《ハッズ》との練習試合《れんしゅうじあい》が入《はい》ってるって。」

ということは、小塚君《こづかくん》も若武《わかたけ》も、上杉君《うえすぎくん》も黒木君《くろきくん》も、そしてHS《ハッズ》の翼《たすく》もダメってことだよね。

つまり、私《わたし》と砂原《すなはら》だけ。

じゃ私《わたし》は、1人《ひとり》で砂原《すなはら》を探《さぐ》らなくちゃならないんだ。

うっ、責任重大《せきにんじゅうだい》！

できるだろうか、自信《じしん》ないけど・・・。

心配《しんぱい》しながら、はっと気《き》がついた。

あ、若武《わかたけ》が昨日《きのう》、忍《しのぶ》から入団《にゅうだん》のオッケイをもらっているかもしれない。

そしたら、忍《しのぶ》に力《ちから》を貸《か》してもらえるよね。

「若武《わかたけ》は、忍《しのぶ》に入団《にゅうだん》の話《はなし》、もうしたよね。返事《へんじ》は？」

忍《しのぶ》がいてくれたら、すごく心強《こころづよ》い。

「まだ、話《はな》してないみたいだよ。」

ガッカリ。

「昨日《きのう》、KZ《カッズ》は試合《しあい》に負《ま》けて、全員《ぜんいん》が遅《おそ》くまで残《のこ》されてトレーニングしてたらしい。七鬼《なぎ》に連絡《れんらく》する時間《じかん》、なかったたって。」

そっか、大変《たいへん》だったんだね。

じゃ、ここは私1人《わたしひとり》で頑張《がんば》るしかない、か。

「わかった。力《ちから》を尽《つ》くして情報収集《じょうほうしゅうしゅう》するよ。」

そう言《い》うと、小塚君《こづかくん》はほっとしたような息《いき》をついた。

「よろしく！　砂原《すなはら》には伝《つた》えとく。何時《なんじ》だったら、いい？」

私《わたし》は、昨日《きのう》と同《おな》じ時間《じかん》だったら大丈夫《だいじょうぶ》と答《こた》えた。

だって秀明《しゅうめい》が終《お》わってからだと、家《いえ》に帰《かえ》るのが、夜遅《よるおそ》くなってしまうもの。

「場所《ばしょ》は、駅《えき》でいいよね。駅前《えきまえ》には、不動産屋《ふどうさんや》もたくさんあるから効率《こうりつ》よく探《さが》せるし。」

オッケイしながら私《わたし》は、今日《きょう》も、超特急《ちょうとっきゅう》で学校《がっこう》を出《で》て、駅《えき》に駆《か》けつけるよりないと決心《けっしん》した。

＊

でも、駆《か》けつけることはできなかったんだ・・・。

その日《ひ》、授業《じゅぎょう》が終《お》わると、男子《だんし》たちはいつものように忍《しのぶ》の机《つくえ》の周《まわ》りに集《あつ》まって、スマホやアプリの話《はなし》をしていた。

皆《みんな》に囲《かこ》まれて、忍《しのぶ》は、屈託《くったく》のない笑顔《えがお》を見《み》せている。

きっと学校《がっこう》に来《き》てよかったと思《おも》っているに違《ちが》いない。

私《わたし》は、自分《じぶん》のことのようにうれしくなりながら、急《いそ》いで教室《きょうしつ》を出《で》ようとした。

その時《とき》、

「ちょっと大変《たいへん》っ！」

クラスの女子《じょし》が駆《か》けこんできて、こう言《い》ったんだ。

「校門《こうもん》のとこに、砂原《すなはら》がいたっ！」

げっ！

「え・・・なんで？　あいつ、復学《ふくがく》して、またすぐ来《こ》なくなってたじゃん。」

「再復学《さいふくがく》とか？」

「いや、そんな感《かん》じじゃなかった。校門《こうもん》のとこに立《た》ってたんだ。誰《だれ》かを待《ま》ってるんじゃないかな。」

「誰《だれ》を⁉　この学校《がっこう》にあいつの不良仲間《ふりょうなかま》なんて、いた？」

私《わたし》は、真《ま》っ青《さお》になって教室《きょうしつ》を飛《と》び出《だ》し、校門《こうもん》へと走《はし》った。

下校《げこう》する生徒《せいと》がチラホラいて、驚《おどろ》いたようにこっちを見《み》たけれど、もう夢中《むちゅう》。

だって時間《じかん》が経《た》てば経《た》つほど、砂原《すなはら》の姿《すがた》を見《み》かける生徒《せいと》が多《おお》くなる。

そしたら、あることないこと、好《す》き放題《ほうだい》に言《い》われてしまうもの。

ここは速《すみ》やかに砂原《すなはら》を回収《かいしゅう》、その姿《すがた》を隠《かく》すしかないと思《おも》ったんだ。

校庭《こうてい》を走《はし》り抜《ぬ》け、校門《こうもん》に向《む》かって驀地《まっしぐら》っ！

「よっ！」

門柱《もんちゅう》に寄《よ》りかかっていた砂原《すなはら》は、飛《と》び出《だ》していった私《わたし》を見《み》て、ゆっくりと体《からだ》を起《お》こした。

「どした？」

そう言《い》いながらクスッと笑《わら》う。

「顔《かお》、真《ま》っ赤《か》だぜ。」

私《わたし》は、ハアハア息《いき》をついた。

「早《はや》く行《い》こ。」

先《さき》に立《た》ってさっさと歩《ある》き、大通《おおどお》りに出《で》て人《ひと》ごみに紛《まぎ》れこむ。

ようやくほっとし、砂原《すなはら》と肩《かた》を並《なら》べて歩《ある》いた。

でも、それまで必死《ひっし》で走《はし》ってきたので、足《あし》がヨレヨレで、何度《なんど》もつまずきそうになった。

「おっと！」

そのたびに砂原《すなはら》が手《て》を伸《の》ばし、私《わたし》の二《に》の腕《うで》をつかんで引《ひ》き上《あ》げてくれた。

前《まえ》よりずっと背《せ》の高《たか》くなった砂原《すなはら》は、頼《たよ》りになる大《おお》きな樹《き》みたいだった。

「相変《あいか》わらずトロいよな。」

そう言《い》いながら、私《わたし》を見《み》る。

その次《つぎ》に続《つづ》くセリフを、私《わたし》は知《し》っていた。

『でも、そういう奴《やつ》が、俺《おれ》は好《す》きだったりする。』

今《いま》まで何度《なんど》も言《い》ってきたそのセリフを、砂原《すなはら》はもう言《い》わなかった。

代《か》わりに、こう言《い》ったんだ。

「しっかりしろよ。俺《おれ》はおまえのこと、もう見守《みまも》ってやれないんだからな。」

知《し》ってる・・・。

好《す》きな子《こ》ができたっていうのは嘘《うそ》でも、私《わたし》の中《なか》から自分《じぶん》を消《け》してしまおうと決心《けっしん》しているのは、本当《ほんとう》のことなんだ。

何《なん》でそう思《おも》ったのか、気《き》づきかけているのは黒木君《くろきくん》だけ。

私《わたし》には、全然《ぜんぜん》わからなかった。

でもそれが砂原《すなはら》の選《えら》んだ道《みち》なら、私《わたし》にはどうしようもないし、尊重《そんちょう》しなくちゃって思《おも》う。

「あの・・・研修《けんしゅう》、うまくいってる？」

そう言《い》いながら私《わたし》は、砂原《すなはら》の顔色《かおいろ》をうかがった。

落《お》ちこぼれているんなら、きっと表情《ひょうじょう》に出《で》るはずだと思《おも》って。

「当《あ》たり前《まえ》。俺《おれ》、最優秀生《さいゆうしゅうせい》だぜ。表彰《ひょうしょう》されて、カリキュラムの1年間《ねんかん》をパスする資格《しかく》をもらったんだ。」

誇《ほこ》らしげに微笑《ほほえ》む横顔《よこがお》に、影《かげ》はない。

きっと本当《ほんとう》に最優秀生《さいゆうしゅうせい》なんだ。

成績《せいせき》の問題《もんだい》じゃないとしたら、他《ほか》に何《なに》があったの？

「あれ、」

砂原《すなはら》が、車道《しゃどう》の向《む》こう側《がわ》にある歩道《ほどう》に目《め》をやってつぶやく。

「あいつ・・・」

私《わたし》は砂原《すなはら》の視線《しせん》の先《さき》を追《お》い、そこに見《み》つけた、公園《こうえん》で出会《であ》ったあの中学生《ちゅうがくせい》をっ！

思《おも》わず足《あし》を止《と》めると、隣《となり》で砂原《すなはら》が言《い》った。

「名波《ななみ》じゃん。」

え、知《し》り合《あ》いなのっ!?

「ずい分《ぶん》、目付《めつ》きの悪《わる》い奴《やつ》と一緒《いっしょ》だな。」

よく見《み》れば、隣《となり》に、あの高校生《こうこうせい》、河本《こうもと》がいた。

2人《ふたり》とも、スマートフォンを見《み》ながら歩《ある》いている。

「マジでやべぇぜ、ああいう目《め》って。」

私《わたし》は、言《い》わずにいられなかった。

「ん、すごく恐《こわ》かったよ。」

砂原《すなはら》は視線《しせん》で2人《ふたり》を追《お》いながら、きれいな唇《くちびる》をわずかに動《うご》かす。

「何《なに》か、あったのか。」

私《わたし》は、公園《こうえん》で起《お》こったことをできるだけ正確《せいかく》に話《はな》し、そこに若武《わかたけ》から聞《き》いた情報《じょうほう》を付《つ》け加《くわ》えた。

砂原《すなはら》は、舌打《したう》ちする。

「俺《おれ》、名波《ななみ》とは小《しょう》4までクラスメートだった。すごく優《やさ》しい奴《やつ》だったよ。小《しょう》5でクラス替《か》わって、それからは親《した》しくしてなかったけど、親父《おやじ》さんの事件《じけん》は新聞《しんぶん》で見《み》た。確《たし》か建設会社《けんせつがいしゃ》の幹部《かんぶ》で、経理《けいり》をごまかして裏金《うらがね》を作《つく》ってたんだ。それで発覚《はっかく》する直前《ちょくぜん》に、逃亡《とうぼう》した。それ知《し》って、俺《おれ》、心配《しんぱい》になって、家《いえ》まで行《い》ってみたんだ。事件《じけん》の後《あと》に残《のこ》された家族《かぞく》って、相当大変《そうとうたいへん》だからな。でも、もう引《ひ》っ越《こ》していて、空《あ》き家《や》になってた。」

しみじみとそう言《い》った砂原《すなはら》は、たぶん、自分《じぶん》の運命《うんめい》をそこに重《かさ》ねていたんだと思《おも》う。

砂原《すなはら》も、同《おな》じような立場《たちば》だったから。

「もう、ずい分会《ぶんあ》ってないから、名波《ななみ》は俺《おれ》のこと忘《わす》れてるかもしんないけど、あんな目付《めつ》きの奴《やつ》と一緒《いっしょ》にいるんじゃ、放《ほう》っておけないな。ちょっと声《こえ》かけてくる。」

砂原《すなはら》は、すごく友《とも》だちを大事《だいじ》にするんだよね。

どれほどダメに見《み》える相手《あいて》でも、絶対《ぜったい》に見放《みはな》さない。

私《わたし》は、「赤《あか》い仮面《かめん》は知《し》っている」の中《なか》で、そんな砂原《すなはら》を見《み》て感動《かんどう》した。

ああ砂原《すなはら》は、いい子《こ》だなぁって思《おも》ったもの。

「すぐ戻《もど》るから、ここでちょっと待《ま》ってて。」

私《わたし》は、名波君《ななみくん》に同情《どうじょう》していたし、砂原《すなはら》の気持《きも》ちにも共感《きょうかん》していたので、すぐ頷《うなず》いた。

「気《き》を付《つ》けてね。」

砂原《すなはら》はちょっと笑《わら》い、わずかに片手《かたて》を上《あ》げる。

「おまえも、ここから動《うご》くなよ。」

そう言《い》って歩《ある》き出《だ》し、直後《ちょくご》に背筋《せすじ》を強張《こわば》らせて立《た》ちすくんだ。

「おい、俺《おれ》たち、尾行《びこう》されてるぜ。」

ええっ!?

11　頼《たの》みがある

私《わたし》はびっくりし、思《おも》わず後《うし》ろを振《ふ》り返《かえ》る。

瞬間《しゅんかん》、砂原《すなはら》が手《て》を伸《の》ばし、私《わたし》の肩《かた》を抱《だ》き寄《よ》せた。

「見《み》るな。」

腕《うで》にギュッと力《ちから》が入《はい》り、私《わたし》は砂原《すなはら》の大《おお》きな胸《むね》に押《お》し付《つ》けられて、心臓《しんぞう》がドキンドキンした。

「このまま歩《ある》くぞ。大丈夫《だいじょうぶ》か？」

頷《うなず》いたけれど、全然《ぜんぜん》、大丈夫《だいじょうぶ》じゃなかった。

ああ頭《あたま》に血《ち》が上《のぼ》りそう・・・。

歩《ある》きながら砂原《すなはら》は、苛立《いらだ》たしげな息《いき》をつく。

「下手《へた》な尾行《びこう》しやがって。しかも1人《ひとり》だ。プロじゃないな。」

それで私《わたし》は、砂原《すなはら》がロンドンでそういう研修《けんしゅう》を受《う》けていることを思《おも》い出《だ》した。

砂原《すなはら》は、MASQUE《マスク》 ROUGE《ルージュ》の幹部候補生《かんぶこうほせい》だものね。

「おまえ、つけてくる奴《やつ》に心当《こころあ》たりある？」

私《わたし》は、首《くび》を横《よこ》に振《ふ》る。

砂原《すなはら》は、不敵《ふてき》な笑《え》みを浮《う》かべた。

「じゃ、炙《あぶ》り出《だ》してやる。」

そう言《い》って足《あし》を止《と》め、私《わたし》から手《て》を離《はな》す。

「この道《みち》、1人《ひとり》であっちに行《い》ける？」

指差《ゆびさ》したのは、駅《えき》に向《む》かうメイン通《どお》りだった。

「俺《おれ》、こっち行《い》くから。」

脇《わき》の小道《こみち》に視線《しせん》を流《なが》してから、私《わたし》に目《め》を戻《もど》す。

「尾行者《びこうしゃ》は、俺《おれ》かおまえのどっちかについてくる。俺《おれ》の方《ほう》についてきたら身柄《みがら》を拘束《こうそく》するし、ついてこなければ、すぐ引《ひ》き返《かえ》しておまえに合流《ごうりゅう》する。この道《みち》は人通《ひとどお》りも多《おお》いし、危険《きけん》はない。ちょっとの我慢《がまん》だ。いい？」

私《わたし》は、頷《うなず》いた。

私《わたし》だって頑張《がんば》れるもの。

砂原《すなはら》が、私《わたし》の背中《せなか》をそっと叩《たた》く。

「絶対《ぜったい》、振《ふ》り向《む》くなよ。GO《ゴ》！」

それで、歩《ある》き出《だ》したんだ。

後《うし》ろからついてきているかもしれない尾行者《びこうしゃ》の視線《しせん》を意識《いしき》して、歩《ある》き方《かた》がぎこちなくなってしまったけれど、周《まわ》りには通行人《つうこうにん》がたくさんいたし、道沿《みちぞ》いにずらっと商店《しょうてん》やコンビニが並《なら》んでいたから、少《すこ》しも恐《こわ》くなかった。

それよりも、暗《くら》い小道《こみち》に入《はい》っていった砂原《すなはら》の方《ほう》が心配《しんぱい》。

大丈夫《だいじょうぶ》だろうか。

尾行《びこう》なんて物騒《ぶっそう》なことの対象《たいしょう》になるのは、ただの中学生《ちゅうがくせい》の私《わたし》より、MASQUE ROUGE《マスクルージュ》の組織内《そしきない》にいる砂原《すなはら》の方《ほう》に決《き》まっている。

相手《あいて》は誰《だれ》だろう、目的《もくてき》は何《なに》⁉

砂原《すなはら》は、プロじゃないって言《い》ってたっけ。

じゃロンドンから来《き》たエージェントとかじゃないよね。

私《わたし》は、すっかりスパイ映画《えいが》の登場人物《とうじょうじんぶつ》になった気分《きぶん》だった。

まぁ向《む》こうも1人《ひとり》みたいだから、1対《たい》1なら特殊訓練中《とくしゅくんれんちゅう》の砂原《すなはら》が負《ま》けるはずはないけれど、でも相手《あいて》が2メートルもありそうな巨人《きょじん》だったら、わからない。

ナイフやスタンガンを持《も》ってるかもしれないし。

そう考《かんが》えてゾッとした瞬間《しゅんかん》、後《うし》ろから肩《かた》に手《て》が載《の》った。

げっ、私《わたし》の方《ほう》だったんだっ！

思《おも》わず叫《さけ》びそうになったその口《くち》を、大《おお》きな手《て》が塞《ふさ》ぐ。

耳元《みみもと》で声《こえ》がした。

「俺《おれ》だ。静《しず》かに！」

私《わたし》は息《いき》を呑《の》んで首《くび》を後《うし》ろにひねる。

そこに、菫色《すみれいろ》の瞳《ひとみ》があった。

私《わたし》は、体中《からだじゅう》から一気《いっき》に力《ちから》が抜《ぬ》けるような気《き》がした。

ああ、忍《しのぶ》かぁ・・・。

「血相《けっそう》変《か》えて教室《きょうしつ》から飛《と》び出《だ》してったから、心配《しんぱい》でついてきたんだ。」

ああ、そうだったの、ありがと。

ほっとしながら私《わたし》は、忍《しのぶ》の方《ほう》に向《む》きを変《か》えようとした。

そのとたん、忍《しのぶ》の後《うし》ろに近《ちか》づいてきている砂原《すなはら》の姿《すがた》が目《め》に入《はい》ったんだ。

あっと思《おも》った時《とき》にはもう、砂原《すなはら》は背後《はいご》から忍《しのぶ》に飛《と》びかかり、その片腕《かたうで》を首《くび》にからめて締《し》め上《あ》げていた。

「首《くび》の骨《ほね》、へし折《お》られたくなかったら、その手《て》、放《はな》しな。」

本当《ほんとう》に目《め》にも留《と》まらぬ早業《はやわざ》で、私《わたし》は唖然《あぜん》としたまま、そばを通《とお》りかかる通行人《つうこうにん》が、じゃれている中学生《ちゅうがくせい》を避《よ》けて歩《ある》いていく様子《ようす》を見《み》ていた。

「誰《だれ》だよ、おまえ。」

砂原《すなはら》に聞《き》かれて、忍《しのぶ》は、わずかに微笑《ほほえ》む。

「こういう状態《じょうたい》で聞《き》かれて、すらっと名乗《なの》るほど、俺《おれ》、素直《すなお》じゃないから。」

そう言《い》いながら、両肘《りょうひじ》に力《ちから》を入《い》れて砂原《すなはら》の胃《い》のあたりに叩《たた》きこむ。

それを避《さ》けようとして砂原《すなはら》は、わずかに身《み》をよじり、忍《しのぶ》の体《からだ》との間《あいだ》に距離《きょり》を取《と》った。

瞬間《しゅんかん》、忍《しのぶ》の菫色《すみれいろ》の瞳《ひとみ》がきらめく。

長《なが》い髪《かみ》が一筋二筋《ひとすじふたすじ》、ふわっと宙《ちゅう》に舞《ま》い上《あ》がったかと思《おも》うと、直後《ちょくご》、忍《しのぶ》は、砂原《すなはら》の腕《うで》の中《なか》からスルッと抜《ぬ》け出《だ》していた。

「俺《おれ》の勝《か》ち。悪《わる》いな。」

向《む》き直《なお》った忍《しのぶ》を見《み》て、砂原《すなはら》は、信《しん》じられないといったように自分《じぶん》の両手《りょうて》に視線《しせん》を落《お》とす。

「俺《おれ》のロック外《はず》すなんて・・・ウソだろ。どうやった？」

「さぁ。」

「とぼけんなよ。きさま、何《なん》か妙《みょう》な手《て》、使《つか》いやがったな。」

妖術《ようじゅつ》かもしれないと、私《わたし》は思《おも》った。

根拠《こんきょ》はなかったんだけれど、何《なん》となく。

だって忍《しのぶ》は、雀《すずめ》を説得《せっとく》できるくらいなんだもの。

「も1回《かい》、やってみる？」

「上等《じょうとう》じゃん。そっちから来《こ》いよ。」

再《ふた》びバトルに発展《はってん》しそうな気配《けはい》を感《かん》じて、私《わたし》は、あわてて2人《ふたり》の間《あいだ》に割《わ》りこんだ。

「その前《まえ》に紹介《しょうかい》するから。えっと、こちらは私《わたし》のクラスメートの七鬼忍君《ななきしのぶくん》。こっちは、私《わたし》の元《もと》クラスメートで砂原翔君《すなはらかけるくん》。」

忍《しのぶ》がつぶやく。

「おまえ、砂原《すなはら》なのか・・・」

砂原《すなはら》も呆然《ぼうぜん》とした声《こえ》で言《い》った。

「七鬼《ななき》かよ。」

びっくりする私《わたし》の前《まえ》で、2人《ふたり》はゆっくりと歩《あゆ》み寄《よ》り、どちらからともなく両手《りょうて》を出《だ》して、がっちりと握手《あくしゅ》を交《か》わした。

「アプリ甲子園《こうしえん》の記事《きじ》、読《よ》んだよ。会社創《かいしゃつく》ったんだって？」

「俺《おれ》も、グレートブリテン新聞《しんぶん》で名前見《なまえみ》た。ＩＴ界《アイティーかい》がもっとも注目《ちゅうもく》する世界《せかい》の若手《わかて》30人《にん》の中《なか》に入《はい》ってただろ。」

ああ考《かんが》えてみれば、２人《ふたり》は、同《おな》じジャンルの人間《にんげん》だっけ。

よかった、バトルにならずにまとまって！

胸《むね》をなでおろしながら私《わたし》は、道路《どうろ》の向《む》こうを見《み》た。

名波君《ななみくん》と河本《こうもと》は、とっくに姿《すがた》を消《け》している。

これから砂原《すなはら》、どうするつもりだろう。

心配《しんぱい》していると、砂原《すなはら》が気《き》づき、何《なん》でもないといったように手《て》を振《ふ》った。

「何《なん》とか連絡《れんらく》つけてみっからさ、大丈夫《だいじょうぶ》だって。」

私《わたし》がほっとするのを確認《かくにん》し、砂原《すなはら》は忍《しのぶ》に目《め》を向《む》ける。

「聞《き》きたいんだけど、いいかな？」

忍《しのぶ》は、どうぞといったように片手《かたて》を胸《むね》に当《あ》て、軽《かる》く首《くび》を傾《かし》げた。

「セキュリティ・キャンプの時《とき》に、」

ＩＴ《アイティー》の話《はなし》が始《はじ》まり、ＡＩ《人工知能》がどうの、サイバー攻撃《こうげき》がどうのと、私《わたし》がイライラするほど長《なが》く続《つづ》いた。

2人《ふたり》とも、そういう話《はなし》ができることがうれしくてたまらないといった顔《かお》だった。

これから不動産屋《ふどうさんや》に行《い》って貸《か》しスペース探《さが》さなくちゃならないし、私《わたし》はその後《あと》、秀明《しゅうめい》にも行《い》かなきゃならないっていうのに、まったく配慮《はいりょ》なしっ！

それで言《い》わずにいられなかったんだ。

「オタク話《ばなし》は、取《と》りあえずやめて。不動産屋《ふどうさんや》に行《い》こ。」

2人《ふたり》は顔《かお》を見合《みあ》わせた。

「オタクって言《い》われてるぜ。いいの？」

「構《かま》わねーよ。俺《おれ》は、オタクは偉大《いだい》だって思《おも》ってんの。それよか、七鬼《ななき》、おまえも一緒《いっしょ》に行《い》かね？」

私《わたし》は内心《ないしん》、すごく喜《よろこ》んだ。

だって今朝《けさ》、私《わたし》は、忍《しのぶ》が一緒《いっしょ》に来《き》てくれたらいいなと思《おも》ってたんだもの。

「KZ《カッズ》で、ハロウィン・パーティすんだって。俺《おれ》は、そのアドバイザーね。これから会場《かいじょう》を探《さが》しに行《い》くんだ。手伝《てつだ》えよ。」

忍《しのぶ》は、ちらっと私《わたし》を見《み》る。

「俺《おれ》、恋仲《こいなか》の2人《ふたり》の邪魔《じゃま》したくない。」

違《ちが》うからっ！

「だって肩抱《かただ》いて歩《ある》いてただろ。」

それは、あなたが後《あと》つけてきたからでしょーが!!

「砂原《すなはら》、何《なん》とか言《い》ってよ。」

私《わたし》が助《たす》けを求《もと》めると、砂原《すなはら》はクスッと笑《わら》った。

「そう思《おも》ってくれても、俺《おれ》は構《かま》わないけど、」

私《わたし》は構《かま》うっ！

「事実《じじつ》は違《ちが》う。俺《おれ》はロンドンに彼女《かのじょ》がいて、アーヤは今《いま》のとこ、フリーだ。」

ほ！

「とにかく行《い》こうぜ。七鬼《ななき》、他《ほか》に用事《ようじ》でもあんの？」

忍《しのぶ》は、戸惑《とまど》ったように私《わたし》を見《み》た。

「そうじゃないけど、俺《おれ》、KZ《カッズ》メンバーじゃないし、出過《です》ぎたマネはしたくない。」

静《しず》かに、でもしっかりと一線《いっせん》を画《かく》して身《み》を引《ひ》こうとするのは、いかにも忍《しのぶ》らしかった。

私《わたし》は、急《いそ》いで口《くち》を開《ひら》く。

「昨日《きのう》、KZ《カッズ》会議《かいぎ》があって、皆《みな》の総意《そうい》で、忍《しのぶ》にメンバーになってもらいたいって話《はなし》になったんだ。若武《わかたけ》が連絡《れんらく》することになってたんだけれど、サッカーKZ《カッズ》で忙《いそが》しくて、できなかったみたい。」

そう言《い》いながら私《わたし》は、忍《しのぶ》の力《ちから》を借《か》りるために、ここで入団《にゅうだん》オッケイを取《と》り付《つ》けようという気《き》になった。

確《たし》か若武《わかたけ》の話《はなし》では、本人《ほんにん》からは入団希望《にゅうだんきぼう》が出《で》ていないから、こちらから勧誘《かんゆう》をすることになるけれど、どんな答《こた》えが返《かえ》ってくるかは不明《ふめい》、ということだった。

「あの、」

私《わたし》は少々《しょうしょう》、慎重《しんちょう》になる。

「KZ《カッズ》の活動《かつどう》については、この間《あいだ》、参加《さんか》したから知《し》ってるよね。忍《しのぶ》は、KZ《カッズ》に入《はい》りたいとか、入《はい》りたくないとか思《おも》ってる？」

忍《しのぶ》は、かすかに微笑《ほほえ》む。

「俺《おれ》、学校《がっこう》行《い》き始《はじ》めただろ。久《ひさ》しぶりだから、今《いま》のとこ、その対応《たいおう》で目《め》いっぱいっていうか、あんま余裕《よゆう》ないっぽい。」

砂原《すなはら》が、その背《せ》をドンと叩《たた》いた。

「何《なに》言《い》ってんだか。やれよ。何《なん》でも、どんどん試《ため》してみるのが青春《せいしゅん》だろ。」

私《わたし》は力《ちから》を得《え》て、踏《ふ》みこむように言《い》った。

「KZ《カッズ》のために、忍《しのぶ》の力《ちから》を貸《か》してほしいんだ。皆《みんな》が期待《きたい》してるし、もちろん私《わたし》も、一緒《いっしょ》に活動《かつどう》できたらすごくうれしい。学校《がっこう》が忙《いそが》しくなった時《とき》には、KZ《カッズ》を休《やす》んでも構《かま》わないし。どう?」

砂原《すなはら》が、忍《しのぶ》の顔《かお》をのぞきこむ。

「期待《きたい》されてるのに、やらなかったら男《おとこ》じゃねーぜ、七鬼《ななき》君《くん》。」

忍《しのぶ》は、まいったといったような大《おお》きな息《いき》をついた。

「2人《ふたり》がかりじゃ勝《か》てないな。わかったよ。どのくらいKZ《カッズ》に貢献《こうけん》できるか不明《ふめい》だけど、一緒《いっしょ》にやらせてもらう。」

やった!

「皆《みんな》も、きっとすごく喜《よろこ》ぶよ。」

忍《しのぶ》は照《て》れたような笑《え》みを浮《う》かべ、砂原《すなはら》を見《み》た。

「ということで、事情《じじょう》が変《か》わったから、協力《きょうりょく》するのに吝《やぶさ》かじゃないよ。」

う、言葉《ことば》、難《むずか》しい!

忍《しのぶ》は、古《ふる》い家系《かけい》の出《で》だから床《ゆか》しい言葉《ことば》が身《み》に付《つ》いてて、ポロッと口《くち》から零《こぼ》れるんだろうな。

「なんだ、吝《やぶさ》かって。」

砂原《すなはら》が、あからさまに面倒《めんどう》そうな顔《かお》をする。

私《わたし》は、言葉《ことば》のエキスパートとして説明《せつめい》した。

「吝《やぶさ》かは、惜《お》しむって意味《いみ》。多《おお》くは、その下《した》に打《う》ち消《け》しの言葉《ことば》がくる。ちなみに今《いま》、忍《しのぶ》が言《い》ったのは、協力《きょうりょく》をする気《き》は充分《じゅうぶん》にあるってこと。」

砂原《すなはら》は、意表《いひょう》を突《つ》かれたらしかった。

「おまえさぁ、そんなこと、あっさり普通《フツー》に言《い》ったらどう。」

そう言《い》いながら、人差《ひとさ》し指《ゆび》で忍《しのぶ》の額《ひたい》をピンと弾《はじ》く。

一瞬《いっしゅん》、長《なが》い髪《かみ》が乱《みだ》れて、端正《たんせい》な忍《しのぶ》の顔《かお》にかすかな影《かげ》を落《お》とした。

う〜ん、美《うつく》しいかも！

「じゃ行《い》こうぜ。」

砂原《すなはら》が先《さき》に立《た》ち、私《わたし》がその後《あと》を追《お》いかけて肩《かた》を並《なら》べる。

歩《ある》きながら砂原《すなはら》は身《み》をかがめ、私《わたし》の耳《みみ》に唇《くちびる》を寄《よ》せた。

「七鬼《ななき》の奴《やつ》、さっき俺《おれ》のロック外《はず》しただろ。どう考《かんが》えても人間業《にんげんわざ》と思《おも》えん。もしかしてあいつ、霊力《れいりょく》とか持《も》ってたりする？」

私《わたし》は、小声《こごえ》で答《こた》えた。

「するかもしれないけれど、今《いま》のとこ、はっきりしない。」

砂原《すなはら》は、ふうっと真剣《しんけん》な表情《ひょうじょう》になった。

「じゃ俺《おれ》、頼《たの》みたいこと、あるかも。」

その横顔《よこがお》に、痛々《いたいた》しいほど思《おも》いつめた雰囲気《ふんいき》が広《ひろ》がる。

私《わたし》は驚《おどろ》きながら聞《き》いた。

「何《なに》を頼《たの》むの？」

もしかしたらそれこそ、砂原《すなはら》が今《いま》、直面《ちょくめん》している問題《もんだい》かもしれないという気《き》がしたから。

「いや、」

砂原《すなはら》はちょっと笑《わら》い、辛《つら》そうな目《め》をして遠《とお》くを見《み》た。

「冗談《じょうだん》だって。俺《おれ》、そんなの信《しん》じねーし。」

12　由緒正《ゆいしょただ》しいハロウィン

私《わたし》たちは駅前《えきまえ》の通《とお》りに出《で》て、軒《のき》を連《つら》ねる不動産屋《ふどうさんや》の窓《まど》に貼《は》られているチラシや、店《みせ》の前《まえ》にある立《た》て看板《かんばん》を見《み》ながら歩《ある》いた。

「この物件《ぶっけん》、どう？」

砂原《すなはら》が足《あし》を止《と》め、指《ゆび》を指《さ》す。

「かなり、よくないか？」

たくさんの貸《か》し部屋《べや》の写真《しゃしん》が貼《は》ってある中《なか》で、砂原《すなはら》が指《さ》していたのは、隅《すみ》の方《ほう》にあるテナント情報《じょうほう》の1件《けん》だった。

ざっと目《め》を通《とお》した忍《しのぶ》が、ロータリーに面《めん》した雑居《ざっきょ》ビルに顔《かお》を向《む》ける。

「この住所《じゅうしょ》だと、あのビルだな。」

細《ほそ》くて、まるで鉛筆《えんぴつ》が立《た》っているみたいな感《かん》じだった。

砂原《すなはら》は、張《は》り出《だ》されているビラの細部《さいぶ》に視線《しせん》を配《くば》る。

「駅前《えきまえ》で便利《べんり》だし、図面《ずめん》見《み》ると、ワンフロアが狭《せま》くてエレベーターに近《ちか》いから大《おお》きな物《もの》も運《はこ》びこみやすいし、部屋内《へやない》も形《かたち》が歪《いびつ》じゃなくて使《つか》いやすい。日割《ひわ》りで貸《か》し出《だ》し可能《かのう》みたいだし。」

よく見《み》れば、他《ほか》のテナントには、月極《つきぎ》めとか、年契約《ねんけいやく》のみとか書《か》いてあった。

「いいんじゃない。」

忍《しのぶ》が賛成《さんせい》し、私《わたし》も同意《どうい》したので、砂原《すなはら》は不動産屋《ふどうさんや》のドアを開《あ》ける。

店内《てんない》は、割《わり》と狭《せま》く、いく人《にん》かの客《きゃく》がいて係員《かかりいん》と話《はなし》をしていた。

「すいません、イベントのためのスペースを探《さが》しているんですが、表《おもて》に出《で》てるテナント、まだ空《あ》いてますか？」

店側《みせがわ》と客側《きゃくがわ》を仕《し》切《き》っている長《なが》いカウンターの向《む》こうから、男《おとこ》の係員《かかりいん》が出《で》てきて手招《てまね》きした。

「どうぞ、こっちに来《き》て座《すわ》って。」

示《しめ》されたスペースは、両隣《りょうどなり》に客《きゃく》が座《すわ》っていて、椅子《いす》が2つしかない。

私《わたし》は、あわてて言《い》った。

「あ、いいよ。こっちにいる。」

ハロウィン・パーティのためには、どういう条件《じょうけん》のスペースが必要《ひつよう》なのか、私《わたし》にはよくわかっていなくて、話《はなし》に参加《さんか》しても意味《いみ》がなかったから。

それで2人《ふたり》に任《まか》せ、壁際《かべぎわ》にあるソファに座《すわ》って待《ま》った。

待《ま》ち時間《じかん》は、秀明《しゅうめい》バッグからテキストを出《だ》して自習《じしゅう》。

どんな時《とき》にも時間《じかん》を無駄《むだ》にしないって、大切《たいせつ》なことだと思《おも》っている。

だって時間《じかん》って、イコール自分《じぶん》の人生《じんせい》なんだもの。

それほど長《なが》くかからず、2人《ふたり》は立《た》ち上《あ》がり、こっちに歩《ある》いてきた。

「部屋《へや》の中《なか》、見《み》せてもらえるって。行《い》こう。」

不動産屋《ふどうさんや》の係員《かかりいん》が、鍵《かぎ》を手《て》にして、私《わたし》たちのそばにやってくる。

「こっちだよ。だけど契約《けいやく》は、大人《おとな》じゃないとダメなんだけど。」

砂原《すなはら》が即《そく》、答《こた》えた。

「もちろん、契約《けいやく》の時《とき》は、大人《おとな》に頼《たの》みます。」

それを聞《き》いて、係員《かかりいん》は問題《もんだい》がないと思《おも》ったらしく、先《さき》に立《た》って歩《ある》き出《だ》した。

その後《うし》ろに砂原《すなはら》が続《つづ》き、私《わたし》たちが追《お》いかける。

誰《だれ》に頼《たの》むんだろ。

身元引受人《みもとひきうけにん》とか、かなぁ。

MASQUE《マスク》 ROUGE《ルージュ》の、日本在住《にほんざいじゅう》メンバーかも。

あれこれと考《かんが》えながら歩《ある》いていると、隣《となり》で忍《しのぶ》が口《くち》を開《ひら》いた。

「会社《かいしゃ》の電話《でんわ》がスマホって、あり？」

は？

「俺《おれ》の隣《となり》にいた客《きゃく》、もう契約《けいやく》がすんで部屋《へや》を使《つか》ってるらしいんだけど、契約書《けいやくしょ》に印鑑《いんかん》が漏《も》れてて呼《よ》ばれたって言《い》ってた。何気《なにげ》なく見《み》たら、契約者欄《けいやくしゃらん》に有限会社《ゆうげんがいしゃ》キャメルって書《か》いてあって、電話《でんわ》番号欄《ばんごうらん》は080で始《はじ》まる番号《ばんごう》だったんだ。」

080って、スマートフォンか、携帯電話《けいたいでんわ》だよね。

私《わたし》は、自分《じぶん》が後《うし》ろから見《み》ていたその客《きゃく》の姿《すがた》を思《おも》い出《だ》そうとした。

確《たし》か若《わか》い男《おとこ》の人《ひと》で、ニット系《けい》の服《ふく》を着《き》てたような気《き》がする。

「普通《ふつう》、会社《かいしゃ》って固定電話《こていでんわ》だろ。」

そう言《い》いながらも忍《しのぶ》は、自信《じしん》がなさそうだった。

「でも俺《おれ》、ここんとこ世《よ》の中《なか》に出《で》てなかったからな。最近《さいきん》の動《うご》き、わかんないけど。」

ああ、引《ひ》きこもってたもんね。

「最近《さいきん》はさ、」

係員《かかりいん》の後《うし》ろについて歩《ある》いていた砂原《すなはら》が、私《わたし》たちの話《はなし》を耳《みみ》に挟《はさ》んだらしく、こちらを振《ふ》り返《かえ》る。

「若《わか》くて、自己資金《じこしきん》なくて銀行《ぎんこう》でも貸《か》してもらえないような奴《やつ》が、よく起業《きぎょう》すんだよ。IT系《アイティーけい》が多《おお》いんだけどさ。金《かね》ないから固定電話《こていでんわ》引《ひ》けなくって、自分《じぶん》のスマホでスタートするわけ。社長《しゃちょう》イコール従業員《じゅうぎょういん》っていうオンリーワンの会社《かいしゃ》だけどね。」

へぇ、そうなのかぁ。

「ここだよ。」

ロータリーを回《まわ》って行《ゆ》きついたそのビルは、7階建《かいだ》てだった。

1階《かい》から3階《がい》までが店舗《てんぽ》、その上《うえ》がマンションで、私《わたし》たちが借《か》りようとしているレンタル・スペースは、3階《がい》の西側《にしがわ》。

階段《かいだん》を上《のぼ》っていくと、ワンフロアには、2戸《こ》ずつしか部屋《へや》がなかった。

外《そと》から見《み》た時《とき》、細《ほそ》いビルだなぁって印象《いんしょう》だったんだけど、やっぱりね。

「この部屋《へや》。」

係員《かかりいん》がドアを開《あ》け、電気《でんき》をつける。

私《わたし》たちの目《め》の前《まえ》に、大《おお》きな空間《くうかん》が現《あらわ》れた。

空《から》っぽの箱《はこ》という感《かん》じで、床《ゆか》と壁《かべ》と天井《てんじょう》しかない。

「僕《ぼく》、ちょっと別件《べっけん》があって抜《ぬ》けるけど、すぐ戻《もど》ってくるから。」

係員《かかりいん》はそう言《い》って出《で》ていき、部屋《へや》には私《わたし》たちだけが残《のこ》った。

「パーティ参加者《さんかしゃ》は、全部《ぜんぶ》で何人《なんにん》？」

砂原《すなはら》に聞《き》かれて、私《わたし》は指《ゆび》を折《お》って数《かぞ》えた。

「合計《ごうけい》8人《にん》。」

砂原《すなはら》は、大《おお》きな穴《あな》みたいなその部屋《へや》の中《なか》を歩《ある》き回《まわ》り、天井《てんじょう》を見上《みあ》げたり、壁《かべ》を眺《なが》めたり、両腕《りょうで》を広《ひろ》げて部屋《へや》の横幅《よこはば》を測《はか》ったりした。

「ここ、悪《わる》くないな。」

忍《しのぶ》も頷《うなず》く。

「ん、適正《てきせい》かもな。」

私《わたし》には、理由《りゆう》がわからなかった。

そもそもイギリスの本格的《ほんかくてき》なハロウィン・パーティって何《なに》をするのか、全然《ぜんぜん》、知《し》らなかったんだもの。

アメリカのなら、仮装《かそう》した子供《こども》たちが隣近所《となりきんじょ》でお菓子《かし》を集《あつ》めている映像《えいぞう》を見《み》たことがあるけれど。

だいたい私《わたし》は、ハロウィン自体《じたい》をよく知《し》らない。

この際《さい》、しっかり知識《ちしき》を入《い》れといた方《ほう》がいいかも。

そう思《おも》って砂原《すなはら》に聞《き》いてみた。

「イギリスのハロウィンって、どういうお祭《まつ》りなの？　パーティでは何《なに》をするの？」

砂原《すなはら》は、壁《かべ》を見《み》つめたままで答《こた》える。

「いろいろ・・・」

それ、わかんないから、具体的《ぐたいてき》にお願《ねが》いっ！

ところが砂原《すなはら》は、それ以上口《いじょうくち》を開《ひら》かず、ひたすら壁《かべ》を見《み》つめるばかり。

私《わたし》が首《くび》を傾《かし》げていると、脇《わき》から忍《しのぶ》がフォローに入《はい》った。

「いろいろな信仰《しんこう》が入《い》り混《ま》じった祭《まつ》り、っていえばいいのかな。でも基本的《きほんてき》には、死者《ししゃ》のために祈《いの》る日《ひ》だよ。」

え・・・日本《にほん》じゃ仮装大会《かそうたいかい》になってるけど。

「キリスト教《きょう》では11月1日《がつついたち》は、万聖節《ばんせいせつ》All Saints'《オールセインツ》 Day《デイ》といって、諸聖人《しょせいじん》を記念《きねん》する祝日《しゅくじつ》だ。諸《しょ》聖人《せいじん》っていうのは皆《みんな》、死《し》んでるから、この日《ひ》は死者《ししゃ》の日《ひ》でもある。で、その前日《ぜんじつ》に当《あ》たる10月《がつ》31日《にち》は、All Saints' Day Eve《オールセインツデイイヴ》。アングロサクソン語《ご》で、saint《セイント》のことをhallow《ハロウ》というから、つまり31日《にち》は、All Hallows Eve《オールハロウズイヴ》。この後《うし》ろの2つの言葉《ことば》が一緒《いっしょ》になってHallowseve《ハロウズイヴ》、それが訛《なま》ってHalloween《ハロウィン》になったっていわれてる。」

へぇ、知《し》らなかったなぁ。

「アングロサクソン以前《いぜん》にイギリスに渡《わた》ったケルト民族《みんぞく》の暦《こよみ》では、10月《がつ》31日《にち》は、1年《ねん》の締《し》めくくりの日《ひ》で、サムヘインの祭日《さいじつ》と呼《よ》ばれていた。それが今話《いまはな》したキリスト教《きょう》の万聖節《ばんせいせつ》イヴと混《ま》じったんだ。この日《ひ》の6日前《むいかまえ》には、キリスト教《きょう》の祝日聖《しゅくじつせい》クリスピヌスの日《ひ》がある。この祭《まつ》りも、地方《ちほう》によってはハロウィンと混《ま》じっていたりする。いろいろ混《ま》じりすぎているから、キリスト教《きょう》では10月《がつ》31日《にち》について、祝日《しゅくじつ》にも記念日《きねんび》にも認定《にんてい》していないんだ。」

そう言《い》いながら砂原《すなはら》を振《ふ》り返《かえ》る。

「って説明《せつめい》で、いいかな？」

砂原《すなはら》は、相変《あいか》わらず壁《かべ》を見《み》つめたままだった。

身《み》じろぎもせずに突《つ》っ立《た》っている。

さすがに変《へん》に思《おも》って、私《わたし》は声《こえ》をかけようとした。

その肩《かた》に忍《しのぶ》が手《て》を載《の》せ、小声《こごえ》でささやく。

「あいつ、ゾーンに入《はい》ってる。」

へ？

キョトンとしていると、忍《しのぶ》は私《わたし》の手首《てくび》をつかみ、そっと部屋《へや》の外《そと》に連《つ》れ出《だ》した。

「何《なに》かに気持《きも》ちを奪《うば》われて、周《まわ》りのことが見《み》えなくなってるんだ。」

え・・・何《なに》かにって、何《なに》に？

「ま、そう長《なが》くは続《つづ》かないはずだから、ちょっと待《ま》っていよう。」

私《わたし》は、忍《しのぶ》に事情《じじょう》を話《はな》しておいた方《ほう》がよさそうだと考《かんが》えた。

それで、砂原《すなはら》が何《なに》か問題《もんだい》を抱《かか》えて帰国《きこく》したらしいこと、それを聞《き》き出《だ》し、砂原《すなはら》のサポートをするためにKZ《カッズ》としてハロウィン・パーティを企画《きかく》したことを説明《せつめい》したんだ。

忍《しのぶ》は、わかったといったように軽《かる》く頷《うなず》いた。

「砂原《すなはら》のことは、リスペクトしてるよ。窮地《きゅうち》に立《た》っているんなら手《て》を貸《か》したいし、それがKZ《カッズ》の活動《かつどう》なら、もちろん力《ちから》をつくす。」

ありがと、よろしく！

私《わたし》は両手《りょうて》で忍《しのぶ》の手《て》を握《にぎ》りしめながら、自分《じぶん》が気《き》になっていたことを付《つ》け加《くわ》えた。

それは、パーティに乗《の》り気《き》でなかった砂原《すなはら》が、ソウリングをすると言《い》ったら、急《きゅう》にオーケイしたこと、もし忍《しのぶ》が霊力《れいりょく》を持《も》っているのなら頼《たの》みがあると言《い》っていたことの2つ。

忍《しのぶ》は両手《りょうて》で髪《かみ》をかき上《あ》げ、その手《て》を頭《あたま》の上《うえ》で止《と》めた。

「その2つから感《かん》じるのは、霊《れい》の世界《せかい》に惹《ひ》かれているっていうか、かなり強《つよ》い関心《かんしん》を持《も》っているってことだな。まぁそういう人間《にんげん》って多《おお》いけど。砂原《すなはら》って、そっち系《けい》のオタクなのか？」

私《わたし》は、首《くび》を横《よこ》に振《ふ》る。

「たぶん違《ちが》うと思《おも》う。黒木君《くろきくん》が何《なに》か知《し》ってるみたいなんだけど、はっきりした情報《じょうほう》じゃないからって、教《おし》えてくれないんだ。」

考《かんが》えこむ忍《しのぶ》を見《み》ながら、私《わたし》は、さっきの話《はなし》でよくわからなかった部分《ぶぶん》を聞《き》いてみた。

「でもソウリングって、お菓子《かし》をもらいに近所《きんじょ》の家《いえ》に行《い》くことでしょ。それが、霊《れい》の世界《せかい》と関係《かんけい》あるの？」

忍《しのぶ》は、信《しん》じられないといったように目《め》を丸《まる》くする。

「何《なん》のためにお菓子《かし》もらって歩《ある》くと思《おも》ってる？」

自分《じぶん》で食《た》べたいから？

「ソウリングって、死《し》んだ人間《にんげん》の魂《たましい》に菓子《かし》を捧《ささ》げる儀式《ぎしき》なんだぜ。」

えっ、そうなのっ⁉

「菓子《かし》を集《あつ》める人間《にんげん》は、仮面《かめん》をつけたり扮装《ふんそう》したりするだろ。あれは、死者《ししゃ》に扮《ふん》しているわけ。」

あ、だから、グロテスクな仮面《かめん》が多《おお》いのかぁ。

「人間《にんげん》が死《し》ぬと、魂《たましい》だけになって煉獄《れんごく》という場所《ばしょ》に行《い》く。そこで修行《しゅぎょう》をして魂《たましい》を清《きよ》めないと、天国《てんごく》に上《のぼ》れないんだ。修行《しゅぎょう》は、すごく辛《つら》くて苦《くる》しい。その魂《たましい》を慰《なぐさ》めるために、生《い》きている人間《にんげん》が菓子《かし》をプレゼントするわけ。この菓子《かし》は、魂《ソウル》のためのケーキ、ソウルケーキと呼《よ》ばれている。死者《ししゃ》に扮《ふん》した人間《にんげん》が、ソウルケーキをもらって歩《ある》く、これがソウリングの起源《きげん》。」

私《わたし》は、はっとした。

黒木君《くろきくん》は、それを知《し》っていたんだ。

そして砂原《すなはら》が、霊《れい》の世界《せかい》に心《こころ》を奪《うば》われているということも予想《よそう》していた。

だから、ソウリングをすると言《い》えば、砂原《すなはら》を誘《さそ》えると考《かんが》えたんだ。

でも砂原《すなはら》がそんなことに心惹《こころひ》かれるなんて、どうして？

これまでそんな気配《けはい》、まったくなかったのに。

「立花《たちばな》、どうかした？」

きれいな菫色《すみれいろ》の瞳《ひとみ》が、すぐ近《ちか》くから私《わたし》をのぞきこむ。

一瞬《いっしゅん》、心《こころ》を吸《す》いこまれそうになって、私《わたし》はあわてた。

「何《なん》でもない。よく知《し》ってるんだね。」

忍《しのぶ》は、大《たい》したことじゃないといったように、わずかに眉《まゆ》を上《あ》げる。

「世界各地《せかいかくち》の宗教関係者《しゅうきょうかんけいしゃ》や研究者《けんきゅうしゃ》を対象《たいしょう》にした交流会《こうりゅうかい》があってさ、俺《おれ》も引《ひ》きこもる前《まえ》は、よく連《つ》れていってもらった。世界《せかい》には想像《そうぞう》もできないような霊的空間《れいてきくうかん》を研究《けんきゅう》したり、信《しん》じてる人間《にんげん》が多《た》数《すう》いるんだよ。」

そういう人《ひと》たちから吸収《きゅうしゅう》して、忍《しのぶ》は、グローバルな知識《ちしき》を蓄《たくわ》えたんだね。

その後《ご》は引《ひ》きこもっていたけれど、きちんと学校《がっこう》行《い》ってた私《わたし》より物知《ものし》りかもなぁ。

「俺《おれ》、砂原《すなはら》の様子《ようす》、見《み》てくる。もし普通《ふつう》の状態《じょうたい》に戻《もど》ってたら、霊力《れいりょく》のことを匂《にお》わせて、砂原《すなはら》の胸《きょう》中《ちゅう》を探《さぐ》ってみるよ。ここにいて。」

そう言《い》って身《み》をひるがえしかけ、ふと動《うご》きを止《と》めて私《わたし》に目《め》を向《む》けた。

「おまえに感謝《かんしゃ》してる。」

え？

戸惑《とまど》っていると、忍《しのぶ》は、きれいな笑《え》みを浮《う》かべた。

「この間《あいだ》、若武《わかたけ》の家《いえ》に行《い》って感《かん》じたんだけど、KZ《カッズ》のメンバーと一緒《いっしょ》にいると、すごく楽《たの》しいんだ。何《なん》か自分《じぶん》が、どんどん自由《じゆう》になっていく感《かん》じ。たぶん、自分1人《じぶんひとり》では発想《はっそう》しない様々《さまざま》な考《かんが》え方《かた》に触《ふ》れられるからだと思《おも》う。学校《がっこう》でも皆《みんな》と話《はな》してると、同《おな》じ気持《きも》ちになる。俺《おれ》に新《あたら》しい世界《せかい》を開《ひら》いてくれたおまえに、とても感謝《かんしゃ》してる。」

胸《むね》に染《し》みこみそうなほど美《うつく》しい菫色《すみれいろ》の瞳《ひとみ》でじいっと見《み》つめられて、私《わたし》は、ポワ～ンとしてしまった。

何《なん》か心《こころ》が浮《う》き上《あ》がってしまったというか、地《ち》に足《あし》が着《つ》かないというか。

それで何《なに》も言《い》えずにいると、忍《しのぶ》はクスッと笑《わら》い、音《おと》がしないようにドアを開《あ》けて部屋《へや》に入《はい》っていった。

私《わたし》は心臓《しんぞう》をドキドキさせながら、両手《りょうて》で自分《じぶん》の頬《ほお》を押《お》さえる。

すごく熱《あつ》くなっていた。

やだ、冷《さ》まさなくっちゃ。

そう思《おも》った瞬間《しゅんかん》、頭上《ずじょう》で足音《あしおと》が響《ひび》いたんだ。

誰《だれ》かが階段《かいだん》を降《お》りてくる。

わ、対応《たいおう》できない、どうしよっ!?

13 怪《あや》しい会社《かいしゃ》

私《わたし》は大《おお》あわてで、階段《かいだん》を降《お》りてきた人《ひと》の邪魔《じゃま》にならないように部屋《へや》のドアに体《からだ》を寄《よ》せ、視線《しせん》が合《あ》うのを避《さ》けて下《した》を向《む》いていた。

足音《あしおと》は、カツカツと降《お》りてきて、私《わたし》の前《まえ》を通《とお》り過《す》ぎる。

「こんちは。」

意外《いがい》にも声《こえ》をかけられたので、私《わたし》はあせって顔《かお》を上《あ》げながら返事《へんじ》をした。

「こんにちは。」

その瞬間《しゅんかん》、目《め》に飛《と》びこんできたのは、通《とお》り過《す》ぎていく名波君《ななみくん》の横顔《よこがお》っ！

「あ！」

思《おも》わずそう言《い》うと、名波君《ななみくん》は足《あし》を止《と》め、こっちを振《ふ》り返《かえ》った。

「あれ、おまえ、どっかで会《あ》ったたっけ。」

私《わたし》は頷《うなず》く。

名波君《ななみくん》はちょっと眉根《まゆね》を寄《よ》せて考《かんが》えこみ、それからパッと表情《ひょうじょう》を明《あか》るくした。

「あ、思《おも》い出《だ》したぞ、交番女《こうばんおんな》だ。」

そのネーミング、ひどいと思《おも》う。

「へえ、おまえんち、ここなの？」

引《ひ》き返《かえ》してきて名波君《ななみくん》は、私《わたし》の前《まえ》に立《た》った。

「じゃ仲良《なかよ》くしよーぜ。俺《おれ》んち、この最上階《さいじょうかい》なんだ。」

親指《おやゆび》で天井《てんじょう》を指《さ》して微笑《ほほえ》む。

涼《すず》やかな微笑《びしょう》で、感《かん》じがよかった。

ちょっと軽《かる》いのは、初《はじ》めて会《あ》った時《とき》と同《おな》じ。

でも若武《わかたけ》が言《い》ってたような、危《あぶ》ない子《こ》には見《み》えなかった。

それで、思《おも》い切《き》って聞《き》いてみたんだ。

「あの河本《こうもと》って高校生《こうこうせい》と、友《とも》だちなの？」

瞬間《しゅんかん》、名波君《ななみくん》の目《め》にさっと険《けん》が走《はし》り、表情《ひょうじょう》が突然《とつぜん》きつくなった。

「それ、おまえに関係《かんけい》ある？」

張《は》り詰《つ》めた雰囲気《ふんいき》で、声《こえ》も、さっきよりぐっと低《ひく》い。

「どう関係《かんけい》あんだよ、えっ？」

うわぁ、キレそう・・・。

私《わたし》は、あわてて言《い》った。

「砂原君《すなはらくん》が、心配《しんぱい》してたから。」

名波君《ななみくん》は、目《め》を見開《みひら》く。

「砂原《すなはら》って・・・翔《かける》？」

そう言《い》いながらふうっと緊張《きんちょう》を緩《ゆる》めた。

「え、マジで？」

私《わたし》が首《くび》を縦《たて》に振《ふ》ると、名波君《ななみくん》はうれしそうな顔《かお》になる。

「超懐《ちょうなつ》かし。小学生《しょうがくせい》の頃《ころ》は、よく遊《あそ》んだんだ。おまえ、翔《かける》の何《なに》？　彼女《かのじょ》？」

違《ちが》うけど。

「ちょうどいいや。俺《おれ》、翔《かける》に相談《そうだん》したいことがあんだ。今度《こんど》、遊《あそ》ぼーって言《い》っといてよ。おまえも一緒《いっしょ》でいいぜ。じゃな。」

手《て》を上《あ》げて、再《ふたた》び階段《かいだん》を降《お》りていく。

私《わたし》は、大《おお》きな息《いき》をついた。

ああ恐《こわ》かった。

やっぱり、キレやすいって話《はなし》は、本当《ほんとう》なんだ。

でもお父《とう》さんのことで大変《たいへん》な思《おも》いをしたはずなのに、暗《くら》い感《かん》じがしないのは、偉《えら》いな。

もしかして暗《くら》くならないために、あまり考《かんが》えこまないようにしてて、それで軽《かる》いのかもしれない。

あれこれと考《かんが》えながら見送《みおく》っていて、その階段《かいだん》の脇《わき》にある表札《ひょうさつ》に目《め》が留《と》まった。

それは、私《わたし》たちが借《か》りようとしているスペースの隣《となり》の部屋《へや》で、表札《ひょうさつ》には、こう書《か》いてあったんだ。

有限会社《ゆうげんがいしゃ》キャメル。

あーっ、固定電話《こていでんわ》のない会社《かいしゃ》だ！

ここだったのかぁ。

砂原《すなはら》は、IT関係《アイティーかんけい》で、社長《しゃちょう》1人《ひとり》だけの会社《かいしゃ》だったら固定電話《こていでんわ》がないこともあるって言《い》ってたけれど、ここ、何《なん》の会社《かいしゃ》なんだろう。

私《わたし》は、その玄関《げんかん》ドアの前《まえ》に歩《あゆ》み寄《よ》った。

とたんっ！

それが、音《おと》を立《た》てて内側《うちがわ》に開《ひら》いたんだ。

私《わたし》はビクッとし、立《た》ちすくんだ。

「ん、何《なん》だ、おまえ。」

出《で》てきたのは、派手《はで》なジャケットを着《き》て、首《くび》から金《きん》のネックレスを下《さ》げた男《おとこ》の人《ひと》だった。

「ここで、何《なに》やってんだよ。」

にらまれて、私《わたし》は、すくみ上《あ》がってしまった。

すごく恐《こわ》かったんだもの。

「おう、何《なに》やってたかって聞《き》いてんだよっ！」

男《おとこ》の人《ひと》が、大声《おおごえ》を上《あ》げる。

「答《こた》えんかい、こらぁ！」

直後《ちょくご》、私《わたし》の二《に》の腕《うで》を、誰《だれ》かが後《うし》ろからつかんだ。

あっと思《おも》った時《とき》には、私《わたし》はもう、大《おお》きな背中《せなか》の後《うし》ろに引《ひ》きこまれ、庇《かば》われていた。

「大丈夫《だいじょうぶ》だから。」

そう言《い》ったのは、ドアから出《で》てきた忍《しのぶ》だった。

私《わたし》の前《まえ》に立《た》ちふさがっていたのは、砂原《すなはら》の背中《せなか》。

「あんだ、てめーら。」

気色《けしき》ばんだ男《おとこ》の人《ひと》に向《む》かって、忍《しのぶ》は微笑《ほほえ》み、私《わたし》たちが借《か》りようとしている部屋《へや》のドアを指《さ》した。

「僕《ぼく》たち、あそこ、借《か》りるんです。荷物運《にもつはこ》んでるところなんですけど、慣《な》れないので、この子《こ》、マゴマゴしちゃってて。ご迷惑《めいわく》おかけしたようでしたら、すみません。お隣同士《となりどうし》ですね、どうぞよろしく！」

男《おとこ》の人《ひと》はおもしろくなさそうな顔《かお》で胸《むね》ポケットからサングラスを出《だ》し、それをかけながら肩《かた》で忍《しのぶ》を押《お》しのけるようにして階段《かいだん》を降《お》りていった。

返事《へんじ》も、挨拶《あいさつ》も、まるでなし。

「何《なに》もされなかった？」

そう言《い》って砂原《すなはら》が、私《わたし》を振《ふ》り返《かえ》る。

緊張《きんちょう》した表情《ひょうじょう》で、目《め》の中《なか》には鋭《するど》い光《ひかり》があった。

私《わたし》が頷《うなず》くと、ほっとしたような息《いき》をもらす。

「さっきは、ごめん。俺《おれ》、ちょっとぼんやりしてて。」

私《わたし》は、急《いそ》いで言《い》った。

「今《いま》、名波君《ななみくん》に会《あ》ったよ。このビルの最上階《さいじょうかい》に住《す》んでるみたい。砂原《すなはら》のこと懐《なつ》かしがって、今度《こんど》遊《あそ》ぼうって言《い》ってた。相談《そうだん》したいことがあるって。」

まだいく分硬《ぶんかた》かった砂原《すなはら》の表情《ひょうじょう》は、それで溶《と》けるように柔《やわ》らかくなった。

「そっか。じゃ今夜《こんや》にでも訪《たず》ねてみるよ。ありがと。」

うれしそうな輝《かがや》きを浮《う》かべた目《め》で、じっと見《み》つめられて、私《わたし》はちょっと照《て》れてしまった。

「へぇ有限会社《ゆうげんがいしゃ》キャメルね。ここなのか。」

忍《しのぶ》が表札《ひょうさつ》を読《よ》み上《あ》げながらスマートフォンを出《だ》し、細《ほそ》い指《ゆび》で操作《そうさ》して耳《みみ》に当《あ》てる。

「ああ黒木《くろき》？　ちょっと調《しら》べてよ、キャメルって有限会社《ゆうげんがいしゃ》。住所《じゅうしょ》は、駅前《えきまえ》の雑居《ざっきょ》ビル。返事《へんじ》はメールでいいよ。」

素早《すばや》く切《き》って、私《わたし》を見《み》た。

「おそらくヤバい会社《かいしゃ》だぜ。見《み》ろよ。」

そう言《い》いながらドアの上《うえ》に目《め》をやる。

「防犯《ぼうはん》カメラが付《つ》いてる。ここに来《く》る途中《とちゅう》のどの部屋《へや》にも、もちろん俺《おれ》たちが借《か》りる部屋《へや》にも付《つ》いてないところを見《み》ると、あれは勝手《かって》に付《つ》けたものだ。普通《ふつう》、防犯《ぼうはん》カメラって、犯罪《はんざい》を防《ふせ》ぐためのものだけど、もっと別《べつ》の目的《もくてき》かもな。」

え・・・やだ、隣《となり》がそんな危《あぶ》なっかしい会社《かいしゃ》だなんて。

「ね、ここ借《か》りるの、やめない?」

忍《しのぶ》は、クスッと笑《わら》った。

「何《なん》で? おもしろそうじゃん。」

ああ、若武《わかたけ》が言《い》いそうな言葉《ことば》。

きっと気質《きしつ》が同《おな》じなんだ、冒険者気質《ぼうけんしゃきしつ》・・・。

「ちょっと失礼《しつれい》して。」

そう言《い》いながら忍《しのぶ》は、玄関《げんかん》ドアに付《つ》いている新聞《しんぶん》受《う》けの蓋《ふた》に人差《ひとさ》し指《ゆび》を当《あ》て、くいっと押《お》した。

そこにできた空間《くうかん》に、耳《みみ》を押《お》し当《あ》てる。

しばらく聞《き》いていて笑《え》みを浮《う》かべ、手招《てまね》きした。

私《わたし》と砂原《すなはら》はそばに寄《よ》り、かがみこんでその隙間《すきま》に耳《みみ》を近《ちか》づける。

中《なか》では、いく人《にん》もの男《おとこ》の人《ひと》の、あわただしい声《こえ》が響《ひび》いていた。

「お願《ねが》いしますよ、ええ、とにかく急《いそ》いでるんです。」

「いやいや、頼《たの》みますよ、急《いそ》がないと大変《たいへん》なことになりますから。」

「ほんとに早《はや》くしてくださいよ。」

これ、IT《アイティー》関係《かんけい》の会社《かいしゃ》じゃない気《き》がする。

従業員《じゅうぎょういん》、複数《ふくすう》いるし。

それに皆《みんな》で同《おな》じようなことを言《い》ってるって、変《へん》じゃない？

「3人《にん》もここにいると、目立《めだ》ちすぎだ。」

砂原《すなはら》が身《み》を起《お》こす。

「七鬼《なき》に任《まか》せて、俺《おれ》たちは入《はい》ろう。不動産屋《ふどうさんや》の係員《かかりいん》が戻《もど》ってくる前《まえ》に、会場《かいじょう》の使《つか》い方《かた》について説《せつ》明《めい》しときたい。」

忍《しのぶ》が片手《かたて》でオーケイサインを出《だ》したので、私《わたし》と砂原《すなはら》はその場《ば》から引《ひ》き上《あ》げ、部屋《へや》に入《はい》った。

砂原《すなはら》は、さっき見《み》つめていた壁《かべ》を背《せ》にして立《た》つ。

「まずハロウィン・パーティの伝統的《でんとうてき》な飾《かざ》りつけについて、だ。」

あ、記録《きろく》しなくっちゃ。

「ちょっと待《ま》ってね。」

私《わたし》は秀明《しゅうめい》バッグの中《なか》から事件《じけん》ノートを出《だ》し、シャープペンを構《かま》えた。

「主賓《しゅひん》が座《すわ》る背後《はいご》の壁《かべ》に、旗《はた》を飾《かざ》る。」

砂原《すなはら》は、いったん指《ゆび》でドアを指《さ》し、それから壁《かべ》の方《ほう》に向《む》き直《なお》る。

「主賓《しゅひん》の席《せき》は、出入《でい》り口《ぐち》から一番遠《いちばんとお》い場所《ばしょ》。その背後《はいご》の壁《かべ》となると、ここだ。昔《むかし》は騎士団《きしだん》や教会《きょうかい》の旗《はた》を飾《かざ》ったみたいだけど、俺《おれ》たちは好《す》きなデザインで作《つく》ればいいと思《おも》う。KZ《カッズ》に団旗《だんき》があれば、それでもいい。」

私《わたし》は、首《くび》を横《よこ》に振《ふ》った。

「KZ《カッズ》の旗《はた》はないんだ、今《いま》のところは。」

でも若武《わかたけ》に言《い》ったら、即《そく》、作《つく》りそう。

好《す》きそうだもん、そういうの。

「MASQUE《マスク》 ROUGE《ルージュ》の団旗《だんき》も飾《かざ》りたいんだけど、いいかな？」

私《わたし》は頷《うなず》きながら、ふっと思《おも》った。

さっき砂原《すなはら》が見《み》ていたのは、壁《かべ》じゃなくて、そこに飾《かざ》り付《つ》けられる予定《よてい》のMASQUE《マスク》 ROUGE《ルージュ》の旗《はた》だったのかもしれないって。

だって旗《はた》っていうのは、その組織《そしき》の象徴《しょうちょう》だもの。

砂原《すなはら》はMASQUE《マスク》 ROUGE《ルージュ》の幹部候補生《かんぶこうほせい》として、いろいろな思《おも》いをこめて自分《じぶん》の団旗《だんき》を見《み》つめ、それに気《き》を取《と》られていたんだ、きっと。

「テーブルは、このあたりに設置《せっち》。その上《うえ》には、ジャック・オ・ランタンを置《お》く。ランタンっていうのは、手提《てさ》げランプのこと。」

ああ、それなら知《し》ってる、カボチャをくり抜《ぬ》いて目《め》と口《くち》をつけるんでしょ。

「最近《さいきん》はカボチャのランタンが多《おお》いけど、カボチャを使《つか》うようになったのは、近代以降《きんだいいこう》だ。」

あ、そうなの。

「その前《まえ》は、蕪《かぶ》、もしくはスクオシュだった。本格的《ほんかくてき》にやる気《き》なら、蕪《かぶ》にしよう。中《なか》をくり抜《ぬ》いて蠟燭《ろうそく》を立《た》てる。それから主賓席《しゅひんせき》の前《まえ》には、蠟燭《ろうそく》を丸《まる》く並《なら》べて篝火《かがりび》にする。」

私《わたし》は、その様子《ようす》を想像《そうぞう》した。

壁《かべ》に飾《かざ》られた色《いろ》とりどりの旗《はた》と、くり抜《ぬ》いた蕪《かぶ》の中《なか》で燃《も》える蠟燭《ろうそく》、そして丸《まる》く並《なら》べられた篝《かがり》火《び》。

なんか、ほんとに本格的《ほんかくてき》な感《かん》じで、わくわくした。

「テーブルに置《お》く物《もの》は、あと2つある。塩入《しおい》れと水入《アクアマニール》れだ。この2つは、儀式的意味《ぎしきてきいみ》を持《も》っている。キリスト教《きょう》において、塩《しお》は、罪《つみ》や悪魔《あくま》と戦《たたか》う時《とき》に用《もち》いるんだ。昔《むかし》は、地位《ちい》や権力《けんりょく》を表《あらわ》すものでもあった。塩入《しおい》れの置《お》いてある場所《ばしょ》で、上座《かみざ》と下座《しもざ》を分《わ》けていたんだ。」

へえ、知《し》らなかったなあ。

「水《みず》は、キリスト教《きょう》では神聖《しんせい》なもの。神自身《かみじしん》を《生《い》ける水《みず》の源《みなもと》》と呼《よ》び、永遠《えいえん》の幸福《こうふく》のことを

《生命《せいめい》の水《みず》》というくらいだ。その神聖《しんせい》な水《みず》の入《はい》った器《うつわ》を食卓《しょくたく》に置《お》くことで、神《かみ》の恩寵《おんちょう》を象徴《しょうちょう》させる。」

メモをしながら私《わたし》は、とても厳粛《げんしゅく》な気分《きぶん》になった。

人間《にんげん》をこういう気持《きも》ちにさせるもののことを、本格的《ほんかくてき》っていうんだろうな。

「飾《かざ》り付《つ》けについては、これで終《お》わり。次《つぎ》はパーティね。ハロウィンの主賓《しゅひん》は、クリスピン王《おう》だ。」

誰《だれ》、それ？

「クリスピン王《おう》というのは、靴職人《くつしょくにん》の守護聖人《しゅごせいじん》、聖《せい》クリスピヌスのこと。10月《がつ》25日《にち》がこの聖人《せいじん》の祝日《しゅくじつ》で、日《ひ》が近《ちか》いからハロウィンで主役《しゅやく》を務《つと》めるようになったらしい。主賓《しゅひん》だから、旗《はた》を飾《かざ》った壁《かべ》を背《せ》にしてテーブルの中央《ちゅうおう》に位置《いち》する。誰《だれ》かが、このクリスピン王《おう》になるんだ。」

じゃ誰《だれ》がするかを決《き》めなくちゃ。

「で、占《うらな》いやゲーム、それにソウリングをする。占《うらな》いは、ナットクラックかアップルボビング。ナットクラックは、テーブルの上《うえ》に胡桃《くるみ》を置《お》き、それを胡桃《くるみ》割《わ》り器《き》で割《わ》る占《うらな》い。割《わ》れた胡桃《くるみ》の形《かたち》で占《うらな》うんだ。半分以上残《はんぶんいじょうのこ》っていたら、恋《こい》が叶《かな》うとかね。アップルボビングは、リンゴを半分《はんぶん》に切《き》り、そこに自分《じぶん》の名前《なまえ》を刻《きざ》んで塩水《しおみず》に浮《う》かべる。皆《みんな》でその周《まわ》りに輪《わ》になって、身《み》を乗《の》り出《だ》してリンゴを歯《は》でくわえて持《も》ち上《あ》げるんだ。持《も》ち上《あ》げたリンゴに書《か》いてある名前《なまえ》の人間《にんげん》と、親《した》しくなれる。」

わっ、おもしろそ！

「それからゲーム。ハロウィンのゲームは、《スリッパ捜《さが》し》と決《き》まっている。テーブルの前《まえ》、ちょうどこのあたりに椅子《いす》を丸《まる》く並《なら》べて、皆《みんな》が座《すわ》り、靴屋《くつや》になる。その中心《ちゅうしん》に1人《ひとり》がスリッパを持《も》って立《た》って、客《きゃく》になる。客《きゃく》は、自分《じぶん》の持《も》っているスリッパを靴屋《くつや》に渡《わた》し、目《め》をつぶって靴直《くつなお》しの歌《うた》を歌《うた》う。その間《あいだ》に靴屋《くつや》たちは背中《せなか》に隠《かく》してスリッパを隣《となり》に渡《わた》していく。歌《うた》が終《お》わったら客《きゃく》は目《め》を開《あ》けて、自分《じぶん》のスリッパを持《も》っている人間《にんげん》を当《あ》てるんだ。」

その頃《ころ》になって、ようやく忍《しのぶ》が姿《すがた》を見《み》せた。

「どうだった？」

私《わたし》が聞《き》くと、忍《しのぶ》は、大《たい》したことはないといったように肩《かた》をすくめた。

「さっき俺《おれ》たちが聞《き》いたようなセリフを、延々《えんえん》と繰《く》り返《かえ》してる。」

はて、何《なに》やってるんだろう。

「細《こま》かなところまでは聞《き》き取《と》れないから、全貌《ぜんぼう》は不明《ふめい》だ。あ、話《はなし》が中断《ちゅうだん》したよね、ごめん。どうぞ。」

忍《しのぶ》に促《うなが》されて、砂原《すなはら》は部屋《へや》の隅《すみ》まで行《い》き、そこから壁《かべ》に沿《そ》って歩《ある》き始《はじ》めた。

「ゲームの後《あと》は、ソウリング。これは死者《ししゃ》の仮面《かめん》をつけた7人《にん》が、小《ちい》さな籠《かご》を持《も》って、歌《うた》を歌《うた》いながら部屋《へや》の中《なか》を回《まわ》る。そして時々《ときどき》テーブルに近《ちか》よって、そこにいる客《きゃく》からソウルケーキをもらうんだ。ソウルケーキというのは、シナモンと干《ほ》しブドウ、それにナツメグの入《はい》ったバタークッキーのこと。くれない客《きゃく》には罰《ばつ》を与《あた》えたり、脅《おど》したりする。もらったソウルケーキは各自《かくじ》の籠《かご》に入《い》れ、その籠《かご》はテーブルの上《うえ》の篝火《かがりび》の周《まわ》りに輪《わ》を作《つく》るように置《お》く。」

そのソウリングが形《かたち》を変《か》えて、子供《こども》たちがお菓子《かし》をもらい歩《ある》くアメリカのハロウィンになったんだね。

「最後《さいご》は、皆《みんな》が行列《ぎょうれつ》を作《つく》って部屋《へや》の中《なか》を3回回《かいまわ》る。手《て》には、リンゴをくり抜《ぬ》いて蠟燭《ろうそく》を立《た》てたアップルキャンドルを持《も》つ。そして主賓席《しゅひんせき》にいるクリスピン王《おう》に別《わか》れの挨拶《あいさつ》をし、テーブルにアップルキャンドルを置《お》いて、ドアから出《で》ていく。部屋《へや》には、アップルキャンドルに照《て》らされたクリスピン王1人《おうひとり》が残《のこ》るんだ。」

わぁ幻想的《げんそうてき》！

「1人《ひとり》になった王《おう》は、ソウルケーキをもらいに出《で》てきた本物《ほんもの》の魂《たましい》に囲《かこ》まれる。」

げ・・・出《で》るんだ、本物《ほんもの》の霊《れい》。

ちょっと恐《こわ》いけど、でもその時《とき》は、私《わたし》はドアの外《そと》だから、大丈夫《だいじょうぶ》かな。

あれこれと考《かんが》えながら私《わたし》は、自分《じぶん》の目《め》の前《まえ》にいる砂原《すなはら》が、何《なん》ともいえない表情《ひょうじょう》をしていることに気《き》づいた。

切《せつ》なげで、苦《くる》しげで、でもどことなく甘《あま》やかで。

今《いま》まで私《わたし》は、そんな砂原《すなはら》を見《み》たことがなかった。

いったい、何《なに》があったっていうんだろう。

砂原《すなはら》は、心《こころ》に何《なに》を抱《かか》え、何《なに》を思《おも》っているの?

忍《しのぶ》が、私《わたし》の耳《みみ》にそっとささやいた。

「さっき、それとなく聞《き》いてみたけど、うまく逃《に》げられた。俺《おれ》の勘《かん》では、どうも傷《きず》みたいなものを抱《かか》えてるみたいだな。それもかなり深刻《しんこく》な感《かん》じ。」

深刻《しんこく》な傷《きず》!?

14　キレる原因《げんいん》

それ、いったいどうして？

心配《しんぱい》で、私《わたし》は家《いえ》に帰《かえ》ってからも落《お》ち着《つ》かなかった。

空中《くうちゅう》に浮《う》いているような気分《きぶん》で時間割《じかんわ》りを合《あ》わせていると、小塚君《こづかくん》から電話《でんわ》がかかってきたんだ。

「若武《わかたけ》から、招集《しょうしゅう》だよ。今日《きょう》、僕《ぼく》ら、行《い》けなかったから、明日《あした》、その報告《ほうこく》を聞《き》くって。」

私《わたし》は、ほっと息《いき》をつく。

きちんと報告《ほうこく》して皆《みんな》で考《かんが》えれば、何《なに》か見《み》えてくるかもしれないと思《おも》った。

「休《やす》み時間《じかん》に、カフェテリアだよ。七鬼《ななき》も時間《じかん》までに来《く》るって。」

私《わたし》は了解《りょうかい》し、電話《でんわ》を切《き》って、今日聞《きょうき》いたばかりの本格的《ほんかくてき》ハロウィン・パーティについて整理《せいり》しておくことにした。

記録《きろく》を見直《みなお》し、まず時間軸《じかんじく》に沿《そ》って、パーティの内容《ないよう》を書《か》き出《だ》す。

最初《さいしょ》に開会《かいかい》の挨拶《あいさつ》、占《うらな》い、ゲーム、そしてソウリング、最後《さいご》にアップル行列《ぎょうれつ》。

それぞれがきちんとできるように事前《じぜん》の準備《じゅんび》が必要《ひつよう》だった。
テーブルや椅子《いす》、塩入《しおい》れや水入れ《アクアマニール》、蠟燭《ろうそく》は準備《じゅんび》しなくちゃならないし、旗《はた》やジャック・オ・ランタン、ソウルケーキは作《つく》らなくちゃならない。
占《うらな》いに使《つか》う胡桃《くるみ》や胡桃割《くるみわ》り器《き》、それにアップルボビングのリンゴ、それを浮《う》かべる入《い》れ物《もの》、スリッパ捜《さが》しのスリッパ、アップル行列《ぎょうれつ》のリンゴ蠟燭《ろうそく》も用意《ようい》しないといけないし、クリスピン王《おう》やソウリングの死者《ししゃ》を誰《だれ》がするのか、決《き》める必要《ひつよう》がある。

係《かかり》を作《つく》って、仕事《しごと》を分担《ぶんたん》した方《ほう》がよさそうだった。

全員《ぜんいん》で8人《にん》いるから、仕事内容《しごとないよう》を全部《ぜんぶ》書《か》き出《だ》しておいて見《み》せて、好《す》きなのを選《えら》んでもらうか、クジ引《び》きにすればいいよね。

それでその準備《じゅんび》をしてから、眠《ねむ》った。

もちろん予習《よしゅう》も復習《ふくしゅう》も、宿題《しゅくだい》もちゃんとしたよ。

＊

翌日《よくじつ》、私《わたし》は、学校《がっこう》から帰《かえ》って秀明《しゅうめい》に行《い》くまでの間《あいだ》にコンビニに寄《よ》り、昨夜《さくや》書《か》き出《だ》した仕事《しごと》のリストを全員分《ぜんいんぶん》コピーした。

モノクロコピーだったから出費《しゅっぴ》は少《すく》なくてすんだけれど、早《はや》く活動費《かつどうひ》が支給《しきゅう》されるようになるといいなと思《おも》った。

秀明《しゅうめい》では、休《やす》み時間《じかん》のチャイムが鳴《な》るや、ノートとコピーを抱《かか》えてカフェテリアへの階段《かいだん》を駆《か》け上《のぼ》る。

ドアを開《あ》けると、隅《すみ》の方《ほう》のテーブルに、もう皆《みんな》がそろっていた。

私《わたし》は、足《あし》を止《と》める。

いつもの光景《こうけい》だったけれど、今日《きょう》はそこに、忍《しのぶ》が加《くわ》わっていたんだ。

長《なが》い髪《かみ》を肩《かた》から背中《せなか》に垂《た》らし、皆《みんな》の間《あいだ》で談笑《だんしょう》している忍《しのぶ》の様子《ようす》は、とても優雅《ゆうが》で美《うつく》しく、心《こころ》から楽《たの》しそうだった。

菫色《すみれいろ》の瞳《ひとみ》は、今日《きょう》は、モーヴ色《いろ》に見《み》える。

カフェテリアの照明《しょうめい》のせいかも、あるいは本人《ほんにん》の気分《きぶん》のせいかもしれなかった。

「アーヤ、何《なに》ぼんやりしてんだ。早《はや》く来《こ》いよ。」

若武《わかたけ》に言《い》われて、あわてて駆《か》け寄《よ》る。

「じゃKZ《カッズ》会議《かいぎ》を始《はじ》める。今日《きょう》の議題《ぎだい》は、まず、」

昨日《きのう》の報告《ほうこく》だろうと、私《わたし》は思《おも》った。

それで持《も》ってきたコピーを、テーブルの上《うえ》でトントンと整《ととの》えながら待《ま》っていたんだ。

ところが、なんと、若武《わかたけ》はこう言《い》った。

「七鬼《ななき》から連絡《れんらく》を受《う》けた不審《ふしん》な会社《かいしゃ》についてだ。」

え、そっちなのっ!?

「諸君《しょくん》、喜《よろこ》べ、これは事件《じけん》だ。俺《おれ》たちKZ《カッズ》の出番《でばん》だぜ。」

そう言《い》いながら若武《わかたけ》は、その目《め》に強《つよ》い光《ひかり》を浮《う》かび上《あ》がらせた。

「何《なに》しろ怪《あや》しすぎる。部屋《へや》は会社契約《かいしゃけいやく》なのに、連絡先《れんらくさき》が携帯電話《けいたいでんわ》。身《み》なりが派手《はで》で態度《たいど》の悪《わる》い男《おとこ》が出入《ではい》りしている。室内《しつない》での電話《でんわ》は、ほとんど同《おな》じ内容《ないよう》。さらにドアに防犯《ぼうはん》カメラを取《と》り付《つ》けてある。黒木《くろき》、この会社《かいしゃ》、調《しら》べたんだろ。」

黒木君《くろきくん》が体《からだ》を傾《かたむ》け、ズボンの後《うし》ろポケットからスマホを出《だ》す。

「有限会社《ゆうげんがいしゃ》キャメルは、通販《つうはん》で衣料品《いりょうひん》を販売《はんばい》する会社《かいしゃ》だ。」

皆《みんな》がいっせいに叫《さけ》んだ。

「嘘《うそ》くせぇ！」

確《たし》かに。

「我《われ》ら探偵《たんてい》チームKZ《カッズ》は、今日《きょう》、この会社《かいしゃ》を張《は》りこむ。ここでどんな犯罪《はんざい》が行《おこな》われているかを調《しら》べるんだ。」

上杉君《うえすぎくん》が、眼鏡《めがね》の向《む》こうの目《め》に冷《ひ》ややかな光《ひかり》をきらめかせた。

「バカ武《たけ》。」

若武《わかたけ》は、ムッとしたように上杉君《うえすぎくん》をにらむ。

上杉君《うえすぎくん》は鼻《はな》で笑《わら》った。

「犯罪《はんざい》が起《お》きてから動《うご》くのが、探偵《たんてい》だ。どこの世界《せかい》に、犯罪《はんざい》を探《さが》す探偵《たんてい》がいるんだ、いねーんだよ。って、このセリフ、前《まえ》も言《い》ったぜ。何度《なんど》も言《い》わせんな。」

若武《わかたけ》は、くやしそうに口《くち》を尖《とが》らせる。

「だって事件《じけん》が起《お》きてからじゃ、完璧《かんぺき》に警察《けいさつ》に持《も》ってかれるじゃんよ。」

それは、まったくその通《とお》りだった。

今《いま》まで警察《けいさつ》には、いつも不愉快《ふゆかい》な目《め》に合《あ》わされてきたんだ。

「俺《おれ》たちが名《な》を挙《あ》げようと思《おも》ったら、犯罪《はんざい》が起《お》きる前《まえ》、つまり未遂《みすい》の段階《だんかい》で動《うご》くしかないんだ。」

小塚君《こづかくん》が、不安《ふあん》そうにつぶやく。

「でもそれって、見込《みこ》みで動《うご》くってことでしょ。見込《みこ》み違《ちが》いだったら、どうするの。」

若武《わかたけ》は拳《こぶし》を握《にぎ》り、ドンとテーブルに突《つ》いた。

「恐《おそ》れるな！　間違《まちが》いを恐《こわ》がってたら何《なに》もできんぞ、青少年《せいしょうねん》！」

上杉君《うえすぎくん》が疲《つか》れたように前《まえ》のめりになり、テーブルに額《ひたい》を押《お》し当《あ》てる。

「こいつ、何《なに》に憑依《ひょうい》されてんだよ・・・」

翼《たすく》が考《かんが》えこみながら口《くち》を開《ひら》いた。

「その雑居《ざっきょ》ビル、小《ちい》さいって話《はなし》でしょ。だったら出入《ではい》りする人間《にんげん》の数《かず》も限《かぎ》られてるし、俺《おれ》たちが張《は》りこんでたら、目立《めだ》ちすぎるんじゃない？　警察《けいさつ》に通報《つうほう》されるよ。」

黒木君《くろきくん》がちょっと笑《わら》う。

「屯《たむろ》する不良少年《ヤンキーボーイズ》の図《ず》、だな。」

上杉君《うえすぎくん》が顔《かお》を伏《ふ》せたままで、情《なさ》けなさそうな声《こえ》をもらした。

「悪人《あくにん》を捕《つか》まえるつもりで、逆《ぎゃく》に捕《つか》まえられるぞ、青少年《せいしょうねん》。」

若武《わかたけ》が手《て》を伸《の》ばし、その後頭部《こうとうぶ》をペシッと叩《たた》く。

「いいか、俺《おれ》たちは探偵《たんてい》チームなんだ。事件《じけん》を解決《かいけつ》しなかったら、探偵《たんてい》チームの存在意義《そんざいいぎ》がないだろ。KZ《カッズ》を続《つづ》けていきたかったら、事件《じけん》を解決《かいけつ》することだ。」

確《たし》かに、事件《じけん》があってこそ、探偵《たんてい》チームなんだ。

事件《じけん》に巡《めぐ》り合《あ》えなければ、KZ《カッズ》は、いつ消《き》えるかもわからない風前《ふうぜん》の灯《ともしび》になってしまう。

「とにかく事件《じけん》を解決《かいけつ》すること、そのためには、まず事件《じけん》を見《み》つけることなんだ。真剣《しんけん》にやれよ！」

若武《わかたけ》の力説《りきせつ》に、私《わたし》たちはシュンとした。

だって事件《じけん》を探《さが》すって・・・なんかミジメな感《かん》じがするんだもの。

私《わたし》たちの心《こころ》には、理想《りそう》がある。

誰《だれ》でも知《し》っているほど名前《なまえ》が轟《とどろ》いていて、皆《みな》から尊敬《そんけい》され、次《つぎ》から次《つぎ》へと事件《じけん》を持《も》ちこまれる名探偵《めいたんてい》チームKZ《カッズ》、それが理想《りそう》。

でも事件《じけん》を探《さが》す私《わたし》たちって、哀《かな》しくなるほどそこから遠《とお》いよ。

ああ現実《げんじつ》は、過酷《かこく》だ。

「とにかく、この会社《かいしゃ》を張《は》りこむ。こんなに怪《あや》しいんだから、きっと何《なに》かが出《で》てくるはずだ。」

上杉君《うえすぎくん》が、恨《うら》めしそうな目付《めつ》きをした。

「おまえ、KZ存続《カッズそんぞく》のために、この会社《かいしゃ》が犯罪組織《はんざいそしき》であってほしいと願《ねが》ってるな。」

若武《わかたけ》は、ためらいもなく答《こた》えた。

「ああ、そうだよ。おまえ、KZ《カッズ》を社会奉仕《しゃかいほうし》チームに戻《もど》したいのか？」

私《わたし》たちは、一気《いっき》に凍《こお》りつく。

何《なに》も知《し》らない忍《しのぶ》だけが、キョトンとしていた。

思《おも》い返《かえ》せば、それは「ハート虫《むし》は知《し》っている」の中《なか》でのこと。

あまりにも事件《じけん》がないので、私《わたし》たちは、ご近所《きんじょ》を回《まわ》って住民《じゅうみん》の役《やく》に立《た》とうとしたのだった。

その時《とき》の意気《いき》の上《あ》がらなかったことといったら、もう半端《はんぱ》じゃなかった。

二度《にど》とあんなことはしたくないと思《おも》っているのは、私《わたし》だけじゃないはず。

「わかったよ。」

翼《たすく》がしかたなさそうにつぶやく。

「まず口実《こうじつ》を作《つく》ろう、警察《けいさつ》に通報《つうほう》されないようにね。」

小塚君《こづかくん》が、私《わたし》を見《み》た。

「同《おな》じビル内《ない》でハロウィン・パーティするんだろ。だったら僕《ぼく》たちがそこに集《あつ》まってても、おかしくないんじゃない？　荷物運《にもつはこ》んだりしてればさ。」

忍《しのぶ》が、長《なが》い髪《かみ》をサラッと乱《みだ》して首《くび》を横《よこ》に振《ふ》る。

「もし昨日《きのう》のうちに砂原《すなはら》が契約《けいやく》してたとしても、審査《しんさ》には時間《じかん》がかかる。審査《しんさ》に通《とお》ってからでないと部屋《へや》の鍵《かぎ》をもらえないんだ。鍵《かぎ》がないと入《はい》れないし、荷物《にもつ》も運《はこ》べないだろ。」

私《わたし》は、はっと思《おも》い出《だ》した。

「同《おな》じビルに、砂原君《すなはらくん》の友《とも》だちが住《す》んでるよ。そこを訪《たず》ねることにしたら、どう？」

若武《わかたけ》が即《そく》、飛《と》びつく。

「よし、そいつを利用《りよう》しよう。誰《だれ》。」

私《わたし》は、若武《わかたけ》の顔色《かおいろ》を見《み》ながら答《こた》えた。

「名波君《ななみくん》。」

若武《わかたけ》は、ガックリしたように肩《かた》を落《お》とす。

「あいつじゃ使《つか》えねーよ。協力《きょうりょく》を頼《たの》む前《まえ》に、キレるに決《き》まってる。すげぇキレやすいんだから。」

うん、私《わたし》、否定《ひてい》しない。

「風《かぜ》が吹《ふ》いたってだけで、キレる。」

上杉君《うえすぎくん》が冷笑《れいしょう》した。

「そいつ、甘《あま》いものの食《た》べすぎなんじゃね。」

え？

私《わたし》は、目《め》をパチパチしてしまった。

甘《あま》いもの食《た》べすぎって・・何《なに》？

キレやすいのは、そういう性格《せいかく》だからでしょ。

甘《あま》いものとか関係《かんけい》なくない？

「てんでわかってない子《こ》が、約《やく》2名《めい》いるね。」

黒木君《くろきくん》の言葉《ことば》を聞《き》いて、私《わたし》は皆《みんな》を見回《みまわ》し、目《め》をパチパチしている若武《わかたけ》を見《み》つけた。

こいつか。

黒木君《くろきくん》は、皮肉《ひにく》な笑《え》みを浮《う》かべて上杉君《うえすぎくん》を見《み》る。

「上杉先生《うえすぎせんせい》、説明《せつめい》をどうぞ。」

上杉君《うえすぎくん》の目《め》に、涼《すず》しげな光《ひかり》がまたたいた。

硬質《こうしつ》で、冷《つめ》たい感《かん》じがして、まるで水晶《すいしょう》の輝《かがや》きみたいにきれい。

私《わたし》は、ちょっとドキドキした。

「これはある脳科学者《のうかがくしゃ》の説《せつ》だけど、空腹時《くうふくじ》に糖類《とうるい》を口《くち》にすると、血糖値《けっとうち》が急上昇《きゅうじょうしょう》する。それを感《かん》知《ち》した脳《のう》は、あわてて血糖値《けっとうち》を下《さ》げるインシュリンを過剰分泌《かじょうぶんぴつ》する。すると今度《こんど》は血糖値《けっとうち》が下《さ》がり過《す》ぎて、だるくなったり集中力《しゅうちゅうりょく》がなくなってイライラし、キレやすくなる。脳《のう》は、またもあわてて血糖値《けっとうち》を上《あ》げるホルモンを出《だ》す。この中《なか》にはアドレナリンが混《ま》じってるから、興奮《こうふん》し、攻撃《こうげき》的《てき》になって、やっぱりキレやすくなる。糖分摂取《とうぶんせっしゅ》からキレるまでの時間《じかん》は、約《やく》90分《ぷん》だ。」

さらりと言《い》った上杉君《うえすぎくん》に、私《わたし》は感嘆《かんたん》！

よく知《し》ってるなぁ。

「じゃキレやすいって、性格《せいかく》じゃないのか。」

若武《わかたけ》は、どうやら私《わたし》と同《おな》じことを考《かんが》えていたみたいだった。

「あ・た・り・前《まえ》。」

上杉君《うえすぎくん》は、バカにしたような笑《わら》いを含《ふく》んだ目《め》を、若武《わかたけ》に向《む》ける。

「特《とく》に10代《だい》では、前頭前野《ぜんとうぜんや》が未発達《みはったつ》だから、そのせいでキレることも多《おお》い。これは別《べつ》の教授《きょうじゅ》の説《せつ》。」

前頭前野《ぜんとうぜんや》？

「前頭前野《ぜんとうぜんや》ってのは、ここのこと。」

そう言《い》いながら上杉君《うえすぎくん》は、人差《ひとさ》し指《ゆび》で自分《じぶん》の額《ひたい》を指《さ》し、コンコンと叩《たた》いた。

「脳《のう》の最前部《さいぜんぶ》で、感情《かんじょう》や欲求《よっきゅう》を抑制《よくせい》する働《はたら》きを持《も》つ。これが発育不全《はついくふぜん》だと、自分《じぶん》を抑《おさ》えられなくて、キレる。ここは脳《のう》の中《なか》でも発育《はついく》が遅《おそ》い部分《ぶぶん》で、10代《だい》の終《お》わりまで成長《せいちょう》し続《つづ》けるんだ。」

じゃ私《わたし》たちの前頭前野《ぜんとうぜんや》も、成長途中《せいちょうとちゅう》なんだね。

「だが鍛《きた》えないと、充分《じゅうぶん》に発育《はついく》しない。そして大人《おとな》になってからじゃ、もう遅《おそ》い。10代《だい》で鍛《きた》えないとダメなんだ。前頭前野《ぜんとうぜんや》を鍛《きた》える方法《ほうほう》は、ただ1つ。自分《じぶん》の気持《きも》ちを抑《おさ》えたり、我慢《がまん》したりする経験《けいけん》を積《つ》むこと。」

だったら探偵《たんてい》チームの今《いま》の辛《つら》い状況《じょうきょう》を我慢《がまん》して、耐《た》えて頑張《がんば》るのは、自分《じぶん》の脳《のう》のためにもいいことなんだ。

よし、やろう！

「キレやすくなる原因《げんいん》は、まだある。３つ目《め》は、セロトニンの不足《ふそく》だ。」

はぁ・・・。

「セロトニンは神経伝達物質《しんけいでんたつぶっしつ》で、脳幹《のうかん》の中央部《ちゅうおうぶ》の縫線核《ほうせんかく》にあるセロトニン神経《しんけい》から分泌《ぶんぴつ》されている。これが不足《ふそく》すると、前頭前野《ぜんとうぜんや》がうまく働《はたら》かなくなるんだ。で、キレやすくなる。」

私《わたし》は、それらを事件《じけん》ノートに書《か》き留《と》めた。

事件《じけん》に直接《ちょくせつ》の関係《かんけい》はなかったけれど、大事《だいじ》なことだと思《おも》ったから。

「キレやすくなる原因《げんいん》の4つ目《め》は、夜型生活《よるがたせいかつ》。」

皆《みな》がギョッとし、私《わたし》も思《おも》わず手《て》が止《と》まった。

だって学校《がっこう》が終《お》わって塾《じゅく》に行《い》くと、帰《かえ》るのは、すごく急《いそ》いでも10時過《じす》ぎになる。

それからお風呂《ふろ》に入《はい》ったりするから、どうしたって夜型《よるがた》になってしまうんだ。

「成長《せいちょう》ホルモン他《ほか》、大事《だいじ》なホルモンは、夜《よる》の10時以降《じいこう》に分泌《ぶんぴつ》されるというのが定説《ていせつ》だ。これらのホルモンをコントロールしているのは、視神経《ししんけい》のすぐそばにある視床下部《ししょうかぶ》と脳下垂体《のうかすいたい》。この時間《じかん》にスマホやパソコンを見《み》ていたり、LED《エルイーディー》の光《ひかり》が充満《じゅうまん》してる繁華街《はんかがい》やコンビニなんかをうろついてると、視神経《ししんけい》が緊張《きんちょう》したままだからホルモンが速《すみ》やかに分泌《ぶんぴつ》されない。その結果《けっか》、集中力《しゅうちゅうりょく》や気《き》力《りょく》がなくなり、キレやすくなる。」

私《わたし》は、ちょっと安心《あんしん》した。

スマホもパソコンも、私《わたし》は持《も》ってないし、夜《よる》は秀明《しゅうめい》から家《いえ》に直行《ちょっこう》するから大丈夫《だいじょうぶ》だ。

「察《さっ》するに、その名波《ななみ》って奴《やつ》は、日常生活《にちじょうせいかつ》で我慢《がまん》することが少《すく》なくて、深夜《しんや》までゲームをやりながら菓子《かし》やパンを食《く》ったり、街《まち》を徘徊《はいかい》して歩《ある》いて甘《あま》い飲料《いんりょう》を飲《の》んだりしてるんだ、きっと。」

それは、おそらく自分《じぶん》の心《こころ》を紛《まぎ》らわせるためなんだろうなと、私《わたし》は思《おも》った。

砂原《すなはら》の話《はなし》では、以前《いぜん》はすごく優《やさ》しかったってことだし、若武《わかたけ》の友《とも》だちなんかは、本人《ほんにん》が変《か》わったのは親《おや》が事件《じけん》を起《お》こしてからだって言《い》ってるみたいだから、名波君《ななみくん》は、その事件《じけん》のせいで傷《きず》ついてしまって、いろんなことをして自分《じぶん》をごまかしていないと耐《た》えられないんだ、きっと。

でもそれが逆《ぎゃく》に、キレやすい脳《のう》を作《つく》ってしまっているなんて、悪循環《あくじゅんかん》だよね。

気《き》の毒《どく》だなぁ、何《なん》とかしてあげたい。

「ゲームやってると、」

私《わたし》の隣《となり》で、小塚君《こづかくん》がボヤいた。

「口寂《くちさび》しいから、つい食《た》べたり飲《の》んだりしちゃうんだよね。」

若武《わかたけ》が同意《どうい》しながら、自分《じぶん》を指差《ゆびさ》す。

「もしかして俺《おれ》、キレやすい？」

忍《しのぶ》が腕《うで》を組《く》み、つくづくと考《かんが》えこんだ様子《ようす》で口《くち》を開《ひら》いた。

「俺《おれ》って、ホルモン出《で》てないかも。」

翼《たすく》も、自信《じしん》なさそうに目《め》を伏《ふ》せる。

「俺《おれ》も、その可能性高《かのうせいたか》い。」

黒木君《くろきくん》が、余裕《よゆう》の笑《え》みを浮《う》かべて上杉君《うえすぎくん》を見《み》た。

「で、上杉先生《うえすぎせんせい》、解決方法《かいけつほうほう》は？　あるんだろ。」

皆《みんな》がいっせいに上杉君《うえすぎくん》に向《む》き直《なお》る。

「教《おし》えてください、上杉教授《うえすぎきょうじゅ》！」

自分《じぶん》もいつキレる人間《にんげん》になるかわからないと感《かん》じて他人事《ひとごと》じゃなかったらしく、皆《みな》、真剣《しんけん》だった。

「あのさぁ、」

上杉君《うえすぎくん》は、くだらないことを聞《き》くなと言《い》ったような表情《ひょうじょう》になる。

「今《いま》まで言《い》ったことを、全部《ぜんぶ》、逆《ぎゃく》にすりゃいいだけだろ。糖類《とうるい》を控《ひか》えめにする。前頭前野《ぜんとうぜんや》の発育《はついく》を促《うなが》すために、我慢《がまん》する経験《けいけん》を積《つ》む。セロトニンの分泌《ぶんぴつ》を促進《そくしん》する。夜《よる》10時以降《じいこう》のスマホやパソコンをできるだけ少《すく》なくする。」

それを書《か》き留《と》めながら、私《わたし》は、あれっと思《おも》った。

その4つの中《なか》で、3番目《ばんめ》だけが具体的《ぐたいてき》じゃなかったんだ。

他《ほか》の3つは、実行《じっこう》しようと思《おも》えばできるのに、3番目《ばんめ》だけが、どうしていいのかわからない。

「あの、セロトニンの分泌《ぶんぴつ》を促進《そくしん》するには、どうすればいいの？」

皆《みな》が、同意《どうい》の声《こえ》を上《あ》げた。

上杉君《うえすぎくん》は、何《なん》でもなさそうに答《こた》える。

「セロトニンの分泌《ぶんぴつ》を促《うなが》すには、セロトニン神経《しんけい》の活動《かつどう》を活発化《かっぱつか》させればいいんだ。」

う・・・わかった感《かん》じが全然《ぜんぜん》しない。

「だからぁ、」

若武《わかたけ》が苛立《いらだ》った声《こえ》を上《あ》げた。

「そのセロトニン神経《しんけい》の活動《かつどう》を活発化《かっぱつか》させるには、どうすんだよ。」

上杉君《うえすぎくん》は、ちょっと笑《わら》った。

「1から10まで言《い》わないと、わかんねーって、ガキじゃね？」

「何《なに》おっ！」

にらみ合《あ》う2人《ふたり》の横《よこ》で、小塚君《こづかくん》がつぶやく。

「2人《ふたり》とも、もうかなりキレキレ人《じん》になってるよね。」

ネーミングがおかしかったので、私《わたし》は笑《わら》ってしまった。

「そこのキレキレ人《じん》、2名《めい》。」

黒木君《くろきくん》が、からかうような声《こえ》をかける。

「冷静《れいせい》に。上杉教授《うえすぎきょうじゅ》は、さっさと説明《せつめい》を。」

若武《わかたけ》は、嫌《いや》な顔《かお》をして黙《だま》りこみ、上杉君《うえすぎくん》もおもしろくなさそうに口《くち》を開《ひら》いた。

「セロトニン神経《しんけい》は、太陽光《たいようこう》を浴《あ》びたり、ジョギングやウォーキングなどの運動《うんどう》をしたり、誰《だれ》かと話《はな》したりスキンシップしたりすれば、活発化《かっぱつか》する。」

え、そんな簡単《かんたん》なことでいいの。

だったら私《わたし》、ジョギングしてるし、大丈夫《だいじょうぶ》だ。

そう思《おも》いながら、ジョギング仲間《なかま》の黒木君《くろきくん》を見《み》ると、黒木君《くろきくん》もこっちを見《み》て、片目《かため》をつぶった。

翼《たすく》も、ほっとしたような息《いき》をつく。

「俺《おれ》、バスケ部《ぶ》でランニングしているから、大丈夫《だいじょうぶ》でしょ。」

忍《しのぶ》も、頷《うなず》いた。

「あまり太陽光《たいようこう》浴《あ》びてないけど、ウォーキングマシン使《つか》って鍛《きた》えてるから、オッケイってことで。」

上杉君《うえすぎくん》が、ジロッと2人《ふたり》を見《み》る。

「夜《よる》のゲーム、ほどほどにしろよ。」

2人《ふたり》は肩《かた》をすくめ、顔《かお》を見合《みあ》わせた。

目《め》と目《め》の間《あいだ》に、上杉《うえすぎ》から言《い》われたくないといった空気《くうき》が漂《ただよ》う。

「だったらさ、」

切《き》り替《か》えの早《はや》い若武《わかたけ》が、身《み》を乗《の》り出《だ》した。

「名波《ななみ》とスキンシップすればいいんだろ。話《はな》しかけたり、肩抱《かただ》いたりしてさ。で、太陽《たいよう》の下《した》に連《つ》れ出《だ》して、スナック菓子《がし》とか食《た》べてたら取《と》り上《あ》げて、野菜《やさい》スティックか茹《ゆ》で卵《たまご》でも与《あた》える。それで体質改善《たいしつかいぜん》になるじゃん。」

まぁ、理論的《りろんてき》には、そうかも。

「俺《おれ》、それ、やるよ。キレやすいっていうのが性格《せいかく》じゃないんなら、直《なお》してやりたい。それは、名波本人《なみほんにん》にとっても不幸《ふこう》だもん。きっと自分《じぶん》でも、辛《つら》い気持《きも》ちでいるはずだからさ。」

若武《わかたけ》は、基本的《きほんてき》には、すごくいい子《こ》なんだよね。

私《わたし》、「初恋《はつこい》は知《し》っている」の中《なか》で、そう思《おも》ったもん。

欠点《けってん》も多《おお》いけど、さ。

「今《いま》、砂原《すなはら》に連絡《れんらく》して、名波《ななみ》に俺《おれ》のことを紹介《しょうかい》させよう。その後《ご》、名波《ななみ》に電話《でんわ》して、おまえんちに遊《あそ》びに行《い》くって言《い》っとけばいいんだ。見《み》とがめられたり警察《けいさつ》に通報《つうほう》されそうになったりしたら、友《とも》だちのとこに遊《あそ》びにきたんです、で言《い》い逃《のが》れられる。警察《けいさつ》が裏《うら》を取《と》ろうとして名波《ななみ》に聞《き》いても、矛盾《むじゅん》は出《で》ないし。」

私《わたし》たちは、名波君《ななみくん》をキレやすい状態《じょうたい》から救《すく》い出《だ》すと同時《どうじ》に、あの怪《あや》しい会社《かいしゃ》を見張《みは》る口実《こうじつ》を手《て》に入《い》れたのだった。

すごいっ！

微笑《ほほえ》み合《あ》っている間《あいだ》に、若武《わかたけ》がスマートフォンを出《だ》し、砂原《すなはら》に連絡《れんらく》した。

でもちょっと話《はな》しただけで、すぐ切《き》ってしまったんだ。

私《わたし》が不審《ふしん》に思《おも》っていると、若武《わかたけ》は肩《かた》を落《お》とし、舌打《したう》ちした。

「つまずいた・・・」

え？

「砂原《すなはら》は、昨日《きのう》、名波《ななみ》とコンタクトできなかったらしい。家《いえ》に行《い》ったけど、いなかったんだって。だからスマホの番号《ばんごう》はつかめてないんだ。」

私《わたし》たちを見回《みまわ》しながら、途方《とほう》に暮《く》れたような息《いき》をつく。

「どうするよ。」

私《わたし》たちは考《かんが》えこんだけれど、誰《だれ》もいい手《て》を思《おも》いつかなかった。

「引《ひ》き続《つづ》き、砂原《すなはら》に接触《せっしょく》を図《はか》ってもらうしかないでしょ。」

翼《たすく》がそう言《い》った時《とき》、私《わたし》は思《おも》い出《だ》したんだ、名波君《ななみくん》の言葉《ことば》。

確《たし》か、私《わたし》も一緒《いっしょ》でいいって、言《い》っていた。

「あのぅ、私《わたし》、名波君《ななみくん》の家《いえ》に来《き》てもいいって言《い》われてるけど。」

そう言《い》うと、若武《わかたけ》が、両手《りょうて》でドンとテーブルを叩《たた》いた。

「そんなに親《した》しくなったのは、いつ、どこでだっ⁉」

えっと昨日《きのう》、階段《かいだん》で、だけど。

「若武先生《わかたけせんせい》、落《お》ち着《つ》いて。」

黒木君《くろきくん》がなだめ、不敵《ふてき》な感《かん》じの笑《え》みを浮《う》かべる。

「じゃ見《み》とがめられたり警察《けいさつ》に通報《つうほう》されそうになったりしたら、名波《ななみ》を訪《たず》ねるアーヤに、俺《おれ》らが同行《どうこう》したってことにしよう。そうすれば警察《けいさつ》が名波《ななみ》に聞《き》いても、食《く》い違《ちが》いは出《で》ない。」

若武《わかたけ》は納得《なっとく》し、気《き》を取《と》り直《なお》した。

「よし、それでいく！　じゃ、」

まだいく分恨《ぶんうら》めしさの残《のこ》っている目《め》を私《わたし》に向《む》ける。

「アーヤ、昨日《きのう》のこと、報告《ほうこく》して。」

待《ま》ってました！

15 K《カッズ》Z別働隊《べつどうたい》、発足《ほっそく》

私《わたし》は立《た》ち上《あ》がり、皆《みんな》にコピーを配《くば》った。

そしてハロウィン・パーティの全容《ぜんよう》を説明《せつめい》したんだ。

「そこに全部《ぜんぶ》の仕事《しごと》を書《か》き出《だ》してあるから、その中《なか》から好《す》きなのを選《えら》んで。」

そう言《い》ったとたん、若武《わかたけ》が自分《じぶん》の前《まえ》に置《お》いてあった用紙《ようし》の上《うえ》に、トンと片手《かたて》を載《の》せた。

「おまえ、何考《なにかんが》えてんだよ。」

え？

「何《なん》で真面《まとも》にパーティやる気《き》になってんだ。俺《おれ》が今《いま》、報告《ほうこく》しろって言《い》ったのは、砂原《すなはら》のことだぜ。パーティは、様子《ようす》を探《さぐ》るためだろ。」

私《わたし》は口《くち》ごもった。

「それが・・・まだ、はっきりしたことがわからなくって。」

若武《わかたけ》は、こっちをにらむ。

「パーティのことばっか、考《かんが》えてたんじゃないだろーな。」

う・・・ちょっとは、そうかも。

「立花《たちばな》は、よくやってたよ。」

忍《しのぶ》が素早《すばや》くそう言《い》った。

「それに、わかったこともある。砂原《すなはら》は、心《こころ》に大《おお》きな傷《きず》を抱《かか》えているらしい。そして霊《れい》に惹《ひ》かれている。」

皆《みんな》が、へ？　という顔《かお》つきになった。

「あいつ、そういうキャラだっけ？」

「バリバリ違《ちげ》ぇーだろうが。」

「きっと何《なに》かがあったんだよ。」

「その何《なに》かって、何《なん》なんだ。」

「さぁ・・・」

黒木君《くろきくん》が天井《てんじょう》を仰《あお》ぐ。

「本当《ほんとう》のことを吐《は》かせるためには、やっぱりパーティに持《も》ちこんで、本人《ほんにん》がこだわっているソウリングをしてみるしかなさそうだな。」

私《わたし》は、砂原《すなはら》に起《お》こった事件《じけん》について黒木君《くろきくん》が見当《けんとう》をつけているに違《ちが》いないと思《おも》っていたから、そっと様子《ようす》をうかがった。

でも黒木君《くろきくん》は、それを心《こころ》の奥深《おくふか》く隠《かく》していて、いつもと変《か》わったところを見《み》せなかった。

「しかたね、パーティするぞ。えっと俺《おれ》たち、土曜日《どようび》でないと体空《からだあ》かないから、実行日《じっこうび》は、ハロウィンの10月《がつ》31日《にち》に一番近《いちばんちか》い土曜日《どようび》、つまり今週《こんしゅう》の土曜日《どようび》だ。」

わっ、今日《きょう》はもう木曜日《もくようび》だよ。

あと2日後《ふつかご》なんて、準備《じゅんび》、間《ま》に合《あ》うのかな。

「急《きゅう》すぎない？」

私《わたし》はそう言《い》ったけれど、若武《わかたけ》は、きっぱりと首《くび》を横《よこ》に振《ふ》った。

「砂原《すなはら》に何《なに》があったのか、早急《そうきゅう》に確《たし》かめた方《ほう》がいいだろ。」

そうだった・・・。

「まず役割分担《やくわりぶんたん》だ。」

若武《わかたけ》がおもしろくなさそうな顔《かお》でコピー用紙《ようし》を持《も》ち上《あ》げ、ざっと目《め》を通《とお》す。

「えっと、主賓《しゅひん》はクリスピン王《おう》か。じゃ、これはリーダーの俺《おれ》がやる。死者《ししゃ》は、7人《にん》だから俺以《おれい》外《がい》の全員《ぜんいん》だ。」

黒木君《くろきくん》が、天井《てんじょう》に上《あ》げていた視線《しせん》を素早《すばや》く若武《わかたけ》に向《む》けた。

「おまえ、何考《なにかんが》えてんだよ。」

黒木君《くろきくん》らしくない乱暴《らんぼう》な言《い》い方《かた》で、私《わたし》たちは皆《みな》、びっくり。

「何《なん》で真面《まとも》にパーティやる気《き》になってんだ。パーティは、様子《ようす》を探《さぐ》るためだろ。」

それはさっき若武《わかたけ》が、私《わたし》に向《む》けたセリフそのままだった。

黒木君《くろきくん》が皮肉《ひにく》を言《い》っていることがわかって、私《わたし》はほっとし、皆《みんな》もクスクス笑《わら》う。

若武《わかたけ》は、くやしそうに頰《ほお》をゆがめた。

「七鬼《ななき》、このパーティで主賓《しゅひん》のクリスピン王《おう》に適任《てきにん》なのは、誰《だれ》だと思《おも》う？」

黒木君《くろきくん》に聞《き》かれて、忍《しのぶ》は即《そく》、答《こた》える。

「砂原《すなはら》だ。クリスピン王《おう》は最後《さいご》に1人《ひとり》だけ部屋《へや》に残《のこ》り、ソウルケーキをもらいに出《で》てきた本物《ほんもの》の霊《れい》に囲《かこ》まれる。砂原《すなはら》はおそらく、そういう状況《じょうきょう》に自分《じぶん》を置《お》きたがっているんだ。それを実現《じつげん》させてやれば、砂原《すなはら》の気持《きも》ちも、その傷《きず》も、それをKZ《カッズ》がどうフォローすればいいのかってことも見《み》えてくる。」

上杉君《うえすぎくん》が、パチパチと手《て》を叩《たた》いた。

「七鬼《ななき》、それ完璧《かんぺき》。」

私《わたし》も拍手《はくしゅ》し、小塚君《こづかくん》や翼《たすく》、黒木君《くろきくん》も、その後《あと》に続《つづ》いた。

ただ若武《わかたけ》だけが不貞腐《ふてくさ》れていたので、黒木君《くろきくん》にこう言《い》われたんだ。

「5対《たい》1だ。KZ大憲章第《カッズだいけんしょうだい》2条《じょう》を遵守《じゅんしゅ》するよな、リーダー。」

若武《わかたけ》は、不承不承《ふしょうぶしょう》、コピーに視線《しせん》を落《お》とす。

「ではクリスピン王《おう》は、砂原《すなはら》だ。その他《た》の全員《ぜんいん》は、死者《ししゃ》。そんで、」

そう言《い》ったかと思《おも》うと、あっという間《ま》にすべてを仕分《しわ》けた。

「準備《じゅんび》は、2つの係《かかり》に分《わ》ける。大道具係《おおどうぐがかり》と小道具係《こどうぐがかり》だ。大道具係《おおどうぐがかり》はテーブルや椅子《いす》、塩入《しおい》れ、水入《アクアマニール》れ、蠟燭《ろうそく》、リンゴなどを調達《ちょうたつ》する。小道具係《こどうぐがかり》は製作物《せいさくぶつ》である旗《はた》、ジャック・オ・ランタン、ソウルケーキを製作《せいさく》する。占《うらな》いが2つあるが、これは1つにしよう。殻《から》付《つ》きの胡桃《くるみ》や、胡桃割《くるみわ》り器《き》は手《て》に入《い》れにくいから、準備《じゅんび》が簡単《かんたん》なアップルボビングのみとする。で、大道具係《おおどうぐがかり》は、上背《タッパ》と体力《たいりょく》のある黒木《くろき》と七鬼《ななき》、補助《ほじょ》に美門《みかど》。小道具係《こどうぐがかり》はアーヤと上杉《うえすぎ》と小塚《こづか》。俺《おれ》は指揮監督《しきかんとく》、全体《ぜんたい》に目《め》を配《くば》って細《こま》かなフォローをする。」

唖然《あぜん》とするほどの手際《てぎわ》よさ。

若武《わかたけ》はすごいなぁ！

調子《ちょうし》に乗《の》れば、の話《はなし》だけれど、「ウエーブの若武《わかたけ》」の異名《いみょう》は、やっぱり伊達《だて》じゃないよね。

「はい、質問《しつもん》。」

翼《たすく》が片手《かたて》を上《あ》げ、発言《はつげん》の許可《きょか》を求《もと》める。

「調達《ちょうたつ》するにしても製作《せいさく》するにしても、金《かね》がかかるよ。費用《ひよう》は、どこから出《で》るの？」

若武《わかたけ》は、ガックリと首《くび》を垂《た》れた。

「出《で》るとこなんか、あるもんか。てんでナシ、梨《ナシ》の雨霰《あめあられ》だよ。」

うつむいた横顔《よこがお》に癖《くせ》のない髪《かみ》がサラサラと振《ふ》りかかって、無念《むねん》そうなその表情《ひょうじょう》を隠《かく》した。

「俺《おれ》たちは、貧乏《びんぼう》だからな。」

辛《つら》いね、貧乏《びんぼう》って。

「頼《たよ》れるとしたらただ一つ、砂原《すなはら》の財布《さいふ》だけどさ、あいつにこれ以上《いじょう》の金《かね》、出《だ》させらんねーよ。っていうか、出《だ》させたらオンブにダッコじゃん。KZ《カッズ》のメンツが丸《まる》つぶれになる。」

上杉君《うえすぎくん》が、情《なさ》けなさそうにつぶやいた。

「無《な》い袖《そで》は、振《ふ》れねーって言《い》うからな。ここはやっぱ活動費《かつどうひ》を稼《かせ》がねーと、マズくね？　当面《とうめん》、七鬼《ななき》を調査《ちょうさ》から外《はず》し、アプリ制作《せいさく》に取《と》り組《く》んでもらったらどうよ。俺《おれ》、手伝《てつだ》うからさ。」

若武《わかたけ》がすっくと背筋《せすじ》を伸《の》ばす。

「よし、それでいこう。」

その目《め》が活気《かっき》づき、強《つよ》い光《ひかり》を放《はな》つのを私《わたし》は見《み》ていた。

とても素敵《すてき》だなと思《おも》いながら。

勢《いきお》いに乗《の》った時《とき》の若武《わかたけ》の顔《かお》ほどカッコいいものって、他《ほか》にない気《き》がする。

「KZ《カッズ》別働隊《べつどうたい》を作《つく》るぞ。」

別働隊《べつどうたい》？

「本隊《ほんたい》は、有限会社《ゆうげんがいしゃ》キャメルの調査《ちょうさ》とハロウィンの準備《じゅんび》、別働隊《べつどうたい》は、アプリ開発《かいはつ》だ。」

メンバーが2手《ふたて》に分《わ》かれ、まったく別々《べつべつ》のことをするのは、KZ《カッズ》始《はじ》まって以来《いらい》だった。

でも今《いま》、方法《ほうほう》はそれしかないということは、誰《だれ》にもわかっていた。

「本隊《ほんたい》は、俺《おれ》が指揮《しき》する。メンバーは美門《みかど》、小塚《こづか》、黒木《くろき》だ。別働隊《べつどうたい》は、七鬼《ななき》の指揮《しき》。メンバーは上杉《うえすぎ》だ。アーヤは両隊《りょうたい》に接触《せっしょく》しながら、双方《そうほう》の記録《きろく》をする。」

大変《たいへん》だ、頑張《がんば》らないとっ！

「俺《おれ》、1人《ひとり》でいいよ。」

忍《しのぶ》がそう言《い》った。

「本隊《ほんたい》の方《ほう》が、しなきゃならないことが多岐《たき》にわたってて大変《たいへん》そうだからさ。どんなアプリにすればいいのか、方向《ほうこう》だけ決《き》めといてくれれば。」

それ、前《まえ》にも決《き》めようとしたんだけど、なかなかうまくいかなかったんだよね。

「おまえに任《まか》せる。」

若武《わかたけ》はきっぱりと答《こた》えて、さも懐《ふところ》の深《ふか》いリーダーであるかのような顔《かお》をした。

けれど、その本心《ほんしん》は絶対《ぜったい》、いいアイディアを出《だ》す自信《じしん》がなかったからだと思《おも》う。

皆《みんな》がそれに気《き》づき、こいつは詐欺師《さぎし》だからな、と言《い》わんばかりの顔付《かおつ》きをしたけれど、忍《しのぶ》は、まったくわかっていない様子《ようす》だった。

若武《わかたけ》と知《し》り合《あ》って、まだ日《ひ》が浅《あさ》いからなぁ。

それに忍《しのぶ》って、空気《くうき》読《よ》めない子《こ》だし。

「了解《りょうかい》。開発《かいはつ》にかかるよ。でも収入《しゅうにゅう》って、すぐ入《はい》るわけじゃないぜ。早《はや》くても、1か月《げつ》はかかる。今週《こんしゅう》の土曜日《どようび》のパーティまでには、とても無理《むり》だ。」

若武《わかたけ》が、わかっているといったように片手《かたて》を上《あ》げ、忍《しのぶ》の言葉《ことば》を押《お》さえた。

「借金《しゃっきん》で、なんとかする。入《はい》ってくる当《あ》てがあれば、借《か》りやすいしさ。」

小塚君《こづかくん》が、目《め》を真《ま》ん丸《まる》にする。

「借《か》りるのっ!? もしかして若武《わかたけ》、消費者金融《しょうひしゃきんゆう》とかに行《い》くつもり? 利息《りそく》、高《たか》いよっ!!」

翼《たすく》も眉根《まゆね》を寄《よ》せた。

「それ、マズすぎるでしょ。」

黒木君《くろきくん》がちょっと笑《わら》う。

「大丈夫《だいじょうぶ》。中学生《ちゅうがくせい》には貸《か》してくれないって。」

あ、そうなんだ。

若武《わかたけ》は、苦々《にがにが》しい顔付《かおつ》きになった。

「未成年《みせいねん》の俺《おれ》に金《かね》を貸《か》してくれるのは、近親者《きんしんしゃ》、すなわち親《おや》か兄弟《きょうだい》か親戚《しんせき》だけだ。俺《おれ》が、親《おや》に頼《たの》んで金《かね》を工面《くめん》する。」

それを聞《き》いて、皆《みんな》が少《すく》なからず胸《むね》を打《う》たれた。

私《わたし》も、だった。

やっぱり若武《わかたけ》はリーダーに相応《ふさわ》しく、いざとなれば、すべてを自分《じぶん》1人《ひとり》で背負《せお》ってKZ《カッズ》の活動《かつどう》に支障《ししょう》をきたさないようにする気《き》でいるということが、その時《とき》、誰《だれ》の心《こころ》にもはっきりと伝《つた》わったのだった。

「上杉《うえすぎ》、総額《そうがく》でどのくらい必要《ひつよう》なのかを試算《しさん》しろよ。」

上杉君《うえすぎくん》は、いつになく素直《すなお》に、私《わたし》が配《くば》ったコピー用紙《ようし》に視線《しせん》を落《お》とし、スマートフォンで計算《けいさん》を始《はじ》める。

それを見《み》ながら忍《しのぶ》が立《た》ち上《あ》がった。

「じゃ別働隊《べつどうたい》は、ここで分《わ》かれる。本隊《ほんたい》の幸運《こううん》を祈《いの》る！」

そう言《い》って片手《かたて》を出《だ》し、若武《わかたけ》と硬《かた》い握手《あくしゅ》を交《か》わすと、テーブルを離《はな》れていった。

長《なが》い髪《かみ》を揺《ゆ》らせながら遠《とお》ざかっていくその姿《すがた》を見送《みおく》って、若武《わかたけ》が皆《みんな》を見回《みまわ》す。

「本隊《ほんたい》は、授業終了《じゅぎょうしゅうりょう》後《ご》に出動《しゅつどう》だ。有限会社《ゆうげんがいしゃ》キャメルを探《さぐ》る。」

私《わたし》は、時間《じかん》が気《き》になった。

帰《かえ》るのがあまり遅《おそ》くなると、ママに怒《おこ》られるんだもの。

若武《わかたけ》が、すぐそれに気《き》づく。

「アーヤ、夜《よる》だから、来《こ》なくていいぞ。」

それは、それで気《き》が咎《とが》めるし、だいたい私《わたし》がいないと名波君《ななみくん》とのつながりがなくなるから、万《まん》が一《いち》の時《とき》に、まずいんじゃないかな。

「もし警察沙汰《けいさつざた》になったら、その時《とき》は電話《でんわ》するから対応《たいおう》してくれ。」

私《わたし》はよく考《かんが》え、自分《じぶん》にできることをできるだけ頑張《がんば》ろうとして答《こた》えた。

「参加《さんか》できる時間《じかん》まで参加《さんか》するよ。後《あと》は、家《いえ》で電話《でんわ》に出《で》られるようにしているから。」

翼《たすく》が微笑《ほほえ》む。

「遅《おそ》くなったら、送《おく》ってくから心配《しんぱい》しないで。」

若武《わかたけ》が叫《さけ》んだ。

「美門《みかど》、でしゃばるな。誰《だれ》が送《おく》るかは、リーダーが決《き》める。」

翼《たすく》は、わずかに肩《かた》をすくめ、黙《だま》りこんだ。

上杉君《うえすぎくん》がスマートフォンから目《め》を上《あ》げる。

「記録《きろく》のことだけど、別働隊七鬼《べつどうたいななき》の分《ぶん》は、記録《きろく》しなくても作業工程《さぎょうこうてい》そのものが記録《きろく》になるんじゃね？　その日《ひ》できたところまでをメールで送《おく》ってもらって、プリントアウトして綴《と》じれば、別働《べつどう》隊記録《たいきろく》が出来上《できあ》がりだ。さっき若武《わかたけ》は立花《たちばな》に、接触《せっしょく》して記録《きろく》しろって言《い》ってたけど、その必要《ひつよう》ないじゃん。お互《たが》いに忙《いそが》しいんだから、省《はぶ》けるとこは省《はぶ》こうぜ。」

私《わたし》の仕事《しごと》を軽《かる》くしようとして、上杉君《うえすぎくん》が言《い》ってくれていることは、よくわかった。

でも私《わたし》、パソコン持《も》ってないから、それ、できない・・・。

って言《い》いたかったんだけれど、せっかく言《い》ってくれた上杉君《うえすぎくん》に悪《わる》くて、戸惑《とまど》った。

すると、小塚君《こづかくん》がフォローしてくれたんだ。

「僕《ぼく》が、七鬼《ななき》から送《おく》ってもらってプリントアウトしてアーヤに渡《わた》すよ。」

ありがと、小塚君《こづかくん》っ！

「あのさ、」

黒木君《くろきくん》が、首《くび》を傾《かし》げながら口《くち》を開《ひら》く。

「名波《ななみ》って名前《なまえ》、どうもどっかで聞《き》いたことがあると思《おも》ってたんだけど、そいつの父親《ちちおや》って、会《かい》社《しゃ》の金《かね》、横領《おうりょう》して逃《に》げたんじゃない？」

私《わたし》は頷《うなず》いた。

「砂原君《すなはらくん》によれば、建設会社《けんせつがいしゃ》の幹部《かんぶ》で、経理《けいり》をごまかして裏金《うらがね》を作《つく》ってて、発覚《はっかく》する直前《ちょくぜん》に逃亡《とうぼう》したってことだったけど。」

黒木君《くろきくん》は無言《むごん》でスマートフォンを出《だ》す。

長《なが》い指《ゆび》を器用《きよう》に動《うご》かして操作《そうさ》してから、それをテーブルの上《うえ》に置《お》いた。

画面《がめん》には、新聞記事《しんぶんきじ》が浮《う》かんでいる。

右上《みぎうえ》に大《おお》きな文字《もじ》で、「浜岡建設《はまおかけんせつ》、幹部社員《かんぶしゃいん》が横領《おうりょう》」と書《か》かれていた。

「この事件《じけん》は、確《たし》か、国税局《こくぜいきょく》の税務調査《ぜいむちょうさ》で発覚《はっかく》したんだ。」

え、警察《けいさつ》の捜査《そうさ》じゃないの？

私《わたし》が腑《ふ》に落《お》ちない思《おも》いでいると、若武《わかたけ》が興奮《こうふん》した声《こえ》を上《あ》げた。

「お、東京国税局査察部《とうきょうこくぜいきょくささつぶ》、通称《つうしょう》マルサだな。所得税法違反《しょとくぜいほういはん》や法人税法違反《ほうじんぜいほういはん》を、国税犯則取締法《こくぜいはんそくとりしまりほう》によって捜査《そうさ》するんだ。すげぇカッコいいよな。」

皆《みんな》を見回《みまわ》して同意《どうい》を求《もと》めたけれど、誰《だれ》も追随《ついずい》せず。

若武《わかたけ》は法律《ほうりつ》のエキスパートだし、対決《たいけつ》が好《す》きだから、そういう話《はなし》になると異様《いよう》に燃《も》えるんだよね。

でも皆《みんな》、ついていけない、っていうか、ついていってもしかたがないって思《おも》っている。

「黒木《くろき》、さっさと先《さき》いけよ。」

上杉君《うえすぎくん》が冷《つめ》たい声《こえ》で言《い》い、しょんぼりする若武《わかたけ》に、黒木君《くろきくん》が気《き》の毒《どく》そうな目《め》を向《む》けながら話《はなし》を続《つづ》けた。

「国税局《こくぜいきょく》が、大手建設会社《おおてけんせつがいしゃ》である浜岡建設《はまおかけんせつ》の税務調査《ぜいむちょうさ》をしたところ、不審《ふしん》な金《かね》の動《うご》きがあることがわかった。それを追及《ついきゅう》した結果《けっか》、名波《ななみ》が、会社《かいしゃ》の金《かね》に手《て》を付《つ》けていることが浮《う》かび上《あ》がってきたんだ。」

そんなところからバレるなんて、本人《ほんにん》は思《おも》ってもみなかっただろうなぁ。

「会社内《かいしゃない》で名波《ななみ》は、大型《おおがた》プロジェクトの作業所長《さぎょうしょちょう》として強《つよ》い発言力《はつげんりょく》を持《も》っていた。それを利用《りよう》して、下請《したう》け会社《がいしゃ》に命《めい》じて裏金《うらがね》を作《つく》らせたり、自分《じぶん》の個人《こじん》ビルを建《た》てさせたりしていたんだ。」

どうすれば、そんなこと、できるの？

「そのやり方《かた》は、」

黒木君《くろきくん》は、胸《むね》ポケットに差《さ》していた細《ほそ》いペンを取《と》り、スマートフォンの画面《がめん》に3つの○を描《か》いた。

「この3つは、浜岡建設《はまおかけんせつ》と下請《したう》け会社《がいしゃ》、そして名波《ななみ》が経営《けいえい》していた会社《かいしゃ》だ。」

名波君《ななみくん》のお父《とう》さんって、建設会社《けんせつがいしゃ》に勤《つと》めてただけじゃなくて、自分《じぶん》でも会社《かいしゃ》を持《も》ってたんだ。すごい手腕家《しゅわんか》かも。

「浜岡建設《はまおかけんせつ》の幹部社員《かんぶしゃいん》であった名波《ななみ》は、まずいくつかの下請《したう》け会社《がいしゃ》に、マンションの下請《したう》け工事《こうじ》を発注《はっちゅう》した。」

黒木君《くろきくん》のペン先《さき》は、浜岡建設《はまおかけんせつ》から下請《したう》け会社《がいしゃ》に向《む》かう。

「そして浜岡建設《はまおかけんせつ》は、下請《したう》け会社《がいしゃ》に費用《ひよう》を払《はら》った。これで書類上《しょるいじょう》は、浜岡建設《はまおかけんせつ》がマンションを造《つく》り、それに関《かか》わった下請《したう》け会社《がいしゃ》が支払《しはら》いを受《う》けたということになる。この発注《はっちゅう》から支払《しはら》いまで、すべての責任者《せきにんしゃ》は作業所長《さぎょうしょちょう》である名波《ななみ》だ。ところが実際《じっさい》には、このマンションは造《つく》られていなかった。」

えっ⁉

「下請《したう》け会社《がいしゃ》は、何《なに》もしないで浜岡建設《はまおかけんせつ》から金《かね》を受《う》け取《と》ったんだ。で、受《う》け取《と》ったその金《かね》を、今度《こんど》は、名波《ななみ》の会社《かいしゃ》に送《おく》る。業務委託費《ぎょうむいたくひ》とか業務代行費《ぎょうむだいこうひ》という名目《めいもく》でね。これで浜岡建設《はまおかけんせつ》の金《かね》が、名波《ななみ》のものになるわけだ。ちなみに名波《ななみ》のこの会社《かいしゃ》に、実体《じったい》はない。金《かね》を送金《そうきん》させるために作《つく》ったペーパーカンパニーだった。」

3つの○の間《あいだ》を行《い》ったり来《き》たりするペン先《さき》を追《お》いながら、私《わたし》はその話《はなし》をメモし、図《ず》も写《うつ》した。会社《かいしゃ》のお金《かね》を横領《おうりょう》する方法《ほうほう》を聞《き》くのは初《はじ》めてのことで、とても興味深《きょうみぶか》かった。

「これを繰《く》り返《かえ》して多額《たがく》の金《かね》を着服《ちゃくふく》した名波《ななみ》は、それを自分《じぶん》の個人《こじん》ビルを建《た》てる資金《しきん》にした。同《おな》じ下請《したう》け会社《がいしゃ》を使《つか》って、そのビルを建《た》てさせたんだ。下請《したう》け会社《がいしゃ》としては、名波《ななみ》に逆《さか》らうと次《つぎ》から仕事《しごと》をもらえないので、言《い》うなりにならざるをえなかったらしい。」

若武《わかたけ》が、うらやましそうな息《いき》をついた。

「デカい事件《じけん》だよなぁ。そのくらいのスケールの事件《じけん》、何《なん》で俺《おれ》たちの前《まえ》で起《お》こんないんだ？」

上杉君《うえすぎくん》が眉《まゆ》を上《あ》げる。

「そりゃ俺《おれ》たちが、お子様《こさま》だからだろう。事件《じけん》は、俺《おれ》たちの前《まえ》でもちゃんと起《お》こってるんだ。浜《はま》岡建設《おかけんせつ》にしたって、本社《ほんしゃ》はこの近《ちか》くにあるんだしさ。ただ俺《おれ》たちの目《め》が届《とど》かない、大人《おとな》の世界《せかい》で起《お》こってるだけ。」

小塚君《こづかくん》がなだめるように言《い》った。

「今夜《こんや》があるよ。」

即座《そくざ》に、若武《わかたけ》は気《き》を取《と》り直《なお》す。

「今夜調査《こんやちょうさ》するキャメルが、人面獣心《じんめんじゅうしん》のとんでもない会社《かいしゃ》であることを、俺《おれ》は心《こころ》から神《かみ》に祈《いの》る！」

そーゆーことを祈《いの》るって、なんか間違《まちが》ってる気《き》がする・・・。

「俺《おれ》がね、」

黒木君《くろきくん》は、椅子《いす》の背《せ》に体《からだ》をもたせかけながら私《わたし》たちを見回《みまわ》した。

「この事件《じけん》を覚《おぼ》えてたのは、どうも裏《うら》がありそうだって感《かん》じたからなんだ。」

裏《うら》？

「総合建設会社《そうごうけんせつがいしゃ》のこういう問題《もんだい》って、日常茶飯事《にちじょうさはんじ》だよ。裏金作《うらがねづく》りや所得隠《しょとくかく》し、手抜《てぬ》き工事《こうじ》、データ偽装《ぎそう》、架空発注《かくうはっちゅう》、エトセトラ。この間《あいだ》も横浜《よこはま》で、手抜《てぬ》き工事《こうじ》でマンションが傾《かたむ》くって騒《さわ》ぎがあったろ。この業界《ぎょうかい》は、そういう体質《たいしつ》だって言《い》われてるんだ。としたら、さ、」

そう言《い》いながら黒木君《くろきくん》は、その目《め》に自信《じしん》に満《み》ちた光《ひかり》を浮《う》かび上《あ》がらせた。

「この事件《じけん》も、名波《ななみ》だけの問題《もんだい》じゃないかもしれない。いくら幹部社員《かんぶしゃいん》でも、会社《かいしゃ》の中《なか》で個人《こじん》の裁量《さいりょう》でできることは知《し》れている。誰《だれ》にも見《み》つからずに大金《たいきん》を横領《おうりょう》するなんて、なかなか難《むずか》しいものだよ。」

若武《わかたけ》が、素早《すばや》く身《み》を乗《の》り出《だ》す。

「他《ほか》の誰《だれ》かが絡《から》んでるってことかよ。」

その場《ば》の空気《くうき》が、一気《いっき》に緊張《きんちょう》した。

翼《たすく》がテーブルに片腕《かたうで》を置《お》き、そこに体重《たいじゅう》をかけて黒木君《くろきくん》の方《ほう》に体《からだ》を傾《かたむ》ける。

「証拠《しょうこ》、あり？」

黒木君《くろきくん》はかすかに笑《わら》い、首《くび》を横《よこ》に振《ふ》った。

「なしだ。でも名波《ななみ》が逃亡《とうぼう》できたのは、共犯者《きょうはんしゃ》がいて国税局《こくぜいきょく》の動《うご》きを教《おし》えたからかもしれない。そうだとすれば、そいつが事件《じけん》の真相《しんそう》や、逃亡中《とうぼうちゅう》の名波《ななみ》の行方《ゆくえ》を知《し》っている可能性《かのうせい》がある。ちょっと調《しら》べて正体《しょうたい》を突《つ》きとめたいんだけど、若武《わかたけ》、いいかな？」

若武《わかたけ》は、力《ちから》をこめて頷《うなず》いた。

「おお、やれよ。マルサが見逃《みのが》したものを見《み》つけられたら、すげぇじゃん。」

もし名波君《ななみくん》のお父《とう》さんに共犯者《きょうはんしゃ》がいるとしたら、その人物《じんぶつ》は、名波君《ななみくん》のお父《とう》さん1人《ひとり》に罪《つみ》をかぶせて、自分《じぶん》は知《し》らないふりをしてるってことになる。

そんな悪人《あくにん》だったら、その人物《じんぶつ》が主犯《しゅはん》で、名波君《ななみくん》のお父《とう》さんは利用《りよう》されただけってこともありうるんだ。

すべてをはっきりさせれば、お父《とう》さんの罪《つみ》も軽《かる》くなるかもしれないし、自首《じしゅ》する気《き》にもなってくれるかもしれない。

そしたら名波君《ななみくん》は、お父《とう》さんと会《あ》えるね。

それは誰《だれ》にとっても、きっといいことだよ。

黒木君《くろきくん》、応援《おうえん》する、頑張《がんば》って！


「アーヤ、」

自分《じぶん》の気持《きも》ちの中《なか》に入《はい》りこんでいた私《わたし》は、急《きゅう》に呼《よ》ばれてビクッとした。

「メモしろ。黒木《くろき》は、本隊《ほんたい》から分《わ》かれて支隊《したい》を結成《けっせい》する。隊名《たいめい》は、名波事件究明隊《ななみじけんきゅうめいたい》だ。七鬼《ななき》の方《ほう》は、アプリ開発別働隊《かいはつべつどうたい》ね。」

う・・・ややっこしいな。

「今回《こんかい》の事件名《じけんめい》は、『怪《あや》しい会社《かいしゃ》を突《つ》きとめろ』事件《じけん》だ。」

私《わたし》は、がっかりしてしまった。

だって、すごくダサい。

「何《なん》だ、文句《もんく》でもあんのか。」

何《なん》と答《こた》えたものかと悩《なや》んでいると、脇《わき》から翼《たすく》が言《い》った。

「今回《こんかい》は、ハロウィン・パーティの場所《ばしょ》を借《か》りたことで事件《じけん》らしきものにぶつかったんだから、ハロウィン事件《じけん》でどう？」

その場《ば》に、叫《さけ》び声《ごえ》が満《み》ちた。

「賛成《さんせい》っ！」

たぶん誰《だれ》もが、若武《わかたけ》のネーミングはダサすぎると思《おも》っていたんだと思《おも》う。

「じゃ、それでいい。」

若武《わかたけ》はおもしろくなさそうに、舌打《したう》ちした。

「授業《じゅぎょう》が終《お》わったら、そのビルの前《まえ》に集合《しゅうごう》だ。有限会社《ゆうげんがいしゃ》キャメルを調査《ちょうさ》する。」

小塚君《こづかくん》が、不安《ふあん》そうな顔《かお》をした。

「調査《ちょうさ》って、具体的《ぐたいてき》にどうするの？　七鬼《ななき》の話《はなし》じゃ、ガラの悪《わる》い男《おとこ》が出入《ではい》りしてるってことだろ。」

若武《わかたけ》は胸《むね》を張《は》り、親指《おやゆび》を突《つ》き出《だ》す。

「大丈夫《だいじょうぶ》、リーダーの俺《おれ》に任《まか》せとけ。あ、パーティの方《ほう》は、各係《かくかかり》ごとに話《はな》し合《あ》って進《すす》めるように。じゃ解散《かいさん》。」

16　俺《おれ》に触《さわ》るな

授業《じゅぎょう》が終《お》わると、私《わたし》は急《いそ》いで駅前《えきまえ》の細《ほそ》いビルに向《む》かった。

早《はや》く行《い》って早《はや》く調査《ちょうさ》を始《はじ》めて、たぶん途中《とちゅう》で帰《かえ》らなくちゃならなくなる分《ぶん》をカバーしたかったんだ。

私《わたし》が到着《とうちゃく》した時《とき》には、翼《たすく》を除《のぞ》いた3人《にん》が、もう顔《かお》をそろえていた。

「アーヤが来《き》た。」

小塚君《こづかくん》が片手《かたて》を上《あ》げる。

「僕《ぼく》と若武《わかたけ》は、今日《きょう》のラスト授業《じゅぎょう》、自習《じしゅう》だったんだ。早《はや》めに切《き》り上《あ》げてきた。」

そっか。

「俺《おれ》は、休講《きゅうこう》。」

上杉君《うえすぎくん》が寄《よ》りかかっていた壁《かべ》から体《からだ》を起《お》こし、ズボンの前《まえ》ポケットに突《つ》っこんでいた両手《りょうて》を出《だ》す。

「始《はじ》めようぜ。」

しゃがんでいた若武《わかたけ》が立《た》ち上《あ》がり、ビルの横《よこ》にある通路《つうろ》に目《め》をやった。

「あいつ、まだやってんのかよ。」

そこから翼《たすく》が姿《すがた》を現《あらわ》す。

「あ、アーヤ、来《き》てたんだ。」

そう言《い》った翼《たすく》の頭《あたま》を、若武《わかたけ》がこづいた。

「チャラチャラすんな。報告《ほうこく》が先《さき》だろーが、バカめ。」

翼《たすく》は、こづかれた頭《あたま》をなでながら口《くち》を尖《とが》らせる。

「キャメルの部屋《へや》は、カーテンがしっかり閉《し》まってて中《なか》は全然《ぜんぜん》見《み》えない。でも明《あ》かりがモレてるから、誰《だれ》かがいることは確《たし》か。」

そんな顔《かお》をすると、イタリア人《バンビーノ》の男の子みたいでとてもかわいかった。

私《わたし》は思《おも》わずニッコリ。

すると若武《わかたけ》は、今度《こんど》は私《わたし》をにらんだ。

「おまえも、デレデレすんな。」

何《なん》で不機嫌《ふきげん》なんだろ。

「妬《や》くな若武《わかたけ》。おまえにも、そのうち春《はる》が来《く》る。」

そう言《い》った上杉君《うえすぎくん》をにらんで、若武《わかたけ》は翼《たすく》に視線《しせん》を戻《もど》す。

「ゴミ捨《す》て場《ば》と、そこに行《い》くルートは？」

翼《たすく》は、通路《つうろ》の方《ほう》に顔《かお》を向《む》けた。

「ゴミ捨《す》て場《ば》は、この先《さき》。ここから行《い》くか、あるいは建物内《たてものない》から外階段《そとかいだん》を降《お》りるか、どっちかだ。建物《たてもの》の奥《おく》にエレベーター、裏側《うらがわ》には非常階段《ひじょうかいだん》があるけど、そこからゴミ捨《す》て場《ば》に行《い》くことは不可能《ふかのう》。」

若武《わかたけ》は頷《うなず》き、顎《あご》で通路《つうろ》を指《さ》す。

「よし、行《い》くぞ。」

身《み》をひるがえして、先《さき》に立《た》った。

はて、何《なん》でゴミ捨《す》て場《ば》に？

不審《ふしん》に思《おも》いながらついていくと、若武《わかたけ》は通路《つうろ》の突《つ》き当《あ》たりで立《た》ち止《ど》まる。

隣《となり》の敷地《しきち》との間《あいだ》に立《た》つフェンス沿《ぞ》いに、コンクリートで囲《かこ》ったスペースがあり、その中《なか》に市指《しし》定《てい》の可燃《かねん》ゴミ袋《ぶくろ》がいくつも置《お》かれていた。

脇《わき》には、このビルに上《のぼ》る外階段《そとかいだん》がある。

「いいか諸君《しょくん》、ゴミは何《なん》でも知《し》っている、だ。ゴミを見《み》れば、そのゴミを出《だ》した人間《にんげん》の生活《せいかつ》のすべてがわかる。このゴミ置《お》き場《ば》には、有限会社《ゆうげんがいしゃ》キャメルから出《だ》されたゴミがあるはずだ。今《いま》からそれを調《しら》べる。」

え、ここのゴミ袋《ぶくろ》、全部《ぜんぶ》、開《あ》けて見《み》るわけっ!?

「若武《わかたけ》、それ、やって大丈夫《だいじょうぶ》？」

小塚君《こづかくん》は心配《しんぱい》そうだった。

「他人《たにん》の出《だ》したゴミ袋《ぶくろ》を開《あ》けて見《み》るのって、犯罪《はんざい》にならないの？　プライバシーの侵害《しんがい》とかさ。」

若武《わかたけ》は、よく聞《き》いてくれたといったような表情《ひょうじょう》になる。

法律《ほうりつ》は、若武《わかたけ》の得意分野《とくいぶんや》だった。

「法律的《ほうりつてき》に言《い》えば、ゴミとして何《なに》かを出《だ》した瞬間《しゅんかん》に、その人間《にんげん》は、出《だ》した物《もの》に対《たい》する自分《じぶん》の所有権《しょゆうけん》を放棄《ほうき》したことになるという考《かんが》え方《かた》もある。しかしこのゴミ捨《す》て場《ば》は、市《し》が指定《してい》したゴミ置《お》き場《ば》だ。こういうところに出《だ》されたゴミの所有権《しょゆうけん》は、市《し》、つまり捨《す》てた個人《こじん》から市当局《しとうきょく》に移《うつ》るという見方《みかた》もある。」

じゃ、市《し》の許可《きょか》を取《と》らないと、見《み》ちゃいけないんじゃない？

「市町村《しちょうそん》の中《なか》には、ゴミ捨《す》て場《ば》のゴミは市町村《しちょうそん》に帰属《きぞく》するという条例《じょうれい》を定《さだ》めているところもあって、これに違反《いはん》すると窃盗財《せっとうざい》か占有離物横領罪《せんゆうりぶつおうりょうざい》だ。」

やっぱり犯罪《はんざい》だよね。

「だが、うちの市《し》には、そういう条例《じょうれい》がない。よってゴミ捨《す》て場《ば》のゴミの所有権《しょゆうけん》を主張《しゅちょう》する存在《そんざい》は、ないということになる。」

上杉君《うえすぎくん》がちょっと息《いき》をついた。

「だけど、自分《じぶん》のプライドが傷《きず》つくだろ。」

うう・・・。

「なら、こうしたらどうでしょ。」

翼《たすく》が皆《みんな》を見回《みまわ》す。

「さっき玄関《げんかん》の郵便箱《ゆうびんばこ》をチェックしたら、このビルに入《はい》ってる会社《かいしゃ》は、キャメルだけだった。つまり家庭用《かていよう》のゴミ以外《いがい》を出《だ》すのも、キャメルだけなんだ。俺《おれ》がゴミ袋《ぶくろ》の外《そと》から臭《にお》いを嗅《か》いで、家《か》庭用《ていよう》のゴミでない物《もの》が入《はい》っている袋《ふくろ》を特定《とくてい》する。そしたらそれは、キャメルのものだろ。何《なに》が入《はい》っているのかも、できるだけ細《こま》かく嗅《か》ぎ分《わ》けてみる。それであの会社《かいしゃ》が何《なに》をしているのか、わかる可能性《かのうせい》があるじゃん。袋《ふくろ》の上《うえ》から臭《にお》いを嗅《か》ぐのは、法律違反《ほうりついはん》じゃないだろ。」

若武《わかたけ》は、パッと顔《かお》を輝《かがや》かせた。

「いやぁ美門《みかど》、おまえは、我《わ》がKZ《カッズ》の誇《ほこ》りだ。」

上杉君《うえすぎくん》が、ふんと横《よこ》を向《む》く。

「さっきまで、バカとか言《い》ってなかったっけ?」

まぁまぁ。

「じゃ、さっそく開始《かいし》だ。俺《おれ》たちは、美門《みかど》の作業《さぎょう》に邪魔《じゃま》が入《はい》らないように見張《みは》る。上杉《うえすぎ》は玄関正面《げんかんしょうめん》に行《い》け。この通路《つうろ》に、誰《だれ》も入《はい》ってこないようにするんだ。小塚《こづか》は外階段《そとかいだん》。途中《とちゅう》まで上《のぼ》って、上下《じょうげ》を見張《みは》れ。何《なに》かあったら、スマホで俺《おれ》に連絡《れんらく》すること。俺《おれ》はここで待機《たいき》して連絡係《れんらくがかり》。いつでも動《うご》けるようにしてるからさ。アーヤは、俺《おれ》の補佐《ほさ》。」

翼《たすく》はゴミ置《お》き場《ば》の前《まえ》にしゃがみこむと、袋《ふくろ》の口《くち》に顔《かお》を近《ちか》づけた。

目《め》をつぶって気持《きも》ちを集中《しゅうちゅう》させ、息《いき》を吸《す》いこみながら、たくさんの臭気《しゅうき》の中《なか》からそれぞれの臭《にお》いを放《はな》っている物《もの》を嗅《か》ぎ分《わ》けていく。

普通《ふつう》の嗅覚《きゅうかく》の私《わたし》でもやりたくない作業《さぎょう》なのに、人一倍《ひといちばい》、鼻《はな》の鋭《するど》い翼《たすく》には、もうメチャクチャ辛《つら》いことに違《ちが》いなかった。

それでも何《なに》も言《い》わず、一心《いっしん》に続《つづ》ける翼《たすく》に、私《わたし》は頭《あたま》が下《さ》がった。

自分《じぶん》も、何《なに》か役《やく》に立《た》たなくっちゃ!

「あの、若武《わかたけ》の補佐《ほさ》って、何《なに》すればいいの?」

そう聞《き》くと、若武《わかたけ》はちょっと考《かんが》え、それからポケットに手《て》を入《い》れた。

「パーティで使《つか》う部屋《へや》のドアの大《おお》きさ、測《はか》っといて。」

ポケットから出《だ》した巻《ま》き尺《じゃく》をこっちに投《な》げる。

「テーブルや椅子《いす》を運《はこ》びこむのに必要《ひつよう》なんだ。大道具係《おおどうぐがかり》にサイズを言《い》っといてやった方《ほう》がいいからさ。」

私《わたし》はそれを受《う》け取《と》り、階段《かいだん》を上《のぼ》った。

若武《わかたけ》は、さすがリーダーだけあって、細《こま》かなところまで気《き》を配《くば》っている。

時々《ときどき》、ヌケることもあるけれどね。

私《わたし》は3階《がい》まで上《のぼ》り、自分《じぶん》たちが借《か》りるスペースのドアの前《まえ》に立《た》って、手《て》にしていた若武《わかたけ》の巻《ま》き尺《じゃく》をジャッと引《ひ》き出《だ》した。

それは、私《わたし》たちが家庭科《かていか》の時間《じかん》に使《つか》うようなテープ状《じょう》ではなくて、ステンレスでできていたんだ。

だから引《ひ》き出《だ》した部分《ぶぶん》は、手《て》で支《ささ》えなくてもピーンとしていた。

しかも先端《せんたん》に鉤《フック》がついていて、それを測《はか》るものに引《ひ》っかけることができた。

だから自分《じぶん》より高《たか》い位置《いち》にあるものでも、楽々《らくらく》、測定《そくてい》が可能《かのう》。

私《わたし》は、それを伸《の》ばしてドアの上《うえ》にかけ、手元《てもと》の巻《ま》き尺《じゃく》の中《なか》に入《はい》っている部分《ぶぶん》を引《ひ》き出《だ》して足元《あしもと》までたらし、その長《なが》さをメモした。

横《よこ》のサイズは、もっと短《みじか》かったのですごく簡単《かんたん》で、伸《の》ばした巻《ま》き尺《じゃく》をドアに横《よこ》に当《あ》てるだけだった。

よし測定《そくてい》、完了《かんりょう》!

それで引《ひ》き上《あ》げようとした時《とき》、下《した》から階段《かいだん》を上《のぼ》ってくる足音《あしおと》がしたんだ。

私《わたし》はギョッとしながら、思《おも》い出《だ》した。

確《たし》かここ、エレベーターや非常階段《ひじょうかいだん》があったんだ。

でもゴミ捨《す》て場《ば》での作業《さぎょう》には関係《かんけい》ないから、誰《だれ》もそっちを見張《みは》ってない。

私《わたし》は、自分《じぶん》を落《お》ち着《つ》かせようと必死《ひっし》になった。

ここに住《す》んでいる人《ひと》が通《とお》りかかることだってあるんだから、私《わたし》はこの部屋《へや》を借《か》りようとしてドアのサイズを測《はか》っている人間《にんげん》になり切《き》っていればいい。

下《した》でゴミを漁《あさ》っている中学生《ちゅうがくせい》の仲間《なかま》だってことは、この際《さい》、忘《わす》れよう!

自分《じぶん》にそう言《い》い聞《き》かせ、巻《ま》き尺《じゃく》を片手《かたて》にドアと向《む》かい合《あ》った。

もう測《はか》り終《お》わっているドアのサイズを、またも測《はか》るふりをする。

足音《あしおと》は階段《かいだん》を上《のぼ》り切《き》って、私《わたし》の背後《はいご》に立《た》った。

そのまま、動《うご》かない。

私《わたし》は心臓《しんぞう》がドキンドキンした。

「おい、」

低《ひく》い声《こえ》が響《ひび》く。

「遅《おせ》ぇーぞ。」

あれ、この声《こえ》、どこかで聞《き》いたことがある。

私《わたし》はドアの方《ほう》を向《む》いたまま、首《くび》をできるだけ回《まわ》さないようにし、目《め》だけを限界《げんかい》まで横《よこ》に動《うご》かして、自分《じぶん》の後方《こうほう》を見《み》た。

そしてそこに見《み》つけたんだ、あの目付《めつ》きの悪《わる》い高校生《こうこうせい》、河本《こうもと》の姿《すがた》をっ！

キャメルのドアの前《まえ》に立《た》ち、階段《かいだん》の方《ほう》を見下《みお》ろしている。

「何《なに》やってんだよ。ドアフォン、鳴《な》らしちまうぜ。」

えっ、河本《こうもと》って、キャメルと関係《かんけい》があったのぉ!?

「すんません。」

足音《あしおと》が階段《かいだん》を駆《か》け上《あ》がってきて、私《わたし》の後《うし》ろに立《た》つ。

「玄関《げんかん》で、ちょっと知《し》ってる奴《やつ》と出《で》くわしたんで。」

その声《こえ》にも、聞《き》き覚《おぼ》えがあった。

私《わたし》は、カレイかヒラメにでもなった気分《きぶん》で目《め》だけをそちらに動《うご》かしたけれど、河本《こうもと》の陰《かげ》になっていて顔《かお》まで見《み》えなかった。

「じゃ、鳴《な》らすからな。」

河本《こうもと》が、キャメルのドアフォンを押《お》す。

中《なか》から返事《へんじ》があり、河本《こうもと》が名乗《なの》ると、ドアが開《ひら》いた。

「おい名波《ななみ》、行《い》くぞ。」

わっ!

私《わたし》はびっくりし、手《て》から巻《ま》き尺《じゃく》を落《お》とす。

音《おと》でこちらを振《ふ》り向《む》いた名波君《ななみくん》と、バッチリ視線《しせん》が合《あ》った。

巻《ま》き尺《じゃく》は、派手《はで》な音《おと》を立《た》てて階段《かいだん》を転《ころ》げ落《お》ちていく。

河本《こうもと》が、部屋《へや》に入《はい》りながらこっちを見《み》た。

名波君《ななみくん》はとっさに河本《こうもと》と私《わたし》の間《あいだ》に体《からだ》を入《い》れ、壁《かべ》のように立《た》ちふさがりながら肩越《かたご》しに振《ふ》り返《かえ》って愛想笑《あいそわら》いを浮《う》かべる。

「スマホ、落《お》としちって。すぐ取《と》ってくるんで、先入《さきはい》っててください。」

河本《こうもと》は舌打《したう》ちし、キャメルの部屋《へや》に入《はい》っていった。

ドアが閉《し》まり、名波君《ななみくん》は大《おお》きな息《いき》をつく。

「おまえさぁ、この間《あいだ》、先輩《せんぱい》に嚙《か》みついてるんだから、気《き》をつけろよ。見《み》つかったら、シメられっぞ。」

ありがと、庇《かば》ってくれて。

「そんでさぁ、」

そう言《い》いながら名波君《ななみくん》は、私《わたし》との距離《きょり》を詰《つ》めた。

私《わたし》は後《あと》ずさりし、ドアに背中《せなか》をぶつける。

直後《ちょくご》、名波君《ななみくん》が腕《うで》を伸《の》ばし、私《わたし》の顔《かお》の横《よこ》にドンと肘《ひじ》をついたんだ。

そこに体重《たいじゅう》をかけて体《からだ》を寄《よ》せ、壁《かべ》に突《つ》いた腕《うで》を倒《たお》して、私《わたし》の髪《かみ》の中《なか》に指《ゆび》を入《い》れる。

「おまえ、砂原《すなはら》の彼女《かのじょ》って言《い》ったよなぁ。」

額《ひたい》がふれそうなほど近《ちか》くから見《み》すえられて、私《わたし》は全身《ぜんしん》、凍《こお》りつく思《おも》いだった。

言《い》ってないっ！

そう言《い》いたかったけど、そしたらきっとキレる、セロトニン不足《ぶそく》だし、夜型《よるがた》だろうし。

ここは、刺激《しげき》しないようにしないと。

「俺《おれ》の言葉《ことば》、ちゃんとあいつに伝《つた》えたのかよ。」

2つの目《め》の中《なか》で、怒《いか》りが膨《ふく》れ上《あ》がっていく。

「どうなんだっ!?」

わ、何《なに》も言《い》ってなくても、キレるんだ。

「さっさと答《こた》えろっ!」

瞬間《しゅんかん》、上《うえ》の方《ほう》で、カツーンと足音《あしおと》が響《ひび》く。

カツカツと階段《かいだん》を降《お》りてきたのは、黒《くろ》い革《かわ》のブーツを履《は》いた足《あし》だった。

その上《うえ》に長《なが》い脚《あし》があり、腰《こし》やウエストが見《み》え、胸《むね》が見《み》えて、階段《かいだん》を降《お》り切《き》った全身《ぜんしん》が、私《わたし》たちの前《まえ》に立《た》つ。

「その手《て》どけなよ、名波《ななみ》。」

砂原《すなはら》だった。

「久《ひさ》しぶりだな。話《はなし》は聞《き》いてる。俺《おれ》と遊《あそ》びたいんだって。」

私《わたし》はほっとして力《ちから》が抜《ぬ》け、ドアに寄《よ》りかかったままズルズルとその場《ば》にしゃがみこんでしまった。

ああ恐《こわ》かった!

「だったら、ちゃんと家《いえ》にいろよ。俺《おれ》、おまえんちの前《まえ》で待《ま》ってたんだぜ。おまえの大声《おおごえ》が聞《き》こえたから降《お》りてきたんだけどさ。」

そう言《い》いながら私《わたし》のそばまで来《き》て、片手《かたて》を出《だ》し、二《に》の腕《うで》をつかんで立《た》ち上《あ》がらせてくれた。

「恐《こわ》かっただろ。ごめんな、遅《おそ》くなって。」

気遣《きづか》うようにのぞきこまれて、私《わたし》は思《おも》わずしがみつきたくなった。

何《なに》か、頼《たよ》りになるものがほしかったんだ。

「おっと、」

気配《けはい》を感《かん》じたらしく砂原《すなはら》は、軽《かる》く後《うし》ろに反《そ》り返《かえ》りながら両手《りょうて》を上《あ》げる。

「俺《おれ》に触《さわ》んな。」

私《わたし》の体《からだ》に触《ふ》れるのを避《さ》けようとして上《あ》げたその手《て》が、拒絶《きょぜつ》の印《しるし》のように見《み》えた。

私《わたし》は、あわてて飛《と》び下《さ》がる。

そうだね、もう砂原《すなはら》に頼《たよ》ったりしちゃいけないんだ。

そう思《おも》いながら、何《なん》となく寂《さび》しくて目《め》を伏《ふ》せる。

砂原《すなはら》が、クスッと笑《わら》うのが聞《き》こえた。

「俺《おれ》の気持《きも》ち、乱《みだ》れっだろ。」

え？

意味《いみ》がわからずマゴマゴしていると、砂原《すなはら》は名波君《ななみくん》に向《む》き直《なお》った。

親指《おやゆび》を立《た》ててキャメルのドアを指《さ》す。

「ここ、よく来《き》てんの？」

、名波君《ななみくん》は、ちょっと頬《ほお》をゆがめた。

「来《き》たのは初《はじ》めてだけど、前《まえ》から誘《さそ》われてた。」

砂原《すなはら》は、両手《りょうて》をジャケットのポケットに突《つ》っこみながら、横目《よこめ》でドアをにらむ。

「この会社《かいしゃ》、真面《まとも》じゃねーぜ。あの高校生《こうこうせい》もな。わかってんだろ。」

名波君《ななみくん》は、素直《すなお》に頷《うなず》いた。

「誰《だれ》かに相談《そうだん》したかったんだけど、その辺《へん》の事情《じじょう》に明《あか》るい奴《やつ》がいなくて。砂原《すなはら》のこと聞《き》いて、会《あ》いたかったんだけどさ、どこにいるのかわかんないから俺《おれ》の方《ほう》からアクション起《お》こせなくて。」

それで苛立《いらだ》ってたんだね。

「おまえさぁ、」

砂原《すなはら》は、その目《め》に鋭《するど》い光《ひかり》を浮《う》かべ、刺《さ》すように名波君《ななみくん》を見《み》た。

「キャメルって会社《かいしゃ》が何《なに》やってるのか、知《し》ってんだろ？　言《い》えよ。」

名波君《ななみくん》は、小《ちい》さな声《こえ》でポソッと答《こた》えた。

「特殊詐欺《とくしゅさぎ》。」

ええっ！

17 良心《りょうしん》との闘《たたか》い

その時《とき》、キャメルのドアが開《あ》き、河本《こうもと》が顔《かお》を出《だ》したんだ。

「おい、何《なに》やってんだ。いい加減《かげん》にしろよ。」

砂原《すなはら》が、素早《すばや》くささやく。

「取《と》りあえず、俺《おれ》を連《つ》れてきな。」

私《わたし》はびっくりしたけれど、砂原《すなはら》はさっさと名波君《なみくん》の腕《うで》をつかみ上《あ》げると、私《わたし》に片目《かため》をつぶった。

「じゃあな。」

それで2人《ふたり》でキャメルの中《なか》に入《はい》っていったんだ。

私《わたし》はしばらく呆然《ぼうぜん》としていたけれど、やがてはっと我《われ》に返《かえ》り、階段《かいだん》を走《はし》り降《お》りた。

私《わたし》が河本《こうもと》のスマートフォンを拾《ひろ》った時《とき》、交番《こうばん》に届《とど》けるって言《い》ったら、激怒《げきど》して無理矢理《むりやり》取《と》り上《あ》げようとしたけれど、その訳《わけ》がようやくわかったと思《おも》った。

交番《こうばん》に届《とど》けたら、本人《ほんにん》の確認《かくにん》をするために、警官《けいかん》が中《なか》を見《み》る可能性《かのうせい》がある。

河本《こうもと》は、きっとあのスマートフォンを特殊詐欺《とくしゅさぎ》に使《つか》っていて、中《なか》を見《み》られたらマズかったんだ。

報告《ほうこく》しなくちゃ！

でも特殊詐欺《とくしゅさぎ》って、何《なん》だろう。

詐欺《さぎ》の一種《いっしゅ》だってことはわかるけど・・・細《こま》かなところが不明《ふめい》。

どんな詐欺《さぎ》のことを言《い》うのか、若武《わかたけ》に聞《き》いてみよう。

そう思《おも》いながら、ゴミ置《お》き場《ば》に駆《か》け付《つ》けた。

そこには・・・何《なん》とも不思議《ふしぎ》な光景《こうけい》が広《ひろ》がっていたんだ。

皆《みな》が1つのゴミ袋《ぶくろ》を取《と》り囲《かこ》んでしゃがみこみ、何《なに》やら考《かんが》えこんでいる。

ただ翼《たすく》だけがぐったりとして、少《すこ》し離《はな》れた壁《かべ》にもたれかかっていた。

「何《なに》してんの？」

呆気《あっけ》にとられて聞《き》くと、若武《わかたけ》が深《ふか》い溜《た》め息《いき》をついた。

「良心《りょうしん》と闘《たたか》ってるんだ。」

はっ？

「美門《みかど》が、この袋《ふくろ》が怪《あや》しいことを嗅《か》ぎ分《わ》けた。中《なか》には、壊《こわ》れた携帯電話《けいたいでんわ》が1台《だい》入《はい》っている。それにシュレッダーで裁断《さいだん》された紙類《かみるい》。あとはコンビニ弁当《べんとう》や持《も》ち帰《かえ》りの牛丼《ぎゅうどん》、カップめん類《るい》、使《つか》ったティッシュなど。」

私《わたし》は、思《おも》わず言《い》ってしまった。

「ゴミの分別《ぶんべつ》、きちんとできてないね。」

上杉君《うえすぎくん》がボソッとつぶやく。

「そっちじゃねーし。」

え、違《ちが》った？

「臭《にお》いでわかるのは、これが限界《げんかい》だ。これ以上《いじょう》を知《し》りたければ、開《あ》けて見《み》るよりない。そうすれば、キャメルがどんな犯罪《はんざい》に手《て》を出《だ》しているかが、はっきりする。それを証拠《しょうこ》にして、テレビ局《きょく》に持《も》ちこむんだ。」

警察《けいさつ》じゃないのね・・・。

「俺《おれ》は、さっさと開《あ》けようって言《い》ってるんだけど、美門《みかど》が承知《しょうち》しない。同《おな》じ穴《あな》に落《お》ちるって言《い》うんだ。」

はぁ。

「全国《ぜんこく》ネットのテレビ局《きょく》は、都内《とない》にしかない。都内《とない》だと、ゴミ捨《す》て場《ば》のゴミは各区《かくく》に帰属《きぞく》するという条例《じょうれい》を定《さだ》めている区《く》が多《おお》い。となると、ゴミ袋《ぶくろ》を勝手《かって》に開《あ》けて中《なか》を見《み》た中学生《ちゅうがくせい》の印象《いんしょう》はすごく悪《わる》い。たとえ自治体《じちたい》によって条例《じょうれい》は違《ちが》うと説明《せつめい》してみても、違法《いほう》にならない地区《ちく》で開《あ》けてここまで運《はこ》んできたんだと主張《しゅちょう》しても、テレビ局《きょく》としては、万《まん》が一《いち》の場合《ばあい》を考《かんが》えて関《かか》わりを避《さ》け、相《あい》手《て》にしない可能性《かのうせい》が大《おお》きいだろうって言《い》うんだ。で、前《まえ》と同《おな》じ穴《あな》だから、やるだけ無駄《むだ》だって。」

ああ確《たし》か「妖怪《ようかい》パソコンは知《し》っている」の中《なか》で、そういうパターンがあったよねぇ。

「だが無駄骨《むだぼね》だからといって、この怪《あや》しさを放置《ほうち》しておいていいのか。ここはやっぱり、さっさとゴミ袋《ぶくろ》を開《あ》けて動《うご》かぬ証拠《しょうこ》を発見《はっけん》すべきだろ。他《ほか》に方法《ほうほう》はないんだし、この市《し》じゃゴミ袋《ぶくろ》を開《あ》けちゃいけないって条例《じょうれい》はないんだからさ。今《いま》までだって、俺《おれ》たち、やってきたじゃんよ。そのことは隠《かく》してテレビ局《きょく》に売《う》りこめばいいんだ。そうしたらキャメルの悪事《あくじ》に注目《ちゅうもく》が集《あつ》まって、警《けい》察《さつ》も動《うご》くしさ。結果的《けっかてき》には、世《よ》のため人《ひと》のためだろ、って俺《おれ》が言《い》ってるのに、こいつらオーケイしないんだ。自分《じぶん》たちはKZ《カッズ》の良心《りょうしん》だって言《い》うからさ、俺《おれ》、それと闘《たたか》ってんの。アーヤ、俺《おれ》の味《み》方《かた》しろよ。」

私《わたし》、できないかも。

「だから、役割分担《やくわりぶんたん》しようって言《い》ってってだろ。」

上杉君《うえすぎくん》が、苛立《いらだ》たしげに立《た》ち上《あ》がった。

「まず若武《わかたけ》が、これを蹴《け》っ飛《と》ばして道路《どうろ》に出《だ》す。ゴミ袋《ぶくろ》を蹴《け》るのは、子供《こども》のちょっとした悪戯心《いたずらごころ》だ。見《み》つかっても、怒《おこ》られるくらいですむ。若武《わかたけ》のクソ馬力《ばりき》なら、袋《ふくろ》が破《やぶ》れるくらい強《つよ》く蹴《け》るのは簡単《かんたん》なことだ。すると袋《ふくろ》の中《なか》のゴミは、道路《どうろ》に散乱《さんらん》する。で若武《わかたけ》は、現場《げんば》から離《はな》れる。そこに美門《みかど》が偶然《ぐうぜん》、通《とお》りかかって携帯《けいたい》を拾《ひろ》い、シュレッダーにかけられた紙類《かみるい》を集《あつ》める。拾《ひろ》い落《お》としがないように鼻《はな》をきかせてだ。そして警察《けいさつ》に届《とど》けようとするが、その時《とき》、七鬼《ななき》と小塚《こづか》が通《とお》りかかり、携帯《けいたい》は七鬼《ななき》が解析《かいせき》、紙類《かみるい》は小塚《こづか》が復元《ふくげん》。双方《そうほう》の内容《ないよう》を確《たし》かめ、犯罪《はんざい》の証拠《しょうこ》が出《で》てきたら、これ拾《ひろ》ったんですと言《い》って、俺《おれ》が警察《けいさつ》に持《も》ちこむ。分担《ぶんたん》すれば、それぞれ微罪《びざい》ですむだろ。違法《いほう》だが構《かま》うもんか。やっちまおうぜ。」

上杉君《うえすぎくん》の方《ほう》が用意周到《よういしゅうとう》で賢《かしこ》いというか、小賢《こざか》しいというか、もっとはっきり狡《ずる》いというか、う〜ん微妙《びみょう》。

「それ、おまえだけいい役取《やくと》ってないか？」

若武《わかたけ》に言《い》われて、上杉君《うえすぎくん》はチラッと舌《した》を出《だ》す。

「あ、バレた？」

上杉君《うえすぎくん》に飛《と》びかかる若武《わかたけ》を見《み》ながら、私《わたし》は、翼《たすく》に近寄《ちかよ》った。

「あのね、特殊詐欺《とくしゅさぎ》って、何《なに》？」

翼《たすく》は青《あお》ざめた顔《かお》を上《あ》げ、苦《くる》しそうな息《いき》をつく。

「特殊詐欺《とくしゅさぎ》っていうのは、不特定多数《ふとくていたすう》をだます詐欺《さぎ》の一種《いっしゅ》だよ。特徴《とくちょう》は、犯人《はんにん》がだます相手《あいて》に直《ちょく》接会《せつあ》わないということ。典型的《てんけいてき》なのは、振《ふ》り込《こ》め詐欺《さぎ》。電話《でんわ》1本《ぽん》で、相手《あいて》をだまして銀行口座《ぎんこうこうざ》に振《ふ》り込《こ》ませたり、するんだ。」

相当《そうとう》ダメージが大《おお》きいようで、時々《ときどき》、言葉《ことば》が途切《とぎ》れた。

まぁ、ここのゴミ袋全部《ぶくろぜんぶ》、1人《ひとり》で嗅《か》ぎ分《わ》けたんだから、無理《むり》もない。

「それがどうかした？」

私《わたし》は、痛々《いたいた》しく思《おも》いながら答《こた》えた。

「あのキャメル、その特殊詐欺《とくしゅさぎ》、やってるみたいなんだけど。」

瞬間《しゅんかん》、私《わたし》の後方《こうほう》で、皆《みんな》がいっせいに叫《さけ》んだ。

「やっぱ、この袋《ふくろ》、開《あ》けろっ！」

「いや、蹴飛《けと》ばすんだ！」

「確実《かくじつ》な証拠《しょうこ》をつかんで警察《けいさつ》に持《も》っていこう。」

「警察《けいさつ》じゃない、テレビ局《きょく》だ！」

翼《たすく》がポケットからスマートフォンを出《だ》し、手早《てばや》く指《ゆび》を滑《すべ》らせて画面《がめん》を見《み》つめる。

「特殊詐欺《とくしゅさぎ》グループの隠《かく》れ家《が》の特徴《とくちょう》は、賃貸《ちんたい》の契約期間《けいやくきかん》が短《みじか》く、法人契約《ほうじんけいやく》なのに連絡先《れんらくさき》が携帯電話《けいたいでんわ》であること、だって。」

あ、それ、忍《しのぶ》が最初《さいしょ》に不審感《ふしんかん》を持《も》ったポイントだ。

「駅《えき》が近《ちか》く、外階段《そとかいだん》があること。ワンフロアに1部屋《ひとへや》か2部屋《ふたへや》しかない物件《ぶっけん》が多《おお》い。ドアに防犯《ぼうはん》カメラを取《と》り付《つ》けてある、部屋《へや》のカーテンが閉《し》まっている。」

そのまんま！

「ガラの悪《わる》い連中《れんちゅう》が、朝《あさ》、出勤《しゅっきん》してきて、夜《よる》、退勤《たいきん》する。」

その時《とき》、玄関《げんかん》の方《ほう》から人《ひと》の出入《でい》りするザワザワした気配《けはい》が伝《つた》わってきた。

若武《わかたけ》が、素早《すばや》く玄関《げんかん》に向《む》かう。

私《わたし》たちがその後《あと》を付《つ》いていくと、5人《にん》の男《おとこ》と河本《こうもと》がエレベーターから出《で》てきて、駅《えき》の方《ほう》に歩《ある》いていくところだった。

5人《にん》の男《おとこ》たちは、角刈《かくが》りかオールバックかスキンヘッドで、派手《はで》なジャケットを肩《かた》から羽織《はお》ったり、T《ティー》シャツ1枚《まい》で隆々《りゅうりゅう》とした筋肉《きんにく》を見《み》せていたり、タトゥを入《い》れていたり、首《くび》や手首《てくび》に金《きん》の鎖《くさり》を巻《ま》いたり、夜《よる》なのにサングラスをかけたりと、とにかく目立《めだ》つ格好《かっこう》だった。

「どう見《み》ても、堅気《カタギ》じゃないな。」

若武《わかたけ》が言《い》い、上杉君《うえすぎくん》が、一緒《いっしょ》の空気《くうき》を吸《す》いたくないと言《い》わんばかりの顔《かお》でつぶやいた。

「頭《あたま》、悪《わる》そ。」

皆《みんな》が同意《どうい》しながら5人《にん》と河本《こうもと》を見送《みおく》り、ゴミ置《お》き場《ば》に戻《もど》る。

翼《たすく》が、疲《つか》れた目《め》の中《なか》に凛《りん》とした光《ひかり》をきらめかせて私《わたし》を見《み》た。

「何《なん》で特殊詐欺《とくしゅさぎ》って、わかったの？」

私《わたし》が答《こた》える前《まえ》に、若武《わかたけ》がパチンと指《ゆび》を鳴《な》らす。

「あ、俺《おれ》、さっき名波《ななみ》とすれ違《ちが》ったんだ。上杉《うえすぎ》の様子見《ようすみ》に、玄関《げんかん》に行《い》った時《とき》にさ。」

そういえば名波君《ななみくん》も、誰《だれ》かに出《で》くわしたって言《い》ってたっけ。

「軽《かる》く声《こえ》かけたら、あいつ、俺《おれ》のこと知《し》っててさ、ちょっと前《まえ》まで部活《ぶかつ》でサッカーやってて、俺《おれ》見《み》て憧《あこが》れてたって言《い》うんだ。うちの中学《ちゅうがく》のサッカー部《ぶ》って部員《ぶいん》たくさんいるから、俺《おれ》、てんで知《し》らなくってさ。で、ちょっと話《はな》しこんだんだけど、このビルに住《す》んでいるって言《い》ってたから、アーヤ、奴《やつ》からキャメルの噂《うわさ》、聞《き》いたんだろ。」

私《わたし》はきっぱり、首《くび》を横《よこ》に振《ふ》り、状況《じょうきょう》を話《はな》そうとした。

その時《とき》、頭《あたま》の上《うえ》から声《こえ》がしたんだ。

「キャメルは、特殊詐欺《とくしゅさぎ》グループのアジトだ。」

振《ふ》り仰《あお》ぐと、砂原《すなはら》が非常階段《ひじょうかいだん》を降《お》りてくるところだった。

後《うし》ろから名波君《ななみくん》がついてくる。

「俺《おれ》が今《いま》、確認《かくにん》した。」

あ、そのために、あの部屋《へや》に入《はい》ったんだね。

「で、俺《おれ》、キャメルに就職《しゅうしょく》したから。」

私《わたし》は、愕然《がくぜん》っ！

何《なん》だって、そんなっ⁉

18 ダイバーシティ《多様性》

「俺《おれ》のせいだ。」

名波君《ななみくん》が、哀《かな》しげにつぶやく。

「前《まえ》から河本先輩《こうもとせんぱい》に、ちょっと一度《いちど》見《み》に来《こ》いよって言《い》われてたから、さっきキャメルに顔《かお》を出《だ》したんだ。そしたら、そこにいた連中《れんちゅう》に囲《かこ》まれて、ここに来《き》た以上《いじょう》ただじゃ帰《かえ》さねぇぜって凄《すご》まれた。俺《おれ》はそもそも仲間《なかま》になる気《き》があって、ちょっと迷《まよ》ってただけだからいいけど、一緒《いっしょ》に行《い》った砂原《すなはら》も無理矢理《むりやり》入《はい》らされて・・・」

私《わたし》は、さっき帰《かえ》っていった男《おとこ》たちを思《おも》い出《だ》し、無理《むり》もないと思《おも》った。

あんなのに囲《かこ》まれたら、いくら砂原《すなはら》だって、逆《さか》らうことなんてできっこない。

「おまえ、」

砂原《すなはら》が苦笑《くしょう》した。

「てんでわかってないな。」

片手《かたて》を伸《の》ばし、名波君《ななみくん》の肩《かた》を抱《だ》き寄《よ》せる。

「ああいう連中《れんちゅう》が現場《げんば》に誘《さそ》うのは、抜《ぬ》き差《さ》しならないとこに追《お》いこんで、仲間《なかま》に引《ひ》きずりこむためだぜ。あそこに入《はい》った以上《いじょう》、仲間《なかま》にならなかったら絶対帰《ぜったいかえ》してもらえない。俺《おれ》、わかってて入《はい》ったんだ。」

え？

「昨日《きのう》、七鬼《ななき》がキャメルに興味持《きょうみも》って、黒木《くろき》に調《しら》べさせてたじゃん。」

そう言《い》いながら若武《わかたけ》の方《ほう》に目《め》を向《む》ける。

「事件《じけん》の臭《にお》いを嗅《か》ぎつけてKZ《カッズ》が乗《の》り出《だ》してくるに違《ちが》いないと思《おも》ってたんだけど、当《あ》たりだろ？」

うん、すごく当《あ》たり。

「さっき上《うえ》の階段《かいだん》で、名波待《ななみま》ちながら下見《したみ》てたら、おまえらが入《はい》ってきてゴミ置《お》き場《ば》に向《む》かうのが見《み》えた。やっぱり始《はじ》めやがったと思《おも》ってさ、協力《きょうりょく》する気《き》になったわけ。俺《おれ》のためにパーティやってくれるKZ《カッズ》に、俺《おれ》から別《わか》れのプレゼントだよ。」

冗談《じょうだん》めかして言《い》いながら、砂原《すなはら》は、私《わたし》たちの間《あいだ》を通《とお》ってゴミ袋《ぶくろ》に近《ちか》づいた。

「キャメルに入《はい》った新人《しんじん》は、最初《さいしょ》は下働《したばたら》きだって話《はなし》だったから、俺《おれ》は確認《かくにん》した、ゴミを処分《しょぶん》するのも俺《おれ》の仕事《しごと》ですかって。当然《とうぜん》だって言《い》われた。で、念《ねん》のために、このゴミ俺《おれ》がもらってもいいですかって聞《き》いた。全部《ぜんぶ》おまえにやる、さっさと好《す》きにしろって言《い》われたから、これは俺《おれ》のゴミだ。」

縛《しば》ってあったゴミ袋《ぶくろ》の口《くち》を開《ひら》き、こちらを振《ふ》り返《かえ》る。

「ほら開《あ》いたぜ。調《しら》べたいんだろ？　どうぞ。ほしい物《もの》があったら持《も》ってっていいし。」

とっさに若武《わかたけ》が駆《か》け寄《よ》り、中《なか》から折《お》れた携帯電話《けいたいでんわ》をつかみ出《だ》すと、上杉君《うえすぎくん》に差《さ》し出《だ》した。

「七鬼《ななき》に届《とど》けて解析《かいせき》させろ。1人《ひとり》で無理《むり》だったら、おまえも手伝《てつだ》えよ。」

さらに袋《ふくろ》の中《なか》から、絡《から》み合《あ》っている紐《ひも》みたいな紙屑《かみくず》を持《も》ち上《あ》げる。

「小塚《こづか》、これ、シュレッダー前《まえ》の状態《じょうたい》に復元《ふくげん》して。」

小塚君《こづかくん》は、肩《かた》にかけていたナップザックをおろし、中《なか》から手袋《てぶくろ》とビニール袋《ぶくろ》を出《だ》した。

まず手袋《てぶくろ》をはめ、若武《わかたけ》から細長《ほそなが》い紙屑《かみくず》の束《たば》を受《う》け取《と》ってから、自分《じぶん》もゴミ袋《ぶくろ》に手《て》を入《い》れ、同《おな》じ種類《しゅるい》の紙屑《かみくず》をつかみ上《あ》げる。

「じゃ俺《おれ》、行《い》くから。」

まず上杉君《うえすぎくん》が立《た》ち去《さ》り、その後《あと》に、紙屑《かみくず》を全部《ぜんぶ》、回収《かいしゅう》した小塚君《こづかくん》が続《つづ》いた。

若武《わかたけ》が砂原《すなはら》に向《む》き直《なお》る。

「ご協力《きょうりょく》、ありがとう。と言《い》いたいとこだけど、まずくないのか、詐欺《さぎ》グループなんかに入《はい》っちゃ。」

そうだよ、心配《しんぱい》だよっ！

「構《かま》やしない。」

砂原《すなはら》は、ちょっと笑《わら》った。

「パーティが終《お》わったら、俺《おれ》、日本《にほん》を発《た》つ。あと2日《ふつか》だ。その間《あいだ》に警察《けいさつ》に引《ひ》っ張《ぱ》られるなんてこと、ありえねーだろ。こんなつまんねーことで、国際手配《こくさいてはい》もされないだろうし。」

そりゃそうだけど・・・。

「KZ《カッズ》のお役《やく》に立《た》てて、幸《さいわ》いだ。あ、1つ頼《たの》みがあんだけどさ、」

そう言《い》いながら名波君《ななみくん》を振《ふ》り返《かえ》る。

「こいつは、俺《おれ》と違《ちが》って、ずっとここで暮《く》らしてかなくちゃならないんだから、キャメルを抜《ぬ》けるように説得《せっとく》してほしいんだ。俺《おれ》の言《い》うこと、きかなくってさ。」

私《わたし》は、名波君《ななみくん》を見《み》た。

詐欺師《さぎし》の仲間《なかま》になるなんて道《みち》を誤《あやま》ってると思《おも》ったから、ちょっと批判的《ひはんてき》な目付《めつ》きになってしまった。

でも名波君《ななみくん》は平然《へいぜん》としていて、たじろぐ様子《ようす》は少《すこ》しもなかった。

「別《べつ》にいいじゃん。俺《おれ》の自由《じゆう》だろ。」

そう言《い》いながらポケットから個包装《こほうそう》のキャンディを出《だ》し、口《くち》に入《い》れようとする。

「おい、ちょっと待《ま》て。」

若武《わかたけ》が止《と》め、羽織《はお》っていたスタジャンの前《まえ》ジッパーを下《さ》げた。

そこから内《うち》ポケットに手《て》を突《つ》っこみ、何《なに》かを取《と》り出《だ》す。

よく見《み》れば、それは、なんと・・・割《わ》り箸《ばし》に突《つ》き刺《さ》したキュウリだった。

何《なん》で、ここでキュウリ？

皆《みな》が唖然《あぜん》としている間《あいだ》に、若武《わかたけ》は、音《おと》を立《た》ててラップを取《と》り、それを名波君《ななみくん》に差《さ》し出《だ》した。

「これ、食《く》えよ。俺《おれ》の好物《こうぶつ》。さっき急《いそ》いで家《いえ》に帰《かえ》って作《つく》ってきたんだ。中《なか》に味噌《みそ》入《はい》っててさ、美味《うま》いぞ。食《く》ってみな。」

名波君《ななみくん》も、どうしていいのかわからないといった表情《ひょうじょう》だったけれど、若武《わかたけ》にしつこく促《うなが》されて、しかたなくキャンディをポケットに戻《もど》し、割《わ》り箸《ばし》を手《て》に取《と》ってキュウリにかぶりついた。

パキンという音《おと》が響《ひび》く。

「お、ほんとだ。すんげぇ美味《うめ》ぇ。」

気《き》に入《い》ったようで、ドンドン食《た》べていき、キュウリはたちまち姿《すがた》を消《け》した。

若武《わかたけ》がニンマリ笑《わら》う。

「よし、糖分《とうぶん》カットに成功《せいこう》。これで血糖値《けっとうち》の急上昇《きゅうじょうしょう》は避《さ》けられる。後《あと》は、セロトニン分泌《ぶんぴつ》のための会話《かいわ》とスキンシップだな。」

翼《たすく》が、まいったといったように天《てん》を仰《あお》いだ。

「セオリー通《どお》りに進《すす》める気《き》なんだ・・・」

それをものともせずに若武《わかたけ》は、名波君《ななみくん》に近《ちか》づき、肩《かた》を叩《たた》く。

「さっき、おまえ、サッカー部《ぶ》辞《や》めたって言《い》ってたけど、それ、何《なん》で？」

名波君《ななみくん》は視線《しせん》を下《さ》げ、手《て》に持《も》っていた割《わ》り箸《ばし》を見《み》つめた。

「俺《おれ》、ＦＷ《フォワード》やってたのに、ＤＦ《ディフェンダー》に替《か》えられたんだ。」

私《わたし》がキョトンとしていると、翼《たすく》が耳《みみ》にささやく。

「ＦＷ《フォワード》っていうのは、攻撃《こうげき》の最前線《さいぜんせん》。ＤＦ《ディフェンダー》は守備《しゅび》で、位置《いち》はゴールキーパーのすぐ前《まえ》。」

そっか、位置替《ポジションが》えがショックだったんだね。

「ミスとかしたわけでもないのにさ。そんなん、やってらんねぇって思《おも》って、辞《や》めたんだ。」

確《たし》かにサッカーでは、相手《あいて》チームを蹴散《けち》らして攻撃《こうげき》していく選手《せんしゅ》が花形《はながた》だものね。

カッコいいし、そのポジションからはずされると、評価《ひょうか》されていないって気《き》がするんだ、きっと。

「何言《なにい》ってんだよ、おまえ。」

若武《わかたけ》は、ドンと名波君《ななみくん》の背中《せなか》を叩《たた》く。

「DF《ディフェンダー》は、サッカーがうまい奴《やつ》がやるもんなんだぜ。」

名波君《ななみくん》は、呆気《あっけ》にとられたような顔《かお》になった。

「DF《ディフェンダー》の役目《やくめ》は、何《なん》だ。突《つ》っこんでくる相手《あいて》のFW《フォワード》から、ゴール前《まえ》でボールを奪《うば》い取《と》ることだろ。ボールをキープしながら攻《せ》めてくる向《む》こうは、勢《いきお》いに乗《の》ってアドレナリン出《で》まくってるから、一種《いっしゅ》、神《かみ》がかってんじゃん。そんな奴《やつ》からボールを奪取《だっしゅ》するには、ものすごくテクニックがいるんだ。身体能力《しんたいのうりょく》も必要《ひつよう》だし、ボールを奪《うば》ったら即《そく》、攻撃《こうげき》に転《てん》じなきゃならないから判断力《はんだんりょく》もいる。DF《ディフェンダー》を任《まか》されたってことは、それらの能力《のうりょく》を認《みと》められたってことだよ。すごいじゃん、おまえ。」

名波君《ななみくん》は一瞬《いっしゅん》、うれしそうに微笑《ほほえ》み、すぐに、大事《だいじ》なものをなくしたかのような顔《かお》になった。

「もう遅《おそ》いよ。俺《おれ》、辞《や》めちまったから・・・」

若武《わかたけ》がハグし、両手《りょうて》で背中《せなか》を撫《な》でる。

「辞《や》めたのは、もったいなかったな。だけど大丈夫《だいじょうぶ》だ。も1回《かい》、入部《にゅうぶ》すればいい。俺《おれ》からも監督《かんとく》に言《い》っとくよ。一緒《いっしょ》にやろうぜ。」

名波君《ななみくん》は、顔《かお》を輝《かがや》かせた。

「ほんとかよっ？　若武《わかたけ》、ほんとにっ!?」

若武《わかたけ》は頷《うなず》き、ちょっと頰《ほお》をゆがめる。

「だけどキャメルに入《はい》ってちゃ、マズいぜ。わかるだろ。」

名波君《ななみくん》は困《こま》ったように目《め》を伏《ふ》せ、黙《だま》りこんだ。

「何《なん》だって、そんな気《き》になったんだよ。」

若武《わかたけ》に聞《き》かれて、大《おお》きな息《いき》をつく。

「俺《おれ》んち、父親《ちちおや》が失踪《しっそう》したんだ。ちょうど俺《おれ》の卒業式《そつぎょうしき》の日《ひ》でさ、しばらく前《まえ》から現場《げんば》に泊《と》まりこんでて留守《るす》だったんだけど、卒業式《そつぎょうしき》には絶対行《ぜったいい》くって、一番《いちばん》いい服《ふく》を持《も》って出《で》かけていたんだ。なのに結局《けっきょく》、来《こ》なかった。それまでも会社《かいしゃ》の仕事《しごと》とかで、俺《おれ》との約束破《やくそくやぶ》ることが多《おお》かったからさ、今日《きょう》こそは怒鳴《どな》ってやろうと思《おも》って家《いえ》に帰《かえ》ったら、国税査察官《こくぜいささつかん》が来《き》てた。裁判所《さいばんしょ》の令状《れいじょう》を持《も》ってて、父《ちち》に聞《き》きたいことがあるって。それでようやく行方《ゆくえ》をくらましたことを知《し》ったんだ。俺《おれ》らや会社《かいしゃ》の人《ひと》たちで、心当《こころあ》たりを捜《さが》したけれど見《み》つからなかった。」

ああそれって、すごく辛《つら》いことだよね。

いつも通《どお》りの日常《にちじょう》に、突然《とつぜん》、思《おも》ってもみなかったことが入《はい》りこんできて、すべてを壊《こわ》していってしまうんだもの。

「それから母親《ははおや》が働《はたら》きに出《で》るようになって、学校《がっこう》から帰《かえ》っても誰《だれ》もいなくてさ。寂《さび》しいっていうんじゃないんだけど、間《ま》が持《も》たないって感《かん》じで。2度《ど》も引《ひ》っ越《こ》ししたから友《とも》だちもいなかったし、そんなこんなで街《まち》に出《で》て時間《じかん》つぶすようになって、河本《こうもと》と知《し》り合《あ》ったんだ。河本《こうもと》も俺《おれ》と同《おな》じような家庭《かてい》で、よく言《い》ってたよ。自分《じぶん》の周《まわ》りのいろんな奴《やつ》は、皆《みんな》それぞれに努力《どりょく》してるけど、誰《だれ》もいい目《め》を見《み》てないって。俺《おれ》たちみたいな親《おや》を持《も》ったら、もうそれだけで人生《じんせい》ダメなんだ、一生《いっしょう》下積《したづ》みで生《い》きるしかねーんだって。ただ詐欺《さぎ》やってる奴《やつ》らだけは、成功《せいこう》してる、頑張《がんば》れば頑張《がんば》っただけ稼《かせ》げるのが詐欺《さぎ》なんだって。で、その気《き》になったんだ。」

名波君《ななみくん》の話《はなし》には、本当《ほんとう》に気《き》の毒《どく》なところがたくさんあった。

でも、どうして？　って疑問《ぎもん》に思《おも》うようなところもあったんだ。

たとえば、帰《かえ》っても家《いえ》に誰《だれ》もいなくて、友《とも》だちもいないから街《まち》に出《で》るとか、何《なん》でそう考《かんが》えるのか不思議《ふしぎ》だった。

だってお母《かあ》さんは、働《はたら》いてるわけでしょ。

だったら名波君《ななみくん》が家《いえ》で夕食《ゆうしょく》作《つく》って、お母《かあ》さんの帰《かえ》りを待《ま》っててあげればいいんじゃない？

小学校《しょうがっこう》の家庭科《かていか》で、ある程度《ていど》の料理《りょうり》は習《なら》ってるんだし、たとえうまくできなくたって、お母《かあ》さんは喜《よろこ》ぶはずだよ。

それから詐欺《さぎ》で頑張《がんば》るって言《い》うけど、いくらそれで成功《せいこう》して稼《かせ》げても、それは正《ただ》しいことじゃないし、人《ひと》の道《みち》を外《はず》れたことだよ。

「詐欺《さぎ》の集金役《しゅうきんやく》をすれば、日給《にっきゅう》4万《まん》と詐欺《さぎ》の成功額《せいこうがく》の3%《パーセント》がもらえる。電話《でんわ》をかける役《やく》に出世《しゅっせ》すれば、月給《げっきゅう》40万《まん》と詐欺《さぎ》の成功額《せいこうがく》の13パーセントがもらえるんだ。すげぇだろ。」

若武《わかたけ》が目《め》を丸《まる》くする。

「すげぇ！　詐欺《さぎ》って、そんな儲《もう》かるんだ。」

若武《わかたけ》が、俺《おれ》もやるって言《い》い出《だ》しそうに思《おも》えて、私《わたし》はハラハラした。

砂原《すなはら》が、かすかに笑《わら》う。

「その代《か》わり、捕《つか》まったら痛《いた》いぜ。」

名波君《ななみくん》は、わかっているといったように頷《うなず》いた。

「そのリスクも考《かんが》えて、稼《かせ》げるうちに稼《かせ》いどけば、よくね？」

私《わたし》は思《おも》わず言《い》ってしまった。

「お金《かね》を稼《かせ》いだり、成功《せいこう》したりすることだけが、生《い》きる目的《もくてき》なの。稼《かせ》いだり成功《せいこう》したいために、生《い》きてるの。それ、おかしくない？　私《わたし》たちが生《い》きるのは、自分《じぶん》の夢《ゆめ》や希望《きぼう》を現実《げんじつ》にしたり、そう願《ねが》っている人《ひと》たちに力《ちから》を貸《か》したり、皆《みんな》が生《い》きるために必要《ひつよう》なこの地球《ちきゅう》の環境《かんきょう》をよくしたりするためだよ。そのためにお金《かね》が必要《ひつよう》で、それを稼《かせ》ぐってことはあるかもしれないけれど、その場合《ばあい》、お金《かね》は手段《しゅだん》でしょ。目的《もくてき》じゃないよ。」

名波君《ななみくん》は、ポカンとした顔《かお》になった。

私《わたし》の言《い》っていることが通《つう》じないみたいだったから、私《わたし》は具体的《ぐたいてき》に話《はな》すことにした。

「ちなみに私《わたし》は、いろいろな言葉《ことば》の勉強《べんきょう》をして、それを通《つう》じて世界《せかい》の多《おお》くの人《ひと》とつながって、友情《ゆうじょう》を結《むす》んだり、社会《しゃかい》の役《やく》に立《た》ったりしたいんだ。それが私《わたし》の人生《じんせい》の目的《もくてき》。」

名波君《ななみくん》は、聞《き》いたことのない国《くに》の言葉《ことば》でも聞《き》いているかのようだった。

「俺《おれ》の人生《じんせい》の目的《もくてき》は、とにかく目立《めだ》つことだ。」

若武《わかたけ》が言《い》った。

「そのために何《なん》でもする覚悟《かくご》でいる。もちろん合法《ごうほう》の範囲内《はんいない》で、だけどスレスレなら目《め》をつぶるかもな。世界中《せかいじゅう》に俺《おれ》の名前《なまえ》を轟《とどろ》かせたいんだ。若武《わかたけ》と言《い》ったら、全世界《ぜんせかい》が、あ若武《わかたけ》かっ！　とすぐ反応《はんのう》するような男《おとこ》になりたい。そのために自分《じぶん》を磨《みが》く。それが俺《おれ》の生《い》きる目的《もくてき》。」

名波君《ななみくん》は、呆気《あっけ》にとられた顔《かお》のままだった。

「俺《おれ》はさ、」

翼《たすく》が口《くち》を開《ひら》く。

「正直《しょうじき》、自分《じぶん》の目的《もくてき》をまだ見《み》つけてない。それを獲得《かくとく》するために努力《どりょく》してるとこ。努力《どりょく》するっていうのは、そのために自分《じぶん》の時間《じかん》を注《つ》ぎこんだり、他《ほか》の何《なに》かを犠牲《ぎせい》にしたりするってことだよ。辛《つら》い時《とき》もあるけど、俺《おれ》はそうしてる。ただ毎日《まいにち》、漫然《まんぜん》と空気《くうき》吸《す》って、食《た》べて、寝《ね》て、勉強《べんきょう》や好《す》きなことだけしてたら、自分《じぶん》らしい人生《じんせい》なんて絶対《ぜったい》、作《つく》れないからさ。」

名波君《なな みくん》は、しばらくの間《あいだ》、身動《みうご》き一つしなかったけれど、やがて自分《じぶん》の全部《ぜんぶ》を吐《は》き出《だ》すような大《おお》きな息《いき》をついた。

「びっくりした。」

そう言《い》ってうつむく。

「そんなこと、今《いま》まで誰《だれ》からも言《い》われなかったし、考《かんが》えてもみなかったたし。でも聞《き》いてると、ほんとに生《い》き方《かた》っていっぱいあるんだなって感《かん》じするよ。俺《おれ》が成功《せいこう》するには詐欺《さぎ》しかないって思《おも》ってたけど、でも今《いま》ここで詐欺《さぎ》しなくても、いいような気《き》になってくる。キャメルに入《はい》るより、もっと他《ほか》に自分《じぶん》らしいことができるような感《かん》じ、してくるもん。」

私《わたし》たちは顔《かお》を見合《みあ》わせた。

説得《せっとく》するつもりで言《い》ったわけじゃなかったけれど、結果的《けっかてき》に説得《せっとく》になってたのかも。

そう思《おも》ったとたん、名波君《ななみくん》が言《い》った。

「だけど、もう仲間《なかま》になるって言《い》っちまったしなぁ。いったん入《はい》ったら、やたらに抜《ぬ》けらんねぇんだよ。」

砂原《すなはら》が、その目《め》に不敵《ふてき》な光《ひかり》をきらめかせる。

「キャメルをぶっ潰《つぶ》して、消滅《しょうめつ》させちまえばいいのさ。」

若武《わかたけ》が、名波君《ななみくん》の肩《かた》を抱《だ》き寄《よ》せた。

「KZ《カッズ》が、それをやるよ。だからおまえは、もう自由《じゆう》だ。サッカー部《ぶ》に戻《もど》れよ、な。」

名波君《ななみくん》はふっと真面目《まじめ》な顔《かお》になり、しっかりと頷《うなず》いた。

「わかった。約束《やくそく》する！」

やったっ！

砂原《すなはら》がほっとしたような息《いき》をつき、私《わたし》たちを見回《みまわ》した。

「ありがと。感謝《かんしゃ》する。」

私《わたし》は、とても満足《まんぞく》した気持《きも》ちになりながら、ふと若武《わかたけ》を見《み》た。

ニヤニヤしている。

それで思《おも》ったんだ、これって若武劇場《わかたけげきじょう》だったのかもしれないって。

キュウリを出《だ》した時《とき》からそれが始《はじ》まっていて、私《わたし》や翼《たすく》は、ノセられたんだ、きっと。

ちょっとくやしい気《き》もしたけれど、まあいいか、終《お》わりよければすべてよしって言《い》うものね。

「あの部屋《へや》の鍵《かぎ》は、明日《あした》、手《て》に入《はい》る。」

砂原《すなはら》が微笑《ほほえ》んだ。

「俺《おれ》、MASQUE《マスク》 ROUGE《ルージュ》の団旗《だんき》を持《も》ってくからさ、パーティの準備《じゅんび》の方《ほう》よろしく！」

私《わたし》は、急《きゅう》に現実《げんじつ》に戻《もど》る。

砂原《すなはら》は、何《なに》を考《かんが》えているの？

どんな傷《きず》を抱《かか》えて、どんな苦《くる》しみを味《あじ》わっているの。

何《なん》とかしてあげたい！

私《わたし》に何《なに》ができるんだろう。

19　ポジとネガ

「じゃ今日《きょう》は、これで解散《かいさん》だ。」

若武《わかたけ》にそう言《い》われて、私《わたし》はようやく、自分《じぶん》が途中《とちゅう》で切《き》り上《あ》げて帰《かえ》るつもりだったことを思《おも》い出《だ》した。

それまで、すっかり忘《わす》れてたんだ。

もう真《ま》っ青《さお》！

ああ、ママになんて言《い》おう・・・。

「誰《だれ》か、アーヤを送《おく》れよ。」

若武《わかたけ》に言《い》われて、翼《たすく》が片手《かたて》を上《あ》げる。

ところが若武《わかたけ》は、あっさり首《くび》を横《よこ》に振《ふ》った。

「おまえは、これから小塚《こづか》んちに行《い》って、復元作業《ふくげんさぎょう》の手伝《てつだ》いね。」

砂原《すなはら》が、ふっとこっちを見《み》る。

「俺《おれ》、送《おく》ろうか？」

え・・・何《なん》て答《こた》えればいいんだろ。

戸惑《とまど》っていると、後《うし》ろから声《こえ》がした。

「そいつは、おまえの役目《やくめ》じゃないね。」

皆《みな》が、いっせいに振《ふ》り返《かえ》る。

出入《でい》り口《ぐち》の方《ほう》から、黒木君《くろきくん》がこちらに歩《ある》いてくるところだった。

「ちょうど近《ちか》くで調査《ちょうさ》してたんだ。通《とお》りかかったら、どっかで聞《き》いた声《こえ》が響《ひび》いてたからさ。俺《おれ》が送《おく》るよ。」

わ、うれしいな。

黒木君《くろきくん》なら絶対《ぜったい》、ママを上手《じょうず》に説得《せっとく》してくれるもの。

「そいじゃ黒木《くろき》、よろしく。」

若武《わかたけ》は、ちょっとくやしそうに言《い》い、翼《たすく》を促《うなが》して一緒《いっしょ》に自転車置《じてんしゃお》き場《ば》に足《あし》を向《む》ける。

「じゃ俺《おれ》、ここで。」

そう言《い》って名波君《ななみくん》が外階段《そとかいだん》を上《のぼ》っていき、砂原《すなはら》も、片手《かたて》を上《あ》げてから駅《えき》の方《ほう》に歩《ある》き出《だ》した。

「俺《おれ》たちも行《い》こ。」

一番最後《いちばんさいご》に、私《わたし》と黒木君《くろきくん》がそこを出《で》ると、人混《ひとご》みの中《なか》に紛《まぎ》れこんでいく砂原《すなはら》の後《うし》ろ姿《すがた》が見《み》えた。

それを目《め》で追《お》いながら、黒木君《くろきくん》がつぶやく。

「砂原《すなはら》って・・・俺《おれ》にはすごく気《き》になる存在《そんざい》なんだ。無視《むし》したいけど、できない。」

私《わたし》は、びっくりして黒木君《くろきくん》を見上《みあ》げた。

そんなことを考《かんが》えているなんて、思《おも》ってもみなかったから。

黒木君《くろきくん》の目《め》は、もう消《き》えてしまった砂原《すなはら》の姿《すがた》をまだ追《お》いかけていた。

「たぶん、似《に》てんだな。」

え？

「近親憎悪《きんしんぞうお》ってヤツだよ。」

唇《くちびる》だけで笑《わら》いながら、目《め》では相変《あいか》わらず、もう見《み》えない砂原《すなはら》を見《み》ている。

「砂原《すなはら》と俺《おれ》、ポジとネガみたいに明暗《めいあん》が逆《ぎゃく》になってるだけで、本質《ほんしつ》は同《おな》じなんだ。もし俺《おれ》が砂原《すなはら》みたいな環境《かんきょう》に置《お》かれていたら、きっとああなってたよ。」

２人《ふたり》が似《に》ているなんて、私《わたし》は考《かんが》えたことがなかった。

でも本人《ほんにん》が言《い》うんだから、きっとそうなんだね。

たぶん私《わたし》には、見《み》えてない部分《ぶぶん》があるんだ。

「あ、」

黒木君《くろきくん》の艶《あで》やかな目《め》に、一瞬《いっしゅん》、透明《とうめい》な光《ひかり》がまたたく。

「名波《ななみ》の父親《ちちおや》が、下請《したう》け業者《ぎょうしゃ》を使《つか》って自分《じぶん》の個人《こじん》ビルを建《た》てさせたって話《はなし》、覚《おぼ》えてる？」

頷《うなず》くと、黒木君《くろきくん》は今出《いまで》てきたばかりのビルを振《ふ》り返《かえ》った。

「それ、あのビルだぜ。」

私《わたし》は驚《おどろ》いて、鉛筆《えんぴつ》みたいに細《ほそ》いそのビルを見上《みあ》げた。

じゃ名波君《ななみくん》は今《いま》、お父《とう》さんの建《た》てたビルに住《す》んでるんだ。

そのこと、知《し》ってるのかな。

たぶん知《し》ってるよね、お母《かあ》さんから聞《き》いているだろうし。

きっと複雑《ふくざつ》な気持《きも》ちだろうな。

だってお父《とう》さんは、そのビルを建《た》てるために、会社《かいしゃ》のお金《かね》を横領《おうりょう》したんだもの。

でもそこに住《す》んでいれば、行方不明《ゆくえふめい》のお父《とう》さんとつながっているような感《かん》じがするのかもしれない。

逆《ぎゃく》に、お父《とう》さんを問《と》い詰《つ》めたい気持《きも》ちも湧《わ》いてくるだろうから、心《こころ》が揺《ゆ》れ動《うご》くよね。

それに疲《つか》れて名波君《ななみくん》は、いろんなことを軽《かる》く流《なが》すようになって、そういう態度《たいど》が身《み》についてしまったのかもしれない。

「本人《ほんにん》が失踪《しっそう》したんで、会社《かいしゃ》は横領《おうりょう》された金《かね》の返還《へんかん》を求《もと》めて、あのビルに抵当権《ていとうけん》を設定《せってい》した。で、今年《ことし》になって都内《とない》の不動産会社《ふどうさんがいしゃ》に売却《ばいきゃく》したんだ。この不動産会社《ふどうさんがいしゃ》が各部屋《かくへや》を売《う》りに出《だ》し、それを知《し》った名波《ななみ》の母親《ははおや》が一室《いっしつ》を買《か》った。パートだったんでローンを組《く》むのに大変《たいへん》だったようだけど、あのビルの中《なか》で、息子《むすこ》と一緒《いっしょ》に夫《おっと》の帰《かえ》りを待《ま》ちたいっていう母親《ははおや》の気持《きも》ちに、会社側《かいしゃがわ》が同情《どうじょう》して便宜《べんぎ》を図《はか》ったらしい。ま、家族《かぞく》に罪《つみ》はないからね。」

そうだったのかぁ・・・。

「でも俺《おれ》の調《しら》べだと、あのビルは、かなり手抜《てぬ》き工事《こうじ》みたいなんだ。」

手抜《てぬ》き？

「下請《したう》け会社《がいしゃ》は、自腹《じばら》に近《ちか》い形《かたち》であの工事《こうじ》を引《ひ》き受《う》けさせられたんで、名波《ななみ》に不満《ふまん》を持《も》っていたらしい。だがにらまれるのを恐《おそ》れて、逆《さか》らえなかったんだ。それでせめてもの腹《はら》いせに、手抜《てぬ》き工事《こうじ》をしたって噂《うわさ》。」

もしかして、あのビル、傾《かたむ》いたり、階段《かいだん》が落《お》ちたりするの？

「手抜《てぬ》きって言《い》っても、いろいろあるから調《しら》べた方《ほう》がいいかもしれないね。パーティの最中《さいちゅう》に何《なに》か起《お》きても困《こま》、」

そう言《い》いながら黒木君《くろきくん》は、ふっと言葉《ことば》を呑《の》んだ。

まっすぐ前《まえ》を向《む》いたまま、視線《しせん》を素早《すばや》く左右《さゆう》に流《なが》す。

「俺《おれ》たち、つけられてる・・・」

私《わたし》は、思《おも》わず足《あし》を止《と》めそうになった。

とっさに黒木君《くろきくん》が、さらうように私《わたし》の二《に》の腕《うで》をつかみ上《あ》げる。

「歩《ある》いて、普通《ふつう》に。」

私《わたし》は息《いき》を呑《の》みながら、ギクシャクと脚《あし》を動《うご》かした。

つけられるのは、これで2度目《どめ》。

最初《さいしょ》のは、忍《しのぶ》だったからよかったけれど。

「誰《だれ》がつけてくるの？」

私《わたし》が聞《き》くと、黒木君《くろきくん》は、サラッと髪《かみ》を乱《みだ》して首《くび》を横《よこ》に振《ふ》った。

「さぁね。たぶん俺《おれ》に、秘密《ひみつ》の告白《こくはく》でもしたいんじゃないかな。」

冗談《じょうだん》めかして言《い》いながら、ポケットからスマートフォンを出《だ》す。

「この求愛者《きゅうあいしゃ》、アーヤの家《いえ》に連《つ》れていきたくないな。」

いくつかの操作《そうさ》をしてから耳《みみ》に当《あ》てた。

「ああ貴《たか》ですが、お願《ねが》いします。ええ、このスマホの現在地《げんざいち》に。」

何《なに》を話《はな》してるんだろ？

不思議《ふしぎ》に思《おも》いながら歩《ある》くこと数分《すうふん》、後《うし》ろから走《はし》ってきた車《くるま》が、私《わたし》たちの脇《わき》でジャッとタイヤの音《おと》をさせて停《と》まった。

黒木君《くろきくん》がすぐ手《て》を伸《の》ばし、ドアを開《あ》けて私《わたし》の方《ほう》を見《み》る。

「アーヤ、乗《の》って。」

あわてて乗《の》りこむと、黒木君《くろきくん》は車《くるま》の外《そと》に立《た》ったまま、運転手《うんてんしゅ》さんに向《む》かって上半身《じょうはんしん》を乗《の》り出《だ》した。

「駅《えき》の周《まわ》りを1～2周《しゅう》してから、自宅《じたく》までお願《ねが》いします。自宅《じたく》の位置《いち》は、これからカーナビに送《おく》ります。」

そう言《い》うと、私《わたし》に片目《かため》をつぶる。

「これ、うちの車《くるま》だから安心《あんしん》して。じゃね、次《つぎ》のKZ《カッズ》会議《かいぎ》で会《あ》おう。」

すぐさま引《ひ》っこんでドアを閉《し》め、車《くるま》はすかさず発車《はっしゃ》っ！

私《わたし》が振《ふ》り返《かえ》ると、黒木君《くろきくん》はこっちに向《む》かって片手《かたて》を振《ふ》りながら、もう一方《いっぽう》の手《て》でスマートフォンを耳《みみ》に当《あ》てていた。

1人《ひとり》で大丈夫《だいじょうぶ》なんだろうか。

心配《しんぱい》しながらも、私《わたし》は間《ま》もなく家《いえ》に到着《とうちゃく》、飛《と》び出《だ》してきたママに怒鳴《どな》られた。

「こんな時間《じかん》まで、何《なに》やってたの。黒木君《くろきくん》からさっき連絡《れんらく》があったから、よかったけど、そうでなかったら警察《けいさつ》に電話《でんわ》してるとこよ。」

ああ、ちゃんと連絡《れんらく》しといてくれたんだ。

私《わたし》は、ほっとしたけれど、でも黒木君《くろきくん》の方《ほう》はどうなったんだろう。

気《き》がかりだったから電話《でんわ》してみたけれど、家電《いえでん》の方《ほう》は相変《あいか》わらず留守番電話《るすばんでんわ》で、スマートフォンの方《ほう》は電源《でんげん》が切《き》れていた。

「何《なに》やってんの。さっさとお風呂入《ふろはい》りなさい。」

ママに追《お》い立《た》てられて、私《わたし》は部屋《へや》に上《のぼ》っていき、お風呂《ふろ》の用意《ようい》をした。

でも入浴中《にゅうよくちゅう》もずっと、黒木君《くろきくん》のことが頭《あたま》から離《はな》れなかった。

ああ、何《なに》も起《お》こっていませんように！

そう思《おも》いながらお風呂《ふろ》から出《で》て、2階《かい》に上《のぼ》っていこうとすると、電話機《でんわき》の留守電《るすでん》ボタンが点滅《てんめつ》しているのが見《み》えた。

「ママ、留守電入《るすでんはい》ってるよ。」

ダイニングから、ママの面倒《めんどう》そうな声《こえ》が聞《き》こえる。

「聞《き》いといてよ、今《いま》、いいとこなんだから。」

私《わたし》は、再生《さいせい》ボタンを押《お》した。

そこから黒木君《くろきくん》の声《こえ》が流《なが》れ出《で》る。

「尾行《びこう》は、撒《ま》いたよ。ご安心《あんしん》ください。じゃ素敵《すてき》な夜《よる》を！　グッナイ。」

よかった！

20 KZ《カッズ》の団旗《だんき》

翌日《よくじつ》、私《わたし》が学校《がっこう》に行《い》くと、忍《しのぶ》が来《き》ていなかった。

そのうちに来《く》るんじゃないかと思《おも》っていたんだけど、ホームルームが始《はじ》まって薫先生《かおるせんせい》が出欠《しゅっけつ》を取《と》る時《とき》になっても、姿《すがた》が見《み》えなかった。

「今日《きょう》の欠席者《けっせきしゃ》は、七鬼《ななき》さんだけね。体調《たいちょう》が悪《わる》いって、おうちの人《ひと》から連絡《れんらく》が来《き》ています。皆《みな》さんも、体《からだ》には気《き》を付《つ》けてください。」

私《わたし》は、「妖怪《ようかい》パソコンは知《し》っている」の中《なか》で、忍《しのぶ》の家《いえ》に行《い》った時《とき》のことを思《おも》い出《だ》した。

おうちの人《ひと》って・・・きっと、あの骸骨《がいこつ》だ。

でも忍《しのぶ》は、すごく鍛《きた》えてるし、体調《たいちょう》が悪《わる》くなるような軟《ヤワ》な体《からだ》じゃないはず。

きっと解析《かいせき》にかかりっきりなんだ。

そう思《おも》いながらチラッと窓際《まどぎわ》の席《せき》を見《み》ると、そこにいた翼《たすく》が、コクンと頷《うなず》いた。

やっぱり！

アプリの開発《かいはつ》もあるし、大変《たいへん》だな。

きっと小塚君《こづかくん》も今頃《いまごろ》、シュレッダーにかけられた紙《かみ》の復元《ふくげん》に必死《ひっし》になっているに違《ちが》いない。

私《わたし》も、何《なに》か手伝《てつだ》えるといいんだけど。

そう思《おも》いながら、はっとした。

ハロウィン・パーティ、明日《あした》だっ！

小道具係《こどうぐがかり》で話《はな》し合《あ》って、製作物《せいさくぶつ》を作《つく》らないと間《ま》に合《あ》わない!!

それでお昼休《ひるやす》み、即行《そっこう》で食《た》べて図書室《としょしつ》に行《い》き、閲覧室《えつらんしつ》で事件《じけん》ノートを整理《せいり》しながら小道具係《こどうぐがかり》の仕事《しごと》を書《か》き出《だ》した。

小道具係《こどうぐがかり》は、私《わたし》と上杉君《うえすぎくん》と小塚君《こづかくん》の3人《にん》だったけれど、小塚君《こづかくん》は今《いま》、とても忙《いそが》しいはずだし、上杉君《うえすぎくん》の方《ほう》は、忍《しのぶ》を手伝《てつだ》っている可能性《かのうせい》がある。

となったら、私《わたし》が1人《ひとり》で、できる限《かぎ》りのことをするよりなかった。

小道具係《こどうぐがかり》の仕事《しごと》は、KZ《カッズ》の団旗《だんき》、ジャック・オ・ランタン、それにソウルケーキを作《つく》ること。

ランタンもソウルケーキも、作《つく》り方《かた》を調《しら》べてその通《とお》りにすればいい。

インターネットで検索《けんさく》してみよう。

私《わたし》は、パソコンルームに移動《いどう》するために席《せき》から腰《こし》を上《あ》げかけ、ふと思《おも》った。

インターネットより、島崎《しまざき》さんからアドバイスをもらった方《ほう》がいいんじゃないかって。

島崎《しまざき》さんは、若武家《わかたけけ》に雇《やと》われて、1人《ひとり》だけ日本《にほん》に残《のこ》っている若武《わかたけ》の世話《せわ》をしている人《ひと》。

若武《わかたけ》んちでKZ会議《カッズかいぎ》を開《ひら》く時《とき》は、いつも美味《おい》しいドーナツを出《だ》してくれるし、他《ほか》の物《もの》を作《つく》ってくれるって言《い》った時《とき》もあったから、きっとすごく知識《ちしき》があるはず。

よし、若武《わかたけ》を通《つう》じて頼《たの》んでみよう。

たぶんオーケイしてくれるだろう。

となると、残《のこ》る問題《もんだい》は、団旗《だんき》だった。

これは、簡単《かんたん》にはいかない。

だって、ここで団旗《だんき》を製作《せいさく》すれば、たぶんこの先《さき》ずっと使《つか》うようになるもの。

若武《わかたけ》は、テレビや雑誌《ざっし》のインタビューが来《き》た時《とき》、その旗《はた》を飾《かざ》れって言《い》うに決《き》まっている。

いい加減《かげん》なことはできない、まずきちんとデザインを決《き》めないと。

でも団旗《だんき》のデザインって、どうやってすればいいんだろう。

私《わたし》はパソコンルームに移動《いどう》し、空《あ》いているパソコンを見《み》つけて、その前《まえ》に座《すわ》った。

まず除菌《じょきん》ティッシュを出《だ》して、キーボードとマウスを拭《ふ》く。

誰《だれ》がどんな手《て》で触《さわ》ったかわからないから、恐《こわ》いし、嫌《いや》なんだ。

丁寧《ていねい》に拭《ふ》いてから、インターネットで《団旗《だんき》》を検索《けんさく》してみた。

団旗専門《だんきせんもん》の製作販売店《せいさくはんばいてん》のサイトがいくつもあって、1旒《りゅう》3万円前後《まんえんぜんご》で作《つく》ってもらえることがわかったけれど、3万円《まんえん》なんてお金《かね》を若武《わかたけ》に出《だ》せって言《い》えないし、時間的《じかんてき》に考《かんが》えても明日《あした》まではどうしたって無理《むり》だった。

自分《じぶん》で作《つく》る方法《ほうほう》は、載《の》っていない。

さて、どうしよう。

「何《なに》、調《しら》べてんだ？」

ポンと肩《かた》に手《て》が載《の》り、振《ふ》り返《かえ》ると、忍《しのぶ》だった。

「あれ、いつ学校《がっこう》に来《き》たの？」

忍《しのぶ》は、立《た》ったままパソコン机《づくえ》の端《はし》に片手《かたて》をつく。

「さっき。」

そう言《い》いながら画面《がめん》をのぞきこみ、私《わたし》を振《ふ》り返《かえ》った。

長《なが》い髪《かみ》が揺《ゆ》れて、私《わたし》の頰《ほお》に触《ふ》れる。

絹《きぬ》みたいに細《ほそ》く、しなやかだった。

「団旗《だんき》、か。」

私《わたし》は憂鬱《ゆううつ》な気分《きぶん》で、カチカチとマウスを空打《からう》ちする。

「どうやって作《つく》ればいいのか、わかんないの。」

忍《しのぶ》は身《み》を起《お》こし、両腕《りょううで》を組《く》みながらそばの壁《かべ》に寄《よ》りかかった。

言葉《ことば》を呑《の》むようにして黙《だま》りこみ、しばし考《かんが》えていて、やがて放《ほう》り出《だ》すように腕組《うでぐ》みを解《と》く。

「製作方法《せいさくほうほう》がわかったとしても、時間《じかん》がないだろ。」

うん。

「だから図案《ずあん》だけ決《き》めて、それを紙《かみ》に描《か》き、旗《はた》みたいに切《き》り抜《ぬ》いて壁《かべ》に貼《は》るのは、どう？　絵《え》のうまい奴《やつ》、いるだろ？」

翼《たすく》だっ！

「図案《ずあん》は、紋章学《もんしょうがく》を参考《さんこう》にすると格調《かくちょう》が出《で》るよ。」

紋章《もんしょう》？

「こういうの、だ。」

忍《しのぶ》は、私《わたし》の横《よこ》から腕《うで》を伸《の》ばしてキーボードを自分《じぶん》の方《ほう》に向《む》け、慣《な》れた手《て》つきで入力《にゅうりょく》した。

画面《がめん》がまたたき、英語《えいご》と写真《しゃしん》だけのサイトが浮《う》かび上《あ》がる。

写真《しゃしん》は門《もん》や石垣《いしがき》、柱頭《ちゅうとう》などで、そこに刻《きざ》まれたり、取《と》り付《つ》けられているいろいろなマークがアップになっていた。

「紋章《もんしょう》の起源《きげん》は、11世紀《せいき》だ。戦士《せんし》たちが甲冑《かっちゅう》を着《き》るようになって、外《そと》から顔《かお》が見《み》えなくなったために自分《じぶん》の印《しるし》を盾《たて》に描《か》いたのが始《はじ》まり。その後《ご》、それが世襲《せしゅう》になった。で規則《きそく》ができて、紋章学《もんしょうがく》という学問《がくもん》に発展《はってん》したんだ。日本《にほん》でも鎧兜《よろいかぶと》を着《き》た武士《ぶし》が、旗印《はたじるし》を持《も》ってるだろ。あれと同《おな》じ。」

そういえば、いろんな戦《たたか》いの図《ず》とか、映画《えいが》やテレビドラマで、旗《はた》が上《あ》がっているところを見《み》たことがある気《き》がする。

「紋章《もんしょう》には、分割型《ぶんかつがた》といってバックをいくつかに色分《いろわ》けするもの、幾何学模様《きかがくもよう》を飛《と》ばすもの、具《ぐ》体的《たいてき》な物《もの》を描《か》くものの3種《しゅ》がある。」

パソコンの画面《がめん》には、色《いろ》とりどりの紋章《もんしょう》が次々《つぎつぎ》と現《あらわ》れ、私《わたし》は目《め》を見張《みは》った。

すごくきれいで、カッコもよかった。

「紋章《もんしょう》に使《つか》われている物《もの》のベスト5《ファイブ》は、十字架《じゅうじか》、百合《ゆり》、鷲《わし》、ライオン、豹《ひょう》だ。イギリスでは薔薇《ばら》や龍《りゅう》も多《おお》い。KZ《カッズ》を象徴《しょうちょう》する物《もの》や動植物《どうしょくぶつ》を決《き》めて描《か》いてもいいし、KZ《カッズ》の文字《もじ》を大《おお》きくデザインしてもいいし、あ、アメリカの星条旗《せいじょうき》みたいにしたらどう？」

え、どういう意味《いみ》？

戸惑《とまど》っていると、忍《しのぶ》は、画面《がめん》にアメリカ国旗《こっき》を呼《よ》び出《だ》した。

「この赤白《あかしろ》の横《よこ》の帯《おび》は、アメリカが独立《どくりつ》した時《とき》の州《しゅう》の数《かず》、そしてこっちにある星《ほし》は、現在《げんざい》の州《しゅう》の数《かず》を表《あらわ》しているんだ。」

へえ、知《し》らなかったな。

「KZ《カッズ》の団旗《だんき》にも初期《しょき》メンバーの数《かず》と、現在《げんざい》のメンバーの数《かず》を入《い》れたらいいんじゃないかな。星条旗《せいじょうき》みたいに星《ほし》にすると、メンバーが増《ふ》えるたびに星《ほし》の数《かず》が増《ふ》えていって華《はな》やかだよ。」

それ、すごくいいねっ！

「話《はなし》変《か》わるけど、俺《おれ》の方《ほう》は、携帯電話《けいたいでんわ》の解析《かいせき》、完了《かんりょう》した。」

忍《しのぶ》の紫《むらさき》の瞳《ひとみ》に、自信《じしん》に満《み》ちた輝《かがや》きが浮《う》かび上《あ》がる。

きれいな唇《くちびる》は口角《こうかく》がわずかに上《あ》がって、微笑《ほほえ》みを含《ふく》んでいるように見《み》えた。

「小塚《こづか》も、もうすぐだって言《い》ってるらしい。そんで若武《わかたけ》が、今日《きょう》の休《やす》み時間《じかん》にカフェテリアに集結《しゅうけつ》せよって。時間《じかん》合《あ》わせて、俺《おれ》も行《い》く。」

よし、それまでにデザイン案《あん》を作《つく》るぞ！

21　拉致《らち》？

いろいろな紋章《もんしょう》を参考《さんこう》にしながら、私《わたし》は迷《まよ》ったり、悩《なや》んだりして、KZ《カッズ》の団旗《だんき》の下案《したあん》をまとめた。

それは、地色《じいろ》がエメラルドグリーン、縁取《ふちど》りが金《きん》、中央部《ちゅうおうぶ》に赤《あか》でKZ《カッズ》と大《おお》きな文字《もじ》を入《い》れて、その字《じ》の間《あいだ》に初期《しょき》メンバーを表《あらわ》す白《しろ》い星《ほし》を5つちりばめ、KZ《カッズ》の文字《もじ》の下《した》には現《げん》メンバーを表《あらわ》す金《きん》の星《ほし》を7つ、直線上《ちょくせんじょう》に並《なら》べたもの。

ん、私的《わたしてき》には、これがベスト！

すごく満足《まんぞく》して、私《わたし》は勇《いさ》んで秀明《しゅうめい》に行《い》った。

休《やす》み時間《じかん》が来《く》るのを、今《いま》か今《いま》かと待《ま》ちかねて、カフェテリアにGO《ゴー》！

いつも通《どお》り隅《すみ》のテーブルに、メンバー4人《にん》が座《すわ》っていた。

上杉君《うえすぎくん》と黒木君《くろきくん》の顔《かお》だけが見《み》えない。

私《わたし》が近寄《ちかよ》っていくと、若武《わかたけ》が立《た》ち上《あ》がった。

「約《やく》2名《めい》まだ来《き》てないが、そのうち来《く》るだろう。今日《きょう》は議題《ぎだい》が多《おお》いから始《はじ》める。まず小塚《こづか》、おまえから報告《ほうこく》を。」

小塚君《こづかくん》は、テーブルの脚《あし》のところに立《た》てかけてあった大《おお》きなスケッチブックを持《も》ち上《あ》げ、皆《みな》の前《まえ》に広《ひろ》げた。

私《わたし》は、目《め》を見張《みは》る。

昨日《きのう》、紐《ひも》みたいだった紙屑《かみくず》の1本《ぽん》1本《ぽん》が丁寧《ていねい》に伸《の》ばされ、広《ひろ》げられてセロテープでつけられ、数枚《すうまい》の紙《かみ》になっていたんだ。

まるでモザイクか、ジグソーパズルの完成品《かんせいひん》みたいだった。

あの細《ほそ》い線《せん》みたいだった紐《ひも》を、面《めん》にするなんて、すごい！

「美門《みかど》に手伝《てつだ》ってもらったんだけど、これ、どうも名簿《めいぼ》みたい。」

それは表《ひょう》になっていて、まず名前《なまえ》、その隣《となり》に電話番号《でんわばんごう》が書《か》いてあり、さらに隣《となり》の欄《らん》にはチェックが入《はい》っていたり、そのチェックの上《うえ》に○や×がついていたりしていた。

もちろん何《なに》も書《か》いてない欄《らん》もある。

「さて、何《なん》の名簿《めいぼ》だ？」

問《と》いかけるように言《い》った若武《わかたけ》に、翼《たすく》が事《こと》もなげに答《こた》えた。

「特殊詐欺《とくしゅさぎ》のアジトからシュレッダーにかけられた名簿《めいぼ》が出《で》たとなったら、当然《とうぜん》、被害者名簿《ひがいしゃめいぼ》でしょ。チェックは、彼《かれ》らが獲物《えもの》にコンタクトした印《しるし》、その上《うえ》に書《か》いてある○は、成功《せいこう》した印《しるし》、×は失敗《しっぱい》だ、おそらくね。」

私《わたし》は、まだチェックのついていない多《おお》くの名前《なまえ》が並《なら》んでいるのを見《み》て、ゾッとした。

これからこの人《ひと》たちが狙《ねら》われるんだ。

「小塚《こづか》ご苦労《くろう》。次《つぎ》、七鬼《ななき》。」

忍《しのぶ》は、片手《かたて》で制服《せいふく》の前《まえ》ボタンをはずし、内《うち》ポケットから携帯電話《けいたいでんわ》を出《だ》した。

でもそれは、あのゴミの中《なか》から拾《ひろ》った携帯《けいたい》じゃなかったんだ。

はて？

「あの携帯《けいたい》は、かなり壊《こわ》れてた。で、チップ抜《ぬ》いて、上杉《うえすぎ》と一緒《いっしょ》に解析《かいせき》、一部復元《いちぶふくげん》してから、この携帯《けいたい》に入《い》れ替《か》えた。」

なるほど。

「これが発信歴《はっしんれき》。」

そう言《い》いながら携帯《けいたい》の履歴《りれき》を表示《ひょうじ》する。

「小塚《こづか》が復元《ふくげん》した名簿《めいぼ》にある番号《ばんごう》と、ほぼ一致《いっち》だ。それ以外《いがい》に、よくかけている番号《ばんごう》が2つある。調《しら》べたら、片方《かたほう》は広域暴力団事務所《こういきぼうりょくだんじむしょ》。」

私《わたし》は、昨夜《さくや》ビルから出《で》ていった男《おとこ》たちの姿《すがた》を思《おも》い出《だ》し、思《おも》わずうなってしまった。

ああ、いかにも、って感《かん》じだったから。

「もう1つは、私設私書箱業者《しせつししょばこぎょうしゃ》だ。」

私設私書箱《しせつししょばこ》？

キョトンとしている私《わたし》の耳《みみ》に、翼《たすく》がささやく。

「マンションの一室《いっしつ》を借《か》りて、そこにたくさんのボックスを設置《せっち》して、それを個別《こべつ》に貸《か》し出《だ》すって商売《しょうばい》。自宅宛《じたくあ》てに来《く》る郵便物《ゆうびんぶつ》や宅配便《たくはいびん》なんかで、家族《かぞく》に見《み》られたくない物《もの》は、その私設私書箱《しせつししょばこ》宛《あて》に送《おく》ってもらって、後《あと》で自分《じぶん》で取《と》りに行《い》けば、誰《だれ》にも知《し》られずにすむだろ。最近増《さいきんふ》えてるらしいよ。」

へえ・・・。

「キャメルは、被害者《ひがいしゃ》に金《かね》を振《ふ》りこませず、私設私書箱《しせつししょばこ》に送《おく》らせてるんじゃないかな。で、その私書箱《ししょばこ》に集《あつ》まった金《かね》を取《と》りにいくか、その業者《ぎょうしゃ》に転送《てんそう》させる。もちろん業者《ぎょうしゃ》も、グルだ。」

若武《わかたけ》が満足《まんぞく》そうに頷《うなず》いた。

「よし、これでキャメルの悪事《あくじ》の全貌《ぜんぼう》と、被害者名《ひがいしゃめい》がバッチリだ。あとは、これを公《おおやけ》にしてキャメルをぶっ潰《つぶ》すのみ。ついては、どういう方法《ほうほう》で公《おおやけ》にするかだが、」

きっとテレビ局《きょく》に持《も》ちこむと言《い》うに違《ちが》いないと、私《わたし》は思《おも》った。

私《わたし》だけじゃなくて、その場《ば》の全員《ぜんいん》が、そう思《おも》っていただろう。

それが今《いま》までのパターンだったから。

ところがっ！

若武《わかたけ》は、なんと、

「警察《けいさつ》に連絡《れんらく》しようと思《おも》う。」

と言《い》ったんだ。

びっくりした。

急《きゅう》に熱《ねつ》でも出《で》て、ボケたのかと思《おも》ったくらい。

だって若武《わかたけ》が、あの若武《わかたけ》が、テレビ局《きょく》に行《い》くと主張《しゅちょう》しないなんて！

もしここに上杉君《うえすぎくん》がいたら、きっとこう言《い》っただろう。

「おい若武先生《わかたけせんせい》、大丈夫《だいじょうぶ》か、頭《あたま》。」

でも若武《わかたけ》は、至《いた》って真面目《まじめ》だった。

「この証拠《しょうこ》を提供《ていきょう》してくれたのは、砂原《すなはら》だ。あいつが身《み》を挺《てい》して、俺《おれ》たちKZ《カッズ》にプレゼントしてくれたんだ。俺《おれ》、すっごく感激《かんげき》した。絶対《ぜったい》キャメルを潰《つぶ》す。それが砂原《すなはら》の気持《きも》ちに応《こた》えることだし、同時《どうじ》に名波《ななみ》を更生《こうせい》させることでもあるからな。必《かなら》ず潰《つぶ》す！　となったら、テレビに持《も》ちこんでる余裕《よゆう》なんかない。キャメルは、広域暴力団《こういきぼうりょくだん》と関《かか》わりがあるんだ。情報《じょうほう》をテレビに流《なが》してる間《あいだ》に、あいつたちに嗅《か》ぎつけられでもしたら、何《なに》もかもがメチャクチャになるし、顔《かお》を見《み》られてる砂原《すなはら》の身《み》も危険《きけん》にさらされる。今回《こんかい》は、まっすぐ警察《けいさつ》に行《い》く。」

私《わたし》は、拍手《はくしゅ》したいような気持《きも》ちになった。

若武《わかたけ》は感情《かんじょう》の波《なみ》が激《はげ》しくて、時々《ときどき》は詐欺師《さぎし》ですらあるけれど、人間《にんげん》として一番大事《いちばんだいじ》なとこは、ちゃんと弁《わきま》えていて踏《ふ》み外《はず》さないんだって思《おも》って。

「今夜《こんや》、秀明《しゅうめい》が終《お》わったら、俺《おれ》が警察《けいさつ》に証拠《しょうこ》を持《も》っていく。で、キャメルを潰《つぶ》し、名波《ななみ》を更生《こうせい》させて、」

うん、うん、

「砂原《すなはら》に恩《おん》を売《う》り、」

は？

「次《つぎ》の機会《きかい》には、利用《りよう》させてもらおう。次《つぎ》こそテレビだ！」

こいつ・・・やっぱ弁《わきま》えてないかも。

じっとりした視線《しせん》を向《む》けている私《わたし》を、若武《わかたけ》はまったく無視《むし》し、さっさと議事《ぎじ》を進《すす》める。

「じゃ次《つぎ》の議題《ぎだい》。ハロウィン・パーティのこと。もう明日《あした》だぞ。大道具《おおどうぐ》、小道具係《こどうぐがかり》、準備《じゅんび》は進《すす》んでるか？」

翼《たすく》が、困《こま》ったように忍《しのぶ》を見《み》る。

「それがバタバタしてて、まだ3人《にん》で打《う》ち合《あ》わせができてなくって・・・」

その声《こえ》を遮《さえぎ》るように、忍《しのぶ》が言《い》った。

「テーブル、椅子《いす》、塩入《しおい》れ、水入れ《アクアマニール》、リンゴ入《い》れ、蠟燭《ろうそく》だろ。全部《ぜんぶ》うちにあるから持《も》ってくる。そうしたら金《かね》もかかんないしさ。リンゴは、指定《してい》の産地《さんち》とかあんの？　うちで採《と》れたのでもいいか？」

若武《わかたけ》が目《め》を丸《まる》くした。

「いいけど、すげぇな。おまえんち、リンゴの木《き》あるのか。」

私《わたし》はこっそり思《おも》った、それが地下《ちか》で採《と》れてるって知《し》ったら、もっと驚《おどろ》くだろうなって。

忍《しのぶ》の家《いえ》は、時代《じだい》の最先端《さいせんたん》、ハイテクの牙城《がじょう》だものね。

「じゃ大道具係《おおどうぐがかり》の方《ほう》は、大丈夫《だいじょうぶ》だな。小道具係《こどうぐがかり》は？」

そう言《い》いながら若武《わかたけ》は、小塚君《こづかくん》を見《み》る。

「どうなってる？」

小塚君《こづかくん》は、狼狽《うろた》えた。

「あの、まだ全然《ぜんぜん》・・・」

だって小塚君《こづかくん》は、復元《ふくげん》にかかりっきりだったんだもの。

若武《わかたけ》ってば、その辺《へん》を思《おも》いやらないとリーダーって言《い》えないぞ。

私《わたし》は、若武《わかたけ》をにらんで立《た》ち上《あ》がった。

「はい、小道具係《こどうぐがかり》は仕事《しごと》を進行中《しんこうちゅう》です。質問《しつもん》があるんですが、若武《わかたけ》んちの島崎《しまざき》さんに、ジャック・オ・ランタンとソウルケーキのアドバイスをもらえないでしょうか。できれば、レシピも。」

若武《わかたけ》は、軽《かる》く頷《うなず》く。

「言《い》っとく。もう時間《じかん》がないから、できるだけ手《て》を貸《か》してもらおう。きっと大丈夫《だいじょうぶ》だと思《おも》うぜ。」

ほっとしながら私《わたし》は、自分《じぶん》が描《か》いてきた団旗《だんき》の下案《したあん》を広《ひろ》げた。

「団旗《だんき》については、製作《せいさく》が間《ま》に合《あ》いそうもありません。それで絵《え》で代用《だいよう》することにしたいと思《おも》います。デザインは、これでどうでしょうか？」

若武《わかたけ》が、きれいなその目《め》を輝《かがや》かせる。

「おお、カッコいいじゃん。」

自信作《じしんさく》だよ、エヘン。

「この白《しろ》い星《ほし》で、KZ《カッズ》発足時《ほっそくじ》のメンバーを表《あらわ》し、金《きん》の星《ほし》で現在《げんざい》のメンバーを表《あらわ》しています。」

翼《たすく》と小塚君《こづかくん》がうれしそうな声《こえ》を上《あ》げた。

「すごく素敵《すてき》だ！」

「僕《ぼく》も星《ほし》なんだね。ちょっと照《て》れるけど。」

私《わたし》は忍《しのぶ》と顔《かお》を見合《みあ》わせ、お互《たが》いの健闘《けんとう》をたたえ合《あ》った。

「だが星《ほし》の大《おお》きさは、変《か》えよう。」

若武《わかたけ》が、一番端《いちばんはし》の星《ほし》を指差《ゆびさ》す。

「リーダーが大《おお》きな星《ほし》、メンバーは小《ちい》さな星《ほし》だ。」

私《わたし》は、断固《だんこ》として首《くび》を横《よこ》に振《ふ》った。

「皆《みんな》、同《おな》じ大《おお》きさがいい。それが平等《びょうどう》ってものだもの。」

翼《たすく》と小塚君《こづかくん》、それに忍《しのぶ》が相次《あいつ》いで口《くち》を開《ひら》く。

「賛成《さんせい》。」

「異議《いぎ》なし。」

「2人《ふたり》に同《おな》じ。」

それで私《わたし》も入《い》れて、4票《ひょう》だった。

今《いま》KZ《カッズ》メンバーは全部《ぜんぶ》で7人《にん》だから、4票《ひょう》あれば過半数《かはんすう》、決定権《けっていけん》を持《も》つんだ。

若武《わかたけ》は唇《くちびる》を尖《とが》らせ、チェッと言《い》った。

「じゃいいよ、同《おな》じで。」

やった！

小塚君《こづかくん》が私《わたし》の耳《みみ》にささやく。

「ごめんね、1人《ひとり》でやらせて。」

私《わたし》は、胸《むね》がジ～ンとしてしまった。

小塚君《こづかくん》は、なんてきれいな心《こころ》を持《も》っているんだろうと思《おも》って。

自分《じぶん》が一生懸命《いっしょうけんめい》だったことについては何《なに》も言《い》わないで、自分《じぶん》がやらなかったことだけをきちんと認《みと》めて謝《あやま》るんだもの。

それは人間《にんげん》の品性《ひんせい》の問題《もんだい》だよね。

小塚君《こづかくん》は、とても気高《けだか》い心《こころ》の持《も》ち主《ぬし》なんだ。

お兄《にい》ちゃんが言《い》っていた、きれいな女《おんな》っていうのも、きっと同《おな》じ意味《いみ》に違《ちが》いない。

「じゃパーティについては、問題《もんだい》ないな。」

若武《わかたけ》にそう言《い》われて、私《わたし》は、黒木君《くろきくん》の言葉《ことば》を思《おも》い出《だ》した。

でも本人《ほんにん》がいなかったので、代《か》わりに言《い》っておくことにしたんだ。

「問題《もんだい》、ちょっとあるみたい。昨日《きのう》、黒木君《くろきくん》が言《い》ってたんだけれど、私《わたし》たちがパーティの部屋《へや》を借《か》りたあのビルって、名波君《ななみくん》の父親《ちちおや》が作《つく》らせたもので、手抜《てぬ》き工事《こうじ》の噂《うわさ》があるらしいんだ。調《しら》べた方《ほう》がいいよ。パーティの最中《さいちゅう》に崩《くず》れてきたら困《こま》るし。」

若武《わかたけ》は、途方《とほう》に暮《く》れたような表情《ひょうじょう》になる。

「調《しら》べるって、ビル丸《まる》ごとか？　どうやんだよ。」

えっと・・・それは・・・。

私《わたし》が口《くち》ごもっていると、忍《しのぶ》が息《いき》を呑《の》むように言《い》った。

「おい・・・」

その菫色《すみれいろ》の目《め》が見《み》つめていたのは、出入《でい》り口《ぐち》のドアだった。

「上杉《うえすぎ》だ！」

ドアから姿《すがた》を見《み》せた上杉君《うえすぎくん》は、直後《ちょくご》によろめき、ドアにもたれかかる。

その髪《かみ》はひどく乱《みだ》れて顔《かお》に振《ふ》りかかり、眼鏡《めがね》は半《なか》ば落《お》ちかかっていて、頬《ほお》には大《おお》きな擦《す》り傷《きず》がいくつもできて血《ち》がにじんでいた。

「上杉《うえすぎ》、どうしたっ⁉」

若武《わかたけ》が大声《おおごえ》を上《あ》げて立《た》ち上《あ》がり、カフェテリアにいた塾生《じゅくせい》たちがいっせいにこちらを振《ふ》り返《かえ》る。

私《わたし》たちは、先《さき》を争《あらそ》うように出入《でい》り口《ぐち》に駆《か》けつけた。

「上杉《うえすぎ》、しっかりしろ。傷《きず》は浅《あさ》いぞ。」

叫《さけ》んでいる若武《わかたけ》より、上杉君本人《うえすぎくんほんにん》の方《ほう》が冷静《れいせい》で、肩《かた》で荒々《あらあら》しい呼吸《こきゅう》を繰《く》り返《かえ》しながら血《ち》の滴《したた》る唇《くちびる》を拳《こぶし》で拭《ぬぐ》った。

「黒木《くろき》が、」

え？

「拉致《らち》された。」

ええっ！

22　どうなってんだ⁉

「誰《だれ》にだっ⁉」

若武《わかたけ》はすっかり逆上《ぎゃくじょう》し、上杉君《うえすぎくん》の胸元《むなもと》をつかんで食《く》いつかんばかりの勢《いきお》いで質問攻《しつもんぜ》めにしたので、忍《しのぶ》が抱《だ》きかかえて力《ちから》ずくで引《ひ》き離《はな》した。

「若武《わかたけ》、落《お》ち着《つ》けっ！」

代《か》わりに翼《たすく》が上杉君《うえすぎくん》をテーブルに連《つ》れていき、座《すわ》らせる。

「小塚《こづか》、水《みず》、頼《たの》む。」

そう言《い》いながら上杉君《うえすぎくん》の顔《かお》からぶら下《さ》がっていた眼鏡《めがね》を取《と》り、自分《じぶん》のハンカチで丁寧《ていねい》に拭《ふ》いてテーブルの上《うえ》に置《お》いた。

その間《あいだ》に、上杉君《うえすぎくん》の呼吸《こきゅう》も少《すこ》しずつ落《お》ち着《つ》いていったんだ。

「で、どういう状況《じょうきょう》なの？」

私《わたし》も恐《おそ》る恐《おそ》る近寄《ちかよ》って、上杉君《うえすぎくん》の声《こえ》に耳《みみ》を澄《す》ませた。

「休《やす》み時間《じかん》のチャイムが鳴《な》ったんで廊下《ろうか》に出《で》たら、隣《となり》の教室《きょうしつ》から出《で》てきた黒木《くろき》と会《あ》ったんだ。」

上杉君《うえすぎくん》は、小塚君《こづかくん》が持《も》ってきたペットボトルの蓋《ふた》を引《ひ》き千切《ちぎ》るように開《あ》け、一気《いっき》に飲《の》み下《くだ》そうとして顔《かお》をしかめた。

どうやら口《くち》の中《なか》が切《き》れているらしい。

「そこに事務員《じむいん》が来《き》て、黒木《くろき》に面会《めんかい》したいって人《ひと》が玄関《げんかん》で待《ま》っていると言《い》った。黒木《くろき》が一瞬《いっしゅん》、妙《みょう》な顔《かお》をしたからさ、俺《おれ》、一緒《いっしょ》に行《い》こうかって言《い》ったんだ。黒木《くろき》は断《ことわ》ったんだけど、心配《しんぱい》になってさ、こっそり後《あと》をつけたわけ。そしたら玄関《げんかん》に、2メートル近《ちか》いヒスパニック系《けい》の大男《おおおとこ》が立《た》ってて、黒木《くろき》に話《はな》しかけながら、あたりに事務員《じむいん》や塾生《じゅくせい》の姿《すがた》がなくなるのを見《み》て、腕《うで》をつかんだんだ。直後《ちょくご》に玄関《げんかん》の脇《わき》からもう1人《ひとり》、やっぱ体格《たいかく》のいい奴《やつ》が現《あらわ》れてさ、2人《ふたり》で黒木《くろき》の両《りょう》サイドを固《かた》めて、外《そと》に引《ひ》きずり出《だ》したんだ。俺《おれ》があわてて追《お》いかけると、秀明前《しゅうめいまえ》から車《くるま》が発車《はっしゃ》するところで、何《なん》とか止《と》めようと思《おも》ってさ、とっさに飛《と》びついたら、振《ふ》り落《お》とされて・・・こうなった。」

忍《しのぶ》に抱《だ》きかかえられて暴《あば》れていた若武《わかたけ》が、ふっと動《うご》きを止《と》める。

「なんだ、ただの自爆《じばく》か。」

上杉君《うえすぎくん》は嫌《いや》な顔《かお》をして若武《わかたけ》をにらみ、忌々《いまいま》しげにペットボトルをあおった。

とたん、沁《し》みたらしく顔《かお》をゆがめる。

「くっそ、痛《いて》え・・・」

若武《わかたけ》が歩《あゆ》み寄《よ》ってきて、音《おと》を立《た》てて椅子《いす》を引《ひ》き、どっかと腰《こし》を下《お》ろした。

「我《わ》がKZ《カッズ》のメンバーを拉致《らち》した不埒《ふらち》な奴《やつ》らの目的《もくてき》は、何《なん》だ!?」

上杉君《うえすぎくん》は、そんなのわかるかよ、と言《い》わんばかりの顔付《かおつ》きになる。

「車《くるま》のナンバーは覚《おぼ》えといたから、調《しら》べれば何《なに》かしらわかるだろうけど。」

若武《わかたけ》が即《そく》、スマートフォンを取《と》り出《だ》そうとして、手《て》を止《と》めた。

「こういうのって黒木《くろき》の仕事《しごと》じゃんよ。本人《ほんにん》が拉致《らち》られてるってのに、どうやって調《しら》べるんだ。」

ん、調査《ちょうさ》のコネクションは、黒木君《くろきくん》しか持《も》ってないものね。

「あのさ、」

翼《たすく》が、静《しず》かに皆《みんな》を見回《みまわ》す。

「体格《ガタイ》のいい外国人《がいこくじん》、それに加《くわ》えて黒木《くろき》の拉致《らち》となったら、やっぱMASQUE《マスク》 ROUGE《ルージュ》でしょ。」

そうだよ、だって黒木君《くろきくん》は、それを調《しら》べてたんだもの。

「実《じつ》は、昨日《きのう》も後《あと》をつけられたんだ。黒木君《くろきくん》が撒《ま》いたみたいだけど。」

私《わたし》の言葉《ことば》に、上杉君《うえすぎくん》が眉根《まゆね》を寄《よ》せる。

「MASQUE《マスク》 ROUGE《ルージュ》となったら、砂原《すなーら》がらみか？」

忍《しのぶ》が、濃《こ》い紫色《むらさきいろ》に変《か》わったその目《め》に切《き》れるような光《ひかり》を浮《う》かべた。

「砂原《すなはら》、呼《よ》び出《だ》せよ。事情《じじょう》を吐《は》かせるんだ。」

若武《わかたけ》がスマートフォンを取《と》り出《だ》し、砂原《すなはら》にアクセスする。

耳《みみ》に当《あ》てて、しばらく待《ま》っていて、やがて硬《かた》い口調《くちょう》で押《お》し付《つ》けるように言《い》った。

「俺《おれ》だ。話《はなし》がある、出《で》てこいよ。今《いま》すぐだ。秀明前《しゅうめいまえ》で待《ま》つ。」

切《き》ったスマートフォンを握《にぎ》りしめたまま、大《おお》きな息《いき》をついた。

「俺《おれ》、この後《あと》の授業《じゅぎょう》、フケるぜ。黒木《くろき》を助《たす》けなきゃ。」

翼《たすく》が慎重《しんちょう》な表情《ひょうじょう》になり、その凜《りん》とした目《め》をまたたかせる。

「こういう推理《すいり》で、どうでしょ。MASQUE ROUGE《マスクルージュ》の内部《ないぶ》で何《なに》かが起《お》こったか、もしくは砂原《すなはら》が何《なに》かを起《お》こした。そして砂原《すなはら》は、何《なに》かを決意《けつい》して研修施設《けんしゅうしせつ》から脱走《だっそう》した。」

脱走《だっそう》っ!?

「黒木《くろき》が最初《さいしょ》にキャッチしたのは、その脱走情報《だっそうじょうほう》だったんじゃないかな。砂原《すなはら》は、アーヤの心《こころ》から自分《じぶん》の存在《そんざい》をすっかり消《け》してしまおうとしただろ。それは、もしアーヤが砂原《すなはら》を少《すこ》しでも気《き》にかけていたら、すごくショックを受《う》けるようなことを砂原《すなはら》が決意《けつい》したからだ。脱走《だっそう》したのは、おそらく、そのためなんだ。」

私《わたし》は、コクンと息《いき》を呑《の》んだ。

それ、何《なに》？

私《わたし》がショックを受《う》けるような何《なに》かって、いったい何《なに》を決意《けつい》したのっ⁉

「当然《とうぜん》MASQUE《マスク》 ROUGE《ルージュ》は、砂原《すなはら》を追《お》ってきた。黒木《くろき》を拉致《らち》したのは、あいつがMASQUE《マスク》 ROUGE《ルージュ》と砂原《すなはら》に深入《ふかい》りしすぎたからだ。」

若武《わかたけ》が、きっぱりとした顔《かお》で立《た》ち上《あ》がる。

「正解《せいかい》は、砂原本人《すなはらほんにん》から聞《き》こうぜ。」

私《わたし》も、立《た》ち上《あ》がらずにいられなかった。

続《つづ》いて上杉君《うえすぎくん》が立《た》つ。

「あの車《くるま》、運転《うんてん》してた奴《やつ》に一発《いっぱつ》、食《く》らわせてやる。」

翼《たすく》も小塚君《こづかくん》も忍《しのぶ》も立《た》った。

「よし、行《い》こう！」

私《わたし》たちは、そろってカフェテリアから出《で》て、階段《かいだん》を降《お》りた。

すれ違《ちが》った塾生《じゅくせい》たちが目《め》を丸《まる》くし、足《あし》を止《と》める。

「KZ《カッズ》だっ！」

「若武《わかたけ》も上杉《うえすぎ》も、辞《や》めた美門《みかど》もいるじゃん、すげぇ！」

「シャリの小塚《こづか》もだよ。どーゆーつながり？」

「半端《はんぱ》ねぇ空気《くうき》だけど、何《なに》かあったのかな。」

「誰《だれ》だ、あの髪《かみ》の長《なが》い奴《やつ》。あんなの秀明《しゅうめい》にいた？」

いつもなら気《き》にしてドキドキしてしまうんだけれど、今日《きょう》は、それどころじゃなかった。

だって黒木君《くろきくん》がさらわれ、あげくに砂原《すなはら》が重大《じゅうだい》な決意《けつい》をしてるなんて・・・その2つだけで、私《わたし》はもう心《こころ》がはち切《き》れそうだった。

階段《かいだん》を降《お》り、玄関《げんかん》から出《で》て、通《とお》りで砂原《すなはら》を待《ま》ち受《う》ける。

どっちの方向《ほうこう》から来《く》るかわからなかったから、駅《えき》の方《ほう》と、その反対側《はんたいがわ》に分《わ》かれて、目《め》を配《くば》っていたんだ。

ところが、突然《とつぜん》っ！

「おいっ！」

上杉君《うえすぎくん》が鋭《するど》い声《こえ》を上《あ》げる。

「あれ・・・」

私《わたし》たちはいっせいに上杉君《うえすぎくん》の視線《しせん》を追《お》った。

「黒木《くろき》じゃ、ね？」

車道《しゃどう》を走《はし》り抜《ぬ》けていった1台《だい》の大《おお》きな車《くるま》が、少《すこ》し先《さき》で停車《ていしゃ》し、ドアが開《ひら》いて、そこから黒木君《くろきくん》が降《お》りてくる。

1人《ひとり》だった。

車《くるま》はすかさず発進《はっしん》し、駅前《えきまえ》のロータリーを流《なが》れる車両《しゃりょう》の中《なか》に紛《まぎ》れこんでいく。

黒木君《くろきくん》は、私《わたし》たちに気《き》づいて片手《かたて》を上《あ》げた。

その表情《ひょうじょう》も態度《たいど》も、いつもと何《なん》の変《か》わりもない。

若武《わかたけ》が、癖《くせ》のない髪《かみ》を片手《かたて》でクチャッとかき上《あ》げた。

「くっそ、どうなってんだ！」

上杉君《うえすぎくん》がボヤく。

「俺《おれ》の怪我《けが》って、意味《いみ》なかったとか・・・」

23 大《おお》きく深《ふか》い傷《きず》

ゆっくりとこちらに近《ちか》づいてくる黒木君《くろきくん》に向《む》かって、私《わたし》たちはいっせいに口《くち》を開《ひら》いた。

「何《なに》があったんだっ⁉」

「どこに連《つ》れてかれたの？」

「やっぱ、MASQUE《マスク》 ROUGE《ルージュ》でしょ？」

「どこも怪我《けが》してない？」

「連中《れんちゅう》、砂原《すなはら》のこと、何《なに》か言《い》ってたか？」

「あの運転手《うんてんしゅ》の名前《なまえ》を教《おし》えろ。」

黒木君《くろきくん》は、両手《りょうて》を上《あ》げて私《わたし》たちを黙《だま》らせた。

「説明《せつめい》するから、中《なか》に入《はい》ろう。」

若武《わかたけ》が、通《とお》りの方《ほう》に視線《しせん》を投《な》げる。

「今《いま》、砂原《すなはら》を呼《よ》び出《だ》してるんだ。もうすぐ来《く》ると思《おも》うけど。」

黒木君《くろきくん》は苦笑《くしょう》した。

「そいつは、マズい。見《み》つからないうちに早《はや》く行《い》こう。」

私《わたし》たちは、ちっとも訳《わけ》がわからないまま、黒木君《くろきくん》に言《い》われる通《とお》りに秀明《しゅうめい》ビルの中《なか》に戻《もど》った。

「カフェテリアより談話室《だんわしつ》の方《ほう》が近《ちか》い。時間《じかん》が惜《お》しいから談話室《だんわしつ》に行《い》こう。」

それで1階《かい》の廊下《ろうか》の突《つ》き当《あ》たりにある談話室《だんわしつ》に向《む》かったんだ。

そこは、ちょっと大人《おとな》っぽい雰囲気《ふんいき》のあるサロンのような部屋《へや》で、カフェテリアと違《ちが》って塾生《じゅくせい》にほとんど使《つか》われておらず、いつもひっそりとしていた。

たくさんある低《ひく》い丸《まる》テーブルの周《まわ》りには、1人《ひとり》がけのソファみたいな椅子《いす》が5脚《きゃく》ずつ置《お》かれている。

私《わたし》たちは、隣《となり》のテーブルから2脚《きゃく》を持《も》ってきて全員《ぜんいん》が座《すわ》れるようにした。

その椅子《いす》も低《ひく》かったので、黒木君《くろきくん》や上杉君《うえすぎくん》、翼《たすく》や忍《しのぶ》は脚《あし》が余《あま》ってしまうらしく、高《たか》く組《く》んで背《せ》もたれに体《からだ》を預《あず》けた。

座《すわ》ったまま床《ゆか》に足《あし》をついていたのは、若武《わかたけ》と小塚君《こづかくん》、それに私《わたし》・・・。

「さてと、どこから話《はな》そうか。」

黒木君《くろきくん》に言《い》われて、上杉君《うえすぎくん》が素早《すばや》く答《こた》えた。

「時系列《じけいれつ》で、よろしく。」

黒木君《くろきくん》は背《せ》もたれから体《からだ》を起《お》こし、前《まえ》かがみになって、開《ひら》いた両脚《りょうあし》の上《うえ》に両腕《りょううで》を置《お》いた。10本《ぽん》の指《ゆび》を組《く》み合《あ》わせながら、私《わたし》たちを見回《みまわ》す。

「最初《さいしょ》に俺《おれ》に入《はい》ってきたのは、砂原《すなはら》が研修施設《けんしゅうしせつ》を脱走《だっそう》したっていう情報《じょうほう》だった。」

それは、さっき翼《たすく》が予想《よそう》した通《とお》りだった。

私《わたし》たちは思《おも》わず、翼《たすく》に視線《しせん》を流《なが》す。

でも翼《たすく》は、その先《さき》を聞《き》きたいといった表情《ひょうじょう》で、じっと黒木君《くろきくん》を見《み》すえたまま身動《みうご》き一つしなかった。

「なぜだって思《おも》ったね。だってMASQUE ROUGE《マスクルージュ》は、今《いま》や砂原《すなはら》の家庭《かてい》と同《おな》じだ。そのメンバーは砂原《すなはら》の家族《かぞく》のはずだ。そこから抜《ぬ》け出《だ》すなんて、いったいどうしてだ。何《なに》か、でかいトラブルでも起《お》こして、組織内《そしきない》にいられなくなったのか。いったいどこに行《い》くつもりなんだ。まるっきり見当《けんとう》がつかなくて、いろいろ探《さぐ》ってみたんだけど、どうにも本当《ほんとう》のところがモレてこない。さすがにMASQUE ROUGE《マスクルージュ》だね。手《て》を拱《こまね》いていたら、こっちで砂原《すなはら》を見《み》かけたって話《はなし》が耳《みみ》に入《はい》り始《はじ》めたんだ。これはアーヤのとこに来《く》るつもりだなと思《おも》ったわけ。だが、その後《ご》はどうするのかが、いっこうにわからない。」

それで、すごく気《き》にしてたんだね。

「で、KZ《カッズ》会議《かいぎ》の時《とき》に、砂原《すなはら》に接触《せっしょく》しただろ。本人《ほんにん》はロンドンに帰《かえ》ると言《い》っていた。だが脱走《だっそう》してきたんなら帰《かえ》れるはずがないし、他《ほか》に行《い》くところもないだろうから日本《にほん》に留《とど》まるしかないんだ。ところが、あいつ、明日帰《あしたかえ》って二度《にど》と日本《にほん》には来《こ》ないと言《い》い張《は》った。それでこう考《かんが》えたんだ。砂原《すなはら》は、おそらくロンドンからどこかに行《い》くつもりで脱走《だっそう》した。その前《まえ》にアーヤに会《あ》っておこうと思《おも》ったんだ。そしてロンドンに戻《もど》るという口実《こうじつ》で、日本《にほん》を去《さ》る。そこまで決《き》めこんで、いったい何《なに》をするつもりなのか。俺《おれ》の頭《あたま》には、ただ1つのことしか浮《う》かばなかった。それで砂原《すなはら》にカマをかけたんだ、ソウリングをするって。」

私《わたし》は、黒木君《くろきくん》からその画面《がめん》を見《み》せられた時《とき》のことを思《おも》い出《だ》した。

あの時《とき》、謎《なぞ》だったことが、今《いま》ようやくはっきりするんだと考《かんが》えると、胸《むね》がドキドキした。

「あいつ、見事《みごと》に引《ひ》っかかったね。それでもう間違《まちが》いないと思《おも》った。さっきMASQUE《マスク》 ROUGE《ルージュ》の連中《れんちゅう》にも確《たし》かめたんだけど、俺《おれ》の勘《かん》、ドンピシャだったよ。」

黒木君《くろきくん》は、かすかな笑《え》みを浮《う》かべ、目《め》を伏《ふ》せる。

「MASQUE《マスク》 ROUGE《ルージュ》は、優秀《ゆうしゅう》な幹部候補生《かんぶこうほせい》である砂原《すなはら》を取《と》り戻《もど》したがっている。戻《もど》ってさえくれれば、脱走《だっそう》も罪《つみ》に問《と》わないと言《い》ってるんだ。コネを使《つか》って連中《れんちゅう》のことを調《しら》べていた俺《おれ》に目《め》をつけて接触《せっしょく》してきたのは、砂原《すなはら》を説得《せっとく》させるためだ。で、幹部《かんぶ》の待《ま》つマンションに連《つ》れていった。」

そうだったのか。

私《わたし》は、ほっとした気分《きぶん》になった。

皆《みんな》も緊張《きんちょう》を解《と》く。

「俺《おれ》は砂原《すなはら》の説得《せっとく》をオーケイして、MASQUE《マスク》 ROUGE《ルージュ》幹部《かんぶ》にすべてを話《はな》させ、ようやく事情《じじょう》をつかんだわけ。」

若武《わかたけ》が、あきれたように上杉君《うえすぎくん》を見《み》た。

「ほんとに無駄《むだ》だったんだ、こいつの怪我《けが》。」

上杉君《うえすぎくん》は、刺《さ》し殺《ころ》しそうな目《め》を若武《わかたけ》に向《む》ける。

「うるさい。」

そう言《い》いながら広《ひろ》げた片手《かたて》の中指《なかゆび》で、眼鏡《めがね》の中央《ちゅうおう》を押《お》し上《あ》げた。

「で、さ、砂原《すなはら》は、どこ行《い》って何《なに》するつもりだったわけ？　その理由《りゆう》は？」

黒木君《くろきくん》は大《おお》きな息《いき》をつき、体《からだ》を傾《かたむ》けてズボンの後《うし》ろポケットからスマートフォンを出《だ》した。

きれいな指先《ゆびさき》を滑《すべ》らせるようにして操作《そうさ》し、私《わたし》たちの前《まえ》に差《さ》し出《だ》す。

「1か月前《げつまえ》の日本《にほん》の新聞《しんぶん》。」

そこに出《で》ていたのは、中東《ちゅうとう》の戦闘地区《せんとうちく》を空爆《くうばく》した飛行機《ひこうき》が、間違《まちが》えて病院《びょういん》を爆撃《ばくげき》したという記《き》事《じ》だった。

「これが、ちょうどMASQUE ROUGE《マスクルージュ》の警護《けいご》している病院《びょういん》だったんだ。」

私《わたし》は、ドキリとした。

胸《むね》に、シュンさんの言葉《ことば》がよみがえったから。

あれは、「七夕姫《たなばたひめ》は知《し》っている」の中《なか》でのこと。

シュンさんは、こう言《い》った。

「私《わたし》の新《あたら》しい赴任地《ふにんち》は、中東《ちゅうとう》だ。戦争下《せんそうか》にあり、毎日《まいにち》のように空爆《くうばく》が行《おこな》われている。どんな医療《いりょう》団《だん》も引《ひ》き上《あ》げてしまった激戦地区《げきせんちく》でなお暮《く》らしている人々《ひとびと》のために、MASQUE ROUGE《マスクルージュ》は配下《はいか》の医療《いりょう》チームを派遣《はけん》している。その警護《けいご》をする武装部隊《ぶそうぶたい》を、私《わたし》が率《ひき》いることになったんだ。前任者《ぜんにんしゃ》が戦闘《せんとう》に巻《ま》きこまれて死亡《しぼう》したための緊急措置《きんきゅうそち》だ。この武装部隊《ぶそうぶたい》の指揮官《しきかん》は、私《わたし》で13人目《にんめ》、過去《かこ》の全員《ぜんいん》が死《し》んでいる。だが医療《いりょう》チームの医師《いし》や看護師《かんごし》には、1人《ひとり》の死者《ししゃ》も出《だ》していない。それが我々《われわれ》の誇《ほこ》りなんだ。私《わたし》も、喜《よろこ》んで任地《にんち》に赴《おもむ》く。」

その声《こえ》が、頭《あたま》の中《なか》でどんどん大《おお》きくなっていって、私《わたし》は口《くち》に出《だ》さずにいられなかった。

「シュンさん、もしかして、その病院《びょういん》にいた、とか？」

そんなこと、ないといい！

そう願《ねが》いながら黒木君《くろきくん》を見《み》つめた。

黒木君《くろきくん》は、哀《かな》しげな感《かん》じのする眼差《まなざし》でじっと私《わたし》を見《み》つめ返《かえ》し、ゆっくりと唇《くちびる》を開《ひら》く。

「そうだ、そこにいたんだ。」

皆《みんな》が一瞬《いっしゅん》、息《いき》を詰《つ》めた。

忍《しのぶ》を除《のぞ》いて私《わたし》たち全員《ぜんいん》がシュンさんを知《し》っていたし、特《とく》に若武《わかたけ》は、シュンさんを尊敬《そんけい》し、憧《あこが》れていたから。

「今《いま》の空爆《くうばく》は、無人機《むじんき》で行《おこな》われている。誤爆《ごばく》の可能性《かのうせい》に気《き》づいた軍《ぐん》は、すぐ病院《びょういん》に連絡《れんらく》し、全員《ぜんいん》が無事《ぶじ》に避難《ひなん》したそうだ。ところが、シュンさんだけが引《ひ》き返《かえ》した。理由《りゆう》は、団旗《だんき》だ。」

団旗《だんき》？

「病院《びょういん》の屋上《おくじょう》に、MASQUE ROUGE《マスクルージュ》の団旗《だんき》が揚《あ》がったままだったんだ。それに気《き》づいた係《かかり》の隊員《たいいん》が、あわてて取《と》りに行《い》こうとした。旗《はた》は、隊《たい》のシンボルだから失《うしな》うわけにはいかないんだ。それをシュンさんが止《と》めて、代《か》わりに自分《じぶん》が行《い》った。屋上《おくじょう》から団旗《だんき》を下《お》ろした直後《ちょくご》に、ちょうど爆弾《ばくだん》が投下《とうか》されたって話《はなし》だ。」

その場《ば》が、シーンとする。

「爆撃《ばくげき》が終《お》わり、激《はげ》しい火災《かさい》が収《おさ》まってから皆《みんな》がシュンさんを捜《さが》したが、あたりは焦土《しょうど》と化《か》していて、本人《ほんにん》はもちろん服《ふく》の切《き》れ端《はし》一枚《まい》、見《み》つからなかったそうだ。焼《や》き尽《つ》くされてしまったんだ。でも団旗《だんき》は、瓦礫《がれき》の下《した》から発見《はっけん》された。奇跡的《きせきてき》なほど焦《こ》げても破《やぶ》れてもいなかったけれど、その中央《ちゅうおう》にシュンさんが胸《むね》につけていた階級章《インシグニア》が焼《や》き付《つ》いていたって話《はなし》だ。おそらくシュンさんは、団旗《だんき》を胸《むね》の中《なか》に抱《かか》えこんで守《まも》っていたんだ。」

私《わたし》たちの誰《だれ》も言葉《ことば》を見《み》つけられず、何《なに》も言《い》えなかった。

現実《げんじつ》の重《おも》さに打《う》ち拉《ひし》がれ、身動《みうご》きもできない。

「MASQUE ROUGE《マスクルージュ》は、シュンさんを戦死《せんし》とし、階級章《インシグニア》の焼《や》き付《つ》いたその団旗《だんき》をロンドンに送《おく》った。それで葬式《そうしき》が執《と》り行《おこな》われたそうだ。砂原《すなはら》は、納得《なっとく》できなかったんだろう。研修《けんしゅう》を担当《たん》《とう》していた教官《きょうかん》に、こう言《い》ったそうだ。『使命《しめい》のために命《いのち》を捧《ささ》げたのに、葬《ほうむ》る墓《はか》もないなんて・・・』。翌日《よくじつ》、その団旗《だんき》を持《も》ち出《だ》して逃亡《とうぼう》した。」

私《わたし》は胸《むね》を突《つ》かれ、息《いき》ができなかった。

砂原《すなはら》の抱《かか》えていた傷《きず》の深《ふか》さがようやくわかって。

砂原《すなはら》は、シュンさんに心酔《しんすい》していた。

どれほどショックで、どれほど辛《つら》かっただろう。

ずっと前《まえ》、砂原《すなはら》は、自分《じぶん》は大切《たいせつ》な人《ひと》をいつも失《な》くしてきたと言《い》ったけれど、その思《おも》いをまたいっそう強《つよ》くしたに違《ちが》いなかった。

「MASQUE ROUGE《マスク ルージュ》の調《しら》べでは、砂原《すなはら》は航空《こうくう》チケットを何枚《なんまい》か買《か》っている。最終地《さいしゅうち》は、中東《ちゅうとう》だ。シュンさんの死《し》に納得《なっとく》できなくて捜《さが》しに行《い》くのか、あるいは復讐《ふくしゅう》のために行《い》くのか、ただ死地《しち》を見《み》たいだけなのか、それはわからない。だが、もう戻《もど》らない覚悟《かくご》だろう。だからこそ脱走《だっそう》したんだし、アーヤの心《こころ》から、自分《じぶん》を完全《かんぜん》に消去《しょうきょ》しようとしたんだ。たとえ死《し》んでも、アーヤが傷《きず》つかないように。」

若武《わかたけ》がつぶやく。

「何《なん》でアーヤのことだけ気《き》にしてんだ。砂原《すなはら》がクリスマス事件《じけん》ですげぇ辛《つら》い思《おも》いをした時《とき》、肩《かた》を抱《だ》いて付《つ》き合《あ》ってやったのは、この俺《おれ》だぜ。俺《おれ》のことは？」

若武《わかたけ》は、私《わたし》の気持《きも》ちを楽《らく》にしようとしてくれていたんだと思《おも》う。

でも私《わたし》は、涙《なみだ》を止《と》められなかった。

砂原《すなはら》がかわいそうで、そしてシュンさんの死《し》が悲《かな》しくて。

前《まえ》にシュンさんと会《あ》った時《とき》、これが最後《さいご》になるのかもしれないという気《き》がチラッとしたけれど、本当《ほんとう》にそうなってしまったんだ。

泣《な》きながら私《わたし》は、最後《さいご》に会《あ》った時《とき》のことを思《おも》い出《だ》した。

「きっと無事《ぶじ》で、帰《かえ》ってきてください。砂原君《すなはらくん》も、それを願《ねが》っていると思《おも》います。」

私《わたし》がそう言《い》うと、シュンさんはわずかに笑《わら》って答《こた》えた。

「この世《よ》にはね、自分《じぶん》の命《いのち》より大切《たいせつ》なものに出会《であ》ってしまう人間《にんげん》も、いるんだよ。」

私《わたし》は、シュンさんの言葉《ことば》を口《くち》の中《なか》で繰《く》り返《かえ》した。

その奥《おく》にある心《こころ》を汲《く》み取《と》ろうとして記憶《きおく》に身《み》を委《ゆだ》ねていると、シュンさんが自分《じぶん》の信念《しんねん》のために命《いのち》を捧《ささ》げたのだということが、よくわかってきた。

それは、シュンさんが自分《じぶん》で選《えら》んだ生《い》き方《かた》なんだ。

だからきっと、後悔《こうかい》していないだろう。

それなのに私《わたし》が、泣《な》いてたりしたらいけない。

シュンさんが大切《たいせつ》にしていた砂原《すなはら》を、どうサポートするかを考《かんが》えなくっちゃ！


「どうするよ。」

上杉君《うえすぎくん》が、当惑《とうわく》した声《こえ》を出《だ》す。

「砂原《すなはら》を、このまま中東《ちゅうとう》に行《い》かせるわけにゃいかんだろ。黒木《くろき》もＭＡＳＱＵＥ《マスク》 ＲＯＵＧＥ《ルージュ》との約束《やくそく》を反故《ほご》にできんだろうし。だが、それほど思《おも》いこんじまってる砂原先生《すなはらせんせい》は、止《と》めても止《と》まんねーぜ。」

うん、そうかもしれない。

でも、何《なん》とかしなくちゃ！

私《わたし》たちは黙《だま》りこみ、心《こころ》の中《なか》でその方法《ほうほう》を模索《もさく》した。

「砂原《すなはら》の望《のぞ》みを叶《かな》えてやるってのは、どうだ？」

そう言《い》ったのは、若武《わかたけ》だった。

私《わたし》は驚《おどろ》き、若武《わかたけ》を見《み》た。

それって、中東《ちゅうとう》に行《い》かせるってこと⁉

皆《みな》が同《おな》じことを考《かんが》えたらしくて、若武《わかたけ》に目《め》を向《む》けた。

注目《ちゅうもく》を浴《あ》びた若武《わかたけ》は、一瞬《いっしゅん》すごくうれしそうにし、それからあわてて重々《おもおも》しい表情《ひょうじょう》を作《つく》る。

「砂原《すなはら》は、ソウリングやりたがってただろ。」

あ！

「そうすれば、シュンさんの魂《たましい》が出《で》てくるかもしれないって思《おも》ってるんだ。会《あ》いたいんだよ。」

それは、そうだろうな。

忍《しのぶ》が霊力《れいりょく》を使《つか》えるなら頼《たの》みがある、と言《い》った時《とき》も、たぶんそのことを考《かんが》えていたんだ。

「シュンさん、きっと出《で》てくるよ。成人《せいじん》でないと活動《かつどう》させないというのが、MASQUE《マスク》ROUGE《ルージュ》のルールだ。砂原《すなはら》はまだ中学生《ちゅうがくせい》で、しかも研修中《けんしゅうちゅう》だろ。それなのに脱走《だっそう》して戦地《せんち》である中東《ちゅうとう》に行《い》ったりしたら、シュンさんは喜《よろこ》ばないよ。出《で》てきて絶対《ぜったい》、止《と》めてくれる。ロンドンに戻《もど》って研修《けんしゅう》を続《つづ》け、立派《りっぱ》なメンバーになってほしいって気持《きも》ちを砂原《すなはら》に伝《つた》えるはずだ。そしたら砂原《すなはら》も、きっと思《おも》い留《とど》まるよ。」

上杉君《うえすぎくん》が、目《め》を丸《まる》くする。

「おまえ、当《あ》たり前《まえ》みたいに話《はな》してっけど、死《し》んじまったシュン・サクライへの期待度《きたいど》、高《たか》すぎじゃね？　魂《たましい》だけなんだぞ。だいたい本当《ほんとう》に出《で》てくんのかよ、シュン・サクライがソウルケーキもらいに？」

翼《たすく》が、踏《ふ》みこむように言《い》った。

「そこは、皆《みんな》の念《ねん》の力《ちから》で呼《よ》び出《だ》すってことで、どうでしょ。」

小塚君《こづかくん》が不思議《ふしぎ》そうな顔《かお》をする。

「魂《たましい》だけになってる状態《じょうたい》で、どうやってソウルケーキ食《た》べるんだろ。観察《かんさつ》しなくっちゃ。」

私《わたし》は、忍《しのぶ》の方《ほう》を見《み》た。

「シュンさんの魂《たましい》、出《で》てくると思《おも》う？」

忍《しのぶ》は、深《ふか》く頷《うなず》く。

「たとえ実際《じっさい》に出《で》てこなくても、砂原本人《すなはらほんにん》の心《こころ》にメッセージが伝《つた》わればいいわけだろ？」

うん。

「だったら大丈夫《だいじょうぶ》じゃないかな。秋《あき》の終《お》わり、つまりハロウィン前後《ぜんご》には、超自然《ちょうしぜん》の力《ちから》が高《たか》まるんだ。砂原本人《すなはらほんにん》が会《あ》いたいと強《つよ》く願《ねが》っているなら、きっと会《あ》える。」

じゃ私《わたし》も、シュンさんに会《あ》えるよね。

ほんとに会《あ》いたいもの。

「よし、パーティで決《き》まりだ。そうとなったら、明日《あした》の朝《あさ》、現地《げんち》に集合《しゅうごう》して準備《じゅんび》、パーティは午《ご》後《ご》からだ。」

そう言《い》った若武《わかたけ》のポケットでスマートフォンが鳴《な》り始《はじ》める。

若武《わかたけ》が取《と》り出《だ》し、耳《みみ》に当《あ》てようとすると、そこから大《おお》きな声《こえ》が洩《も》れてきた。

「おい若武《わかたけ》、ざけんなっ！」

砂原《すなはら》だった。

「深刻《しんこく》な声《こえ》で呼《よ》びつけやがって、いったいどこにいんだ。顔出《かおだ》せよ。」

若武《わかたけ》が頭《あたま》を抱《かか》える。

「あいつ呼《よ》んだの、すっかり忘《わす》れてた。どーしよ・・・」

翼《たすく》が肩《かた》をすくめた。

「部屋《へや》の鍵《かぎ》を、至急《しきゅう》もらいたかったって言《い》えば？　今夜《こんや》、道具《どうぐ》を搬入《はんにゅう》することにして。」

若武《わかたけ》は、パチンと指《ゆび》を鳴《な》らす。

「よし、おまえ、詐欺師《さぎし》になれっぞ。」

ほめたつもりだったと思《おも》うけど、翼《たすく》は露骨《ろこつ》に嫌《いや》な顔《かお》をした。

「なりたくないし・・・」

その時《とき》には、若武《わかたけ》はもう砂原《すなはら》と話《はな》し始《はじ》めていたので、翼《たすく》にはまったく無関心《むかんしん》。

私《わたし》は、モメ事《ごと》にならずにほっとした。

「もう授業《じゅぎょう》が始《はじ》まる。」

黒木君《くろきくん》が立《た》ち上《あ》がる。

「明日《あす》は、パーティの準備《じゅんび》を始《はじ》める前《まえ》に、まずあのビルの手抜《てぬ》き工事《こうじ》がどの程度《ていど》のものか調《しら》べた方《ほう》がいいね。」

私《わたし》は、さっきの若武《わかたけ》の反応《はんのう》を思《おも》い出《だ》した。

まるで、象《ぞう》の体重《たいじゅう》を測《はか》れとでも言《い》われたかのような顔《かお》だった。

「どうやって調《しら》べるの。難《むずか》しくない？」

黒木君《くろきくん》は、その目《め》に不敵《ふてき》な光《ひかり》を浮《う》かべる。

「俺《おれ》に考《かんが》えがあるよ。」

そう言《い》いながら、翼《たすく》を見《み》た。

「今夜《こんや》、付《つ》き合《あ》ってくれ。」

翼《たすく》は、不審《ふしん》な顔《かお》をしながらも頷《うなず》く。

私《わたし》は、首《くび》を傾《かし》げるばかりだった。

はて？

24　シャブコンって？

黒木君《くろきくん》が何《なに》を考《かんが》えているのか、とても気《き》になったけれど、それを究明《きゅうめい》している余裕《よゆう》は全然《ぜんぜん》なかった。

だって私《わたし》たち小道具係《こどうぐがかり》は、明日《あした》のパーティまでに、団旗《だんき》とジャック・オ・ランタン、ソウルケーキを準備《じゅんび》しなければならなかったんだもの。

自分《じぶん》の作業《さぎょう》に専念《せんねん》しないと、大変《たいへん》っ！

「若武《わかたけ》、さっきのこと、島崎《しまざき》さんに話《はな》すの忘《わす》れないでよね。」

教室《きょうしつ》に戻《もど》ろうとする若武《わかたけ》に念《ねん》を押《お》しながら、私《わたし》は、はっと気《き》がついた。

団旗《だんき》を描《か》いてもらおうと思《おも》っていた翼《たすく》を、黒木君《くろきくん》に取《と》られてしまったことにっ！

しかたがない、係内《かかりない》で分担《ぶんたん》しよう。

仕事《しごと》は3つ、上杉君《うえすぎくん》と小塚君《こづかくん》と私《わたし》でちょうど3人《にん》だから、1つずつ分《わ》ければいい。

そう思《おも》っている私《わたし》の前《まえ》で、2人《ふたり》はさっさとカフェテリアを出《で》ていこうとしたんだ。

「ちょっとっ！」

私《わたし》はあわてて追《お》いかけ、後《うし》ろから2人《ふたり》の腕《うで》を捕《つか》まえる。

「明日《あした》のパーティの、」

そう言《い》いながら、振《ふ》り返《かえ》った2人《ふたり》の顔《かお》を見《み》て、思《おも》わず言葉《ことば》に詰《つ》まった。

だって2人《ふたり》とも、半眼《はんがん》っ！

瞼《まぶた》がぐう〜んと下《さ》がっていて、もうすぐ閉《と》じてしまいそうだった。

考《かんが》えてみれば、昨夜《さくや》は解析《かいせき》や復元《ふくげん》作業《さぎょう》にかかりっきりだったんだ。

「何《なん》だよ、早《はや》く言《い》え。」

「ん、アーヤも授業遅《じゅぎょうおく》れるよ。」

そう言《い》いながらも、今《いま》にも寝《ね》てしまいそう。

きっと判断力《はんだんりょく》も、相当《そうとう》落《お》ちているに違《ちが》いない。

ダメだ、これじゃ、てんで使《つか》えない。

「あ、何《なん》でもない。じゃあね。」

私《わたし》は2人《ふたり》の脇《わき》を通《とお》り過《す》ぎながら、自分《じぶん》1人《ひとり》でやるしかないと心《こころ》を決《き》めた。

頑張《がんば》ろう！

それで授業《じゅぎょう》が終《お》わると、急《いそ》いで家《いえ》に帰《かえ》って、お風呂《ふろ》とか時間割《じかんわ》りとか必要《ひつよう》なすべてをすませておいてスケッチブックを開《ひら》き、画用紙《がようし》に団旗《だんき》を描《か》いた。

絵《え》は、あまり得意《とくい》じゃないんだけれど、これは絵心《えごころ》とかいらないし、下案通《したあんどお》りにバランスを取《と》って描《か》けばいいだけだから、何《なん》とかなりそうだった。

文字《もじ》もK《ケー》とZ《ゼット》だけだし。

まず下図《したず》を描《か》いて、位置《いち》や星《ほし》の形《かたち》なんかを何度《なんど》か直《なお》し、次《つぎ》に色《いろ》を塗《ぬ》って、最後《さいご》に艶出《つやだ》しをつけて仕上《しあ》げたら、もうかなりの夜更《よふ》けになってしまった。

それで、その夜《よる》は眠《ねむ》ることにしたんだ。

そして翌朝《よくあさ》、目覚《めざま》しで起《お》きて、朝《あさ》の支度《したく》をし、朝食《ちょうしょく》を食《た》べてから部屋《へや》に入《はい》って、もう一度《いちど》、団旗《だんき》を見直《みなお》し、それをスケッチブックから切《き》り取《と》った。

そして裏側《うらがわ》に両面《りょうめん》テープを貼《は》ったんだ。

よし、これで壁《かべ》に飾《かざ》れる！

その後《ご》、若武《わかたけ》の家《いえ》に電話《でんわ》をした。

まだ島崎《しまざき》さんは来《き》てないかもしれないと思《おも》ったけれど、若武《わかたけ》に再度《さいど》念《ねん》を押《お》しておきたくて。

ところが、何《なん》とっ！

「昨日《きのう》の夜《よる》、島崎《しまざき》さんに電話《でんわ》して話《はな》したら、ジャック・オ・ランタンもソウルケーキも、今日《きょう》のお昼《ひる》までに準備《じゅんび》してくれるってさ。」

ほんとっ⁉

「そういうの作《つく》るの好《す》きみたいで、喜《よろこ》んでたよ。」

ああラッキー！

「俺《おれ》んちのキッチンで作《つく》るから、それを会場《かいじょう》まで運《はこ》べばいいだけ。団旗《だんき》は？」

私《わたし》は、自信《じしん》を持《も》って答《こた》えた。

「もちろん、できてるよ。」

若武《わかたけ》は、満足《まんぞく》げな声《こえ》を出《だ》す。

「オッケ！　昨日《きのう》、あれから七鬼《ななき》んちに行《い》って、大道具《おおどうぐ》の確認《かくにん》してきた。必要《ひつよう》なものは全部貸《ぜんぶか》してくれるって言《い》うから、好意《こうい》に甘《あま》えることにした。あいつんちって、ちょっと近未来建築《きんみらいけんちく》みたいだったろ。」

うん。

「だけど庭《にわ》の奥《おく》に頑丈《がんじょう》な物置《ものおき》があって、そこにいろいろ入《はい》ってたんだ。七鬼《ななき》が親《おや》と一緒《いっしょ》に海外旅行《かいがいりょこう》に行《い》った時《とき》にもらったり、買《か》ったりした物《もの》だって。すごくカッコいい塩入《しおい》れと水入《アクアマニール》れがあったぜ。あの2つで、このパーティの格《かく》が上《あ》がるよ、きっと。」

指揮監督《しきかんとく》を務《つと》める若武《わかたけ》としては、うれしいのに違《ちが》いなかった。

「それから砂原《すなはら》に会《あ》って、部屋《へや》の鍵《かぎ》ももらったし、警察《けいさつ》にキャメルの特殊詐欺《とくしゅさぎ》の証拠品《しょうこひん》も届《とど》けてきた。」

すごい、大活躍《だいかつやく》だね。

「これからパーティの進行表《しんこうひょう》を作《つく》って、そんで出《で》かけるよ。あの部屋《へや》で会《あ》お。」

私《わたし》は電話《でんわ》を切《き》って、午後《ごご》のパーティには、何《なに》を着《き》ていこうかと考《かんが》えた。

このパーティは砂原《すなはら》の心《こころ》を安《やす》らげるため、そしてできれば私《わたし》も、シュンさんと会《あ》うため。

その目的《もくてき》から選《えら》ぶなら、落《お》ち着《つ》いた服《ふく》がいいよね。

喪《も》を表《あらわ》す黒《くろ》い服《ふく》は持《も》っていなかったから、それに近《ちか》い紫色《むらさきいろ》のワンピースに決《き》めた。

それをワードローブの外《そと》に吊《つ》るしておいて、動《うご》きやすい服《ふく》に着替《きが》えて出発《しゅっぱつ》したんだ。

自転車《じてんしゃ》で駅《えき》まで行《い》って駐輪場《ちゅうりんじょう》に停《と》める。

あのビルの自転車置《じてんしゃお》き場《ば》は、そんなに広《ひろ》くなかったから、きっと住人専用《じゅうにんせんよう》なんだろうと思《おも》って。

駅《えき》からビルまで歩《ある》いて階段《かいだん》を上《のぼ》り、部屋《へや》のドアをノックすると、若武《わかたけ》が顔《かお》を出《だ》した。

「お、入《はい》って。」

中《なか》には、黒木君《くろきくん》と翼《たすく》を除《のぞ》く全員《ぜんいん》が来《き》ていて、忍《しのぶ》の家《いえ》から運《はこ》んできた長方形《ちょうほうけい》のテーブルや椅子《いす》をセッティングしているところだった。

床《ゆか》には、濃紺《のうこん》の地《じ》に赤《あか》い模様《もよう》が織《お》り出《だ》された絨緞《じゅうたん》が敷《し》かれている。

それは予定《よてい》になかったものだったから、私《わたし》はちょっと驚《おどろ》いた。

「あ、これ、ついでに持《も》ってきたんだ。」

軽《かる》く言《い》った忍《しのぶ》の脇《わき》で、小塚君《こづかくん》と上杉君《うえすぎくん》が同時《どうじ》に溜《た》め息《いき》をつく。

「本物《ほんもの》のペルシャ絨緞《じゅうたん》だよ。模様《もよう》が細《こま》かいのほど高級《こうきゅう》なんだ。これ、すごいよ。」

「絨緞《じゅうたん》は、資産価値《しさんかち》を認《みと》められている家具《かぐ》だ。ペルシャなら、高《たか》いのは億《おく》いくし、安《やす》くても数千《すうせん》万単位《まんたんい》だ。」

わぁ、踏《ふ》んで歩《ある》くのがもったいないかも。

そっと足《あし》を動《うご》かすと、とても歩《ある》き心地《ごこち》がよかったし、それを敷《し》いただけで部屋《へや》の中《なか》が今《いま》までよりぐっと豪華《ごうか》に感《かん》じられて素敵《すてき》だった。

「黒木《くろき》たちも今《いま》、こっちに向《む》かってるって。砂原先生《すなはらせんせい》はゲストだから、すべての準備《じゅんび》が終《お》わった正午《しょうご》に到着《とうちゃく》。」

若武《わかたけ》の説明《せつめい》を聞《き》きながら私《わたし》は部屋《へや》の中《なか》を見回《みまわ》し、KZ《カッズ》の団旗《だんき》を飾《かざ》る場所《ばしょ》を探《さが》した。

正午《しょうご》に到着《とうちゃく》する砂原《すなはら》は、MASQUE《マスク》 ROUGE《ルージュ》の団旗《だんき》を持《も》ってくるだろう。

それは、シュンさんが守《まも》った旗《はた》なんだ。

このパーティのメインは、それかもしれない。

「よし、テーブルは、そこでいい。」

若武《わかたけ》の指示《しじ》で、テーブルの位置《いち》が決《き》まった。

「となると主賓席《しゅひんせき》は、この位置《いち》だ。クリスピン王《おう》は、ここに座《すわ》る。」

それは四角《しかく》なテーブルに2つある長《なが》い辺《へん》の、ドアから遠《とお》い方《ほう》の中央《ちゅうおう》だった。

そこが主賓席《しゅひんせき》ということは、その後《うし》ろの壁《かべ》がメインの壁《かべ》になる。

そこには、MASQUE《マスク》 ROUGE《ルージュ》の団旗《だんき》を飾《かざ》るだろう。

とすると、KZ《カッズ》の団旗《だんき》は、その向《む》かい合《あ》う壁《かべ》がいいかも。

できるだけ高《たか》いところに飾《かざ》った方《ほう》がいいよね。

私《わたし》は、持《も》ってきたペーパーバッグの中《なか》から、筒状《つつじょう》に丸《まる》めておいたKZ《カッズ》の団旗《だんき》を出《だ》した。

テーブルの上《うえ》に燭台《しょくだい》を並《なら》べたり、蠟燭《ろうそく》を拭《ふ》いたりしている皆《みんな》に、聞《き》いてみる。

「この椅子《いす》、1つ借《か》りて、上《うえ》に立《た》ってもいい？」

忍《しのぶ》がこちらに片手《かたて》を伸《の》ばした。

「やるよ、俺《おれ》の方《ほう》が背丈《タッパ》あるから。」

それで私《わたし》は、団旗《だんき》の裏《うら》に付《つ》けた両面《りょうめん》テープの裏紙《うらがみ》をはがし、指先《ゆびさき》で摘《つま》むようにして忍《しのぶ》に手渡《てわた》したんだ。

忍《しのぶ》がそれを持《も》って椅子《いす》に上《のぼ》り、壁《かべ》に貼《は》り付《つ》ける。

「おお、いいじゃん。」

若武《わかたけ》がはしゃいだ声《こえ》で言《い》って、小塚君《こづかくん》を振《ふ》り返《かえ》った。

「主賓《しゅひん》の椅子《いす》、他《ほか》の椅子《いす》と違《ちが》いをつけよう。色紙《いろがみ》持《も》ってる？」

小塚君《こづかくん》が首《くび》を横《よこ》に振《ふ》ると、若武《わかたけ》はちょっと考《かんが》え、それから自分《じぶん》の履《は》いていた白《しろ》いスニーカーを脱《ぬ》いで靴底《くつぞこ》を上《うえ》にし、その椅子《いす》の背《せ》もたれから突《つ》き出《で》ている2つの飾《かざ》りに引《ひ》っかけた。

「何《なん》のまねだ。」

上杉君《うえすぎくん》が不愉快《ふゆかい》そうに言《い》い、若武《わかたけ》は自慢《じまん》げに両手《りょうて》を腰《こし》に当《あ》て、胸《むね》をそらせる。

「クリスピン王《おう》のシンボルは、靴《くつ》だ。こうしとけば、他《ほか》の椅子《いす》との差別化《さべつか》も図《はか》れるし、誰《だれ》の椅子《いす》かもはっきりする。いいアイディアだろ。」

上杉君《うえすぎくん》は、ふんと鼻《はな》を鳴《な》らした。

「おまえの靴《くつ》でなければ、な。」

その胸元《むなもと》を若武《わかたけ》がつかみ上《あ》げる。

「きさまの靴《くつ》よりマシだっ！　今日《きょう》、下《お》ろしたばっかのディオールオムだぞ。」

確《たし》かにそのスニーカーは、とてもきれいで、そしてデザインが斬新《ざんしん》だった。

サイドに、捻《ひね》った切《き》りこみが入《はい》っているんだ。

それが羽《はね》みたいに見《み》えて、ギリシャ神話《しんわ》に出《で》てくるオリュンポス12神《しん》の1人《ひとり》、ヘルメスの羽《はね》のついた履物《はきもの》を思《おも》わせた。

「やっと買《か》ってもらったんだからな。」

その時《とき》、ドアがトントンとノックされ、黒木君《くろきくん》の声《こえ》がした。

「俺《おれ》だ。美門《みかど》も一緒《いっしょ》。」

小塚君《こづかくん》がドアを開《あ》け、2人《ふたり》を中《なか》に入《い》れる。

若武《わかたけ》が上杉君《うえすぎくん》から手《て》を放《はな》し、2人《ふたり》に向《む》き直《なお》った。

「パーティの準備《じゅんび》始《はじ》める前《まえ》に、手抜《てぬ》き工事《こうじ》がどの程度《ていど》のものか調《しら》べた方《ほう》がいいって言《い》ってたけど、遅《おそ》いから始《はじ》めちまったぜ。」

翼《たすく》が、荒《あら》い呼吸《こきゅう》を整《ととの》えながら答《こた》える。

「ごめん。昨日《きのう》からずっと特訓《とっくん》してたんだけどさ、うまく覚《おぼ》えられなくて、今《いま》までかかったんだ。」

特訓《とっくん》？

私《わたし》たちが不思議《ふしぎ》そうにすると、黒木君《くろきくん》はクスッと笑《わら》った。

「でも準備《じゅんび》はバッチリだ。さぁ、手抜《てぬ》き工事《こうじ》を調《しら》べよう。」

え、どうやって？

「美門《みかど》、壁《かべ》からいこうぜ。」

黒木君《くろきくん》に言《い》われて、翼《たすく》は壁《かべ》に身《み》を寄《よ》せ、そこに鼻《はな》をつけて臭《にお》いを嗅《か》ぎ始《はじ》める。

瞬間《しゅんかん》、ドアがものすごい勢《いきお》いで叩《たた》かれ、大声《おおごえ》がした。

「何《なん》だ、これはよぉっ！　通《とお》れねぇじゃねぇか。」

黒木君《くろきくん》が苦笑《くしょう》する。

「調査器具《ちょうさきぐ》、外《そと》に置《お》いといたからな。でも通《とお》れないほどじゃないと思《おも》うけど。」

直後《ちょくご》、今度《こんど》はドアが蹴《け》り飛《と》ばされた。

「おい、ガキども、さっさと片《かた》せや！」

若武《わかたけ》が出《で》ていき、謝《あやま》っている間《あいだ》に、黒木君《くろきくん》と忍《しのぶ》で何《なに》やら運《はこ》びこんでくる。

よく見《み》れば、それは据《す》え置《お》き型《がた》のライトや扇風機《せんぷうき》、段《だん》ボール箱《ばこ》、それにボストンバッグなどだった。

はて？

「くっそ！」

若武《わかたけ》が思《おも》いっきり派手《はで》な音《おと》を立《た》ててドアを閉《し》め、舌打《したう》ちする。

「あいつら、今《いま》に見《み》てろ。警察《けいさつ》が雪崩《なだ》れこんできて、一網打尽《いちもうだじん》だからなっ！」

忌々《いまいま》しそうに目《め》を光《ひか》らせる若武《わかたけ》の前《まえ》で、壁《かべ》を嗅《か》ぎ終《お》わった翼《たすく》は、跪《ひざまず》いて絨緞《じゅうたん》をめくり上《あ》げ、床《ゆか》を嗅《か》ぎ始《はじ》めた。

「美門《みかど》に、何《なに》やらせてんだよ。」

上杉君《うえすぎくん》に聞《き》かれて、黒木君《くろきくん》は、自信《じしん》に満《み》ちた笑《え》みを浮《う》かべる。

「今《いま》にわかる。」

やがて翼《たすく》は身《み》を起《お》こし、絶望的《ぜつぼうてき》だといったように首《くび》を横《よこ》に振《ふ》った。

「ひでぇシャブコンだ。しかもバラスが多《おお》い。」

は？

「カブリ厚《あつ》さは、壁《かべ》も床《ゆか》もほぼ2センチ。1・5のとこもある。」

はぁ⁉

「よし。じゃ行《い》こう。」

黒木君《くろきくん》は満足《まんぞく》そうに言《い》い、出《で》ていこうとした。

若武《わかたけ》があわてて止《と》める。

「どこへ、何《なに》しに？」

そうだよ、説明《せつめい》をお願《ねが》いっ！

25　予定外《よていがい》の発見《はっけん》

唖然《あぜん》としている私《わたし》たちを見回《みまわ》して、黒木君《くろきくん》はちょっと笑《わら》った。

「じゃ美門《みかど》、説明《せつめい》しといて。俺《おれ》、先行《さきい》って準備《じゅんび》してるから。上杉《うえすぎ》、手貸《てか》せよ。」

上杉君《うえすぎくん》を促《うなが》し、さっき運《はこ》びこんだ荷物《にもつ》を2人《ふたり》で担《かつ》いで部屋《へや》を出《で》ていく。

「黒木《くろき》って、たいてい上杉《うえすぎ》、誘《さそ》うのな。」

若武《わかたけ》が、不満《ふまん》げにつぶやいた。

「連《つ》れてくんなら、リーダーの俺《おれ》だろ。」

はいはい、ヤキモチ妬《や》かないでね。

「美門《みかど》、さっさと説明《せつめい》しろよ。」

翼《たすく》はそばの椅子《いす》を引《ひ》き寄《よ》せ、向《む》きを変《か》えて跨《また》ると、両腕《りょううで》を背《せ》もたれに載《の》せ、グッタリとそこに寄《よ》りかかった。

「えっと昨日《きのう》から俺《おれ》がしてた特訓《とっくん》は、コンクリートを構成《こうせい》する成分《せいぶん》を嗅《か》ぎ分《わ》けること。」

え？

「それからコンクリートの中《なか》に入《はい》っている鉄筋《てっきん》の位置《いち》を、臭《にお》いで測定《そくてい》すること。」

ええっ？

「黒木《くろき》の知《し》り合《あ》いの現場監督《げんばかんとく》がいる夜間工事現場《やかんこうじげんば》に行《い》って、標準《ひょうじゅん》のコンクリートから強度《きょうど》の高《たか》いコンクリートまでたくさん嗅《か》いで、その成分《せいぶん》を嗅《か》ぎ分《わ》けたり、鉄筋《てっきん》コンクリートを嗅《か》いで、表面《ひょうめん》から何《なん》センチのところに鉄筋《てっきん》があるかをわかるように特訓《とっくん》したんだ。」

はぁ・・・。

「手抜《てぬ》き工事《こうじ》を見破《みやぶ》るためだよ。」

そう言《い》われても、そんなことでどうして手抜《てぬ》き工事《こうじ》を見破《みやぶ》れるのか、私《わたし》にはさっぱりわからなかった。

「このビルは、壁《かべ》も床《ゆか》も、コンクリートでできている。」

ん、そのくらいは、わかるけど。

「コンクリートというのは、セメントと砂《すな》と砂利《バラス》、それに水《みず》を混《ま》ぜたものなんだ。その割合《わりあい》は、一般的《いっぱんてき》にはセメント1に対《たい》して砂《すな》3、砂利《バラス》6。もっと強度《きょうど》を上《あ》げようと思《おも》えば、セメント1、砂《すな》2、砂利《バラス》4くらい。」

セメントの割合《わりあい》が多《おお》い方《ほう》が、強度《きょうど》が出《で》るってことだね。

「そして水《みず》の量《りょう》が多《おお》くなればなるほど、コンクリートの強度《きょうど》は落《お》ちる。」

ん、それもわかる。

「水《みず》を多《おお》く混《ま》ぜたコンクリートのことを、シャブコンって言《い》うんだ。これは手抜《てぬ》き工事《こうじ》の典型《てんけい》みたいなもの。水《みず》を多量《たりょう》に混《ま》ぜれば、費用《ひよう》も安《やす》くなるし、作業《さぎょう》が簡単《かんたん》になって仕上《しあ》がりも滑《なめ》らかできれい、しかも見《み》ただけじゃ絶対《ぜったい》にわからない。」

私《わたし》は、ゾッとした。

だって私《わたし》の家《いえ》にも、それが使《つか》われているかもしれない。

家《いえ》を建《た》てる時《とき》に、毎日《まいにち》そばにいて監視《かんし》していることなんて、できっこないんだし。

学校《がっこう》や秀明《しゅうめい》だって、その危険《きけん》がある。

考《かんが》え出《だ》すと、限《かぎ》りなく恐《こわ》かった。

「このビルの壁《かべ》や床《ゆか》は、典型的《てんけいてき》なシャブコンだ。かなりモロいはず。」

ああ今《いま》、地震《じしん》が来《き》ませんように！

「じゃ、カブリ厚《あつ》さっていうのは？」

小塚君《こづかくん》に聞《き》かれて、ひと息《いき》ついていた翼《たすく》は、あえぐように続《つづ》けた。

「カブリ厚《あつ》さは、コンクリートの表面《ひょうめん》から、その中《なか》を通《とお》ってる鉄筋《てっきん》までの距離《きょり》のこと。」

若武《わかたけ》が、黙《だま》っていられないといったように声《こえ》を上《あ》げる。

「ああ、その距離《きょり》は、建築基準法施行令《けんちくきじゅんほうしこうれい》で決《き》まってる。第《だい》79条《じょう》だ。」

翼《たすく》は、大《おお》きく頷《うなず》いた。

「場所《ばしょ》によって違《ちが》うんだけど、最低《さいてい》でも3センチ以上《いじょう》ないと違法《いほう》だ。それが2センチから1・5センチしかないこのビルは、すでにコンクリートに罅割《ひびわ》れが入《はい》っている可能性《かのうせい》がある。」

わっ！

「カブリ厚《あつ》さがきちんと確保《かくほ》されていないのは、工事《こうじ》の過程《かてい》で手《て》を抜《ぬ》いたからだ。カブリ厚《あつ》さを守《まも》るための専用《せんよう》の装置《そうち》を付《つ》けることになってるんだけど、それを付《つ》けると作業《さぎょう》がやりにくくなってスピードが落《お》ちるらしい。それで作業員《さぎょういん》や、仕上《しあ》げを急《いそ》ぐ現場監督《げんばかんとく》が外《はず》してしまうことがあって、代表的手抜《だいひょうてきてぬ》き工事《こうじ》と言《い》われてるんだ。」

へぇえ！

「で、さ、」

若武《わかたけ》が、気《き》になってたまらないといったように翼《たすく》の顔《かお》をのぞきこむ。

「黒木《くろき》と上杉《うえすぎ》は、どこに行《い》ったわけ？」

翼《たすく》は、気力《きりょく》を振《ふ》り絞《しぼ》るようにして答《こた》えた。

「地下《ちか》ピット。」

何《なに》、それ。

どこにあるの、何《なん》のために行《い》ったの？

「証拠《しょうこ》をつかむためだよ。手抜《てぬ》き工事《こうじ》だからって、今《いま》すぐこのビルが倒壊《とうかい》するわけじゃないけど、ここに住《す》んでる人《ひと》や、テナントに出入《でい》りする人《ひと》たちのために事実《じじつ》をはっきりさせ、販売《はんばい》した不動産会社《ふどうさんがいしゃ》に修繕《しゅうぜん》させないといけないでしょ。」

ん、それが正義《せいぎ》だよね。

「だけど俺《おれ》の嗅覚《きゅうかく》を根拠《こんきょ》に、手抜《てぬ》き工事《こうじ》だって訴《うった》えても誰《だれ》も本気《ほんき》にしない。で、確実《かくじつ》な証拠《しょうこ》を押《お》さえに行《い》ったんだ。地下《ちか》ピットっていうのは、このビルの地下《ちか》に広《ひろ》がっている空間《くうかん》のこと。その部分《ぶぶん》はコンクリートがむき出《だ》しになってるから、入《はい》ってみれば手抜《てぬ》き工事《こうじ》の証拠《しょうこ》が摑《つか》める。このビルの共用部分《きょうようぶぶん》だから、ビルを使《つか》っている人間《にんげん》なら入《はい》る権利《けんり》があるんだ。」

小塚君《こづかくん》が、眉《まゆ》をひそめた。

「でも、それ、危《あぶ》ないよ。ちょっと前《まえ》、マンションの地下《ちか》にたまった水《みず》を除水《じょすい》しようとして地下《ちか》ピットに入《はい》った作業員《さぎょういん》が、何人《なんにん》も死《し》んだりしてニュースになったろ。」

えっ、そうなのっ⁉

「大丈夫《だいじょうぶ》、そのために黒木《くろき》が完璧《かんぺき》に準備《じゅんび》してるから。」

若武《わかたけ》が、すぐ反応《はんのう》した。

「よし、俺《おれ》たちも行《い》こう。」

翼《たすく》は、椅子《いす》の背《せ》に置《お》いた両腕《りょううで》の上《うえ》に顔《かお》を伏《ふ》せる。

「行《い》ってらっしゃい。俺《おれ》、ちょっと休《やす》む。」

若武《わかたけ》が素早《すばや》く靴《くつ》を履《は》き、真《ま》っ先《さき》に部屋《へや》を出《で》た。

その後《うし》ろに小塚君《こづかくん》と私《わたし》、最後《さいご》に忍《しのぶ》が続《つづ》く。

階段《かいだん》で1階《かい》まで降《お》り、玄関《げんかん》の方《ほう》に行《い》く廊下《ろうか》に差《さ》しかかると、後《うし》ろから上杉君《うえすぎくん》の声《こえ》がした。

「こっちだ。」

エレベーターの脇《わき》の廊下《ろうか》の突《つ》き当《あ》たりに、さっき持《も》っていった荷物《にもつ》が積《つ》み上《あ》げてあり、その前《まえ》には、工事中《こうじちゅう》という看板《かんばん》が立《た》っていた。

ああ、これがあれば、誰《だれ》も近寄《ちかよ》らないよね、なるほど細部《さいぶ》まで完璧《かんぺき》。

感心《かんしん》しながら歩《あゆ》み寄《よ》っていくと、黒木君《くろきくん》は工具《こうぐ》を片手《かたて》に、床《ゆか》に取《と》り付《つ》けられたボルトと格闘《かくとう》していた。

そのあたりの床《ゆか》には、ちょうど1メートル四方《しほう》くらいの正方形《せいほうけい》の切《き》れ目《め》が入《はい》っている。

「よし、攻略《こうりゃく》。」

そう言《い》いながらそばに立《た》っていた私《わたし》たちを払《はら》いのけるように腕《うで》を伸《の》ばす。

「ちょっと下《さ》がって。地下《ちか》ピットの口《くち》を開《ひら》くから。中《なか》でガスが発生《はっせい》してる可能性《かのうせい》があるんだ。上《うえ》杉《すぎ》、扇風機《せんぷうき》こっち向《む》けて。」

上杉君《うえすぎくん》が扇風機《せんぷうき》をつけて風《かぜ》を送《おく》り始《はじ》め、黒木君《くろきくん》は正方形《せいほうけい》の蓋《ふた》みたいな、地下《ちか》ピットの出入《でい》り口《ぐち》を持《も》ち上《あ》げた。

その下《した》は、真《ま》っ暗《くら》な穴《あな》だった。

「酸素濃度計《さんそのうどけい》、取《と》って。」

差《さ》し出《だ》された黒木君《くろきくん》の手《て》に、上杉君《うえすぎくん》がスマートフォンみたいな長方形《ちょうほうけい》のプラスティックを載《の》せる。

ちょうど掌《てのひら》サイズで、縦《たて》が12～13センチ、横《よこ》がその半分《はんぶん》くらい、厚《あつ》さが4センチくらいあって、表面《ひょうめん》に数字《すうじ》が表示《ひょうじ》されるウィンドウがついていた。

黒木君《くろきくん》は、それを穴《あな》の中《なか》に入《い》れ、しばらくして取《と》り出《だ》して頷《うなず》く。

「オッケ、呼吸可能《こきゅうかのう》だ。防護服《ぼうごふく》は4着《ちゃく》ある。俺《おれ》の他《ほか》に3人《にん》だ。誰《だれ》が入《はい》る？」

真《ま》っ先《さき》に若武《わかたけ》が手《て》を上《あ》げ、それから小塚君《こづかくん》、最後《さいご》に忍《しのぶ》が私《わたし》を見《み》た。

「入《はい》りたい？」

いーえ、全然《ぜんぜん》っ！

「じゃ俺《おれ》が行《い》く。ちょっと気《き》になることがあるから。」

え？

「このビルに初《はじ》めて来《き》た時《とき》、奇妙《きみょう》な感《かん》じがしたんだ。空気《くうき》の流《なが》れが自然《しぜん》じゃないっていうか、不《ふ》自然《しぜん》に歪《ゆが》んでいる感《かん》じ。」

はぁ・・・。

「今《いま》、地下《ちか》ピットの出入《でい》り口《ぐち》を開《あ》けた時《とき》、それが急《きゅう》に強《つよ》くなったからさ、ちょっと行《い》って見《み》てきたいんだ。いい？」

もちろんだよ、ぜひ、どーぞっ！

「じゃ入《はい》る奴《やつ》は、これ着《き》て。」

黒木君《くろきくん》がボストンバッグから半透明《はんとうめい》の防護服《ぼうごふく》を出《だ》し、皆《みな》がそれに腕《うで》を通《とお》す。

「はい照明灯《しょうめいとう》。」

今度《こんど》は段《だん》ボール箱《ばこ》の中《なか》から、大《おお》きなライトをいくつも取《と》り出《だ》して配《くば》った。

「1人《ひとり》に1個《こ》ね。地下《ちか》ピットの中《なか》は、真《ま》っ暗《くら》だ。天井《てんじょう》までの高《たか》さは、約《やく》1メートル余《よ》。屈《かが》んで歩《ある》けよ。」

さらに携帯用《けいたいよう》の梯子《はしご》を出《だ》し、それを出入《でい》り口《ぐち》から下《お》ろして固定《こてい》させる。

「よし出発《しゅっぱつ》だ。上杉《うえすぎ》、風《かぜ》はずっと送《おく》ってて。」

そう言《い》って黒木君《くろきくん》がまず梯子《はしご》を下《お》りていった。

若武《わかたけ》と忍《しのぶ》、その後《うし》ろに、防護服《ぼうごふく》の肩《かた》からいつものナップザックをかけた小塚君《こづかくん》が続《つづ》く。

上杉君《うえすぎくん》が跪《ひざまず》き、扇風機《せんぷうき》の角度《かくど》を調整《ちょうせい》しながらこちらを振《ふ》り返《かえ》った。

「今《いま》に、若武《わかたけ》の悲鳴《ひめい》が聞《き》こえるぜ。」

へっ?

私《わたし》が首《くび》を傾《かし》げたその時《とき》、若武《わかたけ》の声《こえ》がした。

「あった、コンクリートに筋状《すじじょう》のでかい罅割《ひびわ》れっ!」

その直後《ちょくご》、ゴンという鈍《にぶ》い音《おと》とともに若武《わかたけ》の悲鳴《ひめい》。

「痛《つぅ》っ!」

黒木君《くろきくん》の苦笑《にがわら》いが響《ひび》く。

「突《つ》っ立《た》つからだ。」

上杉君《うえすぎくん》が、真面目《まじめ》な顔《かお》で私《わたし》を見《み》た。

「な！」

私《わたし》は思《おも》わず笑《わら》ってしまった。

上杉君《うえすぎくん》の予想通《よそうどお》りになるってことは、上杉君《うえすぎくん》は若武《わかたけ》の理解者《りかいしゃ》？

「おい七鬼《ななき》、どこ行《い》くんだ。」

若武《わかたけ》の大声《おおごえ》が聞《き》こえてくる。

「勝手《かって》に動《うご》くな。リーダーの言《い》うこと聞《き》けよ！　ちぇっ、てんで無視《むし》だ。あいつ生意気《なまいき》だな、新《しん》入《い》りのくせに。」

きっと忍《しのぶ》は、空気《くうき》の流《なが》れの歪《ゆが》んでいるところを探《さが》しているんだ。

でも歪《ゆが》んだ空気《くうき》って・・・何《なに》？

「ああ、ここ、鉄骨《てっこつ》が露出《ろしゅつ》してる。手抜《てぬ》きにしても、かなりひどいな。」

あきれたような黒木君《くろきくん》の声《こえ》に、小塚君《こづかくん》の叫《さけ》びが重《かさ》なった。

「これ見《み》て、白《しろ》ガス管《かん》だよっ！　腐食《ふしょく》しやすいんで、確《たし》か20年《ねん》くらい前《まえ》に使用禁止《しようきんし》になってるはずだ。」

「なにっ、ごまかして使《つか》ってるのか、許《ゆる》さん！」

若武《わかたけ》の声《こえ》のラストは、再《ふたた》びの悲鳴《ひめい》。

「痛《つう》っ！」

また突《つ》っ立《た》ったんだね、しょうがないなぁ。

「あいつが頭《あたま》ぶつけてんの、コンクリだぜ。」

上杉君《うえすぎくん》が、まいったといったように首《くび》を横《よこ》に振《ふ》る。

「あれ以上《いじょう》バカになったら、どうすんだ。」

私《わたし》が笑《わら》おうとした時《とき》、緊迫《きんぱく》した忍《しのぶ》の声《こえ》が上《あ》がった。

「おい、これっ！」

上杉君《うえすぎくん》の顳顬《こめかみ》がキリッと動《うご》き、眼鏡《めがね》の向《む》こうの目《め》に鋭《するど》い光《ひかり》が浮《う》かぶ。

「何《なに》かあったのか・・・」

小塚君《こづかくん》の上《うわ》ずった声《こえ》がした。

「ああ待《ま》って！　触《さわ》るんだったら、今《いま》、手袋出《てぶくろだ》すからっ！」

素早《すばや》い足音《あしおと》が地下《ちか》を走《はし》って出入《でい》り口《ぐち》に近《ちか》づいてくる。

梯子《はしご》が揺《ゆ》れ、私《わたし》が息《いき》を呑《の》んでいると、下《した》から若武《わかたけ》が顔《かお》を出《だ》した。

興奮《こうふん》で頬《ほお》を赤《あか》らめ、息《いき》を乱《みだ》れさせている。

「白骨死体《はっこつしたい》だっ！」

ええっ！

「ピットの隅《すみ》の方《ほう》に、大型《おおがた》の工具《こうぐ》入れみたいな金属《きんぞく》のケースが置《お》いてあって、七鬼《なぎ》が中《なか》をのぞいて発見《はっけん》した。」

私《わたし》は全身《ぜんしん》、強張《こわば》ってしまいながら、忍《しのぶ》のさっきの言葉《ことば》を思《おも》い出《だ》した。

不自然《ふしぜん》な空気《くうき》の歪《ゆが》みって、きっとそのせいだったんだ。

26　USB《ユーエスビー》は知《し》っていた

「警察《けいさつ》に、連絡《れんらく》するのか？」

上杉君《うえすぎくん》に聞《き》かれて、若武《わかたけ》は出入《でい》り口《ぐち》から頭《あたま》を出《だ》したまま、首《くび》を縦《たて》に振《ふ》った。

「する。あの白骨《はっこつ》が今《いま》まで発見《はっけん》されなかったのは、ピットの出入《でい》り口《ぐち》の鍵《かぎ》がきちんと閉《し》められていたからだ。出入《でい》り口《ぐち》の鍵《かぎ》を、内側《うちがわ》から閉《し》めることはできない。よって中《なか》に入《はい》った人間《にんげん》が、そこで自殺《じさつ》したとしたら、鍵《かぎ》は開《あ》けっ放《ぱな》しになるはずだ。ところが鍵《かぎ》は閉《し》まっていた。外《そと》で鍵《かぎ》を閉《し》めた人間《にんげん》が存在《そんざい》するということになる。つまり他殺《たさつ》なんだ。」

なるほど。

若武《わかたけ》は感情《かんじょう》が不安定《ふあんてい》で波《なみ》が激《はげ》しいけれど、冷静《れいせい》になる時《とき》は徹底《てってい》して冷静《れいせい》になるし、誰《だれ》よりも素《す》早《ばや》く理論《りろん》を組《く》み立《た》てる。

やっぱり天才肌《てんさいはだ》なんだろうな。

「だが通報《つうほう》するのは、今《いま》じゃない。俺《おれ》たちが全員《ぜんいん》、ここから引《ひ》き上《あ》げてからだ。いろいろ聞《き》かれて時間《じかん》を取《と》られてたら、午後《ごご》のハロウィン・パーティに支障《ししょう》が出《で》る。これは砂原《すなはら》のために必要《ひつよう》なパーティなんだからな。」

そう言《い》いながら両手《りょうて》を出入《でい》り口《ぐち》にかけ、懸垂《けんすい》でもするかのようにグイッと体《からだ》を持《も》ち上《あ》げて床《ゆか》の上《うえ》に立《た》ち上《あ》がった。

それに続《つづ》いて黒木君《くろきくん》が出《で》てくる。

「白骨死体《はっこつしたい》なんて、思《おも》いがけないプレゼントだな。」

ところが小塚君《こづかくん》と忍《しのぶ》が、ちっとも姿《すがた》を見《み》せなかった。

「何《なに》やってんだ、早《はや》く来《こ》いっ！」

苛立《いらだ》った若武《わかたけ》が出入《でい》り口《ぐち》に顔《かお》を突《つ》っこんで叫《さけ》んでも、なかなか出《で》てこない。

「俺《おれ》、見《み》てくるよ。」

黒木君《くろきくん》がもう一度《いちど》、中《なか》に入《はい》っていこうとした時《とき》、ようやく2人《ふたり》が相次《あいつ》いで上《あ》がってきた。

「何《なに》やってたんだ⁉」

若武《わかたけ》ににらまれて、忍《しのぶ》は肩《かた》をすくめる。

「いろいろと興味深《きょうみぶか》い発見《はっけん》があってさ、つい時間《じかん》を食《く》ってた。皆《みんな》に見《み》せようと思《おも》って持《も》ってこようとしたら、小塚《こづか》が、動《うご》かすなって言《い》うから置《お》いてきたけど。」

上杉君《うえすぎくん》が、その目《め》に冷《ひ》ややかな光《ひかり》をまたたかせる。

「何《なん》だよ、興味深《きょうみぶか》い発見《はっけん》って。」

忍《しのぶ》は、ふっと笑《わら》った。

「まず1つ目《め》は、」

菫色《すみれいろ》のその瞳《ひとみ》が濃《こ》い紫色《むらさきいろ》に変《か》わっていくのを、私《わたし》は見《み》ていた、すごく神秘的《しんぴてき》だなって思《おも》いながら。

「あの白骨死体《はっこつしたい》は、失踪《しっそう》して行方《ゆくえ》知《し》れずだった名波《ななみ》の父親《ちちおや》だっていうこと。」

皆《みな》がびっくりした。

忍《しのぶ》の瞳《ひとみ》に見《み》とれていた私《わたし》も、はっと我《われ》に返《かえ》る。

「着《き》ていたスーツの内《うち》ポケットの蓋《ふた》に、名波《ななみ》って刺繍《ししゅう》がしてあった。」

胸《むね》を突《つ》かれて私《わたし》は、床《ゆか》の上《うえ》に暗《くら》い口《くち》を開《あ》けている地下《ちか》ピットを見下《みお》ろした。

じゃお父《とう》さんは、ずっとここにいたんだね。

家族《かぞく》や会社《かいしゃ》の人《ひと》たちが捜《さが》している間《あいだ》、1人《ひとり》でこの地下《ちか》に横《よこ》たわっていたんだ。

そう考《かんが》えると、やるせなくてたまらなかった。

すべてをはっきりさせれば、自首《じしゅ》する気《き》にもなってくれるかもしれないし、そしたら名波君《ななみくん》はお父《とう》さんと会《あ》うことができる、そう期待《きたい》し、願《ねが》っていたのに、それらはすべて潰《つい》えてしまったのだった。

「2つ目《め》、白骨死体《はっこつしたい》が着《き》ていたスーツは、普通《ふつう》の通勤着《つうきんぎ》や作業着《さぎょうぎ》じゃなく、フォーマルなもので、ポケットには小学校《しょうがっこう》の卒業式《そつぎょうしき》の保護者招待《ほごしゃしょうたい》パンフが入《はい》っていた。」

お父《とう》さんが一番《いちばん》いい服《ふく》を持《も》って出《で》かけたと、名波君《ななみくん》は言《い》っていた。

卒業式《そつぎょうしき》に行《い》くつもりで、着替《きが》えていたんだ。

じゃ絶対《ぜったい》に、自殺《じさつ》じゃないよね。

「3つ目《め》、白骨《はっこつ》の中央部《ちゅうおうぶ》、背骨《せぼね》のそばに、これがあった。」

そう言《い》いながら忍《しのぶ》は、握《にぎ》っていた拳《こぶし》を開《ひら》く。

その掌《てのひら》に、USB《ユーエスビー》メモリーが載《の》っていた。

「たぶん死《し》ぬ直前《ちょくぜん》に、飲《の》みこんだんだろう。理由《りゆう》はおそらく、これを隠《かく》し、守《まも》るためだ。謎《なぞ》のすべては、きっとこれで解《と》ける。そう思《おも》って、小塚《こづか》の目《め》を盗《ぬす》んで持《も》ち出《だ》してきたんだ。」

小塚君《こづかくん》が、咎《とが》めるような視線《しせん》を向《む》ける。

忍《しのぶ》はちょっと笑《わら》って、小塚君《こづかくん》の頭《あたま》に手《て》を載《の》せ、くちゃっと髪《かみ》を掻《か》き回《まわ》した。

「許《ゆる》せよ。中《なか》、見《み》たら、すぐ戻《もど》すからさ。」

黒木君《くろきくん》が手早《てばや》く制服《せいふく》の前《まえ》ボタンを開《ひら》き、革《かわ》の肩帯《ホルスター》からタブレットを抜《ぬ》き出《だ》しながら、もう一方《いっぽう》の手《て》を忍《しのぶ》に突《つ》き出《だ》す。

「よこせ。」

忍《しのぶ》からUSB《ユーエスビー》を受《う》け取《と》り、タブレットに差《さ》しこむと、いくつか操作《そうさ》をしてから画面《がめん》に見入《みい》り、やがて大《おお》きな息《いき》をついた。

「名波《ななみ》の父親《ちちおや》からのメッセージだ。」

そう言《い》いながら画面《がめん》をこちらに向《む》ける。

私《わたし》たちは、いっせいにそれに見入《みい》った。

「私《わたし》が浜岡建設《はまおかけんせつ》の作業所長《さぎょうしょちょう》に就任《しゅうにん》した時《とき》、会社《かいしゃ》にはすでに裏帳簿《うらちょうぼ》があり、裏在庫《うらざいこ》があった。証拠《しょうこ》として、正規《せいき》の帳簿《ちょうぼ》とともに、ここに添付《てんぷ》する。」

裏帳簿《うらちょうぼ》、裏在庫《うらざいこ》という言葉《ことば》の意味《いみ》がわからず、私《わたし》は黒木君《くろきくん》に目《め》を向《む》けた。

黒木君《くろきくん》は、すぐそれに気《き》づき、添付《てんぷ》ファイルを開《ひら》いて見《み》せてくれた。

「この帳簿《ちょうぼ》を見《み》ると、建築資材《けんちくしざい》200トンを買《か》ってるだろ。で、工事《こうじ》でこれを全部使《ぜんぶつか》ったことになっている。倉庫《そうこ》には、何《なに》も残《のこ》っていないはずだ。」

ん、そうなるよね。

「ところが同《おな》じ時期《じき》の裏帳簿《うらちょうぼ》に、建築資材《けんちくしざい》100トンが載《の》っている。これはつまり、こういうことなんだ。２００トン買《か》って、使《つか》い切《き》ったはずの建築資材《けんちくしざい》は、実際《じっさい》は１００トンしか使《つか》わなかった。倉庫《そうこ》には、１００トンが余《あま》っている。実際《じっさい》にはないはずのものが存在《そんざい》しているから、これを裏在庫《うらざいこ》と言《い》い、それを管理《かんり》する裏帳簿《うらちょうぼ》を作《つく》るわけ。」

なるほど。

私《わたし》は一瞬《いっしゅん》、わかった気持《きも》ちになった。

でも、すぐ疑問《ぎもん》に思《おも》ったんだ。

「そんな面倒《めんどう》なことしなくても、２００トン買《か》って、１００トンしか使《つか》わなかったって帳簿《ちょうぼ》に書《か》けばいいんじゃないの。」

黒木君《くろきくん》は、不敵《ふてき》な笑《え》みを漏《も》らす。

「私腹《しふく》を肥《こ》やすためだよ。」

え？

「２００トン買《か》って、１００トンしか使《つか》わないのに２００トン使《つか》ったと書《か》けば、帳簿上《ちょうぼじょう》の在庫《ざいこ》はゼロだ。だが実際《じっさい》には、１００トンが存在《そんざい》している。となると、その１００トンは、現場所長《げんばしょちょう》の判断《はんだん》でどうとでも処分《しょぶん》できるだろ。密《ひそ》かに売《う》るとか、ね。もちろんその収入《しゅうにゅう》は、所長《しょちょう》が自分《じぶん》のポケットに入《い》れる。その１００トンを次《つぎ》の工事《こうじ》に回《まわ》すという手《て》もあるよ。そうすれば次《つぎ》の工事《こうじ》は、安《やす》くできるだろ。でも正規《せいき》の工事料金《こうじりょうきん》を取《と》って、その差額《さがく》をポケットに入《い》れる。」

へぇ、いろんなごまかし方《かた》があるんだ。

よくそんなふうに考《かんが》えが回《まわ》るよね、悪知恵《わるぢえ》が働《はたら》くって、こういうことなのかな。

半《なか》ば感心《かんしん》しながら私《わたし》は、再《ふたた》び画面《がめん》に目《め》を向《む》けた。

「悪習《あくしゅう》に従《したが》い、言《い》われるままに、私《わたし》も裏帳簿《うらちょうぼ》や裏在庫《うらざいこ》を引《ひ》き継《つ》ぎ、次第《しだい》に罪悪感《ざいあくかん》も薄《うす》れ、その社《しゃ》風《ふう》に馴染《なじ》んで正常《せいじょう》な感覚《かんかく》を失《うしな》った。社内《しゃない》では、架空発注《かくうはっちゅう》を手掛《てが》けてその金《かね》を懐《ふところ》に流《なが》しこんでいる人間《にんげん》も少《すく》なくない。それを見《み》ていると、つい自分《じぶん》も、という気《き》になり、上司《じょうし》の上田《うえだ》さんに誘《さそ》われるままに、一緒《いっしょ》に会社《かいしゃ》の金《かね》を横領《おうりょう》した。」

私《わたし》は、目《め》を見開《みひら》く。

共犯者《きょうはんしゃ》だっ！

やっぱりいたんだ、名波君《ななみくん》のお父《とう》さん1人《ひとり》に罪《つみ》をかぶせて、知《し》らないふりをしてる人間《にんげん》がっ!!

「誰《だれ》か、スマホで浜岡建設《はまおかけんせつ》のホームページ調《しら》べろ。」

黒木君《くろきくん》の声《こえ》で、皆《みな》がいっせいに自分《じぶん》のスマホを出《だ》し、検索《けんさく》を始《はじ》めた。

真《ま》っ先《さき》に声《こえ》を上《あ》げたのは、やっぱり若武《わかたけ》だった。

「いたっ！　上田泰助《うえだたいすけ》、役職《やくしょく》は常務《じょうむ》。組織図《そしきず》によると、工事現場《こうじげんば》の最高責任者《さいこうせきにんしゃ》で、現場所長《げんばしょちょう》の名《な》波《なみ》の直属《ちょくぞく》の上司《じょうし》だ。」

それで名波君《ななみくん》のお父《とう》さんは、断《ことわ》りづらかったんだ。

会社全体《かいしゃぜんたい》にそういう気風《きふう》があったのなら、染《そ》まってしまったってこともあるだろうし。

あれこれと考《かんが》えをめぐらせながら、私《わたし》は画面《がめん》の文字《もじ》を追《お》った。

「そうして自分《じぶん》のビルを建《た》てたものの、喜《よろこ》びや達成感《たっせいかん》はなかった。いつも良心《りょうしん》の呵責《かしゃく》に付《つ》きまとわれていて苦《くる》しく、安《やす》らげなかった。一方《いっぽう》、上田《うえだ》さんからは次々《つぎつぎ》と新《あたら》しい横領《おうりょう》の話《はなし》を持《も》ちかけられ、このままどんどん道《みち》を踏《ふ》み外《はず》していくのかと考《かんが》えると、恐《おそ》ろしくて眠《ねむ》れなくなり、ついに決《けっ》心《しん》した。心《こころ》を改《あらた》め、罪《つみ》の償《つぐな》いをしようと。でなければ、自分《じぶん》に未来《みらい》はない。」

苦《くる》しみながら、正《ただ》しい道《みち》にたどり着《つ》いたんだね、すごく偉《えら》い！

「だが上田《うえだ》さんと一緒《いっしょ》に犯《おか》した罪《つみ》であり、1人《ひとり》で自首《じしゅ》しても、事情《じじょう》を話《はな》すうちに上田《うえだ》さんの名前《なまえ》が出《で》てくることは避《さ》けられない。それでまず上田《うえだ》さんに、打《う》ち明《あ》けることにした。まだまだ甘《あま》い汁《しる》を吸《す》う気《き》でいる上田《うえだ》さんに、こんなことを言《い》い出《だ》せば、怒《おこ》られたり、脅《おど》されたりするだろうと思《おも》いながらも、覚悟《かくご》を決《き》めて話《はな》した。」

私《わたし》は、その時《とき》の名波君《ななみくん》のお父《とう》さんの気持《きも》ちを思《おも》って、胸《むね》がドキドキした。

「ところが予想《よそう》に反《はん》して上田《うえだ》さんは、あっさり同意《どうい》してくれた。国税局《こくぜいきょく》が浜岡建設《はまおかけんせつ》の調査《ちょうさ》に乗《の》り出《だ》していることから、横領《おうりょう》が露見《ろけん》する恐《おそ》れが大《おお》きく、とても逃《のが》れられないから、早《はや》く会社《かいしゃ》に謝《あやま》った方《ほう》がいいと上田《うえだ》さんも思《おも》っていたということだった。横領金《おうりょうきん》を返済《へんさい》すれば、会社《かいしゃ》は告訴《こくそ》しないだろうし、会社《かいしゃ》がそういう態度《たいど》なら、検察《けんさつ》もあえて起訴《きそ》しないに決《き》まっているとも言《い》った。それで明日《あした》、一緒《いっしょ》に専務《せんむ》の家《いえ》に話《はなし》をしに行《い》くことを決《き》めた。ちょうど明日《あした》は、息子《むすこ》の卒業式《そつぎょうしき》に当《あ》たる。自分《じぶん》も、いつの間《ま》にか曲《ま》がってしまった人生《じんせい》から卒業《そつぎょう》するつもりだ。すでに司法書士《しほうしょし》に依頼《いらい》して、横領金《おうりょうきん》で造《つく》ったビルの所有権《しょゆうけん》を会社《かいしゃ》に移譲《いじょう》する手続《てつづ》きを取《と》った。それを損害賠償《そんがいばいしょう》に充《あ》てたい。万《まん》が一《いち》の事態《じたい》、交通事故《こうつうじこ》や突然《とつぜん》の地震《じしん》などで私《わたし》の身《み》に何《なに》かが起《お》こった時《とき》のために、すべての事情《じじょう》をここに明《あき》らかにしておく。」

読《よ》み終《お》えて、私《わたし》は、自分《じぶん》の胸《むね》にたまった複雑《ふくざつ》な感情《かんじょう》をじっと見《み》つめた。

若武《わかたけ》の声《こえ》が響《ひび》く。

「全容《ぜんよう》がわかったな。国税局《こくぜいきょく》の調査《ちょうさ》が始《はじ》まった時《とき》から、上田泰助《うえだたいすけ》は自分《じぶん》たちの横領《おうりょう》がばれるのを恐《おそ》れていた。そこに名波《ななみ》が自首《じしゅ》すると言《い》い出《だ》したため、上田《うえだ》は追《お》い詰《つ》められたんだ。やむなく同《どう》意《い》すると見《み》せかけて、名波《ななみ》を殺害《さつがい》、遺体《いたい》をあの地下《ちか》ピットに隠《かく》し、失踪《しっそう》を装《よそお》った。すべての責任《せきにん》を名波《ななみ》に背負《せお》わせ、自分《じぶん》は罪《つみ》を免《まぬが》れることに成功《せいこう》したんだ。」

小塚君《こづかくん》が、辛《つら》そうな声《こえ》で言《い》った。

「あの白骨《はっこつ》や衣類《いるい》を調《しら》べれば、きっとどこからか上田《うえだ》のDNA《ディーエヌエー》が検出《けんしゅつ》されるよ。指紋《しもん》もね。」

私《わたし》は、溜《た》め息《いき》をつく。

名波君《ななみくん》のお父《とう》さんは、正《ただ》しい道《みち》を歩《あゆ》もうと決心《けっしん》したために、殺《ころ》されたようなものだった。

それって・・・残酷《ざんこく》だ。

「現実《げんじつ》ってさ、」

そう言《い》った上杉君《うえすぎくん》の静《しず》かな目《め》は、私《わたし》を見《み》ていた。

「正《ただ》しい人間《にんげん》が全員《ぜんいん》、幸《しあわ》せになれて、悪人《あくにん》が全員《ぜんいん》、不幸《ふこう》になるってもんじゃねーだろ。」

ん・・・それはわかってるけど・・・。

「今《いま》は、確《たし》かにそうだ。」

若武《わかたけ》がそう言《い》った。

「でも俺《おれ》たちが変《か》えてけば、いいじゃん。心正《こころただ》しい人間《にんげん》が全員《ぜんいん》、幸《しあわ》せになれるような世界《せかい》を、俺《おれ》たちが作《つく》ればいいんだ。そうだろっ！」

その瞬間《しゅんかん》、私《わたし》は、自分《じぶん》の前《まえ》を閉《と》ざしていた壁《かべ》が、切《き》り開《ひら》かれたような気分《きぶん》になった。

その先《さき》に、まだまだ続《つづ》いている新《あたら》しい道《みち》が見《み》えた気《き》がしたんだ。

元気《げんき》と勇気《ゆうき》が湧《わ》き上《あ》がってきた。

「そうだね！」

27　なんか、怪《あや》しい

黒木君《くろきくん》が、タブレットからUSB《ユーエスビー》メモリーを抜《ぬ》き取《と》り、握《にぎ》りしめる。

「じゃ警察《けいさつ》に通報《つうほう》しよう。手抜《てぬ》き工事《こうじ》の方《ほう》は、建築基準法違反《けんちくきじゅんほういはん》だから国土交通省《こくどこうつうしょう》と市役所《しやくしょ》だ。」

若武《わかたけ》が、ちょっと頰《ほお》をゆがめた。

「ここまではっきりさせた事件《じけん》を、警察《けいさつ》や国交省《こっこうしょう》に渡《わた》すのは、惜《お》しいな、すっごく惜《お》しい。その前《まえ》にテレビに売《う》れないかな。週刊誌《しゅうかんし》でもいい。」

上杉君《うえすぎくん》が、あっさり首《くび》を横《よこ》に振《ふ》る。

「お手柄《てがら》の少年探偵団《しょうねんたんていだん》、を夢見《ゆめみ》るのはやめるんだ。通報《つうほう》したが最後《さいご》、向《む》こうから取材《しゅざい》がやってきて、それに対応《たいおう》しなくちゃならないぜ。」

警告《けいこく》のつもりで言《い》ったようだったけれど、まるっきり無駄《むだ》だった。

だって若武《わかたけ》は、見《み》る間《ま》に、うっとりとした表情《ひょうじょう》になったんだもの。

どうやら頭《あたま》の中《なか》で、テレビクルーや週刊誌記者《しゅうかんしきしゃ》に囲《かこ》まれ、ライトやストロボの光《ひかり》を浴《あ》びている自分《じぶん》を想像《そうぞう》しているみたいだった。

上杉君《うえすぎくん》はやむなく、単刀直入《たんとうちょくにゅう》に言《い》い直《なお》す。

「おまえだって、さっき言《い》ってたじゃないか。いろいろ聞《き》かれて時間《じかん》を取《と》られてたら、午後《ごご》のパーティに支障《ししょう》が出《で》るって。ここでマスコミに対応《たいおう》してたら、今日《きょう》はパーティが開《ひら》けない。来週《らいしゅう》の土曜日《どようび》まで待《ま》ってくれるほど、砂原《すなはら》は寛容《かんよう》か？」

無理《むり》だよ、砂原《すなはら》は、傷《きず》ついてるんだもの。

中東《ちゅうとう》に出発《しゅっぱつ》してしまうかもしれないし、そんなことになったら、取《と》り返《かえ》しがつかないじゃない。

「今回《こんかい》はKZ《カッズ》が注目《ちゅうもく》を浴《あ》びることより、砂原《すなはら》の心《こころ》を癒《い》やすことの方《ほう》を優先《ゆうせん》すべきだと思《おも》う。」

私《わたし》がそう言《い》うと、たちまち、若武《わかたけ》を除《のぞ》いた4人分《にんぶん》の手《て》が上《あ》がった。

「異議《いぎ》なしっ！」

可決《かけつ》だ、ほっ！

若武《わかたけ》はくやしそうに、私《わたし》たちをにらみ回《まわ》した。

「わかったよ。で、どうやんだ？」

小塚君《こづかくん》がわずかに片手《かたて》を上《あ》げ、発言《はつげん》の許可《きょか》を求《もと》める。

「警察《けいさつ》には、USB《ユーエスビー》を届《とど》ければいいよ。中《なか》を見《み》れば、全部《ぜんぶ》がわかるんだから。コピーを取《と》って、国税局《こくぜいきょく》の査察部《ささつぶ》にも送《おく》っておいた方《ほう》がいいね。国交省《こっこうしょう》と市役所《しやくしょ》には、ビルの所在地《しょざいち》と手抜《てぬ》き工事《こうじ》の概要《がいよう》を書《か》いて、メールでホームページに送《おく》る。もちろん無記名《むきめい》だ。それが終《お》わったら、パーティの準備《じゅんび》にかかるってことで、どう?」

若武《わかたけ》が、妙《みょう》にうれしそうな顔《かお》をした。

「じゃ、警察《けいさつ》には俺《おれ》が行《い》く。USB《ユーエスビー》をこっちに貸《か》せ。」

なんか・・・怪《あや》しい!

もしや警察《けいさつ》で、目《め》いっぱい目立《めだ》とうとしているのでは?

疑《うたが》わしく思《おも》いながら見《み》つめる私《わたし》の前《まえ》で、黒木君《くろきくん》は若武《わかたけ》に差《さ》し出《だ》しかけたUSB《ユーエスビー》を、直前《ちょくぜん》で手《て》の中《なか》に握《にぎ》りしめ、クルッと忍《しのぶ》の方《ほう》に向《む》き直《なお》った。

「七鬼《ななき》、おまえ、行《い》っ、」

そこまで言《い》って言葉《ことば》を呑《の》む。

「おまえじゃ目立《めだ》ちすぎるな。上杉《うえすぎ》、頼《たの》む。」

ポ〜ンと放《ほう》り投《な》げたUSB《ユーエスビー》を、上杉君《うえすぎくん》が片手《かたて》でつかみ取《と》り、若武《わかたけ》に向《む》かってニヤッと笑《わら》った。

「俺《おれ》、行《い》くから。」

さっさと玄関《げんかん》の方《ほう》に歩《ある》き出《だ》す上杉君《うえすぎくん》を、若武《わかたけ》は無念極《むねんきわ》まりない眼差《まなざし》で見送《みおく》った。

「ちきしょう・・・」

そのとたん、ポケットでスマートフォンが鳴《な》り出《だ》す。

若武《わかたけ》は面倒《めんどう》そうにしながら、それを耳《みみ》に当《あ》てた。

「はい、俺《おれ》。」

しばらく黙《だま》って聞《き》いていて、首《くび》を傾《かし》げながら階段《かいだん》の方《ほう》に足《あし》を向《む》ける。

「島崎《しまざき》さんがランタンとソウルケーキ持《も》ってきてるって。いくらドアフォン押《お》しても、誰《だれ》も出《で》ないって言《い》ってんだけど、美門《みかど》、いるはずだよな。」

私《わたし》たちは、あわてて若武《わかたけ》の後《あと》に続《つづ》いた。

小塚君《こづかくん》が、不安《ふあん》そうに眉《まゆ》をひそめる。

「もしかして、部屋《へや》の中《なか》で何《なに》か起《お》こってるとか？」

私《わたし》はドキッとし、忍《しのぶ》を振《ふ》り返《かえ》った。

「空気《くうき》の歪《ゆが》み、感《かん》じたりする？」

忍《しのぶ》は無言《むごん》で私《わたし》たちを追《お》い越《こ》し、3段飛《だんと》ばしで階段《かいだん》を上《のぼ》っていった。

急《いそ》いで後《あと》を追《お》って3階《がい》まで行《い》くと、忍《しのぶ》がドアの前《まえ》に立《た》ち、そこに両手《りょうて》を押《お》し当《あ》てて、じいっとしていた。

脇《わき》に島崎《しまざき》さんがいて、唖然《あぜん》とした顔《かお》でそれを見《み》ている。

床《ゆか》の上《うえ》には、膨《ふく》らんだビニールバッグがいくつも置《お》かれていた。

「不自然《ふしぜん》な感《かん》じは、ないな。むしろ静謐《せいひつ》で安《やす》らかだ。」

若武《わかたけ》が私《わたし》を見《み》る。

「静謐《せいひつ》って、何《なん》だ?」

まあ話《はな》し言葉《ことば》じゃないし、あまり使《つか》わないからわからなくてもしかたないか。

「静《せい》も謐《ひつ》も同《おな》じ意味《いみ》で、静《しず》かで穏《おだ》やかなこと。」

そう答《こた》えると、若武《わかたけ》は目《め》をパチパチさせた。

「じゃ、どうして美門《みかど》は、ドアフォンに出《で》ないんだ?」

さぁ・・・。

小塚君《こづかくん》が、心配《しんぱい》そうにつぶやく。

「体調《たいちょう》でも悪《わる》くなって、倒《たお》れてるのかもしれない。」

大変《たいへん》だっ!

「どけっ!」

若武《わかたけ》が緊迫《きんぱく》した声《こえ》で叫《さけ》んで鍵《かぎ》を差《さ》しこみ、ドアを開《あ》ける。

それに続《つづ》いて私《わたし》たちも、飛《と》びこんだ。

「美門《みかど》、大丈夫《だいじょうぶ》かっ⁉」

翼《たすく》は、椅子《いす》に逆《ぎゃく》に腰《こし》かけたまま、背《せ》もたれに両腕《りょううで》を置《お》き、その上《うえ》に顔《かお》をもたせかけていた。

駆《か》け寄《よ》った若武《わかたけ》が、唖然《あぜん》とした声《こえ》を上《あ》げる。

「こいつ・・・寝《ね》てる。」

私《わたし》は、ほっとしながら歩《あゆ》み寄《よ》った。

白《しろ》く形《かたち》のいい頰《ほお》に、長《なが》い睫《まつげ》の影《かげ》を落《お》として眠《ねむ》っている翼《たすく》の横顔《よこがお》は、たとえようもないほど美《うつく》しくて、私《わたし》は見《み》とれてしまった。

なんか・・・天使《てんし》みたい！

「昨日《きのう》、徹夜《てつや》で働《はたら》かせたからな。」

黒木君《くろきくん》が制服《せいふく》を脱《ぬ》ぎ、翼《たすく》の肩《かた》に羽織《はお》らせながら小声《こごえ》で言《い》った。

「スリーピング・ベビィは、ここでオネンネさせといて、俺《おれ》たちは、どっかに場所《ばしょ》を移《うつ》して国交省《こっこうしょう》と市役所《しやくしょ》に送《おく》る文書《ぶんしょ》を作成《さくせい》しよう。」

*

それで結局《けっきょく》、皆《みんな》で若武《わかたけ》の家《いえ》に行《い》ったんだ。

島崎《しまざき》さんは、いったん出《で》てきた家《いえ》に戻《もど》ることになったけれど、まだ運《はこ》び切《き》れないランタンがあったとかで、ちょうどよかったらしい。

「作《つく》っていたら楽《たの》しくなってきてしまって、つい作《つく》りすぎたんです。大丈夫《だいじょうぶ》かしら？」

キッチンの調理台《ちょうりだい》の上《うえ》には、小《ちい》さなのから大《おお》きなのまでたくさんのジャック・オ・ランタンが並《なら》んでいて、とても華《はな》やかだった。

私《わたし》たちは皆《みんな》で、いっせいに頭《あたま》を下《さ》げた。

「ありがとうございますっ！」

黒木君《くろきくん》のスマートフォンが、メールの着信音《ちゃくしんおん》を鳴《な》らす。

「上杉《うえすぎ》からだ。警察《けいさつ》の方《ほう》、終《お》わったから戻《もど》ってるって。」

若武《わかたけ》は、まるで体《からだ》のどこかを刺《さ》されたかのような、いかにも辛《つら》そうな顔付《かおつ》きになった。

「終《お》わっちゃった、かぁ・・・」

黒木君《くろきくん》がクスッと笑《わら》い、腕《うで》を伸《の》ばして若武《わかたけ》の肩《かた》を抱《だ》き寄《よ》せる。

「そんな顔《かお》、すんなって。また新《あたら》しい事件《じけん》にぶつかるさ。KZ《カッズ》にスポットライトが当《あ》たる日《ひ》が、きっと来《く》るよ。若武先生《わかたけせんせい》にもだ。俺《おれ》たちは、未来《みらい》を信《しん》じようぜ。」

それで若武《わかたけ》も、ようやく気《き》を取《と》り直《なお》したんだ。

皆《みんな》で、廊下《ろうか》の突《つ》き当《あ》たりの部屋《へや》に向《む》かう。

広々《ひろびろ》としたそこは、若武《わかたけ》のお父《とう》さんの書斎《しょさい》で、今《いま》ではKZ《カッズ》の会議室《かいぎしつ》だった。

「国交省《こっこうしょう》と市役所《しやくしょ》に、手抜《てぬ》き工事《こうじ》を告発《こくはつ》する文書《ぶんしょ》を作《つく》ろう。」

若武《わかたけ》がパソコンの前《まえ》に座《すわ》り、猛烈《もうれつ》な勢《いきお》いでキーを打《う》つ。

若武《わかたけ》って、いつも、何《なん》でも早《はや》いんだ。

ゆっくりとか、気長《きなが》にとか、のんびりとか、その手《て》の言葉《ことば》が頭《あたま》の中《なか》にないみたい。

「これで、どうだ？」

打《う》ち終《お》わり、すごく得意《とくい》そうに私《わたし》たちを振《ふ》り返《かえ》る。

その後《うし》ろから画面《がめん》をのぞいて、私《わたし》は、官公庁《かんこうちょう》に出《だ》す文書《ぶんしょ》というものをあまりにも理解《りかい》していない若武《わかたけ》にあきれ返《かえ》った。

あきれる状態《じょうたい》を通《とお》り越《こ》して、苛立《いらだ》ったと言《い》ってもいいくらいだった。

情熱《じょうねつ》に任《まか》せて書《か》いているので理路整然《りろせいぜん》としておらず、一見《いっけん》で内容《ないよう》が読《よ》み取《と》りにくいというのに、さも偉《えら》そうにしているなんて、信《しん》じられない。

「告発文《こくはつぶん》は、手紙《てがみ》や小説《しょうせつ》じゃない！」

まずそう言《い》ってから、私《わたし》は、文書《ぶんしょ》というものの一般的《いっぱんてき》な形式《けいしき》を説明《せつめい》した。

「最初《さいしょ》に日付《ひづけ》と宛名《あてな》を書《か》く。そして用件《ようけん》を、できるだけ短《みじか》い言葉《ことば》で表《あらわ》して、そのラストに、『詳細《しょうさい》は下記《かき》の通《とお》り』と付《つ》け加《くわ》える。行《ぎょう》を変《か》えて、『記《き》』と書《か》き、その下《した》に箇条書《かじょうが》きで具体的《ぐたいてき》な指摘《してき》を並《なら》べる。そしてまた行《ぎょう》を変《か》えて、『以上《いじょう》』と入《い》れる。これが一般的《いっぱんてき》な文書《ぶんしょ》。」

若武《わかたけ》は、自分《じぶん》で書《か》き換《か》えるのが面倒《めんどう》になったらしく、パソコンの前《まえ》から立《た》ち上《あ》がる。

「考《かんが》えてみたら、これ、おまえの仕事《しごと》だ。やれよ。」

それで私《わたし》が文章《ぶんしょう》を作《つく》り、それに皆《みんな》が加補筆《かほひつ》して仕上《しあ》げたんだ。

「よし、送《おく》ろう。アーヤ、俺《おれ》と代《か》われ。」

最後《さいご》は自分《じぶん》でやりたかったらしく、若武《わかたけ》は、私《わたし》を椅子《いす》からどかした。

「ラストを決《き》めるのは、やっぱリーダーだろ。」

ま、いいけどね。

国交省《こっこうしょう》の担当部署《たんとうぶしょ》や市役所建築課《しやくしょけんちくか》のホームページの中《なか》で、「皆様《みなさま》のご意見《いけん》をお寄《よ》せください」コーナーを探《さが》してメールを送信《そうしん》する。

ほんとは、告発《こくはつ》コーナーに送《おく》りたかったんだけれどね、なかったから。

「無視《むし》されないように、双方《そうほう》の広報課《こうほうか》にも送《おく》っとこ。」

それを終《お》えて、若武《わかたけ》は立《た》ち上《あ》がった。

「じゃパーティの準備《じゅんび》に取《と》りかかろう。」

それで私《わたし》たちは、島崎《しまざき》さんから追加《ついか》のランタンを入《い》れたビニールバッグを預《あず》かり、出発《しゅっぱつ》したんだ。

ビルに到着《とうちゃく》すると、あたりはもうすごい人《ひと》だかりだった。

あちらこちらに警官《けいかん》が立《た》っていて、地下《ちか》ピットの方《ほう》に行《い》く廊下《ろうか》には、青《あお》いビニールシートが張《は》ってある。

「結構《けっこう》、動《うご》き早《はや》いじゃん。」

若武《わかたけ》が鼻《はな》で笑《わら》って階段《かいだん》を駆《か》け上《あ》がった。

私《わたし》もその後《あと》に続《つづ》いたんだけど、若武《わかたけ》はすぐ立《た》ち止《ど》まってしまい、私《わたし》は危《あや》うく、その背中《せなか》に顔《かお》を突《つ》っこむところだった。

止《と》まんないでよ！

そう言《い》おうとして若武《わかたけ》を仰《あお》いで、はっとした。

上《うえ》の方《ほう》から、キャメルにいた男《おとこ》たちが警官《けいかん》に前後《ぜんご》を挟《はさ》まれて降《お》りてくるところだったんだ。

うわ、捕《つか》まってる・・・。

狭《せま》い階段《かいだん》ですれ違《ちが》いながら、私《わたし》はその中《なか》に河本《こうもと》の顔《かお》があることを確認《かくにん》した。

でも名波君《ななみくん》の姿《すがた》はない。

ほっとした。

名波君《ななみくん》は、新《あたら》しい一歩《いっぽ》を踏《ふ》み出《だ》そうとしているところだ。

それをしようとして失敗《しっぱい》したお父《とう》さんと同《おな》じように、なってほしくない。

「今日《きょう》のパーティさ、」

若武《わかたけ》が、1段上《だんうえ》から私《わたし》を見下《みお》ろす。

「名波《ななみ》も、呼《よ》んでやんない？」

急《きゅう》に、何《なん》で？

「いずれ警察《けいさつ》から、父親《ちちおや》のことで連絡《れんらく》が来《く》るだろ。その時《とき》1人《ひとり》で悩《なや》んで心《こころ》が折《お》れちまわないように、俺《おれ》たちのことを思《おも》い出《だ》して相談《そうだん》しに来《こ》られるように、すごく親《した》しくなっておきたいんだ。砂《すな》原《はら》もきっと反対《はんたい》しないよ。名波本人《ななみほんにん》が断《ことわ》るんだったら、それはしかたないけどさ。」

私《わたし》は頷《うなず》いた。

若武《わかたけ》の心《こころ》の優《やさ》しさに、感動《かんどう》しながら。

28 重大《じゅうだい》な忘《わす》れ物《もの》

すでに到着《とうちゃく》していた上杉君《うえすぎくん》は、腕《うで》を組《く》んで部屋《へや》のドアにもたれかかっていた。

「遅《おせ》え。」

若武《わかたけ》は、眉《まゆ》を上《あ》げる。

「中《なか》に入《はい》ってればよかったじゃん。」

そう言《い》ってからようやく、自分《じぶん》の手《て》に鍵《かぎ》があるのに気《き》づいたみたいだった。

上杉君《うえすぎくん》ににらまれながらドアを開《あ》ける。

部屋《へや》の中《なか》では、翼《たすく》がまだ寝《ね》ていた。

「グッモーニン！」

黒木君《くろきくん》が声《こえ》をかけ、その体《からだ》の上《うえ》から自分《じぶん》の制服《せいふく》を取《と》り上《あ》げる。

「さっさと働《はたら》け、ベビィ、ランタンを並《なら》べるんだ。」

追《お》い立《た》てられて、翼《たすく》はまだぼんやりとした顔《かお》で、床《ゆか》に置《お》いてあった大《おお》きなビニールバッグの中《なか》からランタンを出《だ》し、じいっと見《み》つめた。

「これ、俺《おれ》に似《に》てる・・・」

そう言《い》いながら、その視線《しせん》をビニールバッグの中《なか》に向《む》ける。

「こっちも似《に》てる。俺《おれ》がいっぱい・・・」

私《わたし》はクスクス笑《わら》いながら、皆《みんな》と手《て》わけしてテーブルにランタンを置《お》いたり、その中《なか》に蠟燭《ろうそく》を立《た》てたり、主賓席《しゅひんせき》の前《まえ》に燭台《しょくだい》を丸《まる》く並《なら》べて篝火《かがりび》にしたりした。

「これ、すげえ。」

上杉君《うえすぎくん》が、忍《しのぶ》のボストンバッグの中《なか》から金色《きんいろ》の帆船《はんせん》を持《も》ち上《あ》げる。

船首《せんしゅ》から船尾《せんび》まで40センチほどもあり、精巧《せいこう》な作《つく》りだった。

「けど・・・何《なに》する物《もの》？」

忍《しのぶ》が、大《おお》きな虎《とら》の頭《あたま》のついたガラスの水入れ《アクアマニール》を点検《てんけん》しながら振《ふ》り返《かえ》る。

「塩入《しおい》れだ。」

へえ！

「イスタンブールに行《い》った時《とき》、行商人《ぎょうしょうにん》から買《か》ったんだ。昔《むかし》のトルコの宮廷《きゅうてい》で使《つか》われてた物《もの》だって。本当《ほんとう》かどうかわかんないけどさ。」

本当《ほんとう》っぽいよ、だってすごく素敵《すてき》だもん。

「これは、何《なん》だ？」

若武《わかたけ》が、大《おお》きなプラスティックの入《い》れ物《もの》を手《て》にして首《くび》を傾《かし》げる。

「アップルボビング用《よう》の盥《たらい》。」

あ、その準備《じゅんび》もしなくちゃね。

「えっと、ソウルケーキは、どこ？」

小塚君《こづかくん》に聞《き》かれて、私《わたし》は島崎《しまざき》さんのビニールバッグの中《なか》を探《さが》し、ランタンの間《あいだ》に入《はい》っていた四《し》角《かく》い箱《はこ》を見《み》つけた。

それを開《ひら》くと、中《なか》には、クリーム色《いろ》のソウルケーキが、ぎっしり！

所々《ところどころ》から大《おお》きなドライレーズンの端《はし》っこが見《み》え、バターとシナモンの香《かお》りがフワッと漂《ただよ》ってきて、ああ食《た》べたい・・・。

「誰《だれ》か、怪獣《かいじゅう》アーヤを捕《つか》まえとけ。ソウルケーキを食《く》い散《ち》らすぞ。」

むっ！

「ケーキは、ここに載《の》せる。」

そう言《い》いながら忍《しのぶ》が差《さ》し出《だ》したのは、丸《まる》く切《き》った大《おお》きなパンだった。

私《わたし》がびっくりしていると、忍《しのぶ》はそれを包《つつ》んであったラップを取《と》りながらクスッと笑《わら》う。

「トレンチャーっていって、中世《ちゅうせい》に使《つか》われていた食《た》べられる皿《さら》だよ。普通《ふつう》のパンより硬《かた》いんだ。今朝《けさ》、俺《おれ》んちのメイドが焼《や》いた。」

へえ、あの骸骨《がいこつ》、なかなかすごいね。

「僕《ぼく》が移《うつ》すよ。今《いま》、手洗《てあら》ってくる。」

小塚君《こづかくん》が、部屋《へや》の隅《すみ》にある洗面台《せんめんだい》で手《て》を洗《あら》ってから、ソウルケーキをトレンチャーに盛《も》り付《つ》けた。

スマートフォンを開《ひら》いた若武《わかたけ》が、そこにメモしてあったパーティ図《ず》を見《み》ながら指揮《しき》を始《はじ》める。

「塩入《しおい》れと水入《アクアマニール》れは、主賓席《しゅひんせき》の前《まえ》だ。」

そこには、すでに篝火用《かがりびよう》の燭台《しょくだい》が並《なら》べてあったので、その左右《さゆう》に塩入《しおい》れと水入《アクアマニール》れを置《お》いた。

盥《たらい》とソウリング用《よう》の籠《かご》は、部屋《へや》の隅《すみ》に運《はこ》ぶ。

「じゃアップルボビングと、フィナーレに使《つか》うキャンドルを作《つく》ろう。七鬼《ななき》、リンゴは？」

忍《しのぶ》が、床《ゆか》に置《お》いてあったシボ革《かわ》のトートバッグの中《なか》から、リンゴを山盛《やまも》りにした籠《かご》を取《と》り出《だ》す。

わりと小《こ》ぶりの、かわいいリンゴだった。

わぁ、こんなのが採《と》れるんだ。

今度《こんど》、忍《しのぶ》んちに行《い》って、木《き》からリンゴ採《と》ってみたいな。

「諸君《しょくん》、どこでもいいから好《す》きな席《せき》に着《つ》け。俺《おれ》が砂原《すなはら》から情報《じょうほう》を得《え》て、作《つく》ってきた見本《みほん》を見《み》せる。」

私《わたし》たちが急《いそ》いで近《ちか》くの椅子《いす》に座《すわ》ると、若武《わかたけ》は、テーブルの上《うえ》に持《も》ち上《あ》げた自分《じぶん》のバッグから、リンゴを2つ取《と》り出《だ》した。

「こっちがアップルボビング用《よう》、こっちがキャンドル用《よう》だ。」

アップルボビング用《よう》のリンゴは、横《よこ》に真《ま》っ二《ぷた》つにしてあって、使《つか》うのは、蔕《へた》がついている方《ほう》だった。

底面《ていめん》に、フルネームが彫《ほ》り刻《きざ》まれている。

キャンドルの方《ほう》は、リンゴの下《した》から3分《ぶん》の2くらいのところを横《よこ》に切《き》り、芯《しん》をくり抜《ぬ》いて蠟燭《ろうそく》が立《た》てられるようにしてあった。

きっと島崎《しまざき》さんが作《つく》ってくれたのに違《ちが》いない。

島崎《しまざき》さんは、若武《わかたけ》の秘密兵器《ひみつへいき》だね。

「ナイフの用意《ようい》は、2本《ほん》だ。代《か》わりばんこに使《つか》え。作業開始《さぎょうかいし》！」

私《わたし》は、ナイフが回《まわ》ってくるのを待《ま》って取《と》りかかったけれど、彩《あや》っていう字《じ》は画数《かくすう》が多《おお》いから、刻《きざ》んでいたらグチャグチャになってしまった。

しかたなく全体《ぜんたい》を3ミリくらい切《き》り落《お》としてベースを新《あたら》しくしてから、イニシャルにして刻《きざ》み直《なお》す。

キャンドルの方《ほう》は、立《た》てた蠟燭《ろうそく》が倒《たお》れないように深《ふか》く抉《えぐ》らないといけなくて、結構《けっこう》、難《むずか》しかった。

「あ、パーティに名波《ななみ》も呼《よ》んでやりたいんだけど、いいよな？」

若武《わかたけ》の提案《ていあん》は、すぐ皆《みんな》に受《う》け入《い》れられた。

砂原《すなはら》に連絡《れんらく》してオーケイを取《と》ってから、翼《たすく》が名波君《ななみくん》の家《いえ》に向《む》かう。

「じゃ、椅子《いす》がもう1個《こ》いるな。俺《おれ》、家《いえ》に取《と》りにいってくる。」

出《で》ていこうとする忍《しのぶ》に、若武《わかたけ》が声《こえ》をかけた。

「早《はや》く戻《もど》れよ。12時《じ》には、砂原《すなはら》が来《く》るんだ。」

忍《しのぶ》は、了解《りょうかい》したといったように片手《かたて》の親指《おやゆび》を上《あ》げて出《で》ていき、私《わたし》たちは作業《さぎょう》を続《つづ》けた。

「あ、失敗《しっぱい》した。結構《けっこう》、難《むずか》しいよな。」

上杉君《うえすぎくん》の声《こえ》に、若武《わかたけ》がニヤッとする。

「上杉先生《うえすぎせんせい》は、実《じつ》は不器用《ぶきよう》であることが判明《はんめい》した。」

上杉君《うえすぎくん》は、若武《わかたけ》に不愉快《ふゆかい》そうな視線《しせん》を流《なが》す。

「うるせ。俺《おれ》は不器用《ぶきよう》じゃない。」

その手元《てもと》が、いかにも危《あぶ》なっかしかったので、若武《わかたけ》はいっそうニヤニヤした。

「じゃ、何《なん》なんだよ。」

上杉君《うえすぎくん》は、真剣《しんけん》になって自分《じぶん》の名前《なまえ》を彫《ほ》りながらつぶやく。

「ただ不注意《ふちゅうい》なだけだ。ああっ、また失敗《しっぱい》したっ！　杉《すぎ》の右側《みぎがわ》のチョンチョンチョンが難《むずか》しすぎる。」

それは私《わたし》も、まったく同《おな》じ意見《いけん》だった。

「ん、私《わたし》もうまくいかなかったよ。」

上杉君《うえすぎくん》は、ふっと、こちらを見《み》る。

お互《たが》いの名前《なまえ》の漢字《かんじ》に、同《おな》じ部分《ぶぶん》があることを意識《いしき》したのは、その時《とき》が初《はじ》めてだった。

私《わたし》の名前《なまえ》の《彩《あや》》から、カタカナの《ノ》と《ツ》を取《と》ると、上杉君《うえすぎくん》の《杉《すぎ》》になる。

私《わたし》の名前《なまえ》の中《なか》には、上杉君《うえすぎくん》が入《はい》ってるんだ。

思《おも》わず見《み》つめ合《あ》っていると、若武《わかたけ》が怒鳴《どな》った。

「アーヤ、上杉《うえすぎ》の邪魔《じゃま》をするな。上杉《うえすぎ》、凍《こお》りついてないで作業《さぎょう》を続《つづ》けろ。」

小塚君《こづかくん》が新《あたら》しいリンゴを取《と》って上杉君《うえすぎくん》に渡《わた》す。

「たくさんあるから、いくらでもやり直《なお》せるよ。」

黒木君《くろきくん》が自分《じぶん》の腕《うで》にはめたスマートウォッチを見《み》ながら、溜《た》め息《いき》をついた。

「問題《もんだい》は、時間《じかん》だな。12時《じ》まで、あと13分《ぷん》だ。」

ドアが開《ひら》き、翼《たすく》が姿《すがた》を見《み》せる。

「名波《ななみ》、オッケイだって。砂原《すなはら》からも連絡《れんらく》あったみたいで、一緒《いっしょ》に来《く》るってさ。」

上杉君《うえすぎくん》が自分《じぶん》の名前《なまえ》と格闘《かくとう》している間《あいだ》に、小塚君《こづかくん》が砂原《すなはら》と名波君《ななみくん》の分《ぶん》を作《つく》り、そのナイフで黒《くろ》木君《きくん》がキャンドルを作《つく》った。

「出来上《できあ》がったリンゴは、各自《かくじ》、手元《てもと》に置《お》いとけ。アップルボビングの時《とき》に、盥《たらい》に浮《う》かべる。使《つか》わない分《ぶん》は、こっちのビニール袋《ぶくろ》に。俺《おれ》が家《いえ》に持《も》ち帰《かえ》って、ジャムにする。」

そこまで言《い》って若武《わかたけ》は、はっとしたように突《つ》っ立《た》った。

「いけね、忘《わす》れてた！」

何《なに》、どうしたのっ⁉

きっと何《なに》かとんでもない手抜《てぬ》かりがあったに違《ちが》いないと感《かん》じ、私《わたし》も皆《みんな》も息《いき》を呑《の》んだ。

若武《わかたけ》は苦虫《にがむし》を噛《か》み潰《つぶ》したような顔《かお》になり、全員《ぜんいん》を見回《みまわ》す。

「諸君《しょくん》、今《いま》さらだが、手配《てはい》ミスが発覚《はっかく》した。」

私《わたし》たちは、一気《いっき》に叫《さけ》んだ。

「どうすんのっ⁉」

「何《なん》で忘《わす》れてんだよ！」

「それがないと、パーティできないの？」

「いったい何《なに》を忘《わす》れたんだっ⁉」

若武《わかたけ》は、無念《むねん》そうに大《おお》きな息《いき》をつく。

「ソウリングの時《とき》にかぶる仮面《かめん》。」

ああ、最重要《さいじゅうよう》ポイントだぁ・・・。

私《わたし》はガックリし、同《おな》じく脱力《だつりょく》した様子《ようす》の小塚君《こづかくん》と顔《かお》を見合《みあ》わせた。

それがなかったらソウリングにならないし、ソウリングができないと、このパーティの意味《いみ》がないのに・・・。

「急《いそ》いで作《つく》ればいい。」

黒木君《くろきくん》がそう言《い》った。

「この中《なか》で、一番足《いちばんあし》が速《はや》いのは、誰《だれ》？」

若武《わかたけ》を除《のぞ》く全員《ぜんいん》が、翼《たすく》を見《み》る。

ただ若武《わかたけ》だけが、人差《ひとさ》し指《ゆび》で自分《じぶん》を指《さ》していた。

「じゃ美門《みかど》、」

黒木君《くろきくん》は、若武《わかたけ》をてんで無視《むし》する。

「どっかで、色画用紙《いろがようし》買ってきて。カッターと両面《りょうめん》テープ、おっと顔《かお》に貼《は》るから、サージカルテープの方《ほう》がいいな。肌《はだ》の弱《よわ》い奴《やつ》がいるし。」

笑《え》みを含《ふく》んだ黒木君《くろきくん》の視線《しせん》が向《む》かった先《さき》は、上杉君《うえすぎくん》だった。

へえ、そうなんだ。

サッカーKZ《カッズ》のレギュラーで運動能力《うんどうのうりょく》バツグンなのに、肌《はだ》が弱《よわ》いなんて、不思議《ふしぎ》。

私《わたし》がそう思《おも》っている間《あいだ》に、翼《たすく》が飛《と》び出《だ》していき、それらを買《か》って、あっという間《ま》に戻《もど》ってきた。

「よし諸君《しょくん》、気合《きあい》を入《い》れろ。」

若武《わかたけ》が俄然《がぜん》、元気《げんき》になって命令《めいれい》する。

「さっさと作業《さぎょう》を進《すす》めるんだ。」

まるで自分《じぶん》のミスなどなかったかのような顔《かお》つきだったので、上杉君《うえすぎくん》にこづかれた。

「時間短縮《じかんたんしゅく》のために、仮面《かめん》はハーフでいい。」

すっかり信用《しんよう》を失《うしな》った若武《わかたけ》の代《か》わりに、黒木君《くろきくん》が指導《しどう》する。

「サージカルテープは輪《わ》にして潰《つぶ》し、両面《りょうめん》テープとして使《つか》う。」

私《わたし》たちは様々《さまざま》な色《いろ》の画用紙《がようし》に仮面《かめん》の絵《え》を描《か》いたり、それを切《き》り取《と》ったり、サージカルテープを両面《りょうめん》テープに作《つく》り変《か》えて裏側《うらがわ》に貼《は》ったりした。

「ついでにクリスピン王《おう》のメダルも作《つく》ろう。砂原《すなはら》が名波《ななみ》と一緒《いっしょ》に来《く》るんなら、名波《ななみ》の分《ぶん》も作《つく》った方《ほう》がいいかな。」

ちょっと迷《まよ》った黒木君《くろきくん》に、翼《たすく》が頷《うなず》く。

「クリスピン王《おう》には、クリスピニアンっていう兄弟《きょうだい》がいたんだ。ちょうどいいよ。」

え、そうなの？

「フランスではハロウィンはしないけど、クリスピンとクリスピニアンのお祭《まつ》りは、古《ふる》くからやってる。えっと8世紀《せいき》くらいからって聞《き》いたけど。」

わぁ、伝統的《でんとうてき》。

「じゃ兄弟《きょうだい》ってことで。」

黒木君《くろきくん》が黄色《きいろ》の画用紙《がようし》を丸《まる》く切《き》り抜《ぬ》く。

「美門《みかど》、ここに靴《くつ》を描《か》いて。中世《ちゅうせい》の靴《くつ》だから、先《さき》の尖《とが》ったやつね。」

翼《たすく》が難《なん》なく、サラサラとそれを仕上《しあ》げると、黒木君《くろきくん》はその裏《うら》にテープを貼《は》り、胸《むね》につけられるようにした。

「椅子飾《いすかざ》りも作《つく》ろうか。若武先生《わかたけせんせい》に靴《くつ》を脱《ぬ》がせるのは、あまりにもかわいそうだ。進行役《しんこうやく》が裸足《はだし》じゃ、カッコつかないしね。」

私《わたし》たちは、ドッと笑《わら》う。

若武《わかたけ》が、ちょっと口《くち》を尖《とが》らせた。

「だから俺《おれ》が最初《さいしょ》に、色紙《いろがみ》で作《つく》ろうって言《い》ったじゃん。」

黒木君《くろきくん》は、画用紙《がようし》に鋸形《のこぎりがた》の山々《やまやま》を描《か》き、そこから5センチほど下《した》に1本《ぽん》の横線《よこせん》を引《ひ》く。

それらを切《き》り取《と》って丸《まる》め、端《はし》と端《はし》をサージカルテープでくっつけると、王冠《おうかん》ができ上《あ》がった。

椅子《いす》の背《せ》もたれから突《つ》き出《だ》している左右《さゆう》の飾《かざ》り部分《ぶぶん》にかける。

いかにも王座《おうざ》という感《かん》じになった。

「すごいや、黒木《くろき》。」

小塚君《こづかくん》が感嘆《かんたん》の声《こえ》を上《あ》げ、皆《みな》が拍手《はくしゅ》を送《おく》る。

黒木君《くろきくん》はバレリーナのように片手《かたて》を胸《むね》に当《あ》て、軽《かる》く頭《あたま》を下《さ》げた。

「諸君《しょくん》、」

若武《わかたけ》が、必死《ひっし》でリーダーの面目《めんもく》を保《たも》とうとして立《た》ち上《あ》がる。

「作業《さぎょう》の手《て》を止《と》めずに聞《き》いてくれ。パーティの進行《しんこう》について説明《せつめい》する。」

手《て》に持《も》っていたスマートフォンを開《ひら》き、そこに書《か》かれていた式次《しきじ》を読《よ》み上《あ》げた。

「まず砂原《すなはら》と名波《ななみ》の入場《にゅうじょう》、その胸《むね》にメダルをつけてクリスピン王《おう》とクリスピニアンにし、主賓席《しゅひんせき》に誘導《ゆうどう》、座《すわ》らせる。そして開会宣言《かいかいせんげん》、次《つぎ》に砂原《すなはら》の持《も》ってきた旗《はた》を受《う》け取《と》り、壁《かべ》に飾《かざ》る。それからアップルボビング占《うらな》い、スリッパ捜《さが》しゲーム、ソウリング、最後《さいご》がフィナーレのお別《わか》れ行列《ぎょうれつ》、以《い》上《じょう》だ。開会宣言《かいかいせんげん》と司会進行役《しかいしんこうやく》は、俺《おれ》がやる。メンバーは、俺《おれ》の指示《しじ》に従《したが》え。」

その時《とき》、椅子《いす》を担《かつ》いだ忍《しのぶ》がドアから飛《と》びこんできて、大《おお》きな息《いき》をついた。

「ふう、ギリギリだ。」

若武《わかたけ》が、指《ゆび》で主賓席《しゅひんせき》を指《さ》す。

「そいつは、主賓席《しゅひんせき》の隣《となり》に運《はこ》べ。アーヤ、2つの椅子《いす》に王冠《おうかん》を飾《かざ》って。手《て》が空《あ》いた者《もの》は、蠟燭《ろうそく》に火《ひ》をつけろ。終《お》わったら、美門《みかど》はドアのとこで待機《たいき》。2人《ふたり》が入《はい》ってきたら、七鬼《ななき》が服《ふく》にメダルをつけ、黒木《くろき》が椅子《いす》に先導《せんどう》、小塚《こづか》は椅子《いす》を引《ひ》く。」

黒木君《くろきくん》の腕《うで》でスマートウォッチが高《たか》らなチャイムを鳴《な》らす。

「正午《しょうご》だぜ。」

コンコンとノックの音《おと》が響《ひび》いた。

「俺《おれ》だ。」

砂原《すなはら》だった。

「名波《ななみ》も一緒《いっしょ》。」

私《わたし》は、胸《むね》がドキドキしてきた。

いったいどんなハロウィンになるんだろうと思《おも》って。

29　ハロウィンの午後《ごご》

「消灯《しょうとう》！」

若武《わかたけ》がそう言《い》いながら電気《でんき》を消《け》した。

ランタンと、燭台《しょくだい》の蠟燭《ろうそく》に照《て》らされた部屋《へや》の中《なか》は、突然《とつぜん》、幻想的《げんそうてき》な雰囲気《ふんいき》になる。

ゆらゆらと揺《ゆ》れる炎《ほのお》を受《う》けて、見慣《みな》れたはずの皆《みんな》の顔《かお》は、どれも深《ふか》い影《かげ》に彩《いろど》られ、心《こころ》にいろいろなものを秘《ひ》めているかのように見《み》えた。

「クリスピン王《おう》、クリスピニアン、入場《にゅうじょう》！」

若武《わかたけ》が高々《たかだか》とした声《こえ》を上《あ》げ、翼《たすく》がドアを開《ひら》く。

蠟燭《ろうそく》の光《ひかり》が照《て》らす闇《やみ》の中《なか》に、砂原《すなはら》が姿《すがた》を現《あらわ》した。

精悍《せいかん》で、野性的《やせいてき》で、俊敏《しゅんびん》で、ゾクゾクするほどカッコよく見《み》える。

「ようこそ、KZ《カッズ》のハロウィンへ！」

若武《わかたけ》の声《こえ》とともに忍《しのぶ》が歩《あゆ》み寄《よ》り、砂原《すなはら》と名波君《ななみくん》の胸《むね》にメダルをつけた。

黒木君《くろきくん》が主賓席《しゅひんせき》に導《みちび》く。

そこにいた小塚君《こづかくん》が椅子《いす》を引《ひ》き、まず砂原《すなはら》を着席《ちゃくせき》させ、続《つづ》いて隣《となり》に名波君《ななみくん》を座《すわ》らせた。

私《わたし》たちは皆《みんな》、立《た》ったままだった。

「開会宣言《かいかいせんげん》、」

若武《わかたけ》が、とてもカッコをつけて言《い》った。

「良《よ》きこの日《ひ》、主賓《しゅひん》に砂原《すなはら》と名波《ななみ》を迎《むか》え、KZ《カッズ》主催《しゅさい》ハロウィン・パーティを始《はじ》めることをここに宣言《せんげん》する。」

言葉《ことば》の厳《いか》めしい響《ひび》きが、部屋《へや》の空気《くうき》を厳粛《げんしゅく》に染《そ》めていく。

私《わたし》たちは皆《みな》、厳《おごそ》かな気分《きぶん》になって姿勢《しせい》を正《ただ》した。

「最初《さいしょ》に、クリスピン王《おう》の持参《じさん》した旗《はた》を掲揚《けいよう》する。王《おう》、旗《はた》をこちらに。」

砂原《すなはら》は、自分《じぶん》のシャツブラウスのボタンをはずす。

上着《うわぎ》と一緒《いっしょ》に脱《ぬ》ぎ捨《す》てると、裸《はだか》の胸《むね》に巻《ま》きつけられている旗《はた》が見《み》えた。

どれほど大切《たいせつ》にしていたのかがひと目《め》でわかって、私《わたし》は切《せつ》なくなった。

砂原《すなはら》は自分《じぶん》の体《からだ》から旗《はた》を取《と》り、畳《たた》んで口《くち》づけてから、歩《あゆ》み寄《よ》った忍《しのぶ》に渡《わた》す。

忍《しのぶ》はそれをテーブルに広《ひろ》げ、裏側《うらがわ》にサージカルテープを貼《は》って主賓席《しゅひんせき》の後《うし》ろの壁《かべ》に掲《かか》げた。

旗《はた》の中央《ちゅうおう》には、シュンさんの階級章《インシグニア》が確《たし》かに焼《や》き付《つ》いている。

それは、3つの星《ほし》だった。

炎《ほのお》の中《なか》で、旗《はた》を守《まも》ったシュンさんの信念《しんねん》の証《あかし》。

その言葉《ことば》が胸《むね》によみがえる。

「この世《よ》にはね、自分《じぶん》の命《いのち》より大事《だいじ》なものに出会《であ》ってしまう人間《にんげん》も、いるんだよ。」

私《わたし》は、泣《な》き出《だ》しそうになってしまった。

でも私《わたし》が泣《な》いてもシュンさんは喜《よろこ》ばないと思《おも》い、ぐっとこらえた。

「では、アップルボビングを始《はじ》める。小塚《こづか》、美門《みかど》、用意《ようい》を。」

2人《ふたり》が大《おお》きな盥《たらい》に塩《しお》と水《みず》を入《い》れ、それを運《はこ》んできてテーブルに載《の》せる。

「上杉《うえすぎ》、トレンチャーとタオルを配《くば》れ。」

テーブルの端《はし》に積《つ》み上《あ》げてあったトレンチャーとタオルが、1人《ひとり》1人《ひとり》に配《くば》られた。

え・・・この2つ、どう使《つか》うの？

「各自《かくじ》、盥《たらい》に自分《じぶん》のリンゴを投入《とうにゅう》。」

皆《みんな》がリンゴを手《て》に取《と》って盥《たらい》の中《なか》に浮《う》かべ、若武《わかたけ》がそれを掻《か》き回《まわ》す。

「リンゴの蔕《へた》を歯《は》でくわえて持《も》ち上《あ》げ、自分《じぶん》の前《まえ》にあるトレンチャーに載《の》せるんだ。」

あ、そうなんだ。

「できた人間《にんげん》は、そこに書《か》いてある名前《なまえ》の人間《にんげん》と親《した》しくなれる。トライできる回数《かいすう》は、1回《かい》だけ。自分《じぶん》のリンゴを持《も》っていかれた人間《にんげん》は、トライする資格《しかく》を失《うしな》う。じゃクリスピン王《おう》から。」

砂原《すなはら》が盥《たらい》の上《うえ》に身《み》を乗《の》り出《だ》し、水面《すいめん》に顔《かお》を近《ちか》づけて、蔕《へた》をくわえようとする。

あたりが暗《くら》いせいもあって、なかなかうまくいかなかったけれど、そのうちにようやく持《も》ち上《あ》げてトレンチャーに置《お》き、その断面《だんめん》を皆《みんな》に向《む》けた。

私《わたし》たちは、息《いき》を詰《つ》めるようにして刻《きざ》まれている名前《なまえ》を見《み》る。

それは、黒木貴和《くろきたかかず》だった。

私《わたし》は納得《なっとく》し、微笑《ほほえ》んだ。

きっと2人《ふたり》は、理解《りかい》し合《あ》えるよ。

「では次《つぎ》、クリスピニアン。」

名波君《なみくん》は、それが自分《じぶん》のことだとわかっていなかったらしく、スルーしていて、皆《みんな》ににらまれた。

「え、俺《おれ》？」

あわてて砂原《すなはら》のやったように盥《たらい》に顔《かお》を近《ちか》づけ、リンゴの蔕《へた》をくわえようとしたけれど、これがまったくダメ。

そのうちに顔《かお》を水《みず》の中《なか》に突《つ》っこんでしまい、ずぶ濡《ぬ》れになって、リタイヤした。

次《つぎ》に、リーダーの若武《わかたけ》が挑戦《ちょうせん》。

ガッチリと蔕《へた》に噛《か》みついて、それを持《も》ち上《あ》げたところまではよかったんだけれど、自分《じぶん》でうまくやったと思《おも》ったらしく、わずかに笑《わら》ったので、歯《は》の間《あいだ》から蔕《へた》が抜《ぬ》け、そのまま盥《たらい》の中《なか》にボシャン。

反動《はんどう》で水《みず》が跳《は》ね上《あ》がり、若武《わかたけ》はもちろん、両隣《りょうどなり》にいた上杉君《うえすぎくん》と小塚君《こづかくん》、前《まえ》にいた翼《たすく》まで、首《くび》から上《うえ》がビショビショになった。

「若武《わかたけ》、てめーっ！」

上杉君《うえすぎくん》のヘッドロックを食《く》らって、若武《わかたけ》が防戦《ぼうせん》している間《あいだ》に、忍《しのぶ》が挑戦《ちょうせん》。

今《いま》までの誰《だれ》よりもスムーズにリンゴを持《も》ち上《あ》げ、自分《じぶん》の前《まえ》に置《お》いた。

「あ、上杉《うえすぎ》のだ。」

断面《だんめん》に書《か》かれた上杉和典《うえすぎかずのり》の文字《もじ》を皆《みんな》に見《み》せる。

忍《しのぶ》と上杉君《うえすぎくん》は、「妖怪《ようかい》パソコンは知《し》っている」で、お互《たが》いに惚《ほ》れそうになったって言《い》ってたくらいだから、いいコンビになるかもね。

「残《のこ》るチャレンジャーは、小塚《こづか》と美門《みかど》とアーヤだ。」

皆《みんな》の様子《ようす》を見《み》ていて、私《わたし》は恐《おそ》れをなした。

だって顔中《かおじゅう》にものすごく力《ちから》を入《い》れなきゃいけなくて、なんか恥《は》ずかしい。

できれば、誰《だれ》かに私《わたし》のを引《ひ》いてほしいな。

そう思《おも》っていたのにっ！

「じゃアーヤから、やって。」

う・・・。

私《わたし》はしかたなく盥《たらい》の上《うえ》に体《からだ》を乗《の》り出《だ》し、顔《かお》を水面《すいめん》に近《ちか》づけてそばにあったリンゴをくわえようとした。

そのとたん、テーブルについていた手《て》が滑《すべ》り、重心《じゅうしん》を失《うしな》って、顔《かお》ごと盥《たらい》の中《なか》に突《つ》っこんでしまったのだった。

ビショビショの顔《かお》を上《あ》げると、皆《みんな》が笑《わら》った。

「すげえ、水《みず》も滴《したた》るいい女《おんな》だ。」

哀《かな》しい・・・。

私《わたし》は、トレンチャーの隣《となり》に置《お》いてあったタオルで顔《かお》を拭《ぬぐ》い、髪《かみ》を拭《ふ》いた。

さっきは、何《なん》でタオルが配《くば》られるのかわからなかったけど、こういうことだったわけね。

「じゃ、美門《みかど》。」

それで、翼《たすく》がチャレンジ。

何《なに》をやっても器用《きよう》にこなす翼《たすく》だったから、これも難《なん》なくクリア。

皆《みんな》が興味津々《きょうみしんしん》で見守《みまも》る中《なか》、リンゴに刻《きざ》まれた名前《なまえ》が読《よ》み上《あ》げられた。

「小塚和彦《こづかかずひこ》だ。」

ニッコリ笑《わら》って翼《たすく》が、小塚君《こづかくん》に右手《みぎて》を差《さ》し出《だ》す。

「俺《おれ》ら、ハロウィンが結《むす》んだ親友《しんゆう》だ。仲良《なかよ》くしよう。」

それを見《み》て、砂原《すなはら》と黒木君《くろきくん》も握手《あくしゅ》をした。

「よろしく！」

もちろん忍《しのぶ》と上杉君《うえすぎくん》も、うれしそうに固《かた》い握手《あくしゅ》を交《か》わす。

友《とも》だちに恵《めぐ》まれなかった若武《わかたけ》が、チラッと私《わたし》を見《み》た。

「俺《おれ》たち、相手《あいて》がない者同士《ものどうし》、2人《ふたり》でまとまらない？」

私《わたし》は、名波君《なみくん》に視線《しせん》を流《なが》す。

「3人《にん》でなら、いいよ。」

若武《わかたけ》は、あっといった顔《かお》になった。

「あいつのこと、パー璧《ペキ》、忘《わす》れてた。」

名波君《ななみくん》は、恨《うら》むような目付《めつ》きになる。

「ひでぇ、同《おな》じガッコなのに。」

皆《みんな》が笑《わら》い、部屋《へや》の中《なか》に明《あか》るい声《こえ》が広《ひろ》がった。

「じゃスリッパ捜《さが》しだ。靴屋諸君《くつやしょくん》、自分《じぶん》の椅子《いす》を持《も》って移動《いどう》。」

私《わたし》たちは立《た》ち上《あ》がり、テーブルの横《よこ》の空《あ》いたスペースに、輪《わ》になるように椅子《いす》を並《なら》べた。

「真《ま》ん中《なか》には、お客《きゃく》が入《はい》るから空《あ》けとけ。椅子《いす》と椅子《いす》の間隔《かんかく》は、各自《かくじ》の腕《うで》の長《なが》さの半分《はんぶん》。背中《せなか》でスリッパを渡《わた》すためだ。」

準備《じゅんび》が整《ととの》うと、椅子《いす》の輪《わ》の中《なか》に、砂原《すなはら》が入《はい》る。

若武《わかたけ》が自分《じぶん》のバッグからスリッパを出《だ》し、砂原《すなはら》に渡《わた》した。

「お客《きゃく》は、これを靴屋《くつや》に渡《わた》し、目《め》をつぶる。本当《ほんとう》なら靴直《くつなお》しの歌《うた》を歌《うた》うんだが、これは俺《おれ》がやる。その間《あいだ》に靴屋《くつや》たちは背中《せなか》に隠《かく》してスリッパを隣《となり》に渡《わた》していく。歌《うた》が終《お》わったらお客《きゃく》は目《め》を開《あ》けて、スリッパを持《も》っている人間《にんげん》を当《あ》てる。」

若武《わかたけ》が説明《せつめい》をしている間《あいだ》、私《わたし》たちはクスクス笑《わら》っていた。

だって若武《わかたけ》の持《も》ってきたスリッパは、真《ま》っ白《しろ》でフカフカで、前《まえ》の部分《ぶぶん》にウサギの耳《みみ》、後《うし》ろの部《ぶ》分《ぶん》にウサギの尻尾《しっぽ》がついていたんだもの。

「それ、おまえの?」

上杉君《うえすぎくん》が聞《き》くと、若武《わかたけ》は大真面目《おおまじめ》で答《こた》えた。

「ん、お気《き》に入《い》り。寝室《しんしつ》で使《つか》ってるんだ。」

私《わたし》たちは、どっと笑《わら》い転《ころ》げた。

それを履《は》いてピコピコ歩《ある》いている若武《わかたけ》を想像《そうぞう》したら、おかしくって。

「何笑《なにわら》ってんだ。始《はじ》めるぞ。砂原《すなはら》、入《はい》れ。」

若武《わかたけ》に言《い》われて、砂原《すなはら》が輪《わ》の中《なか》に入《はい》る。

手《て》にしていたスリッパを自分《じぶん》の前《まえ》に座《すわ》っていた忍《しのぶ》に渡《わた》し、目《め》をつぶった。

忍以外《しのぶいがい》は全員《ぜんいん》、両手《りょうて》を背中《せなか》で合《あ》わせる。

若武《わかたけ》が歌《うた》い始《はじ》めた。

「靴屋《くつや》さん、靴屋《くつや》さん、僕《ぼく》の靴《くつ》を直《なお》してください。」

あんまりにもヘタなその歌《うた》に、私《わたし》があきれていると、隣《となり》からスリッパが回《まわ》ってきた。

急《いそ》いでそれを隣《となり》に渡《わた》す。

何《なん》だかトランプのジョーカーみたいで、持《も》っていると恐《こわ》かったから。

「靴《くつ》をきれいにしてください。」

スリッパは、ものすごい勢《いきお》いで手《て》から手《て》に渡《わた》され、また私《わたし》のところにやってきた。

私《わたし》はもう必死《ひっし》で隣《となり》に回《まわ》す。

「オッケイオッケイ、お客《きゃく》さん、3本《ぼん》のステッチで完了《かんりょう》さ。」

そこで歌《うた》が終《お》わりそうになり、その時《とき》スリッパは私《わたし》の手《て》にあった。

まずいっ！

そう思《おも》った瞬間《しゅんかん》、若武《わかたけ》が最後《さいご》の一小節《いっしょうせつ》を歌《うた》ったんだ。

「エ〜ンド！」

その間《あいだ》に、私《わたし》は素早《すばや》くスリッパを隣《となり》に渡《わた》す。

砂原《すなはら》が目《め》を開《あ》け、ぐるっと私《わたし》たちを見回《みまわ》した。

油断《ゆだん》のない眼差《まなざし》で、1人《ひとり》1人《ひとり》を見《み》つめていて、やがて言《い》った。

「七鬼《なき》、おまえだ。」

忍《しのぶ》が溜《た》め息《いき》を漏《も》らし、背中《せなか》に隠《かく》していたスリッパを持《も》ち上《あ》げる。

「正解《せいかい》。」

皆《みな》が拍手《はくしゅ》し、砂原《すなはら》は闘牛士《とうぎゅうし》のようにカッコよくお辞儀《じぎ》をした。

「じゃ次《つぎ》、ソウリングを始《はじ》める。砂原《すなはら》と名波《ななみ》はテーブルに着《つ》いて。他《ほか》の者《もの》は、支度《したく》を。」

その時《とき》になって私《わたし》はようやく、自分《じぶん》がパーティ用《よう》の服《ふく》に着替《きが》えていないことに気《き》づいた。

あーっ、忘《わす》れてた！

時間《じかん》がギリギリで、それどころじゃなかったんだ。

今着《いまき》ている服《ふく》は、作業着《さぎょうぎ》も同然《どうぜん》だったから、全然《ぜんぜん》かわいくない。

でも、もうパーティは半《なか》ばを過《す》ぎていたし、ここで帰《かえ》って着替《きが》えてくるなんてできないことだった。

それに、私《わたし》がかわいくてもかわいくなくても、パーティの主旨《しゅし》には関係《かんけい》ないし。

しかたがない、あきらめよう。

「アーヤ、仮面《かめん》。」

皆《みんな》はもう仮面《かめん》をつけ、最後《さいご》に残《のこ》っていた1枚《まい》を小塚君《こづかくん》が私《わたし》に差《さ》し出《だ》していた。

「ほら、籠《かご》も。」

私《わたし》はその仮面《かめん》をつけ、籠《かご》をもらって腕《うで》にかける。

「俺《おれ》が、ソウリングの歌《うた》を歌《うた》う。皆《みんな》は1列《れつ》になって俺《おれ》の後《あと》に続《つづ》き、部屋《へや》の中《なか》を回《まわ》りながらクリスピン王《おう》やクリスピニアンからソウルケーキを奪取《だっしゅ》する。」

上杉君《うえすぎくん》が、仮面《かめん》の向《む》こうで嫌《いや》な顔《かお》をした。

「また若武《わかたけ》の歌《うた》かよ。」

確《たし》かにそれは、聞《き》くのが苦《くる》しいものだった。

でも若武《わかたけ》は、てんでお構《かま》いなし。

「ソウリングソウリング、ソウルケーキをくださいな。」

私《わたし》たちは部屋《へや》の中《なか》を回《まわ》り、時々《ときどき》テーブルに近《ちか》づいて、砂原《すなはら》や名波君《ななみくん》からソウルケーキをもらって自分《じぶん》の籠《かご》に入《い》れた。

「くれないと、悪戯《いたずら》するぞ。」

若武《わかたけ》がうれしそうに歌《うた》う。

「ピーターに1個《こ》、ポールに2個《こ》、創聖主《そうせいしゅ》の神様《かみさま》には3個《こ》。もしも、」

砂原《すなはら》は苦笑《くしょう》し、少《すこ》しでも早《はや》くこの歌《うた》をやめさせようとしてか、トレンチャーに載《の》っていたソウルケーキを全部《ぜんぶ》、鷲掴《わしづか》みにして、その時《とき》ちょうどそばにいた私《わたし》の籠《かご》に入《い》れた。

「あ、僕《ぼく》、まだ1個《こ》ももらってない。」

小塚君《こづかくん》が情《なさ》けなさそうな声《こえ》を上《あ》げる。

私《わたし》は、自分《じぶん》の籠《かご》のソウルケーキを半分分《はんぶんわ》けてあげた。

「ではパーティも闌《たけなわ》だが、お別《わか》れの時《とき》が来《き》た。」

若武《わかたけ》が、重々《おもおも》しく言《い》い放《はな》つ。

「諸君《しょくん》、ソウルケーキを入《い》れた籠《かご》を、クリスピン王《おう》とクリスピニアンの前《まえ》にある篝火《かがりび》の周《まわ》りに輪《わ》を作《つく》るように置《お》け。」

私《わたし》たちは自分《じぶん》の籠《かご》を、砂原《すなはら》と名波君《ななみくん》を照《て》らす篝火《かがりび》の周《まわ》りに置《お》いた。

丸《まる》く並《なら》べられた篝火《かがりび》の外側《そとがわ》を、7つの籠《かご》が取《と》り囲《かこ》む。

「じゃ黒木《くろき》、アップルキャンドルを皆《みんな》に。」

テーブルの脇《わき》に集《あつ》められていたアップルキャンドルを、黒木君《くろきくん》が手《て》に取《と》り、隣《となり》の翼《たすく》に渡《わた》す。

翼《たすく》は、自分《じぶん》の隣《となり》にいた上杉君《うえすぎくん》に渡《わた》し、上杉君《うえすぎくん》は忍《しのぶ》に渡《わた》した。

蠟燭《ろうそく》の光《ひかり》が流《なが》れるように部屋《へや》の中《なか》に広《ひろ》がっていく。

「それでは、」

若武《わかたけ》が、いっそう威厳《いげん》をつけて言《い》った。

「ハロウィン・パーティのフィナーレだ。行列《ぎょうれつ》を作《つく》って部屋《へや》を3周回《しゅうまわ》る。クリスピン王《おう》とクリスピニアンの正面《しょうめん》に来《き》たら、そのたびにお辞儀《じぎ》をする。そして3度目《どめ》のお辞儀《じぎ》の後《あと》で、アップルキャンドルを2人《ふたり》の前《まえ》に置《お》き、別《わか》れの言葉《ことば》を言《い》って部屋《へや》を出《で》ていく。ではスタート。」

私《わたし》は部屋《へや》の中《なか》を歩《ある》きながら、シュンさんの旗《はた》を見上《みあ》げて祈《いの》った。

シュンさん、どうか現《あらわ》れて、砂原《すなはら》に中東行《ちゅうとうい》きを思《おも》い留《とど》まらせてください！

「よし、3周目《しゅうめ》だ。」

先頭《せんとう》にいた若武《わかたけ》が、アップルキャンドルを砂原《すなはら》と名波君《ななみくん》の前《まえ》に置《お》く。

「俺《おれ》は、おまえたちの友《とも》だちだ。いつでも相談《そうだん》に乗《の》るからな。」

そう言《い》い残《のこ》して部屋《へや》を出《で》ていった。

次《つぎ》に小塚君《こづかくん》がお辞儀《じぎ》をする。

「何《なん》でも力《ちから》になるよ。よかったら言《い》ってね。」

その次《つぎ》にいたのは、私《わたし》だった。

シュンさんの旗《はた》を背景《はいけい》に、篝火《かがりび》に照《て》らされている砂原《すなはら》を見《み》ていると、私《わたし》は胸《むね》が詰《つ》まってしまい、今度《こんど》こそ泣《な》きそうになった。

砂原《すなはら》は、ふっと立《た》ち上《あ》がりかける。

私《わたし》の後《うし》ろにいた忍《しのぶ》が、首《くび》を横《よこ》に振《ふ》った。

「王《おう》、お静《しず》かに。魂《たましい》が現《あらわ》れにくくなる。」

砂原《すなはら》は、しかたなさそうに腰《こし》を下《お》ろす。

私《わたし》は、砂原《すなはら》が私《わたし》のためにしてくれたいろいろなことを思《おも》い返《かえ》しながら口《くち》を開《ひら》いた。

「砂原君《すなはらくん》に会《あ》えて、よかった。もしこれから会《あ》えなくなっても、砂原君《すなはらくん》がどこかで頑張《がんば》って生《い》きているって考《かんが》えるだけで、とても心《こころ》が落《お》ち着《つ》くから。そして自分《じぶん》も頑張《がんば》ろうって思《おも》えるから。これ、一生《いっしょう》の絆《きずな》だよ。たとえ砂原君《すなはらくん》に好《す》きな子《こ》ができても、結婚《けっこん》しても、私《わたし》は砂原君《すなはらくん》のことを絶対《ぜったい》に忘《わす》れない。いつも大切《たいせつ》に思《おも》っている。砂原君《すなはらくん》は、私《わたし》の誇《ほこ》りだから。」

じっと私《わたし》を見《み》つめる砂原《すなはら》の目《め》に、透明《とうめい》な涙《なみだ》がにじむ。

砂原《すなはら》は唇《くちびる》を引《ひ》き結《むす》び、天井《てんじょう》を仰《あお》いでそれを隠《かく》した。

私《わたし》は名波君《ななみくん》にもメッセージを伝《つた》え、アップルキャンドルを置《お》いて部屋《へや》を出《で》る。

続《つづ》いて忍《しのぶ》が出《で》てきて、翼《たすく》や黒木君《くろきくん》、最後《さいご》に上杉君《うえすぎくん》が姿《すがた》を見《み》せた。

若武《わかたけ》が気《き》になってたまらないといったようにささやく。

「シュンさんの魂《たましい》、出《で》てくるかな？」

上杉君《うえすぎくん》が、眉《まゆ》を上《あ》げた。

「急《きゅう》に名波《ななみ》の父親《ちちおや》と一緒《いっしょ》に出《で》ることになって、初対面《しょたいめん》の挨拶《あいさつ》してるとか？」

忍《しのぶ》が腕《うで》を伸《の》ばして皆《みんな》を退《ど》け、ドアの前《まえ》に立《た》って、そこに両手《りょうて》を押《お》し当《あ》てた。

祈《いの》るように、目《め》をつぶる。

しばらくの間《あいだ》そうしていて、やがてつぶやいた。

「部屋《へや》の中《なか》で、魂《たましい》の漂《ただよ》う気配《けはい》がする。」

ドキッ！

「だが空気《くうき》は澄《す》み切《き》っていて、美《うつく》しい。どんな乱《みだ》れもないよ。」

私《わたし》は、10本《ぽん》の指《ゆび》を組《く》み合《あ》わせた。

シュンさん、お願《ねが》い、砂原《すなはら》の傷《きず》を癒《い》やして！

「砂原《すなはら》の心《こころ》にも、名波《ななみ》の心《こころ》にも混乱《こんらん》はない。2人《ふたり》は、とても穏《おだ》やかで安《やす》らかだ。」

私《わたし》は、部屋《へや》の中《なか》の様子《ようす》を想像《そうぞう》した。

砂原《すなはら》がシュンさんを見《み》つめ、名波君《ななみくん》がお父《とう》さんに見《み》つめられている様子《ようす》を。

きっとシュンさんは言《い》っているだろう。

「自分《じぶん》に悔《く》いはない。翔《かける》も軽率《けいそつ》な行動《こうどう》は慎《つつし》み、後悔《こうかい》のないように生《い》きていけ。」

名波君《ななみくん》のお父《とう》さんも言《い》うだろう。

「卒業式《そつぎょうしき》に行《い》きたかった。行《い》けなくて、悪《わる》かったな。」

砂原《すなはら》も名波君《ななみくん》も、泣《な》きながら頷《うなず》いているに違《ちが》いない。

「魂《たましい》って、どんな形状《けいじょう》してるんだろう。」

小塚君《こづかくん》が首《くび》をひねった。

「どこから、どうやってソウルケーキ食《た》べるのかな。」

上杉君《うえすぎくん》も声《こえ》を落《お》としてささやく。

「魂《たましい》って、何語《なにご》で話《はな》すんだ?」

若武《わかたけ》が、苛立《いらだ》たしげにドアノブに手《て》をかけた。

「俺《おれ》、もう我慢限界《がまんげんかい》。こっそり、のぞこう。」

誰《だれ》も反対《はんたい》しなかった。

ほんの少《すこ》しだけ開《あ》いたドアの隙間《すきま》に、私《わたし》たちは、我先《われさき》にと顔《かお》を押《お》し付《つ》ける。

中《なか》では・・・名波君《ななみくん》がテーブルに突《つ》っ伏《ぷ》して泣《な》いていた。

砂原《すなはら》は立《た》ち上《あ》がり、壁《かべ》から下《お》ろした旗《はた》を抱《だ》きしめて顔《かお》を埋《う》めている。

涙交《なみだま》じりのつぶやきが、私《わたし》の耳《みみ》に流《なが》れこんだ。

「シュンの跡《あと》は、俺《おれ》が継《つ》ぐ。シュンが切《き》り開《ひら》いた道《みち》を歩《あゆ》む。それが俺《おれ》の誇《ほこ》りだ。」

《完《かん》》

あとがき

こんにちは、原作《げんさく》の藤本《ふじもと》ひとみです。

探偵《たんてい》チームKZ《カッズ》事件《じけん》ノート「本格《ほんかく》ハロウィンは知《し》っている」は、いかがでしたか?

この「事件《じけん》ノート」シリーズは、昨年《さくねん》から新《あら》たにKZD《カッズディ》（KZ《カッズ》 Deep《ディープ》 File《ファイル》）が加《くわ》わり、現在《げんざい》はKZ《カッズ》、G《ジェニ》、KZD《カッズディ》の3つの物語《ものがたり》が、同時《どうじ》に進行《しんこう》しています。

これらの違《ちが》いをひと言《こと》で言《い》うと、KZ《カッズ》の3年後《ねんご》の話《はなし》を扱《あつか》っているのがG《ジェニ》、またKZ《カッズ》を深《ふか》め、各《かく》キャラの心《こころ》の深層《しんそう》を追求《ついきゅう》しているのがKZD《カッズディ》です。

本屋《ほんや》さんでは、KZ《カッズ》とG《ジェニ》は青《あお》い鳥文庫《とりぶんこ》の棚《たな》にありますが、KZD《カッズディ》は一般文芸書《いっぱんぶんげいしょ》のコーナーに置《お》かれています。

またこれらに共通《きょうつう》した特徴《とくちょう》は、そのつど新《あたら》しい事件《じけん》を扱《あつか》い、謎《なぞ》を解決《かいけつ》して終《お》わるので、どこからでも読《よ》めることです。

気《き》に入《い》ったタイトル、あるいはテーマの本《ほん》から読《よ》んでみてください。

ご意見《いけん》、ご感想《かんそう》を、お待《ま》ちしています。

昨年《さくねん》12月《がつ》に発刊《はっかん》したKZD《カッズディ》（KZ《カッズ》 Deep《ディープ》 File《ファイル》）の1作目《さくめ》「青《あお》い真珠《しんじゅ》は知《し》っている」は、大変《たいへん》ご好評《こうひょう》をいただき、うれしく思《おも》うとともに、読《よ》んでくださった方々《かたがた》に深《ふか》く感謝《かんしゃ》しています。

意外《いがい》だったのは、多《おお》くの皆様《みなさま》が、上杉《うえすぎ》のあのセリフに心《こころ》を動《うご》かされていたこと。

著者《ちょしゃ》としては、意図《いと》した部分《ぶぶん》ではなかったので、びっくりでした。

ご要望《ようぼう》にお応《こた》えし、次回《じかい》は上杉《うえすぎ》の深層《しんそう》をお見《み》せしたいと考《かんが》えていますが、さて、どうなりますか・・・。

次回《じかい》のKZD《カッズディ》は、10月10日《がつとおか》、体育《たいいく》の日《ひ》の発刊予定《はっかんよてい》です。

タイトルは、「桜坂《さくらざか》は罪《つみ》をかかえる」。

美《うつく》しくロマンティックな北《きた》の都《みやこ》、函館《はこだて》を舞台《ぶたい》に、KZ《カッズ》メンバーの個性《こせい》を掘《ほ》り下《さ》げながら、その憧《あこが》れと夢《ゆめ》、挫折《ざせつ》、新《あら》たな出会《であ》いを書《か》きこみます。

もちろんスリルとサスペンスも盛《も》りだくさん、人間《にんげん》の愛《あい》と罪《つみ》の真実《しんじつ》に迫《せま》る予定《よてい》です。
事件《じけん》を追《お》いながら時《とき》にケンカし、また仲直《なかなお》りし、恋《こい》し、他人《たにん》を知《し》り、成長《せいちょう》するKZ《カッズ》メンバーに
ご期待《きたい》ください。
どうぞ、お楽《たの》しみに！

「事件《じけん》ノート」シリーズの次作《じさく》は、2016年《ねん》10月《がつ》発売予定《はつばいよてい》のＫＺ《カッズ》 Deep《ディープ》 File《ファイル》「桜坂《さくらざか》は罪《つみ》をかかえる」です。お楽《たの》しみに！

＊原作者紹介

藤本《ふじもと》ひとみ

長野県生まれ。西洋史への深い造詣と綿密な取材に基づく歴史小説で脚光をあびる。フランス政府観光局親善大使をつとめ，現在AF（フランス観光開発機構）名誉委員。著作に，『皇妃エリザベート』『シャネル』『アンジェリク　緋色の旗』『ハプスブルクの宝剣』『幕末銃姫伝』など多数。青い鳥文庫の作品では『三銃士』『マリー・アントワネット物語』（上・中・下巻）『美少女戦士ジャンヌ・ダルク物語』『新島八重物語』がある。

＊著者紹介

住滝《すみたき》 良《りょう》

千葉県生まれ。大学では心理学を専攻。ゲームとまんがを愛する東京都在住の小説家。性格はポジティブで楽天的。趣味は，日本中の神社や寺の「御朱印集め」。

＊画家紹介

駒形《こまがた》

大阪府在住。京都の造形大学を卒業後，フリーのイラストレーターとなる。おもなさし絵の作品に「動物と話せる少女リリアーネ」シリーズ（学研教育出版）がある。

講談社 青い鳥文庫　286-24

探偵《たんてい》チームＫＺ《カッズ》事件《じけん》ノート
本格《ほんかく》ハロウィンは知《し》っている
藤本《ふじもと》ひとみ 原作
住滝《すみたき》良《りょう》 文

2016年7月15日　第1刷発行

（定価はカバーに表示してあります。）

発行者　清水保雅
発行所　株式会社講談社
東京都文京区音羽 2-12-21　郵便番号 112-8001
電話　編集（03）5395-3536
販売（03）5395-3625
業務（03）5395-3615

N.D.C.913　398p　18cm

装　丁　久住和代
印　刷　図書印刷株式会社
製　本　図書印刷株式会社
本文データ制作　講談社デジタル製作

ISBN978-4-06-285571-6

「講談社《こうだんしゃ》 青《あお》い鳥《とり》文庫《ぶんこ》」刊行《かんこう》のことば

太陽《たいよう》と水《みず》と土《つち》のめぐみをうけて、葉《は》をしげらせ、花《はな》をさかせ、実《み》をむすんでいる森《もり》。小《こ》鳥《とり》や、けものや、こん虫《ちゅう》たちが、春《はる》・夏《なつ》・秋《あき》・冬《ふゆ》の生活《せいかつ》のリズムに合《あ》わせてくらしている森《もり》。森《もり》には、かぎりない自然《しぜん》の力《ちから》と、いのちのかがやきがあります。

本《ほん》の世界《せかい》も森《もり》と同《おな》じです。そこには、人間《にんげん》の理想《りそう》や知恵《ちえ》、夢《ゆめ》や楽《たの》しさがいっぱいつまっています。

本《ほん》の森《もり》をおとずれると、チルチルとミチルが「青《あお》い鳥《とり》」を追《お》い求《もと》めた旅《たび》で、さまざまな体験《たいけん》を得《え》たように、みなさんも思《おも》いがけないすばらしい世界《せかい》にめぐりあえて、心《こころ》をゆたかにするにちがいありません。

「講談社《こうだんしゃ》 青《あお》い鳥《とり》文庫《ぶんこ》」は、七十年《ねん》の歴史《れきし》を持《も》つ講談社《こうだんしゃ》が、一人《ひとり》でも多《おお》くの人《ひと》のために、すぐれた作品《さくひん》をよりすぐり、安《やす》い定価《ていか》でおおくりする本《ほん》の森《もり》です。その一さつ一さつが、みなさんにとって、青《あお》い鳥《とり》であることをいのって出版《しゅっぱん》していきます。この森《もり》が美《うつく》しいみどりの葉《は》をしげらせ、あざやかな花《はな》を開《ひら》き、明日《あす》をになうみなさんの心《こころ》のふるさととして、大《おお》きく育《そだ》つよう、応援《おうえん》を願《ねが》っています。

昭和《しょうわ》五十五年《ねん》十一月《がつ》

講談社